1920
魔幻女孩
Twenties Girl

Sophie Kinsella

1

對自己父母說謊，其實是為他們好，是保護他們。就拿我父母來說，要是真的把自己情況全盤托出，像是經濟狀況、感情、抽水馬桶、房屋稅之類的，他們聽了後應該會心臟病發，到時候醫生會問：「是誰讓他們受了這麼大的打擊？」最後會變成都是我的錯，因此，他們到我公寓還待不到十分鐘，我已經說了下面這些謊：

1. 我知道L&N高階經理人仲介公司馬上就會開始賺錢。
2. 娜塔莉是十分出色的商業夥伴，能辭掉工作跟她一起成立人力仲介公司真的是明智決定。
3. 當然了，我不是只靠披薩、黑莓優格還有伏特加過日子。
4. 是的，我當然知道停車罰款不繳會有利息。
5. 是是，我有看聖誕節時他們送的查爾斯．狄更斯DVD，很棒，特別是那位戴帽子的女士，是了，裴果提❶，對對對，我就是說她。
6. 我本來就打算在這週末買個防火警報器的，真是巧啊，剛好你們問到。
7. 是的，我很高興有機會能和家人聚聚。

七個謊言，這還不包括對我媽衣服的評價，而且聊到現在都還沒提到那件事。

我穿著黑色洋裝，刷著睫毛急忙走出房門，就看到我媽盯著壁爐上過期的電話帳單。

「別擔心，」我立刻反應過來，「這我會處理。」

「要是妳沒繳，」媽開口，「他們會把妳電話線剪了，到時候妳得花上幾個世紀才能重新接回電話，而且妳這裡手機訊號又斷斷續續，要是有緊急電話怎麼辦？」她擔心得眉頭都擠出皺紋了，好像這是什麼天大的事，像家裡有女人要生產，外面洪水卻快漫進來，不能打電話要怎麼聯絡直升機？

「呃……我還沒想過這個。媽，我會去繳錢，真的。」

媽總是瞎操心，她緊張地笑笑，但帶著飄忽、害怕的眼神；一眼就看出她腦袋裡又在想什麼世界末日的景象，之前我們學校要致詞的時候，媽就露出了同樣的表情，後來她承認，她注意到天花板上的水晶吊燈，搖搖晃晃的，要是掉到底下女孩的頭上，會摔個粉碎。

她拉平身上有著墊肩跟奇怪金屬鈕釦的黑色套裝，渾身不自在。我隱約記得這衣服好像是十年前的，那段時間她要面試工作，我只好教她一些基本電腦操作，像是怎麼用滑鼠之類的，真是謝天謝地，最後她應徵上了一家不需要穿正式服裝的兒童慈善機構。

我們家沒有人適合穿黑色，爸身上那件呆板的黑色西裝，讓他身材看起來很死板。我爸其實滿好看的，體態接近精瘦，棕髮有點毛燥。媽的頭髮也是，但她的頭髮顏色比較淡，跟我的一樣是金髮。他們在自己地盤時看起來會比較自在；比方說在康瓦爾郡，搭著我爸那搖搖晃晃的船，穿著毛衣啃著肉餡餅；或是在他們初認識的業餘社區樂隊裡演奏，但今天，沒有人是放鬆的。

「那麼，準備好了嗎？」媽瞥了眼我的襪子，「親愛的，妳鞋子呢？」

❶《塊肉餘生記》裡的角色。

我一屁股坐在沙發上，「我一定要去嗎？」

「勞拉！」媽語帶責備，「她是妳姨婆，活了一百零五歲，妳知道的。」

姨婆一百零五歲的事，媽也提了大約一百零五次，我很確定她對姨婆的了解也僅止於此。

「那又怎樣？我根本不認識她，我們沒一個人認識她，蠢斃了。為什麼為了一個我們根本不認識的老太婆要大費周章跑到波特斯巴？」我聳聳肩，覺得自己像個三歲小孩，但其實我已是二十七歲自己創業的成年人了。

「比爾叔叔還有其他人都會去。」爸說，「如果他們都願意費這勁……」

「這是家族活動！」媽的聲音宏亮。

我縮著身子。我對家族場合過敏，有時候，我反倒希望我們像蒲公英一樣，隨風飄散，沒有家人沒有歷史，只帶著自己的絨毛飄浮在世界上。

「不會很久的。」媽哄著我說。

「會的。」我凝視著地毯，「每個人都會問我那件事。」

「不，不會的！」媽立刻說，還瞥了爸一眼，暗示他配合搭腔，「不會的，不會有人提到那件事。」

一陣沉默，開啟的話題縈繞在空氣中，好像我們都避著不去面對它。最後爸率先開口。

「那，說到那件事。」他猶豫一下，「妳……還過得去嗎？」

我看得出來媽已經高度警覺，雖然她假裝在梳理頭髮。

「喔，你知道的，」我停頓一下，「過得去，當然過得去，我總不能又突然回去找……」

「不，不，當然不了！」爸爸馬上止住，但後來他又試著進一步試探，「那，妳心情怎麼樣？」

點點頭。

「很好！」媽鬆了口氣，「我就知道妳會克服那件事。」

我父母已經不再提喬許這名字，因為每次我一聽到那兩個字，就會忍不住開始抽咽，我媽於是改口叫他那個不能提名字的人，現在變成那件事。

「那妳沒跟他聯絡吧？」爸迴避我的眼神，媽假裝把注意力放在手提包上。

那是另一個委婉的表達，它的原意是：「妳沒傳什麼簡訊騷擾人家吧？」

「沒有。」我臉紅，「我沒有，好嗎？」

他這樣講真是太不公平了，也太誇張了，我不過寄給他幾行字；一天內寄了三封，但內容也沒什麼，才不是什麼騷擾人的東西，只是說說心裡話；只是有點像情侶之間的對話。

我覺得，感情怎麼可能像開關一樣，說沒感覺就沒感覺？就算他有辦法，但我也不可能說變就變吧？我是說，總不能這樣：「喔，對啊！所以你的計畫是我們從此不再見面，不再相愛、不說話，也不用任何方式聯絡，這真是個好主意啊，喬許，我之前怎麼沒想到呢？」

事情經過是這樣的：妳只是把心裡真實感受寫下，單純想分享給對方；結果才傳完一分鐘，妳的前男友就把電話號碼改了，還偷偷跟妳父母告狀，這個抓耙仔。

「勞拉，我知道妳很受傷，這段時間妳一定很痛苦。」爸清清嗓子，「但已經兩個月了，妳該走出來了，親愛的，去認識其他男人……或是享受自己的人生……」

喔，天哪，我不想又聽他碎碎唸，說會有一大票男人敗倒在我的美貌之下。怎麼可能有一見鍾情，想也知道，像我這樣一百六十公分的塌鼻子女人，皮膚也沒曬成古銅色，何來「美貌」可言？

好啦，我知道有時候我看起來算不錯，尖下巴，圓睜的綠眸大眼，鼻子上有一點雀斑，而且還有一點小翹唇，這特徵我們家只有我有，但就算這樣，我也不是什麼模特兒等級的。

「那麼，你跟媽在波爾澤斯分手的時候，你做了些什麼？去認識其他女人？」我實在忍不住回嘴，雖然已經是遠古時期的事情了。爸嘆口氣，跟媽交換眼神。

「我們不該告訴她那件事的。」她扶著額頭喃喃道，「真不該提……」

「要是你去跟其他女人約會，」我繼續追擊，「你們也不會復合，不是嗎？爸要是沒說自己是琴弓，媽是小提琴，你們也不會結婚。」

琴弓和小提琴，是我們家的小故事，我已經聽過無數次了，爸爸騎著單車，到了媽媽家時已滿身大汗，媽剛哭過，鼻子紅紅，於是謊稱是感冒，然後他們就和好了。外婆還拿出茶和小餅乾來招待（我不知道這跟小餅乾有什麼關係，但每次他們都會提到）。

「勞拉，親愛的。」媽嘆了口氣，「這不一樣，我們那時已經交往三年，而且還訂了婚……」

「我知道！」我不甘示弱，「我知道不一樣，我只是想說，人有時候是會復合的，不是不可能。」

大家都沒說話。

「勞拉，妳一直都很嚮往羅曼蒂克……」爸先開口。

「我沒有！」我發出聲明，彷彿這樣形容我是種侮辱。我注視地毯，用腳趾搓上面的毛，眼角餘光看到爸媽激動地比劃，敦促對方接話，然後媽搖著頭指著爸，像是在說：「你去！」

「失戀的時候，」爸尷尬地又重新開始說教，「很容易去回想過去的日子，然後想著要是能復合的話會有多美好，但是……」

又來了，他又要說他的電扶梯理論，說生活就像電扶梯一樣，我得搶在他前頭，快點。

「爸，請聽我說，拜託。」我不知怎地，口吻十分冷靜說道，「你全搞錯了，我沒有要跟喬許復合。」我想讓復合聽起來像是個蠢主意，「這不是我發訊息給他的原因，我只是要把事情結束，我只是覺得他一點預告都沒有，沒說明，沒討論，說結束就結束，我得不到任何答案，這就像……某個沒有解開謎底的案子；或是阿加莎．克里斯蒂的推理小說看一半，卻永遠不知道凶手是誰。」

好了，現在他們該聽懂了。

「好吧。」過了好一會兒，爸開口，「我能理解妳的無奈……」

「我一直以來就只是要這個。」我盡最大努力，讓自己聽起來有說服力，「知道喬許在想什麼，像兩個文明人一樣聊聊。」

然後再跟他復合，我內心偷偷補充，真實想法像無聲的箭射進我思緒裡，因為我知道喬許還愛我，只是沒有人相信這點。

但沒必要跟我父母說，他們最好永遠不要知道。他們怎麼可以這樣？根本不知道我跟喬許交往時是多麼合得來，他們不會明白的。很顯然那是喬許一時慌張、匆促的決定，就像很多男孩子做決定都沒理由一樣，說不定，我只要跟他聊一聊，就能把所有問題都釐清，然後就會復合了。

有時候，我覺得我比爸媽知道得更多。阿爾伯特・愛因斯坦的朋友以前一定有跟他說：「阿爾伯特，你就承認吧，宇宙是直的。」那時愛因斯坦心裡一定在想：「我知道它是彎的，總有一天會證明給你們看。」

爸媽又在一旁偷偷比手劃腳，還是別再讓他們操煩了。

「總之，你們不用擔心我。」我倉促地說，「我會繼續往前的，只是現在還沒那麼積極。」他們一臉不太相信，我即時做了點修正，「但我已經知道了喬許不想跟我談，也了解這不是故意的，也從中有些成長……我現在狀況很好，真的。」

我硬擠出微笑，感覺自己在歌頌奇怪邪教的經文咒語，只差沒拿手鼓和穿長袍。

嘿啦啦、嘿啦啦……我前進……嘿啦啦、嘿啦啦……我狀況好。

爸媽互看了一眼，不知道他們有沒有被我說服，但大家都可以直接放棄這難搞的話題。

「就是這種精神！」爸看起來很放心，「幹得好，勞拉，我就知道妳會走出來，而且妳跟娜塔莉也專心在事業上，應該很有進展……」

我臉上的微笑現在更像是被邪教催眠的笑法，「那當然！」嘿啦啦、嘿啦啦……我的生意好棒棒……嘿啦啦、嘿啦啦……這絕不是場災難。

「我很高興妳挺過來了。」媽過來親吻我頭頂，「現在我們該走了，去找雙黑鞋子穿，快快。」

我哀怨地嘆了口氣，起身拖著腳回房間。明明是個陽光燦爛的日子，而我卻得跟煩人的家族細節都在電腦裡，我照著做就可以了，然後在那邊衝浪真是太好玩了，我應該也去看看，還附上了娜塔莉愛妳，親親親的字樣。

若還有下次，我再也不會跟娜塔莉合夥了，再也不。

「現在是關上的嗎？」媽不確定地戳戳手機，「它不會在告別式中途響鈴吧？」

「我看看。」爸停好車子，關上引擎，把手機接過去，「妳是要它在靜音模式嗎？」

「不是！」媽驚慌地說，「我要關掉它！靜音模式可能會故障！」

「這樣就關掉了。」爸按壓側面的按鈕，「徹底關掉。」他把手機還回去；媽還是焦躁地看著它。

「但它不會在包包裡又自動開啟吧？」她求助般看著我們倆，「瑪麗在船艇俱樂部的時候就發生過，你知道吧？還有在她當陪審團的時候，手提包裡就突然響起鈴聲，有人說一定是裡面有東西不小心碰到開關了……」

她聲音愈來愈大，快喘不過氣的樣子，如果我姊姊譚雅在的話，她一定會沒耐性地說：「媽，別蠢了，妳手機不會自己開機。」

「媽。」我輕輕接過她的手機，「那我們把它留在車裡怎麼樣？」

「好。」她終於鬆了口氣，「是啊，這方法不錯。我把它放在手套箱裡。」

我瞥了爸一眼，他給我一個微笑，可憐的媽，老是在擔心這些極端荒謬的事，她真的該把發生機率也算進去。

我們快到殯儀館的時候，我聽到比爾叔叔的聲音從空中傳來，不會錯的，那就是他的聲音；我們慢慢穿過人群，看到他站在那裡，穿著皮夾克，曬黑的皮膚和蓬鬆的頭髮。所有人都知道他很在意自己又濃又黑的頭髮，要是有報章記者暗示說他有染髮，他一定會威脅提告。

「家人才是最重要的。」他對著一位穿著牛仔褲的記者說，「家人是我們背後最堅強的支柱，為了葬禮打亂我的行程根本不算什麼。」我可以看到眾人欽佩的反應，有一個女孩手上還拿著靈頓咖啡的外賣杯，很明顯看得出，她在跟身旁的友人輕聲說道：「真的是他。」

「我們這裡先告一段落……」比爾叔叔其中一名助手過來，靠近攝影師說，「比爾要進去了，謝謝各位，現在開放親筆簽名……」離開前他又補了這一句。

我們在一旁耐心地等著，直到比爾叔叔把每個人杯子跟葬禮請柬上，都用麥克筆簽上名字。最後拍了幾張照，人群慢慢散去，比爾叔叔才往我們這裡走來。

「嗨，麥克，很高興見到你。」他握了下爸爸的手，然後馬上轉頭面對助手，「史蒂夫有來電嗎？」

「有的，我接了，這裡。」助手急忙把電話遞給比爾叔叔。

「你好啊，比爾！」爸爸對比爾叔叔總是很客氣，「好久不見，最近如何？恭喜你新書大賣。」

「謝謝你寄來的簽名書！」媽也用宏亮的聲音說。

比爾對我們所有人簡單地點了點頭，然後開始自顧自地講電話：「史蒂夫，我收到你的電子郵件了。」爸和媽互看了一眼，顯然，我們的家族寒暄結束了。

「我們還是找一下等下要去哪裡吧。」媽低聲對著爸爸說，「勞拉，妳要一起嗎？」

「我，我還想在這裡待一會兒，」我脫口而出，「等會裡面見。」

等到爸媽都離開後，我再次靠近比爾叔叔，我突然起了個念頭，讀書會上叔叔曾說，創業家成功的關鍵就是不放過任何一個機會。好吧，我也是創業家不是嗎？這裡就是個機會不是嗎？

我看他電話好像快講完了，有點猶豫地開口，「嗨，比爾叔叔，我可以跟你談談嗎？」

「等等。」他舉起手，又把他的手機放在耳邊，「嗨，保羅，最近如何？」他目光轉向我並點點頭，我想他大概是說我能開口了。

「你知道，我現在在當人力仲介嗎？」我緊張地微笑，「我跟一個朋友合夥一起開的，公司全名是L&N高階經理人仲介公司。我可以跟你聊聊有關業務上的事嗎？」

比爾叔叔想些什麼，對我皺眉，然後說：「保羅，等一下。」

哇喔！他為了我放下電話！為了我！

「我們特別鎖定在高階經理人才，充滿幹勁的資深執行長。」我小心不要咬到舌頭，「我在想，也許能夠跟你公司的人力資源部門的人談談，解釋一下我們的業務內容，說不定可以一起宣傳——」

「勞拉。」比爾叔叔比了手勢阻止我說下去，「要不要我乾脆跟人事部的人說：『這位是我姪女，她想要一個工作機會？』」

我感到一陣狂喜，好想高唱「哈利路亞」，我大膽的舉動有回報了。

「真的非常感謝你，比爾叔叔！」我想辦法冷靜，「我一定會把工作做到最好，我會全年無休地工作，並心存感激——」

「不。」他打斷我，「不會的，妳連自己都不懂得尊重。」

「什……什麼？」我糊塗了。

「我的意思是，妳被拒絕了。」他燦爛地露齒微笑，「我這是在幫妳，勞拉，要是妳能靠自己，妳會感覺更好，這才是妳憑本事賺的。」

「對。」我吞了口口水，滿臉充滿羞愧，「我確實想賺錢，我也想努力工作，我只是想……說不定……」

「如果我能從兩枚硬幣開始，」他專注地看著我，「那麼勞拉，妳也辦得到。」

喔，不！拜託不要。他手伸到口袋，拿出兩枚十便士的硬幣給我。

「拿著妳的兩枚小硬幣。」他認真地看著我，就像在電視廣告裡的那樣，「勞拉，閉上眼睛，感覺這能量，相信它會成功，然後說『這是我的開始』。」

「這是我的開始。」我輕聲默唸，感到無比尷尬，「謝謝。」

比爾叔叔點點頭，然後回頭去講電話，「保羅，不好意思久等了。」

我臉紅到不行，慢慢走遠，我能抓到的機會就只有這樣，就這蜻蜓點水式的交談。我現在只想告別式快點結束，想要早點回家。

我繞到建築物前面，走過葬儀社正面的玻璃門，休息室裡有幾張鋪了坐墊的椅子，那裡還貼了鴿子海報，氣氛相當柔和，但裡面沒半個人，連接待桌都沒有。

突然我聽到一扇木門後傳來歌聲。該死，我遲到了，已經開始了。我把門推開，錯不了，裡面有一排排長凳，到處都是人。房間太擁擠，後面的人不得不被擠到邊邊，而我找到一個不起眼的位置。

我張望四周，想看看爸媽在哪，但人真的太多了，讓我不知所措，還有很多花，房間兩側都是白色或乳白色的各種華麗佈置。前排有個女的在唱著〈慈悲的耶穌〉，但我前面還有好多人，我根本看不到她。我身旁有幾個人在啜泣，還有個女孩的淚水從臉上滑落。這些人都是為了悼念我姨婆，而我卻不認識她。

我連花都沒送，突然感到羞愧，我是不是應該寫個卡片或什麼的？天哪，希望爸媽有安排。音樂裡充滿了愛，氣氛也如此動人，突然我忍不住了，淚水也奪眶而出。我身旁有另一位戴著黑色絨毛帽的老太太，她注意到我，並深表同情。

「妳有帶手帕嗎，親愛的？」她小聲說。

「沒有。」我承認，她馬上打開舊式大手提袋，裡面飄出了樟腦味，我還瞥見裡面放了幾副眼鏡、一盒薄荷糖、一包髮夾，還有一個寫著針線的盒子以及半包消化餅乾。

「參加告別式應該要記得帶手帕的。」她給我一包面紙。

「謝謝，」我又哽咽一次，「妳人真好，對了，我是她的姨甥孫女。」

她同情地點點頭，「對妳來講，一定很難接受這事情，家裡面情況還好嗎？」

「呃……還好……」我把面紙折起來，還在想該怎麼回應。我總不能說：*其實沒人受到影響，我叔叔比爾還在外頭拿著超高階手機講電話，所以急中生智*，「我們都互相支持。」

「是了。」老太太嚴肅原地點點頭，好像我說了什麼至理名言，但那比較像從奠儀卡抄來的句子：彼此互相支持。她拍拍我的手，「如果妳有什麼需要的話，我很樂意能跟妳談談，能跟伯特家的人見面，是我的榮幸。」

「謝謝妳……」我反射性回答，然後突然定住。

伯特？

我確定我姨婆不叫伯特，我知道她不是，她叫莎迪。

「妳知道嗎，妳長得跟他好像。」那老太太開始在檢查我的五官。

媽的，我走錯禮堂了。

「尤其是額頭，而且鼻子還一模一樣，有人這樣說過嗎？」

「呃……好像有！」我快抓狂了，「其實……呃……謝謝妳的面紙……」我匆匆地往後面的門走出去。

「那位是伯特的姨甥孫女。」我聽到身後老太太的聲音傳來，「她很傷心，可憐的女孩。」

我幾乎是奪門而出，又一次回到休息室，還差點撞到爸媽。他們跟一個灰白髮的女人站在一起，她也穿著黑色衣服，手裡拿著一疊單子。

「勞拉！妳跑哪去了？」媽不解地看著我跑出來的那扇門，「妳在那裡做什麼？」

「妳去了考克斯先生的告別式嗎？」這位灰白髮的女人吃驚地說。

「我迷路了！」我替自己辯解，「我不知道在哪裡！妳怎麼不在門上貼名字！」

女人默默地舉起手，指著門上面一個塑膠門牌：伯特．考克斯，下午一點半。該死，我之前怎麼沒看到。

「好吧，總而言之，」我試著替自己留點面子，「我們走吧，早點去佔位。」

2

佔座位？真是笑話，我這輩子從來沒看過這麼尷尬的事。

好吧，我知道這個是告別式，不會吵吵鬧鬧的，但伯特的告別式上人就很多，有鮮花、音樂，還有感人的氣氛，至少那房間有模有樣。

但這間什麼都沒有，素得可以，冷冷清清，眼前只有一具棺材，上面有個廉價的標示寫著：莎迪．蘭卡斯特。沒有花，沒有溫馨的氣氛，沒有人唱歌，只有管風琴的背景音樂。這地方根本就空空蕩蕩，只有爸媽還有我在房間一側，另一側則是比爾叔叔、特魯迪嬸嬸還有我堂妹蒂亞曼媞。

偷偷瞄向另一側的人。雖然是親戚，但他們總像是從名人雜誌走出來的一樣，只是他們是活生生的。比爾叔叔在塑膠椅上大剌剌地舒展四肢，一邊用高階手機在傳簡訊，好像這裡是他家一樣，而特魯迪嬸嬸在翻閱著《*Hello!*》雜誌，可能在看上面寫她朋友的文章。她穿著黑色緊身洋裝，一頭金髮十分有型地固定在臉龐兩側，她乳溝的膚色比我上次印象中又曬得更黑更深了。她跟比爾叔叔結婚二十年了，我發誓，現在的她看起來比她當年的婚紗照更年輕。

蒂亞曼媞的鉑金色頭髮長及腰，身上的迷你裙有骷髏頭的圖案，選這件來參加告別式可真微妙。她聽著音樂，一邊傳簡訊，不時看著手錶，百無聊賴。蒂亞曼媞十七歲就有兩輛車，還有自己的時裝品牌，叫珍珠與芭蕾舞裙，我在網路上看過，一件衣服要價四百英鎊，消費之後就可以加入「蒂亞曼媞的好朋友」名單上，這名單裡的人基本上都是各種名人的小孩，有點像Facebook，只是Facebook沒有賣衣服。

「嘿，媽。」我說，「怎麼沒有花？」

「呃。」媽有點慌，「我有跟特魯迪講過，她說她會處理，對吧，特魯迪？」她對著房間另一側呼叫，「花呢？」

「這個嘛！」特魯迪把《*Hello!*》闔上，轉過身來好像要開聊的樣子，「我知道我們談過這件事，但妳知道這要花多少錢嗎？」她比了比四周，「然後我們只會在這裡待多久？二十分鐘？還是務實點吧，花也太浪費了。」

「也是啦。」媽有點猶豫地說。

「我不是對老太太的告別式吝嗇。」特魯迪嬸嬸身子往前傾，並降低了聲音，「但妳捫心自問，她有為我們做過什麼嗎？我根本不認識她，妳又對她了解多少呢？」

「呃……是不太熟。」媽有點坐立難安，「我知道她中風了，然後有點失智……」

「沒錯！」特魯迪點頭，「她根本也不認識我們，這樣做有什麼意義？要不是比爾，我們也不會來。」特魯迪瞥了一眼比爾叔叔，「他這個人就是心腸太好了，我常這樣跟別人說……」

「胡扯！」蒂亞曼媞扯掉耳機，不屑一顧地看著她媽，「我們只是陪著爸在媒體前作秀。是製片人說告別式會『大大提升富有同情心的形象』，我有聽到他們這麼說。」

「蒂亞曼媞！」特魯迪嬸嬸不悅地喊道。

「我又沒說錯！他是世界上最虛偽的人，妳也是，不然的話我現在會在漢娜她家。」蒂亞曼媞忿忿不平，「她爸正在家裡舉辦派對，她新拍的電影上演了，然後我卻沒辦法參加，就因為爸想要更『富有同情心』和『重視家人』，不公平。」

「蒂亞曼媞！」特魯迪尖聲地說，「妳跟漢娜去巴貝多玩，是爸爸出的錢，妳忘了嗎？隆乳的錢又是誰出的，妳又忘了吧？」

蒂亞曼媞倒抽一口氣，好像自己被嚴重冒犯了一樣，「這樣說太不公平了！我隆乳是為了公益。」

我忍不住側耳傾聽，「隆乳是為了公益」？

「這樣以後就更有機會接受採訪，然後捐一半所得出去。」她驕傲地說。

我看了媽一眼，她目瞪口呆，我差點笑出來。

「哈囉？」

所有人抬頭，看到一名穿著灰色長褲，圍著牧師領的女人，正沿著走道往這裡過來。

「萬分抱歉！」她說，「希望你們沒等太久。」一頭俐落黑白相間的頭髮，粗黑框眼鏡，有著男性般粗啞的嗓音，「我對各位家屬痛失親人感到難過。」她瞥了眼什麼裝飾都沒有的棺材，「我不知道有沒有人通知你們，通常會把親人的照片放上去……」

我們尷尬地交換眼神，然後特魯迪嬸嬸吐吐舌頭，「我這裡有一張療養院寄過來的照片。」

她在包包裡翻找一番，拿出一只棕色的信封，裡面有一張破破爛爛的拍立得。她把相片傳來時我也順便看了一眼，一位瘦小的老奶奶，穿著皺到不行的淡紫色羊毛衫，佝僂著身子縮在椅子上，臉上滿是皺紋，白髮像是蓬蓬的棉花糖，兩眼無神，像是根本看不見一樣。

原來我姨婆莎迪長這樣，我從來沒見過她。

牧師有點疑惑地看著，然後把它貼在又大又空的告示欄上，光是這對比就讓人夠窘的了。

「你們當中有誰想聊一下自己的親人嗎？」

大家默默地搖搖頭。

「我了解，對親密的家人來講，可能太悲痛了。」牧師從口袋裡拿出筆記本和鉛筆，「在這種情況下，我很樂意代替大家發言，能不能請你們提供一些內容，像是她還在人世時發生的事，告訴我所有她值得留為紀念的各種細節。」

一陣沉默。

「我們其實不太認識她。」爸爸滿是歉意地說，「她……很老。」

「一百零五歲。」媽補充，「到了一百歲後又多活了五年。」

「她結過婚嗎？」牧師想多知道一點。

「呃……」爸皺起額頭，「比爾，她有丈夫嗎？」

「不知道，我想應該是有，只是不知道他叫什麼。」比爾叔叔眼睛還盯著手機，頭都沒抬，

「可以跳過嗎？」

「當然。」牧師表示同情的微笑僵住了，「呃……不然上次拜訪她時發生的小事好了……或是她喜歡什麼……」

又一陣充滿罪惡感的沉默。

「她在照片裡穿著羊毛衫，」媽努力想擠點什麼出來，「說不定是她自己織的，她大概喜歡

編織。」

「你們從來沒去拜訪過她？」牧師顯然很努力在維持自己的禮貌。

「當然有了！」媽不甘勢弱地說，「我們去看她的時候是在……」她想了一下，「二十幾年前，我想應該是，勞拉那時還是嬰兒。」

「二十幾年？！」牧師十分吃驚。

「她也不認得我們。」爸很快接下去，「而且她意識不太清楚。」

「那她早年的生活呢？」牧師有點不滿了，「沒有什麼成就？年輕時候的故事？」

「天哪，妳就是不死心對吧？」蒂亞曼媞再次把耳機扯下，「妳看不出來我們出席都是被迫的嗎？她沒有做過什麼特別的事，只是個沒沒無名的人！是一個活了幾百萬年的路人甲。」

「蒂亞曼媞！」特魯迪嬸嬸微微責斥，「這樣很沒禮貌。」

「我說的是實話，不是嗎？你們看！」她不屑地比了這空蕩蕩的地方，「要是只有六個人來參加我的喪禮，我寧可開槍斃了自己。」

「這位年輕的小姐，」牧師往前走了幾步，顯然很不悅，「這世界上沒有一個人是沒沒無名的。」

「好啦，那又怎樣。」蒂亞曼媞粗魯地說，我看得出來牧師張口又想要回嘴。

「蒂亞曼媞。」比爾叔叔迅速抬起手，「真的夠了！我本人很遺憾沒有去拜訪莎迪，我相信她是個特別的人，我想我能代表我們所有人發言。」他太帥了，我看得出來牧師怒火下降，「但現在我們希望她能有尊嚴地離開，我希望妳能快一點，我們後面還有行程。」比爾敲了敲手錶。

「確實。」牧師停頓了一下，然後說，「我去準備一下。請在座的各位把手機關上。」臨走時再次用不可置信的眼神掃過我們所有人。特魯迪也立刻坐回座位上。

「憑什麼指責我們！我們又不是非來不可的。」

門又打開了，所有人都轉頭去看，但這次不是牧師，而是譚雅，我不知道她也會出席，今天真是百分百糟透了。

「我錯過了嗎？」她沿著走道，聲音像工地裡的鑽子貫穿整個房間，「在我們家雙胞胎發威前，我好不容易從幼兒運動中心溜走，說真的，這次的換宿保姆比上次的還差，這表示了……」

她穿著黑色長褲，黑色羊毛衫，縫邊印有豹紋裝飾，頭髮挑染，綁了個高馬尾在後面。譚雅以前是殼牌石油辦公室的白領，每天在公司裡頤指氣使，現在則是個全職媽媽，生了一對雙胞胎兒子，羅肯和德克蘭，每天頤指氣使的對象換成了可憐的保姆。

「孩子們好嗎？」媽媽問，但譚雅沒聽到，她注意力只放在比爾叔叔身上。

「比爾叔叔！我看了你的書！真是太驚人了！它改變了我的人生。我都推薦給朋友們，裡面的照片也太棒了，雖然跟你本人是不能比。」

「謝謝妳，親愛的。」比爾對她投以標準的我知道我很棒微笑，但她似乎沒收到這訊息。

「那本書很棒對吧？」她轉向我們其他人，「比爾叔叔是個天才不是嗎？只靠兩枚硬幣就開啟了這麼巨大的夢想！超級勵志！」

她真是狗腿，我很想罵人，爸媽明顯也有同樣的感覺，因為他們都沒搭腔；比爾叔叔也沒理她，所以她只好不高興地轉了個方向。

「勞拉，妳好嗎？最近都沒看到妳！妳躲哪去了！」她離我愈來愈近，眼睛盯著我看，我身子縮了起來，喔，我懂那眼神，我知道她要說什麼。

我姊姊譚雅基本上只有三種表情：

1. 面無表情，呆若木雞。

2. 誇張，刻意的笑聲，像是「比爾叔叔，真是笑死我了」。

3. 當她感受到別人的痛苦時，洋溢著幸災樂禍的表情。她非常喜歡看實境秀或某類書籍；書封上會印著可憐巴巴的髒小孩，書名則類似那種《拜託奶奶，別用衣架打我》之類的。

「自從妳跟喬許分手後，我就沒看過妳了，真可惜，你們不是天造地設的一對嗎！」譚雅頭歪一邊，苦著臉，「媽，妳看他們不是很配嗎？」

「嗯，可能不是那麼相配。」我試著冷靜，「總之……」

「是出了什麼問題？」一臉假惺惺的表情，每次有人不幸時她都會這樣，她真的很樂在其中。

「總是會有些事發生。」我聳聳肩。

「不是總是吧，不是嗎？事出必有因。」譚雅窮追猛打，「他有說什麼嗎？」

「譚雅，」爸輕聲插話，「這時間不適合聊這個吧？」

「爸，我是在支持勞拉。」譚雅公然挑明，「把事情經過都講一遍才較好啊！所以，事情是怎麼發生的？」她又看向我。

「我不這麼認為。」

「你們進展順利嗎？」

「還好。」

「怎麼會這樣？」她雙臂交叉，看起來像是問問題，但感覺卻像在指責。

我怎麼知道為什麼這樣！我好想大吼，妳不覺得連我自己都想知道為什麼嗎？

「只是件小事！」我強顏歡笑，「我很好！我知道我們這樣下去是不行的，我已經走出來了，我現在很好，真的很開心。」

「但妳看起來不開心，」蒂亞曼媞從另一側觀察，「不是嗎，媽？」

特魯迪嬸嬸看了我一會兒。

「對，」她最後用肯定的語氣，「她看起來很不開心。」

「好吧，我是過得很好！」我眼睛感到刺痛，「我只是沒有表露，我真的，真的很開心。」

天哪，我討厭我所有親戚。

「譚雅，親愛的，坐下。」媽委婉地轉移話題說，「學校參觀得怎麼樣了？」

我忍住眼水，拿出手機，假裝在看簡訊，所以沒人理我，然後忍不住打開手機相簿。

不要看，我跟自己說，千萬不要看。

但手指不聽我的話，有種無法克制的衝動，我只看一眼就好，這樣才有辦法支持下去……手指往下滑，按出我最喜歡的照片，喬許和我的合照，兩人站在山上，雙臂環抱，臉上都留下護目鏡的痕跡，他頭上的護目鏡，被淡金的鬈髮包住，對著我微笑，頰上漾起完美的酒窩；我曾像個小孩在戳麵團一樣戳他的酒窩。

我們第一次見面是在蓋伊．福克斯節[3]的派對上，我們在克拉珀姆裡的花園篝火旁，那是我大學認識的一位女生生起的。喬許那時在把仙女棒的火傳遞下去，在他替我點的時候，問了我的名字，並用仙女棒在黑夜裡寫出了勞拉，我笑著也問了他的名字。我們不斷用仙女棒在寫彼此的名字，直到它燒完，然後回到篝火旁一起品嚐著香料酒，分享小時候看煙火的趣事。每件事都聊得很有默契，會對一樣的事情同聲歡笑。我從來沒見過這麼好相處的人，或是這麼可愛的微笑，也沒辦法想像他跟別的女人在一起，就是沒辦法……

「沒事吧，勞拉？」爸端詳著我。

「是！」我突然大聲回應，在他看到我手機前立刻把它關上。隨著禮堂的背景音樂響起，我癱坐在椅子上，沉浸在悲傷裡。今天真不該來的，應該找個藉口。我討厭我的家人，討厭喪禮，這裡連一杯像樣的咖啡都沒……

「我的項鍊在哪？」一個小女孩的聲音從很遠的地方傳來，打斷了思緒。

我環顧四周，看看是誰，但我後面沒有人，那會是誰呢？

「我的項鍊在哪？」那微弱的聲音再次出現，發音十分標準，語氣也非常急迫且尖銳，是我手機發出來的嗎？我沒把它關上嗎？我把手機從包包拿出，但螢幕是黑的。

---

[3] 蓋伊．福克斯節：十七世紀，英國天主教與新教之間的衝突，造成部分天主教徒不滿，後來政府得知有人要在十一月五日炸掉議會大廈，搜尋後逮捕並處死了一名叫蓋伊．福克斯的人。那天被定為節日，以放煙火和燃篝火來紀念，這也是後來流行電影《V怪客》面具上的人。

奇怪。

「我的項鍊呢？」現在這聲音聽起來像在耳邊，我有點害怕，困惑地看了四周。

更奇怪的是，別人似乎沒有聽到。

「媽。」我身子往前傾，「妳剛才有聽到什麼嗎？像是……有人說話的聲音？」

「人聲？」媽有點不解，「沒有啊，親愛的，什麼樣的人聲？」

「小女孩的聲音，就在剛才……」我馬上住嘴，因為媽臉上又浮現她慣有的焦慮表情，我幾乎能知道她腦子裡又在想什麼：親愛的上帝，我女兒腦袋出問題了，她開始有幻聽。

「我大概聽錯了。」我急忙改口，然後把手機收起來，因為牧師出現了。

「各位請起立，」她開始唸誦，「所有人低下頭來，親愛的上帝，我們讚美我們姊妹，莎迪的靈魂……」

我不是有什麼偏見，但牧師的唸誦是人類所有聲音中最單調的。五分鐘過去，我已經放棄去聽她說了什麼，就跟學校集會一樣，整個腦袋都在放空。我往後傾盯著天花板，然後那聲音又出現，我眼睛才剛閉上，那聲音就出現在耳邊。

「我的項鍊在哪裡？」

我差點跳起來，四處張望，仍然什麼都沒有。我是怎麼了？

「勞拉！」媽驚慌但壓低聲音，「妳沒事吧？」

「我有點頭痛。」我用氣音回，「我想去窗邊……呼吸點新鮮空氣。」

對前面比了個抱歉的手勢，然後起身坐到後面的椅子，但牧師幾乎沒注意到：她太全神貫注了。

「生命的終結，也是生命的開始，我們來自大地，也回歸大地……」

「我的項鍊在哪裡？我需要它。」

我頭快速左右張望，希望這次能找到聲音來源，然後我看到了……一隻手。

一隻纖細、精緻的小手搭在前排座位的椅背上。

我好奇地沿著它看，那是隻蒼白修長的手臂，是個年紀和我相仿的女性。她懶洋洋地坐在我前方的座位，手指不耐煩地敲著。她有著一頭黑短髮，穿著無袖淺綠色的洋裝，我這個角度只能看到她蒼白的下巴。

我嚇得倒抽一口氣，一時反應不過來。

這是誰？

在我看著她的時候，她好像坐不住一樣，從椅子上起身開始踱步。洋裝的裙襬帶有摺痕，站起來後垂到膝蓋，走動時跟著搖曳。

「我需要那條項鍊。」她喃喃道，「它在哪？在哪呢？」

像老式的黑白電影一樣，語氣帶有一種字正腔圓的口音。我驚恐地瞥了我家人一眼，但沒有人看到她，沒有人聽到她的聲音，所有人都靜靜地坐著。

她好像突然察覺到我在看她一樣，轉過身來注視著我。那深色亮麗的瞳孔，我不太確定那是什麼顏色，但它們睜得大大地在跟我互看。

很好，我開始產生幻覺，我嚇壞了。一個完整會走路會說話的幻影，而且它正在接近我。

「妳看得見我。」她纖白的手指指著我，我立刻坐回座位，「妳看得見我！」

我立刻搖頭，「我看不到。」

「妳還聽得到我！」

「不，我聽不見。」

我知道同在房間裡的媽媽正轉過來看我，擔心地皺眉。我馬上咳一咳，作勢拍拍胸脯。等我頭轉回去時，那女孩不見了，憑空消失。

感謝上帝，我還以為我發瘋了。我最近壓力很大，但這跟產生幻覺……

「妳是誰？」女孩的聲音再次打斷我的思緒，我嚇得差點脫了層皮。她從走道大步往我這裡走來。「妳是誰？」她發問，「這裡是哪裡？這些人又是誰？」

不要理會幻覺，我堅定地跟自己說，這只會讓它持續存在。我把臉朝向牧師，把注意力放在她身上。

「妳是誰？」這女孩突然出現在我面前，「妳是真的嗎？」她用手戳了戳我肩膀，我本能縮了一下，但是她的手指直接穿過我身體，從背後伸出。

我倒抽一口氣，那女孩疑惑地看著自己的手，然後又盯著我看，「是怎麼回事？」她問，「妳是夢裡的人嗎？」

「我？」我感到荒謬，忍不住回嘴，「我當然不是夢！妳才是夢！」

「我才不是夢！」她反應跟我一樣氣憤。

「那妳又是誰？」我忍不住反嗆。

但我馬上後悔，因為爸媽都把頭轉回來看我。我要是跟他們說我在跟一個幻影說話，那他們馬上會腦充血，我明天就會被關進精神病院。

「莎迪，」那女孩抬起下巴，「我是莎迪・蘭卡斯特。」

莎迪？！

不不，不可能。

我呆住。視線瘋狂來回把她跟相片裡的人比對；相片裡的那個只是一位乾乾癟癟、有著蓬鬆頭髮的老太太。天啊，我對去世的一百零五歲姨婆產生了幻覺。

這幻覺女也同樣吃驚。她轉身環顧四周，好像是第一次進入這房間一樣。她花了幾秒鐘重複在這房間裡四處探察，東看看西看看，檢查每一扇窗，好像被關在玻璃罐子的小蟲一樣。

我從來沒有幻想中的朋友，也沒嗑過藥。我是怎麼了？我還是不要理這女孩，當作她不存在，把注意力放在牧師身上，但沒什麼效，我還是忍不住盯著她。她走到哪裡了。

「這是什麼地方？」她徘徊到我身邊，懷疑地盯著看，她注意力集中在前面的棺材上，「那是什麼？」

噢，天哪。

「那沒什麼。」我匆匆地說，「什麼都沒有！只是……我是說……最好別太靠近，如果我是妳的話……」

太遲了。她已經在棺材前方，注視著它。我看得出她嘴巴在讀著那塑膠卡片上的「莎迪・

蘭卡斯特」，然後表情十分震驚。過一會兒，她轉向牧師那裡，牧師還在用那死板的語氣唸著，「莎迪在婚姻中得到了幸福，鼓舞著我們所有人……」

那女孩把臉貼近牧師，一副瞧不起她的樣子，「妳這笨蛋。」語氣尖銳。

「……有生之年，她十分長壽。」牧師還在說，一點都沒發覺，「我看著這張相片……」她用手比了一下，露出心領神會的微笑，「……看得出來她雖然身體虛弱，但仍過著美好的生活。從生活中的小事情中，得到平靜，像是打毛衣一類的。」

「打毛衣？」那女孩不可置信地重複她的話。

「所以……」看來牧師要做結尾了，「在告別前，讓我們最後一次靜默地低下頭來。」她走下講台，管風琴的背景音響起。

「現在會怎樣？」女孩突然警覺地看看四周，很快地她出現在我身旁，「現在會怎樣？快告訴我！告訴我！」

「呃，好吧，棺材會推到幕簾後面。」我小聲地說，「然後……呃……」我語氣拉長，不知道要怎麼委婉地表達，「我們會到焚化場，所以這意味著……」我輕輕轉動手腕做手勢。

那女孩臉都嚇白了，她臉色褪到一種奇怪，蒼白，有點半透明的狀態，我不知道怎麼回事。她看起來像要昏倒了，或是比昏倒更嚴重。我一度能直接看穿她，但她又回過神來，好像得出了什麼結論。

「不。」她搖搖頭，「不可能，我需要我的項鍊。我需要它。」

「對不起。」我無奈地說，「我幫不了妳。」

「妳得阻止葬禮。」她突然抬頭，黑色眼睛泛著淚水閃爍。

「什麼？」我盯著她，「我沒辦法！」

「妳可以的！叫他們停止！」我把頭轉開，她卻又出現在另一邊，「站起來，說些什麼。」

她的聲音像小孩子一樣刺耳。

我迴避不去看她，不斷把臉轉開。

「阻止葬禮！阻止葬禮！我必須要有我的項鍊！」她離我的臉只有一英寸，拳頭捶在我胸口，雖然我沒感覺，但還是縮了一下身子。我不得不起身，往後面一排移動，還撞到椅子發出聲音。

「勞拉，妳沒事吧？」媽緊張地看著我。

「我很好。」我裝作沒事，坐到新座位，試著不理會耳邊的吼叫。

「我叫了車。」比爾叔叔對特魯迪嬸嬸說，「應該再五分鐘就會結束。」

「快阻止！停下來！阻止阻止阻止！」那女孩的尖叫在我耳邊迴響。我快精神分裂了。我現在知道為什麼會有人跑去暗殺總統。我沒辦法忽略這樣的聲音。那就像死亡女妖的歌聲，我快受不了了。我抱著頭，想忽略掉她，但沒有用。「快阻止！妳非阻止不可……」

「好好好！閉嘴！」我沒選擇，站了起來，「等等！」我大叫，「所有人不准動！葬禮停止！葬禮停止！」

終於，那女孩停止尖叫了。

但另一邊的麻煩來了，我所有親戚都驚訝地看著我，好像我是瘋子一樣。牧師按了牆上木頭面板的一個按鈕，管風琴的背景音停止了。

我默默點頭。說真的，我不太能控制自己的身體。

「停止葬禮？」媽開口。

「為什麼？」

「我……呃……」我清清嗓子，「我覺得現在不是時候，還不是時候送她走。」

「勞拉。」爸嘆口氣，「我知道妳現在壓力很大，但這確實……」他轉向牧師，「對不起，我女兒最近精神狀況不太好，感情問題。」

「與這事無關！」我抗議，但沒人理我。

「啊，我能理解。」牧師同情地點點頭，「勞拉，葬禮結束後……」好像我只有三歲，「我們一起喝杯茶，聊一聊怎麼樣？」

她又按下按鈕，音樂再次播放。不久後，棺材的底座開始慢慢往布幕後移動。在我身後，聽到一聲尖叫……

「不——」十分淒厲，「不——停下來！妳得阻止它！」

我嚇一跳，那女孩跑到台上，試圖把棺材推回去，但沒用；它正慢慢往下降。

「求求妳！」她抬頭，絕望地跟我說，「別讓他們這樣！」

我開始慌了。我不知道自己為什麼會有這樣的幻覺，或是這到底代表什麼。重點是，她的悲傷看起來十分真實，我沒辦法袖手旁觀。

「不！」我大叫，「停下來！」

「勞拉……」媽開口。

「我認真的！我有正當理由，棺材不能火化。葬禮必須停下！現在！」我跑到走道上，「快按下按鈕，不然我自己按。」

牧師慌張地又按下按鈕，棺材停了下來。

「親愛的，妳要不要到外面等。」

「她跟以前一樣愛現。」譚雅不耐地說，「『正當理由』，這怎麼可能嘛？繼續進行吧！」她直接對牧師下令，讓牧師有點不高興。

「勞拉。」她沒理會譚雅，轉向我，「妳有什麼理由要阻止妳姨婆的葬禮？」

「有的！」

「這理由是？」她停頓一下。

喔，我的天。我要怎麼說？說我的幻覺跟我說的？

「那是因為……呃……」

「就說我是被謀殺的！」我震驚地抬頭，看到那女孩出現在我眼前，「快說啊！這樣就會停止了。快說！」她站到我旁邊，對著我耳朵大喊，「快說！快說！快說！快說！快說！」

「我覺得我姨婆是被謀殺的！」我虛脫了。

我家人目瞪口呆地看著我，就我所知，他們也有過幾次對我驚訝過，但從來沒有像這次這樣的反應，他們癱在座位上，下巴掉下，像幅畫一樣靜止不動。我看到差點笑出來。

「謀殺？」牧師終於開口。

「是的。」我斬釘截鐵，「我有理由可以說明。所以屍體得要留下作為證據。」

牧師慢慢走向我，瞪著眼睛，好像在算著我浪費了她多少時間，但她不知道我以前常跟譚雅比瞪眼比賽，而且我每次都贏。我看回去，她那面如槁木的表情，像在說：這不是鬧著玩的。

「謀殺……怎麼回事？」她說。

「我寧可跟相關部門談。」我回嘴，好像在演《CSI犯罪現場：殯儀館疑雲》。

「要我幫忙報警嗎？」她看起來很震驚。

喔，天哪。我當然不希望她打電話給那該死的警察，但我現在無法回頭，得表現得真有其事一樣。

「好。」我停頓一下，「是，我想最好這麼做。」

「妳不要把她的話當真！」譚雅忍不住，「很明顯，她只是想引起注意。」

我看得出來牧師對譚雅有點生氣，這會有利於我。

「親愛的。」她輕蔑地說，「這不是妳決定的。任何類似指控都得密切注意，妳妹妹說得對，必須保存屍體當成證據。」

我認為牧師似乎進入了某個狀況。她可能每個星期天晚上都在看懸案節目。果然，她往我走來，靠得很近，把聲音壓低，「妳覺得誰最有嫌疑？」

「我現在不想表示意見，」我也跟著神秘兮兮地，「情況很複雜，」我眼睛看了譚雅一眼，然後說，「我想妳應該懂我的意思。」

「什麼？」譚雅臉漲紅，「妳不會是在指控我吧！」

「我什麼也沒說。」，我故作神秘，「我只跟警方談。」

「真是胡扯。我們到底要不要繼續？」比爾叔叔把他的手機放下，「不管怎樣，我車子已經到了，在這位老太太身上也花夠多時間了。」

「早就超過時間！」特魯迪嬸嬸附和，「走吧，蒂亞曼媞，這根本是鬧劇一場。」她交叉雙臂，不耐煩地把她的名人雜誌收起來。

「勞拉，我不知道妳在搞什麼。」比爾叔叔經過爸身邊時，對他皺眉頭，「你女兒有問題，快帶她去看醫生，真是個瘋子。」

「勞拉，親愛的。」媽從座位上起身，擔心得皺起眉頭，「妳根本不認識妳莎迪姨婆。」

「我也許不認識，也許認識。」我交叉雙臂，「很多事我沒跟妳說。」

連我自己都快覺得這是起謀殺案了。

牧師看起來很慌張，這已經超出她能應付的範圍，「我想最好還是報警。勞拉，妳可以在這裡等警方來……其他人，我想最好先離開。」

「勞拉，」爸過來抓住我手臂，「乖女兒。」

「爸……你先走。」我有一種忍辱負重的感覺，「有些事情我非做不可，沒事的。」

各種眼神投向我，有驚恐、憤怒和可憐我的表情，我家人慢慢起身跟著牧師離開房間。

我一個人靜靜待在房間裡，此時我突然清醒，我到底在幹嘛？我瘋了嗎？

也許真正的情況是我應該入住一間不受紛擾的精神療養院，穿著休閒服，不用去想創業的失敗、被前男友痛甩，或是罰單沒繳的問題。

我癱坐在椅子上做深呼吸。房間前面，那幻覺女出現在告示欄前，盯著照片裡那佝僂的老太太。

「所以，妳是被謀殺的嗎？」我忍不住開口問。

「喔，我想應該不是。」她根本不想理我，更別說要跟我道謝，拜託完我後就是這樣的態度。

「不！客！氣！」我悶悶地說，「真的一點都不麻煩！」

那女孩充耳不聞，她看著這間屋子，好像有什麼東西搞不懂一樣。

「花在哪裡？如果這是我的葬禮，怎麼沒有花？」

「喔！」我有點替她難過，「花……送錯地點了，不然這裡會有很多花，很華麗。」

她不是真的，我不斷提醒自己，這是我心中的歉意在作祟。

「那人呢？」她好像很不解，「其他參加喪禮的人呢？」

「有些人沒辦法來。」我身後交叉手指，希望聽起來沒那麼假，「本來要來參加的人非常多……」

我話說到一半她又消失了，我只好住口。

「我的項鍊在哪？」她突然出現，急切的聲音再次傳入我耳邊，我差點跳起來。

「我怎麼知道妳那該死的項鍊在哪！」我驚呼，「別再纏著我！妳看不出來我要完蛋了嗎？結果妳連謝謝都沒說。」

聲音沉默了，她像被逮到做壞事的孩子一樣，把臉轉開。

「謝謝妳。」她終於說。

「不客氣。」

幻覺女孩把玩手腕上的金色蛇形手鐲，我現在更仔細在觀察她。她把頭歪一邊，一頭柔順閃亮的深色頭髮，前傾時髮尖會勾勒出她的臉型。她脖子又長又白，我現在發現她那雙大眼睛的瞳孔原來是綠色的。穿著一雙乳白色的中跟皮鞋，尺寸非常小，大概只有四號，上面飾有小金屬釦。她年紀大概跟我差不多，說不定比我還年輕。

「『比爾叔叔』。」她開口，一圈又一圈地轉著手鐲，「威廉❹。維吉尼亞其中一個兒子。」

「是。維吉尼亞是我的祖母。我父親叫麥克，所以妳是我……姨婆，也就是……」我停住，抱著頭，「太瘋狂了。我根本連妳長什麼樣都不知道。我是怎麼把妳幻想出來的？」

「我不是妳的幻覺！」她不高興地抬高下巴，「我是真的！」

「妳不可能是真的，」我不耐煩，「妳已經死了！難道妳是鬼嗎？」

一陣尷尬的沉默。那女孩把臉撇開。「我不信鬼。」她不屑地說。

「我也不信。」我附和著，「不可能相信。」

門打開了，我又開始驚慌失措。

「勞拉。」牧師進來了，她因為慌張所以臉變得更紅，「我已經跟警方聯絡過了。他們希望妳直接去局裡一趟。」

❹ 威廉：英文寫作「William」，它的小名在西方稱為「Bill」，譯作「比爾」。

3

結果……警察真的非常重視謀殺案通報，我之前早該料到的。他們把我叫到一個小房間，中間有張桌子和塑膠椅，還有一張「記得把車鎖好」的宣導海報。他們給了我一杯茶，要我填表格，一位女警跟我說有位警探很想跟我好好聊聊。

我崩潰地想發笑，好想爬出窗外跳跑。

「我要怎麼跟警探說？」門一關上，我就慌張地說，「我根本對妳一無所知！我怎麼會說妳被謀殺？怎麼死的？被客廳燭台敲死的？」

莎迪根本沒聽我在說什麼。她坐在窗台上搖晃雙腳。不過嚴格說起來，她不是坐在窗台上，而是浮在窗台上一英寸距離。她隨著我觀察的目光也發現了，不悅地皺了皺眉，調整自己的「位置」，直到看起來像真的坐在窗台上，然後又開始晃動雙腳。

她是我腦中的幻想，我堅定地這麼想。保持理性地想一想，如果她是我創造出來的，那我就有辦法讓她消失。

走開，我強力散發意念，屏住氣息，握緊拳頭。*走開、走開、走開……*

莎迪瞥了我一眼，突然笑了起來，「妳看起來怪怪的，」她說，「妳胃痛嗎？」

正要回嘴，結果門打開了，現在胃真的開始痛了。是一名便衣警探，這比制服警察還讓我覺得可怕。天哪，我麻煩大了。

「勞拉。」人高馬大的警探伸出手，他有一頭深色頭髮，舉止俐落，「我是詹姆士警探。」

「嗨。」我緊張得語調變尖銳，「很高興見到你。」

「那麼，」他拿出一支筆，立刻進入辦公模式，「我聽說妳終止了妳姨婆的葬禮。」

「沒錯。」我盡可能堅定自己的信念，「我覺得她的死有點可疑。」

詹姆士在筆記本上寫了點東西，然後抬頭，「為什麼？」

我茫然地看著他，心臟怦怦怦地跳。我不知道，我應該先編好理由，我真是個白痴。

「呃……你不覺得可疑嗎？」我只好臨機應變，「就突然死了？我是說，人是不會突然死掉的！不覺得很出乎意料嗎？」

詹姆士警探用一種不可置信的表情看我，「但她已經一百零五歲了。」

「那又怎樣？」我回嘴，增加點自信，「難道一百零五歲的人就不會被謀殺嗎？警察居然會年齡歧視。」

詹姆士警探表情有點變化，不知道那是想笑還是惱怒，「好，妳覺得是誰殺了妳姨婆？」

「是……」我揉揉鼻子，爭取點時間，「那……相當……複雜……」我無助地瞥了一眼莎迪。

「妳真沒用！」她叫著，「妳要有個故事，不然他們不會信妳，葬禮很快又會再開始！就說是療養院裡的人，說妳聽到他們在密謀犯案。」

「不要！」我不加思索就呼出聲。

詹姆士感到怪怪地看著我，清了清嗓子，「勞拉，妳是否有確切的理由，相信妳姨婆的死有不尋常的地方？」

「快說，就說是療養院的工作人員！」莎迪的聲音像車子在耳邊急煞一樣刺耳，「快、快、快！」

「是療養院的工作人員。」我豁出去了，「我覺得是他們。」

「妳有什麼證據？」

詹姆士的語氣平和但目光保持銳利。莎迪在他面前晃來晃去，睜大眼瞪著我，手一直轉動要我繼續說，像要把話從我嘴裡挖出來一樣。真是把我嚇壞了。

「我……呃……我聽到他們在酒吧裡竊竊私語。有聽到什麼毒藥或是保險的事。我當時不以為意。」我心虛地吞了一口口水，「但之後，我姨婆就死了。」

我突然發現，我把上個月病假在家看的電視劇劇情給搬出來了。

詹姆士警探一副要把我看穿的眼神，「妳會為此作證嗎？」

天哪，作證，這詞聽起來非常可怕，就跟稅務檢查員和腰椎穿刺一樣恐怖。我手指在桌底交叉，吞了一大口口水，「會……會。」

「妳有看到那些人的長相嗎？」

「沒有。」

「療養院是哪一間？在什麼地方？」

我直勾勾望著他，我不知道。我瞥了莎迪一眼，她閉著眼，好像在回憶很久以前的事。

「費爾塞療養院。」她慢慢地說，「在波特斯巴。」

「費爾塞療養院，在波特斯巴。」我重複。

短暫沉默。詹姆士警探寫完筆記，來回輕敲著筆，「我要跟同事商量一下。」他起身，「很快回來。」

他一離開，莎迪輕蔑地看著我，「妳不能再裝得更像一點嗎？他不可能會相信妳的！妳不是應該要幫我？」

「怎麼幫？幫妳隨便指控別人謀殺？」

「別蠢了，」她不以為意地說，「妳又沒有指名是誰，而且說真的，妳的故事一點說服力都沒有……下藥？酒吧？」

「妳要我連細節都編出來！」我替自己辯護，「那不是重點，重點是……」

「重點是，我們得推延我的葬禮。」她突然跑到我兩英寸前，很認真地看著我，「葬禮不能進行，不能讓它火化，至少現在還不行。」

「但……」還沒說完，她又突然消失，我驚訝地眨了眨眼。天哪，真讓人焦躁，我覺得好像在《愛麗絲夢遊仙境》裡，下次她再出現的時候，腋下會夾著一隻紅鶴，然後大吼著，「砍下她的頭！」❺

我小心翼翼地靠著椅背，不知道椅子會不會也突然消失。我擠擠眼，試著把情況釐清，但這太超現實了。我坐在警察局的房間裡，編造一起謀殺案，然後一個幻想出來的女孩指揮我要怎麼做。我突然想起，我還沒吃午餐，說不定這是因為血糖過低造成的幻覺。

❺ 砍下她的頭：《愛麗絲夢遊仙境》裡的紅心皇后，用紅鶴當成高爾夫球桿打球，一不順心就下令砍別人頭。

這說不定是我有糖尿病的徵兆。我感覺我大腦似乎在把所有疑問都解開，想辦法合理化一切。找出所有原因也許沒什麼意義，我應該順其自然。

「他們會繼續查案！」莎迪又出現了，連珠炮似的說，我幾乎快跟不上她，「他們覺得妳可能有被誤導，但總之他們會繼續查，以防萬一……」

「真的嗎？」我不可置信地說。

「剛才的警察正在和另一個警察談話。」她一口氣連著說，「我在他後面，他給另一個人看了筆記內容，然後說：『碰到個神經病。』」

「神經病？」我不可置信地重複。

莎迪沒理我，繼續說：「但他們後來開始討論其他療養院的謀殺案，聽起來真是太可怕了，其中一位說應該要打個電話以防萬一，另一位也同意了，所以我們暫時過關。」

過關？

「妳可能過關了，但我沒有！」

門打開了，莎迪補充道：「問問警察葬禮會怎麼樣，快問他！」

「這不是我的問題——」我才開口便又住嘴，因為詹姆士警探的頭已經從門另一邊探出來。

「勞拉，我們會請另一名警探跟妳記錄口供，然後我們會決定是否展開調查。」

「喔。呃……謝謝。」我意識到莎迪意有所指地正瞪著我，「那……那葬禮……」我猶豫一下，「那屍體會……怎麼樣？」

「屍體會留在太平間，要是展開調查的話，它會一直在那裡，一直到我們把查到的結果交給驗屍官，看看證據是否和驗屍結果相符。」

輕輕點一下頭後，他便走出去。門關上，我全身無力坐著，身體開始發抖。我剛才向警方捏造了一起謀殺案。這是我做過最糟糕的事。這比我八歲時偷吃餅乾還糟糕，我那時沒跟媽媽說實話，把整個餅乾罐藏在花園的石頭後面，然後看著她在廚房到處找來找去。

「妳知道我剛才犯了偽證罪嗎？」我對莎迪說，「妳知道他們可能會逮捕我嗎？」

「『可能會逮捕我』，」莎迪嘲笑般重複，又坐到窗台上，「妳從來沒被逮捕過嗎？」

「當然沒有！」我瞪大眼看著她，「難道妳有？」

「有過幾次！」她輕率地表示，「第一次是某天晚上，在村子噴泉上跳舞。真是太好玩了。」她咯咯地笑，「我們還帶了手銬，那是妝扮的一部分，有點像化裝舞會的服裝。警察本來想把我從池中拖出來，結果我朋友邦蒂用手銬把他的手銬在後面，那姿勢像隻小鳥。他氣炸了。」

說完後她笑個不停。天哪，她好煩人啊。

「我確定那一定非常好笑。」我冷冷地看著她，「但我寧可不被抓去關，或是感染可怕的疾病，謝謝。」

「好吧，要是妳編的故事再好一點，也許就不用。」她笑聲停止了，「我從來沒見過這麼笨的人。妳的故事根本難以自圓其說。就這點來看，他們的調查很快就會停止，我們時間不多。」

「時間不多？」

「當然是找項鍊的時間啊。」

我頭垂在桌上，她死也不肯放棄，對吧？

「聽好，」我把頭抬起，「妳為什麼非找到那項鍊不可？那項鍊為什麼這麼特別？是誰的禮物還是什麼的？」

她沉默了，眼睛望向遠方。房間裡只有她的雙腳在動，有規律地晃著。

「那是我父母送我的二十一歲生日禮物。」她開口，「第一次戴的時候我很高興。」

「嗯。真好。」我說，「但是……」

「我這輩子都戴著它，」她突然激動起來，「不管我失去了什麼，我都還有它。它是我最重要的東西。我需要它。」

她的手侷促不安地揉著，頭往下低，所以我只能看到她下巴的一角。她看起來又瘦又蒼白，像是快凋謝的花朵，我突然很同情她，差點就說出口，我一定會幫妳找到它的。但結果她只是打了個哈欠，伸伸懶腰，然後說：「蠢斃了，真希望我們能去夜總會玩。」

我睜大眼看著她，同情心瞬間消失，這就是我得到的感謝嗎？

「要是覺得無聊，」我說，「我們可以回去完成妳的葬禮。」

莎迪用手摀著嘴，倒抽一口氣，「妳不會這樣做的！」

「也許我會。」

敲門聲打斷了我們，一位穿著長褲和黑色上衣的女人，看起來心情不錯的樣子，把頭探了進來，「勞拉．靈頓？」

❖

只花了一個小時就做完筆錄。我這輩子從來沒有經歷過這麼多次驚險，真是亂成一團。一開始我是忘了療養院的名稱，再來是弄錯時間。只好說服女警，我用五分鐘走了半英里，而我是一名專業的健走員，正在接受訓練。我覺得十分尷尬，臉都紅了。她不可能會相信我的。我是說，我哪裡看起來像健走員了？

然後還說我去酒吧前，先找了一位叫琳達的朋友，但我根本沒這位朋友，我只是不想把我真實朋友牽扯進來，她還問我琳達姓什麼，我還來不及想，不小心脫口而出，「戴維斯。」會這麼說，是因為表格上面頂端有寫幫我記錄口供的警探名字，她就叫戴維斯。

至少我沒說是，「凱撒．索澤」[6]。

她很厲害，那女警聽到跟自己一樣的名字，完全不動聲色，但她也沒跟我說案件會不會成立，她只是客氣地謝謝我，然後幫我叫了計程車。

我可能會被關！真是太好了！真是符合我的需求！

我怒視莎迪，她正躺在桌上凝視天花板，一點忙都幫不上，雖然剛才她一直在我耳邊出主意、糾正我的資訊，還順便回想起她跟她朋友邦蒂的事，後來那警察騎著車，在廣場上追著她

---

[6] 凱撒．索澤：電影《刺激驚爆點》裡，主角錄假口供時，隨口編的一個假名。

們，還抓不到。這真是「太有趣了」。

「不！客！氣！」我說，「第二次不客氣。」

「謝謝。」莎迪懶洋洋的聲音飄過。

「最好是。」我抓起包包，「我要走了。」

莎迪立刻坐起身子，「妳不會忘了幫我找項鍊吧？」

「我很懷疑，……」我翻白眼，「今天的事我可能一輩子都忘不掉。」

她突然出現在我面前，擋在我跟門之間，「除了妳，沒有人能看到我，沒有人能幫助我，求妳了。」

「聽好，妳不能只是一直重複『幫我找項鍊！』」我生氣地說，「我什麼資訊都沒有，連它長什麼樣子都不知道。」

「它上面有萊茵石，」她熱切地說，「垂在這位置……」她比了一下自己的腰，「釦子的地方鑲了珍珠母貝的——」

「是是，」我打斷她，「我沒看過，要是我發現了會通知妳的。」

我繞過她，推開門走到警察局門廳，拿出手機。骯髒的矽酸鈣地板上有張桌子，目前上面沒放什麼東西。有兩名大漢穿著羽絨外套在大聲嚷嚷，警察正在想辦法讓他們冷靜一下。我退到一個安全的角落，拿出戴維斯警探抄給我的計程車車牌號碼，要把它輸入到我手機裡，然後看到手機裡有二十幾封語音留言，但我沒理它們。都是爸媽打來的，他們緊張得要死……

「嘿！」一個聲音打斷了我，「勞拉？是妳嗎？」

一名穿POLO衫的黃髮男向我招手，「是我！馬克．菲利普。我們一起讀預校的。」

「馬克！」真讓人意外，「喔，我的天啊！你好嗎？」

我只記得他在學校的樂團是貝斯手。

「我很好！太棒了。」他表情突然一變，有點憂心，「妳在警察局做什麼？沒事吧？」

「喔，沒事，我很好，我只是……你懂的……」我像把烏雲揮走般揮手，「就謀殺案的事情。」

「謀殺？」他大吃一驚。

「是啊，沒什麼大不了的，我是說……呃……它是件大事……」我看到他的表情後馬上改口，「我還是別講太多……總之，你好嗎？」

「很好，我跟安娜結婚了，還記得她嗎？」他閃爍著手上的結婚戒指，「我想當個畫家，現在正在兼職。」

「你不會在當警察吧？」我不可置信的表情，他笑了。

「警方的畫家。他們形容人的特徵，然後我把它畫下來，按件計酬……那妳呢，勞拉？妳結婚了嗎？」

我尷尬地笑著看他。

「我跟一個人交往一陣子，」我後來開口，「但最後沒能走下去，不過我現在很好。說真的，我好得不得了。」

手裡的塑膠杯不小心被我捏扁，破掉了。馬克有點尷尬，「呃……好吧，勞拉，那先這樣，下次再聊。」他舉起一隻手，「妳現在有辦法回家嗎？」

「我叫了計程車。」我點頭，「謝謝，很高興碰到你。」

「別讓他走！」莎迪的聲音出現在我耳邊，我差點嚇得脫了層皮，「他能幫上忙！」

「閉嘴，我想一個人靜靜。」我喃喃地說，然後對著馬克露出更燦爛的笑容，「再見馬克，替我向安娜問好。」

「他可以畫項鍊！這樣妳就知道我的項鍊長什麼樣子了！」她突然出現在我眼前，「快問他，快！」

「不要！」

「快問！」她那報喪女妖般的聲音又出現了，快刺穿我的耳膜，「快問！快問！快問……」

我的天哪，她這樣子我快瘋了。

「馬克！」我大聲叫他，那兩名穿羽絨衣的大漢停止爭吵，轉頭來看我，「我想請你幫我個小小的忙，不知道你有沒有時間……」

「沒問題。」馬克聳聳肩。

我們走到側邊一間房間，買了兩杯自動販賣機的茶，馬克拉開桌子旁邊的椅子，拿出紙和作畫用的筆。

「所以……」他揚起眉毛，「要畫一條項鍊？這事情倒挺新鮮的。」

「我在一家古董店看到的。」我開始即興編故事，「我想請人幫我訂做一個一樣的，但是我畫畫很爛，所以我突然想到，說不定你可以幫我……」

「沒問題，來吧。」馬克喝了一口茶，把筆放在紙上，準備動手，我瞥了一眼莎迪。

「它有一串珠子。」她邊說邊把手舉起，好像它就在手上一樣，「兩排玻璃珠，有點透明。」

「有兩排珠子，」我說，「有點透明。」

「嗯。」他點點頭，已經在畫珠子，「像這樣嗎？」

「有一點橢圓的珠子。」莎迪在他身後，越過肩膀，看著畫紙，「更長一點，然後珠子中間有萊茵石。」

「珠子更橢圓一點。」我更正之前的描述，「中間有萊茵石。」

「好的，」馬克已經在畫更長的珠子了，「像這樣嗎？」

我瞥了莎迪一眼。莎迪全神貫注地看著，「還有蜻蜓，」她喃喃地說，「不能漏了蜻蜓。」

五分鐘內，馬克在紙上沙沙地畫著，擦掉，然後又重畫。我不斷重複莎迪的話。慢慢地，那項鍊在紙上愈來愈成形。

「就是這個。」莎迪終於滿意，她看著畫的時候，兩眼閃閃發亮，「這就是我的項鍊。」

「完美。」我對馬克說，「你把它畫出來了。」

我們默默地看著它好一段時間。

「很好。」馬克說，把頭往後拉遠了些，「這好特別。好像在哪裡見過。」他皺眉，然後搖搖頭，「嗯，想不起來。」又看了一眼自己的手錶，「恐怕我還有事要忙……」

「好的好的。」我馬上說，「非常感謝。」

他離開後，我把紙拿起來，盯著項鍊看。我得說，它非常漂亮。一排長長的玻璃珠，閃閃發亮的萊茵石，還有蜻蜓形狀的吊飾，上面更是鑲滿了萊茵石，「所以這個就是我們要找的。」

「沒錯！」莎迪抬頭，表情十分激動，「就是它！我們該從哪裡開始？」

「妳是在開玩笑吧！」我伸手去拿夾克，「我現在什麼都不想找，只想回家好好喝杯紅酒，吃個印度燉雞和印度烤餅。一些屬於現代的食物。」

我邊說邊注意到她困惑的表情，「然後我就要去睡了。」

「那我怎麼辦？」莎迪說，變得很沮喪。

「我怎麼知道！」

我匆匆走出房間，回到門廳，一對老夫妻剛從一輛計程車下來，我急忙上去，「可以載我去基爾伯恩嗎？」

等車子出發後，我在膝蓋上攤開素描，再次看著項鍊，試著想像它真正的樣子。莎迪說它是一種淡黃色的有色玻璃。就算是畫在紙上，那萊茵石都像在閃閃發亮。要是看到實物，那一定更是驚人。應該也不便宜。有那麼瞬間，心裡感到絲絲的興奮，要是真的能找到的話……

但也只有一下下，我的理智很快就回來。我是說，它怎麼可能真的存在。就算真的有好了，要找到死去老太太的一條項鍊，那機率大概是……三百萬分之一，說不定她早在多年前就弄丟或是弄壞了，不，應該是三十億分之一。

我把畫紙折好，收進包包裡，靠回椅背上。我不知道莎迪在哪裡，我也不在意。我閉上眼，不理會手機一直在震動，讓自己小憩一下。真是累人的一天。

4

第二天，我只剩下那張素描；莎迪消失了，整件事就像一場夢一樣。八點半，我坐在辦公桌前啜著咖啡盯著那張圖。我昨天到底是怎麼了？我大腦一定是壓力過大，項鍊、女孩、報喪女妖般的尖叫……明顯都是我自己幻想出來的。

我開始同情我父母，連我都開始操心自己。

「嗨！」我們公司裡的助手，凱特打開大門，砰地把一大疊資料放下，我去冰箱裡拿牛奶的時候，順便把它們挪到了地板上。

我們辦公室空間有限。

「喪禮如何？」凱特掛外套的時候問道，她只要往後傾，越過影印機就能搆到鉤子，她身體柔軟度很夠。

「不是很好。最後我還跑到警察局。我覺得我可能精神出了狀況。」

「天哪！」凱特嚇壞了，「妳沒事吧？」

「沒事，我想應該是沒事……」我得鎮定下來，我把項鍊的素描折好，收進包包裡，拉上拉鍊。

「說真的，我大概知道是怎麼回事。」凱特正在用髮圈把她的金髮綁好，她動作停在一半然後開口，「妳爸昨天有打來，問我妳最近是不是壓力太大。」

我驚慌地抬頭，「妳不會把娜塔莉跑掉的事跟他講了吧？」

「沒有！當然沒有！」凱特非常上道，知道什麼能跟我父母說：基本上就是什麼都不能說。

「總之……」我打起精神，「沒事了，我現在好得很。有什麼消息嗎？」

「有。」凱特以超高效率的方式拿出筆記型電腦，「夏琳昨天一直打來，她說今天要找妳。」

「很好！」

夏琳是L&N高階經理人仲介公司近期的好消息，我們把她仲介到一間叫鉅硬的軟體公司當營運總監。她差不多下個禮拜就會去那裡上班，她可能是打來謝謝我們的。

「還有嗎？」我剛說完，電話就響了，凱特看了來電人姓名，瞪大了眼。

「喔，對了，還有一件事。」她急忙說，「李奧尼達運動器材的珍娜打來。她要問最新狀況。她說會在早上九點再打。就是這通電話。」她慌張地看向我，「要接嗎？」

不，我想躲在桌子下面。

「呃，好，妳最好還是接。」

我胃又開始不舒服。李奧尼達運動器材是我們最大的客戶，是一家大型運動器材公司，英國各地都有店面，我們已經答應替他們找一位行銷總監。

不對，更正，是娜塔莉答應替他們找一位行銷總監。

「我幫妳轉過去。」凱特盡她最和善的助理語氣對著電話說。不久後，我桌上的電話響了，我無助地望向凱特，然後接起來。

「珍娜！」我宏亮又充滿自信地呼喊，「真高興接到妳的電話，我正要打給妳呢。」

「嗨，勞拉。」珍娜．格雷迪那熟悉的粗啞嗓音，「只是打電話來確認一下進度，我希望能跟娜塔莉通話。」

我從來沒跟珍娜．格雷迪面對面見過，但從那聲音我覺得她應該有一百九十公分，留著小鬍子，渾身都是肌肉。我第一次跟她通話的時候，她形容她的工作團隊在行銷上創意不妥協、真材實料、鐵腕般的執行力，聽起來一整個可怕。

「喔，對！」我用手指纏著電話線，「嗯，不幸的是，娜塔莉身體仍然……呃……不舒服。」

娜塔莉去了印度一個叫果阿的地方後就沒回來，我一直在幫她編故事，但幸運的是，我只要提到她去了印度，每個人都會自己腦補出有什麼可怕的流行性傳染病，不會再問我更多細節。

「但我們目前進展十分神速。」我繼續，「真的很順利，我們正在審核符合資格的名單，上面都是頂尖人選。我向妳保證，這裡面對行銷都是『創意不妥協』的人。」

「能列舉名單上幾個名字嗎？」

「現在還不是時候！」我突然慌張起來，「可以的時候我會盡快通知妳。到時候妳一定會非常喜歡。」

「好吧，勞拉。」珍娜是少數一位從不浪費時間閒聊的女性，「只要事情在掌握中就好，代我向娜塔莉問好，再見。」

我把話筒放下，心有餘悸地看著凱特，「快告訴我，我們的名單上有誰適合到李奧尼達的？」

「就履歷上來看，有一個已經三年沒工作過了……」凱特說，「還有一個頭皮屑很多的怪人，還有……一位有竊盜癖的女人。」

我等著她繼續唸下去，但她只給了我微微一個聳肩。

「就這些？」

「保羅．李察昨天撤走求職了。」她焦急地說，「有人幫他在美國找到工作。所有名單在這裡。」她拿給我一張紙，我絕望地盯著上面的三個名字，這根本不行，不可能把這三個呈報出去。

天哪，獵頭怎麼這麼難，我之前都不知道。公司在成立前，娜塔莉總是說自己的工作如何地充滿挑戰和冒險。她談著追趕人才的刺激、談著策略性雇用、技能提升或投石問路。我們以前常出來一起喝東西，而她總是把自己的工作形容得充滿驚奇，連我都感到嫉妒。那時我只是在寫寫汽車公司的行銷網頁，相比之下我的工作枯燥乏味多了。加上我有聽到傳聞，說我們公司要裁員，所以娜塔莉提議要一起出來創業時，我一口就答應。

事實上，我一直對娜塔莉感到敬佩。她總是帶著自信和光芒。以前在學校的時候，她知道最新的流行語，還能夠帶我們免費混進夜店。這是我們第一次合作創業，一開始的時候前途一片美好，她會一次帶很多大生意的案子進來，然後不斷發展和經營人際網絡，而我則負責寫網頁，以為透過在她身邊觀察就能學會很多獵人頭的技巧。一切都朝著正確方向發展；一直到她消失，我才發現原來自己什麼也沒學會。

娜塔莉很喜歡各式各樣的座右銘，她都把它們寫成便利貼，貼在辦公桌附近。我都會偷偷跑過去看個幾眼，然後試著弄清楚它的真意，它好像某種古老的符文咒語一樣。比方說，有張寫著最好的人才，已經在市場的崗位上的便利貼，就貼在她電腦上方。這個我知道是什麼意思：不要從那些上星期才被投資銀行開除的履歷找人，還得花大把勁把他們包裝成行銷總監；而是要挖角現在的行銷總監。

但要怎麼挖？要是他們根本不理我怎麼辦？

剩我一個人獨自承擔公司的時候，我自己也有了一些新的座右銘：最好的人才是不接電話的、最好的人才不會回電，就算留了言三次給他秘書也一樣；還有最好的人才，不會想做運動用品零售業、當你提到，運動用品公司的五折員工價時，他們只會嘲笑你。

我拿出一張以前已看過不下百萬次的專業人才名單，那紙已經皺巴巴還沾了咖啡漬，但上面的名字，仍然閃耀動人。都是正在崗位上的真正人才。木屋百貨的行銷總監、鏢口塑膠在歐洲的行銷大頭。他們不可能每個人滿意自己目前的工作，是吧？一定有人會想到李奧尼達運動器材公司上班，但上面每個人我都問過了，沒半點下文。我抬頭看到凱特一隻腳站著，她焦慮地在看我，另一隻腳勾在站著那隻的小腿肚上。

「我們有整整三個星期的時間，幫李奧尼達運動器材找到一位『創意不妥協』的行銷總監。」我試著保持樂觀。娜塔莉接了這個案子，她有數不盡能問的各路人馬，她會知道要怎麼著手；但我不知道。

但總之，現在不是想她的時候。

「好吧。」我拍了下桌子，「我要打幾通電話。」

「我幫妳泡新的咖啡。」凱特開始動作，「如果必要的話，我們可以整夜加班。」

我愛凱特，她表現得就像自己在電影中演的那種跨國大企業上班一樣；但其實這裡是只有兩個人的小公司，而裡面只有一張十平方英尺的發霉地毯。

薪水、薪水、薪水。她說。

睡著，就輸了。我也唸著。

凱特在唸娜塔莉留下來的那些座右銘符文，我們相互在唸誦上面的東西，但問題是，上面沒寫該從哪裡著手。我現在需要的是一個能告訴我，要做什麼才能在對方說請問有何貴幹之後還能不掛我電話的方法。

我把椅子挪到娜塔莉的辦公桌那，要把所有關於李奧尼達公司的資料集中起來。她抽屜裡有一個檔案夾，裡面的鉤子壞掉，拿的時候資料全掉出來，我一邊咒罵一邊整理。我動作突然停下，有一張很舊的便利貼不知道什麼時候黏到了我手上。這張我之前都沒看過。詹姆士．亞提斯，手機，用已經有點褪色的紫色麥克筆寫的，後面還有一串數字。

難不成是詹姆士．亞提斯的手機號碼！真不敢相信！他可是費爾頓啤酒公司的行銷總監！他在名單裡！太完美了！每次我打電話到他辦公室，對方總是跟我說他已經出國了，但不管他在哪裡，他一定會帶著手機，對吧？我興奮地在顫抖。我把椅子推開，走到辦公桌那裡撥了電話。

「詹姆士．亞提斯。」這通話品質不是很好，有點刺耳，但還是能聽到他的聲音。

「嗨。」我鼓起自信心，「我是勞拉．靈頓。你現在方便說話嗎？」這就是娜塔莉打電話時的開場白，我聽過她這樣說過。

「誰？」他有點困惑，「妳說妳是倫敦？」

我在內心嘆了一口氣。「不是，我是L&N高階經理人仲介公司的人，我打給你是想問，不知道你有沒有興趣轉換跑道，在一家充滿活力、十分動感而且前景一片光明的連鎖零售公司上班。這是個十分難得的機會。如果你要知道細節的話，也許可以約間餐廳一起用餐，我可以好好說明……」我不喘口氣的話會憋死，所以我停了一下。

「L&N？」他聽起來十分小心，「我不認識妳。」

「我們最近有一點人事異動，我自己還有娜塔莉——」

「不感興趣。」他準備掛上電話。

「這是一個絕佳的機會，」我連珠炮繼續說，「您會有機會擴大視野，歐洲會有很多待開放又讓人興奮的潛力——」

「不用了，再會。」

「對了，運動服打九折喔！」我終於不甘心地放下早已斷了的電話。

他掛了，連個機會都不給。

「他說了什麼？」凱特走過來，雙手像在祈求般緊緊抱著咖啡杯。

「他掛了。」凱特把杯子放下，我不高興地坐回椅子上，「我們永遠也找不到人了。」

「不，我們會的！」凱特一說，電話就響起來，「也許是位高階經理，想要找新工作……」

她急忙回到辦公桌前，以世上最完美助手的態度把電話接起，「這裡是L&N高階經理人仲介公司……喔，是夏琳！很高興接到妳來電！我幫妳轉給勞拉。」她對著我微笑，至少這個是已經成功的案例了。

我想應該是，嚴格說起來，那是娜塔莉的案子，但她接下案子後的事都是我在處理。總之，這是本公司的成功案例。

「嗨，夏琳！」我高興地說，「對新工作滿意嗎？這職缺來得真是巧，剛好適合妳——」

「勞拉。」夏琳緊張地打斷，「有個問題。」

我胃感到不舒服。不不不不，不要有問題。

「問題？」我故作輕鬆，「是什麼問題呢？」

「是我的狗。」

「妳的狗？」

「我本來打算每天帶閃光一起上班，但我打電話到人力資源部去問，請他們幫我的狗準備籃子，然後他們跟我說這不可能。他們公司規定不能帶動物到公司。妳能相信嗎？」

她顯然覺得我應該跟她一樣氣憤，我不解地看了看電話，我現在幹嘛跟人聊狗的問題？

「勞拉？妳在嗎？」

「在！」我回過神來，「夏琳，我知道妳很愛小動物，但……會讓狗進到辦公室的公司並不常見——」

「有的！」她打斷我，「大樓裡還有另一隻狗，我每次進去的時候都有聽到。這就是為什麼我願意去那裡上班的原因，不然我根本不想去，他們在排擠我，歧視我。」

「我相信他們沒什麼歧視。」我趕緊說，「我馬上打電話給他們。」我把電話放下，很快撥了鉅硬公司人力資源部的電話，「嗨，是珍嗎？這裡是L&N高階經理人仲介公司的勞拉．靈頓。我想弄清楚一件小事。夏琳．摩爾是不是想帶她的狗一起上班？」

「整棟大樓禁止帶狗。我們有禁狗令。」珍以愉快的口吻說道，「抱歉，勞拉，這是我們的安全政策。」

「當然了，絕對是，我能明白。」我停頓一下，「但是夏琳說，她在大樓裡聽到有另一隻狗的聲音。」

「她聽錯了。」珍又補了小小聲的一句，「這裡沒有狗。」

「完全沒有？就算是幼犬也不行？」我的詢問讓電話另一端暫停了一下。

「連幼犬也不例外。」珍刻意保持平穩的聲音，「我說過了，整棟大樓有禁狗令。」

「能不能替夏琳破個例？」

「恐怕沒辦法。」她很有禮貌，但也很不近人情。

「呃，謝謝妳寶貴的時間。」

我掛上電話，在筆記本上用筆輕敲了幾秒。其中一定有什麼不對勁，我賭那裡一定有另一隻狗，但我能怎麼做？總不能打回去說：嘿，我不相信妳的話。

我嘆了口氣，重撥給夏琳。

「勞拉，是妳嗎？」她立刻接起，好像人就在旁邊等著一樣，說不定真的是這樣。夏琳很聰明也很熱情。我想像得出來她在等的時候在做什麼，一定是在畫著密密麻麻橫豎線條的格線，她有一點強迫行為，畫得到處都是。她可能需要有狗才能讓自己安心。

「是，是我。我打給珍了，她說大樓裡沒有狗，這是為了以防萬一。」

夏琳不發一語地在理解我剛才的話。

「他們說謊，」她開口，「這裡一定有狗。」

「夏琳……」這感覺像在拿我的頭撞桌子，「妳以前面試的時候問過狗的事嗎？任何一次的面試？」

「我以為是可以的！」她辯解，「我聽到有狗在叫！還知道是從哪裡傳來的。不行，沒有閃光我沒辦法工作。對不起，勞拉，我要離職。」

「不！」我忍不住大叫出聲。「我是要說……別這麼衝動，多想一下，夏琳！我保證，這問題我會想辦法處理，我會盡快再跟妳聯絡。」我深吸一口氣，把電話掛上，摀著自己的臉，「爛透了！」

「妳打算怎麼辦？」凱特焦急地問，她聽到了整件事。

「我不知道。」我承認，「娜塔莉會怎麼做？」

我們本能地望向娜塔莉神聖的辦公桌，那裡空無一人。我彷彿看到娜塔莉人坐在那裡：塗完指甲油的手在桌前打字，充滿熱情活力地回應打來的電話。自從她不在後，辦公室裡的聲音大概少了百分之八十。

「她可能會要求夏琳忍氣吞聲，並且威脅要告她。」凱特說。

「她一定會叫夏琳想辦法克服困難，」我同意，「會說她這樣不夠專業，而且怪癖很多。」

我曾聽過娜塔莉把某人罵得體無完膚過，他想離開跑到杜拜找工作。

說到底，這才是現實，我沒有跟任何人坦承這點，我現在才知道娜塔莉是怎麼做生意的，這方式真的跟我一點都不投緣。會吸引我入這行是因為能跟其他人一起合作，去改變人的生活。以前跟娜塔莉談話時，她總是跟我說她怎麼找到人才的小故事，我也聽得津津有味，反而對案子本身沒那麼感興趣。我覺得幫助別人找到自己滿意的工作更能讓我有成就感，而不是像賣車一樣只關心成交了多少輛，反而幫人找到好工作這回事似乎一直沒有真的被重視過。

我是說，好吧，我知道我是新手。我爸也說我有點太過理想主義，但工作不是一個人生命中最重要的事嗎，所以當然要挑適合的，而不只是薪水高的。

所以，我想這是為什麼娜塔莉會是成功的挖角獵頭人，她成交了很多筆生意，我卻沒辦法。然而現在我們最需要的就是成交。

「所以，我們現在要打給夏琳，叫她多擔待一點。」我不情願地說。一陣沉默後，凱特的表情和我的一樣感到為難。

「勞拉，事實是，妳不是娜塔莉，而她也不在這裡。現在妳才是老闆。妳應該用自己的方式來做。」

「是啊！」我感到一點安慰，「確實是這樣，我才是老闆。所以我決定……決定再多考慮一下。」

為了讓這個「決定」看起來更像「決定」而不是「拖延」，我把電話放到一邊，然後開始翻成堆的印刷品。一張辦公室用紙的帳單，還有送我底下員工到亞斯本去參加團隊建立的培訓之旅的邀請。下面一疊是《商業名人》，有點像就業市場上的明星雜誌。我拿起來翻閱，想從裡面找找會不會有適合就任李奧尼達行銷總監的人才。

對獵頭公司來講，《商業名人》是必備讀物。裡面有數不盡的模範人才，充滿幹勁打扮體面，辦公室大得有足夠空間掛外套，但這也讓人沮喪，我翻過一張張照片，心情就愈來愈沉。我到底怎麼了？我既不會外語，也沒當過任何跨國會議的主席，也沒有專門的工作衣櫃，裡面有杜嘉班納[7]套裝和Paul Smith[8]的古怪設計上衣。

我兩眼無神闔上雜誌，頭往後仰，凝視著骯髒的天花板。他們是怎麼成功的？我的比爾叔叔，還有雜誌上的這些人。他們決定開創自己的事業，然後就成功了，聽起來十分容易……

「是……是……」我突然意識到凱特正在房間裡另一側對我打手勢。她正在講電話，有點臉紅而且十分興奮，「我確定勞拉會為你在行程中排出空檔，請您稍候一下……」

她按下了電話的保留鍵，「是克萊夫．霍克斯頓……還記得之前說過對李奧尼達不感興趣的那位？」她看我一臉茫然後補充道，「曾經打過英式橄欖球？還記得嗎？他現在有點興趣，想一起吃個午餐聊一下！」

「我的天哪，是他！」我活力又回來了。克萊夫．霍克斯頓在阿伯利百貨是做行銷總監，曾是英格蘭頓卡斯特球隊的隊員。沒有人比他更適合在李奧尼達上班，但我第一次聯絡他時，他沒想跳槽，真不敢相信他居然主動聯絡。

「冷靜點！」我喃喃道，「假裝我正忙著面試別的就職人才。」

凱特大力點頭，「讓我看看……」她對著電話說，「勞拉今天行程還滿滿的，但我幫你想想辦法……啊！真是幸運！剛好有個空檔！你有指定的餐廳嗎？」

她對我咧嘴一笑，我跟她隔空擊掌。克萊夫．霍克斯頓可是名單裡的首選人物！十足的創意不妥協、真材實料！可以彌補名單上那個頭皮屑怪人，跟另一個有竊盜癖的。決定了，要是能拉攏到他，我會劃掉那位有竊盜癖的人，而另一個還沒那麼糟，要是他能把頭皮屑問題處理掉的話……

「全搞定了！」凱特放下電話，「您今天下午一點，有個午餐約會。」

「太棒了！地點在哪裡？」

「呃，這是唯一的一個小麻煩，」凱特遲疑了一下，「我請他挑餐廳的時候，他選了……」她話說一半。

「選了什麼？」我心臟焦急地加速跳動，「不要是戈登・拉姆齊的餐廳。也不要是克拉里奇酒店裡任何一家高級餐廳。」

凱特縮了一下，「更糟，是在賴爾饗宴。」

我內心又變陰沉，「妳在開玩笑吧。」

賴爾饗宴大概是兩年前開的，立刻就被譽為歐洲最貴餐廳。有一大池龍蝦缸和一個噴泉，裡面名人雲集。我是在《倫敦晚報》裡讀到的，根本沒去過。

我們應該自己挑好。我會挑「義式小鍋」，它就在我們這裡的街角，午餐價位不到十三英鎊，而且還含一杯紅酒。我根本不敢想賴爾裡兩人用餐要花多少錢。

「我們這時去一定沒位子！」我想到這，鬆了口氣，「它們生意太好了。」

---

❼ 杜嘉班納：義大利奢侈時裝品牌。

❽ Paul Smith：英國設計師品牌。

「他說他可以弄到座位，他有認識的人可以把妳的訂位排上去。」

「媽的！」

凱特焦躁地在咬大拇指，「我們的應酬費剩多少？」

「大約五十便士，」我絕望地說，「已經透支了，我得用自己的錢。」

「我想這會是值得的。」凱特堅定的口吻，「這是一項投資，妳得看起來像個人物，有影響力。要是有人看到妳在賴爾饗宴用餐，他們一定會想：『哇喔！勞拉．靈頓混得一定不錯，她居然能帶客戶到這裡用餐！』」

「但我付不起啊！」我大聲說，「我們可以打電話給他，改成喝咖啡就好嗎？」

要是我真的這麼說了，那真的看起來會十分蹩腳。如果他要約午餐，我就應該要約午餐；要是他指名要去賴爾饗宴，那我們就得在那裡用餐。

「也許它沒有我們想像的那麼貴。」凱特樂觀地說，「我是說，報紙不也一天到晚在說，現在景氣有多糟？說不定餐廳會有打折，或是有特餐也不一定。」

「確實如此，說不定他不會點太多。」我突然想到，「他有在運動，說不定會控制食量，不會吃太多。」

「他當然不會大吃大喝了！」凱特也同意，「他搞不好就點一點生魚片跟一杯水，很快吃完很快離開。不可能點酒來喝。不會有人在午餐時間喝酒的。」

也許沒那麼糟，凱特說得沒錯。沒有人會在商業午餐時喝酒。那這樣就只會有兩人份的餐，說不定只有一人份。一個開胃菜，跟一杯咖啡。這樣會有什麼問題？

總之，我們不過是吃個飯，能貴到哪去，不是嗎？

我的天哪，我要暈倒了。

但我不行，因為克萊夫．霍克斯頓要跟我再把工作細節跟他說。

我坐在透明的椅子，前面是白色餐桌，往右看會看到那著名的巨大龍蝦池，裡面有各式各樣的甲殼動物在岩石上爬來爬去，偶爾會有人用網子從中撈出幾隻。左上方是富有異國情調的鳥籠。裡面的嚶嚶鳥叫和中央噴泉的水聲交錯在一起。

「好的。」我小聲地說，「如您所知，李奧尼達最近買下了荷蘭一家連鎖商店……」大腦開啟自動導航，因為我真正關心的，是手上壓克力菜單：上面每一道菜的價格，樣樣都讓我心驚膽顫。

日式檸檬鮭魚，三十四英鎊。

那只是開胃。「一道」開胃菜。

半打生蠔，四十六英鎊。

沒有今日特餐，一點都沒有經濟不景氣的感覺，四面八方到處都是食客，稀鬆平常大啖美食愉快用餐。難道他們全都在打腫臉充胖子？會不會心裡面也在暗自糾結？我要是站到椅子上大喊：「這價錢太貴了，我才不會買單。」會不會所有人都齊聲響應一起離開餐廳？

「態勢非常明顯，董事會需要一位新的行銷總監，來擴張這個……」我不知道我在說什麼。

我偷偷翻到主菜那一頁想偷瞄一下。

香橙鴨片，五十九英鎊。

我胃又開始抽搐，我一直在做心算，現在加起來快三百了，感到有點不舒服。

「要礦泉水嗎？」服務生出現在旁邊，幫我們一人拿了一面藍色的壓克力板，「這是我們的水單。如果喜歡喝氣泡水的話，會特別推薦逕屋幽谷，」他補充道，「它經過火山岩的過濾，水呈微鹼性。」

「這樣啊。」我假裝很了解地點點頭，服務生看到我好像不感興趣。我說這些人回到廚房後，一定會笑得站不穩，扶著牆不屑地說：「她來這裡只花十五英鎊買杯水。」

「我喝聖沛黎洛就好。」克萊夫聳聳肩，他是一名四十多歲的男子，一頭白髮，像青蛙般的眼睛，留著八字鬍，我們坐下後他一次也沒笑過。

「好的，一人一瓶，請問還要什麼？」服務生說。

不！這麼貴的水，居然點了兩瓶。

「那，你主餐想點什麼呢。克萊夫？」我笑了笑，「要是你趕時間的話，我想就直接上主菜……」

「我時間多的是……」克萊夫覺得奇怪地看著我，「妳呢？」

「我當然也不急！」我立刻打退堂鼓，「我時間也很多！」大方地揮揮手，「想吃什麼盡量點吧。」

不要生蠔，拜託，不要點生蠔……

「那來個生蠔當前菜吧。」他想了一下後說，「龍蝦和牛肝菌義式燉飯，這兩個不知道要選哪一個好。」

我小心望向菜單，龍蝦要九十英鎊，燉飯只要四十五英鎊。

「這兩個是很難選。」我假裝沒有在考慮價錢，「不過我一向很愛吃義式燉飯。」

克萊夫皺著眉，沉默地盯著菜單看。

「義大利食物都很好吃。」我做作輕鬆地笑著，「而且我敢說，牛肝菌一定很美味，看你怎麼決定，克萊夫！」

「要是您不知道怎麼決定，」服務生出來幫忙，「何不兩個都點呢？」

什麼？他怎麼能這樣？誰要他插嘴的？

「真是好主意！」我聲音比平常還高了兩度，「兩道主菜！有何不可呢？」

我感受到服務生酸溜溜的眼神在看我，我知道他早就看穿我了，他知道我吃不起。

「您呢，這位女士？」

「對，當然了。」我皺著眉頭指著菜單，「其實……今天早上我才吃過大餐。所以我點個凱撒沙拉就好，不用開胃菜。」

「一份凱撒沙拉，沒有開胃菜。」服務生面無表情地點點頭。

「那你喝水就好嗎。克萊夫？」我拚命在語氣中隱藏我的暗示，「或是酒……」

一想到酒單就讓我脊椎怕到發涼。

「我們看一下酒單吧。」克萊夫眼睛一亮。

「要不要來一杯年份香檳當餐前酒？」服務生面帶微笑地建議。

一般香檳不行嗎！他為什麼還得要有年份！這服務生根本是虐待狂。

「我被你說動了！」克萊夫輕笑著，我不得不也跟著陪笑。

結果，服務生離開後又回來，幫我們一人倒了好大一杯的年份香檳，我感到有點頭暈。我後半輩子工作的錢都會拿來付這頓餐費；但它會是值得的，我得相信這一點。

「所以！」我開朗的聲音，舉起杯子，「敬這份工作！我很高興你改變主意了，克萊夫。」

「我沒有改變。」他說，一口氣喝下半杯香檳。

「我以為……」我呆呆地望著他，渾身不安。我應該生氣嗎？凱特是不是轉告我的時候弄錯意思了？

「我只是說有可能。」他開始撕麵包吃，「我對現在工作不怎麼滿意，正考慮跳槽，但李奧尼達也不是沒有缺點，我來聽聽妳怎麼說。」

我一時無言。我在這個人身上花了一輛小車的錢，結果他對這職缺還不怎麼滿意？我喝了一口水抬起頭，擺出我專業的微笑。我可以像娜塔莉一樣，我可以說服得了他。

「克萊夫。您對現在的工作不滿意，像你這樣的人才，這怎麼能忍受呢。看看你！應該要找一個能賞識你的地方。」

我停頓一下，心臟跳好快。他正專心聽著，沒有再塗奶油在麵包上，目前為止還算順利。

「我覺得，李奧尼達對你來說是完美的職業生涯規劃。你以前是運動員，而李奧又是買賣運動用品的公司；你喜歡打高爾夫，李奧尼達有完整的高爾夫相關產品！」

克萊夫揚起眉毛，「看來妳對我做了不少功課。」

「我對人一向很感興趣。」我誠懇地說，「而且就您個人資料來看，李奧正是你現階段需要的，現在是個絕佳的機會……」

「這是妳男朋友嗎？」被一個熟悉的聲音打斷了，我嚇一跳，這聲音難道是……

不。別傻了，怎麼可能。

我做了深呼吸，「我剛才說了什麼，對，這是一個千載難逢的機會，你的事業會提升到一個新的層次。我確信這合作會非常地……」

「我問，這男的是妳男朋友嗎？」那聲音變得更真實，我忍不住轉頭。

不。不可能。她又回來了。是莎迪，她坐在旁邊放起司的餐車上。

不是穿著那套綠色洋裝；現在她穿著淺粉紅色的衣服並繫著腰帶，還搭了一件外套。頭上有黑色髮帶，其中一隻手腕勾著有串珠的絲質小布袋。另一隻手撐在起司半圓形頂上——嗯……其實手指插進到起司裡。看來她也發現了，立刻把手抽出來，重新調整位置在玻璃圓罩上方。

「他看起來沒很帥嘛，我也要喝香檳。」她不停地說著，眼睛盯著我的飲料。

我看不到她，這是幻覺，一切都發生在我腦袋裡。

「勞拉？妳沒事吧？」

「抱歉，克萊夫！」我急忙把頭轉回來，「只是有點分心。那起司車……那起司看起來太好吃了。」

喔，天哪，克萊夫不太開心，我得快點讓事態回到正軌上。

「真正的問題還要問你自己，克萊夫。」我把身子傾向前，「你想想這樣的機會有可能出現第二次嗎？難得能在知名品牌上班，還能發揮你一身本領，你的領導才能……」

「我要喝香檳！」我嚇壞了，莎迪跑到我眼前，伸手去拿杯子，但手直接穿過它，「勞拉！我拿不起來！」她試了一次又一次，怒視著我，「真煩人！」

「住手！」我嘶嘶地吼著。

「什麼？」克萊夫重重地皺著眉。

「不是說你，克萊夫！我喉嚨裡卡到東西了……」我拿起玻璃杯，喝了一口水。

「妳找到我的項鍊了嗎？」莎迪不開心地責問。

「沒有！」我在玻璃杯後面喃喃道，「走開。」

「那妳坐在這裡幹嘛？怎麼還不去找它？」

「克萊夫！」我拚命把注意力集中在他身上，「我很抱歉，我剛才說到哪裡了？」

「一身的本領，領導的才能。」克萊夫說，但他沒有半點笑容。

「沒錯，讓人佩服的領導才能！嗯……所以關鍵是……」

「妳所有地方都找了嗎？」她把頭往我方向靠近，「妳不想找它嗎？」

「所以……我想要說的是……」我沒辦法打她，只能靠意志力忽略莎迪，「我認為這項工作是一個了不起的策略轉換；是您未來高升的跳板……」

「妳必須要找我的項鍊！這很重要！這非常非常非常……」

「除此之外，我還知道有更多的好處會……」

「不准無視我！」莎迪幾乎要碰到我了，「停止講話！停止！」

「給我閉嘴，離我遠點！」

該死。

我剛才是用嘴把它說出來的嗎？

從克萊夫震驚的大眼，答案看來是肯定的。旁邊相鄰桌子的人停止談話，還看到剛才服務我們的服務生動作也停下，往這裡看來，四周吵雜的人聲也都靜了下來，龍蝦池裡的龍蝦排成一列在水缸玻璃邊邊看著我。

「克萊夫！」我強笑著，「我不是這個意思……我不是在跟你說話……」

「勞拉。」克萊夫目光燃著怒火看著我，「請妳尊重我，到底怎麼回事？」

我是在自言自語。不。

我在跟一個幻影講話。不。

「妳當我是傻瓜啊。」他輕蔑地打斷我，「已經不止一次有人這樣對我了。」

「不止一次？」我不解地看著他。

「在董事會也是，公司餐會也是……到處都一樣。高階手機已經夠糟了，現在藍牙耳機更是該死。妳知道像妳這樣的人造成了多少車禍嗎？」

藍牙耳機……他是指……

他以為我在講電話！

「我不是……」直覺想要否認，但突然停下。這時承認我是在講電話才是最好的。就讓他這麼認為吧。

「但這個……更是惡劣。」他怒瞪著我，氣得上氣不接下氣，「就兩個人在午餐，妳還以為我不會注意到，真的是太失禮了。」

「對不起。」我恭順地說，「我……我現在就關上。」假裝手忙腳亂伸手去摸耳朵，又假裝關掉耳機。

「所以它到底在哪裡？」他皺著眉，「我怎麼連看都沒看到。」

「它很小。」我小心翼翼地回，「非常隱密。」

「是最新款的嗎？」

該死，他現在正專心在看我耳朵。

「它……其實……嗯，是嵌在我耳環裡。」我希望這聽起來能有說服力，「全新技術。克萊夫，真的很抱歉，弄得自己分了心……我誤判了情況，以為可以專心的，但我是真心想要讓你跟李奧尼達媒合。所以，不如回到我們剛才的話題上……」

「妳在開玩笑吧……」

「但……」

「妳以為我還會想跟妳談生意？」他不屑地呵呵了兩聲，「妳跟妳的合夥人一樣不專業，光這樣就已足以表明。」我看到他推開椅子站了起來，我十分驚恐，「我本來想給妳個機會的，但現在就當沒這回事吧。」

「不，等等！拜託！」我驚恐地說，但他已經大步向前，從擁擠的餐廳離開。

我五味雜陳地盯著那空下來的椅子。手顫抖地拿起香檳，喝了三大口。就這樣了。我搞砸了。唯一的希望就這樣沒了。

可是，剛才他是什麼意思，我跟我的合夥人一樣不專業？他是不是已經知道娜塔莉一個人跑到果阿去玩了？難道所有人都知道了？

「那位先生會回來嗎？」服務生靠近桌子，打斷了我的思緒，他手上的木製托盤托著一個銀色大圓蓋。

「我想是不會了。」我漲紅著臉看著桌子。

「需要我把食物還給廚房嗎？」

「那這樣錢還要付嗎？」

「不幸的……是的，這位女士。」他得意地微笑，「我們食物都是現點現做，食材已經……」

「那我就自己吃。」

「全部？」他有點驚訝。

「是。」我抬起下巴回嘴，「不行嗎？錢是我出的，不能吃嗎？」

「是。」服務生頭微微傾斜，把盤子放在我前面，掀起銀色圓蓋，有六個新鮮生蠔放在碎冰上。

我這輩子從沒吃過生蠔，我一直覺得牠們看起來很噁心。現在這麼靠近看，又更噁了，但我表現得不以為意。

「謝謝。」我有禮地回應。

服務生離開了，我盯著那六顆生蠔，決定要吃這蠢斃了的午餐，但我雙頰後有一陣痠緊的壓力，要是不忍住的話，下嘴唇一定在抖。

「生蠔！我最喜歡生蠔。」難以置信，莎迪又出現在我面前，懶洋洋地攤坐在克萊夫之前的椅子上，看了看四周，「這地方真有趣，有歌舞表演嗎？」

「我聽不到妳。」我喃喃地說，「我看不到妳，妳不存在，我要去看醫生，買點藥，然後把妳擺脫。」

「妳男朋友跑哪去了？」

「他不是我男朋友。」我壓低音量，「我正要跟他做生意，但因為妳的關係，全被妳毀了，全部。」

「喔。」她不以為意地揚起眉毛，「既然我不存在，那怎麼可能會被我毀掉。」

「嗯，好吧，就是因為妳，而現在我還不知道怎麼吃這些貴得要死的蠢生蠔……」

「吃生蠔很容易！」

「不，才不是。」

我突然注意到，旁邊桌子一位穿著花朵洋裝的金髮女，用手肘推了一下身邊打扮體面的女人，然後指了指我。我自言自語的樣子一定像個瘋子。我急忙伸手去拿麵包，開始塗奶油，不去看莎迪。

「不好意思。」那女人微笑地靠過來，「我不小心聽到妳剛才的談話。」

「不是故意要打擾妳，但妳剛才說，妳的耳機是嵌在耳環中？」我回頭看著她，腦子裡開始在尋找除了是以外的回答。

「是。」找不到。

那女的拍拍手，「太棒了，它是怎樣操作的？」

「它有個……特殊的晶片。非常新，日本貨。」

「我也想要一個。」她驚嘆地盯著我五點九九英鎊的克萊兒耳環，「哪裡買得到？」

「事實上，這還是原型機。」我急忙說，「還要一年左右才會推出。」

「那……那妳是怎麼拿到的？」她不肯放棄地看著我。

「我……呃……我認識一些日本朋友，抱歉。」

「我能看一下嗎？」她伸出手來，「能不能從耳朵上拿下來一下？介意嗎？」

「其實，我剛好有電話打來。」我匆匆說，「它在震動。」

「我沒看到它在震啊。」她有點懷疑地盯著看。

「震的幅度很小。」我也不退讓，「微幅震動。呃。嗨，麥特嗎？是，我現在可以說話。」

我對那女人表示不好意思，她只好回去她那桌吃飯。我看到她對她朋友還在指著我說話。

「妳在說什麼啊？」莎迪嗤之以鼻地說，「怎麼會有電話長得像耳環？聽起來在胡說。」

「我不知道，不要換妳來問了。」我用力地戳了那生蠔。

「妳真的不會吃生蠔？」

「我這輩子從沒吃過。」

莎迪不以為然地搖搖頭，「拿起妳的叉子。用海鮮叉，對，繼續！」我有點懷疑地看著她，但動作照做，「從四周劃一圈，確認它跟殼都分離了……現在擠一點檸檬，然後把整顆拿起來，像這樣。」她空手模擬著，我跟著做，「頭往後仰，一口氣全吞下去。」

感覺像吞了結成凍的大海。不知道我是怎麼做的，但成功「喝」了下去，然後拿起香檳啜飲一口。

「看吧。」莎迪正羨慕地看著我，「是不是很好吃？」

「還不錯。」我不情願地回答，然後放下酒杯，靜靜地看著她片刻。她攤坐在椅子上，一隻手在側面擺動，身上串珠背帶的包包也跟著垂下，好像這裡是她家一樣。

她是我想像出來的，我潛意識中創造了她。

可是……我的潛意識並不知道要怎麼吃生蠔，對吧？

「幹嘛？」她抬起下巴，「幹嘛這樣看我？」

我的大腦慢慢得出結論，也只有一種可能。

「妳是鬼，對吧？」我說，「妳不是幻覺，妳是貨真價實的鬼魂。」

莎迪聳聳肩，好像對這番話不感興趣。

「妳是嗎？」

又一次，莎迪沒有回應，她歪著頭，看著自己的指甲。也許成為鬼魂也不是她自願的，好吧，但很遺憾，她就是。

「妳是鬼，我知道妳是。所以，那我是什麼？靈媒？」

真是驚為天人的事實，我頭皮發麻整個人都開始顫抖。我能和死者對話，我，勞拉．靈頓，我就知道自己有什麼地方與眾不同。

這是否寓意著什麼？想想看這到底代表什麼！也許我能跟更多鬼魂交談，各式各樣的鬼。喔，天哪，我可以有自己的電視節目，我可以周遊世界，而且會變得很出名！我已經可以看到自己站在舞台上通靈，觀眾熱烈地往我這裡看來。我身體顫抖了一下，俯身靠在桌子上，「妳還認識其他的鬼嗎？能不能介紹給我認識？」

「沒有。」莎迪交叉雙臂，「我不認識。」

「那妳見過瑪麗蓮．夢露嗎？或是貓王？……戴安娜王妃？她看起來怎麼樣？還是看過莫札特！」各種名人一時湧入腦海，我快應付不來，「太讓人難以置信了。妳一定要跟我說一下，到底那是什麼感覺，身處在……另一個世界。」

「身處在哪裡？」莎迪抬起下巴。

「就那裡啊，妳知道的……」

「我哪也沒去過。」她怒視著我，「沒有看過任何人。一醒來就身處夢境。一個非常糟的夢，我只想拿回項鍊，現在唯一能看到我的人又拒絕幫忙！」她突然話鋒指向了我，我一陣惱火。

「好吧，如果妳不是就這樣突然冒出來，然後把所有事都搞砸了，妳怎麼知道那個人不願意幫妳？妳有想過這點嗎？」

「我才沒把所有事都搞砸！」

「是的，妳有！」

「我不是教了妳怎麼吃生蠔嗎？」

「我才不想吃那該死的生蠔！我希望我要挖角的人不要離開！」

過了一會兒，莎迪有一點退縮，然後又再次抬起頭來，「我又不知道妳要挖角他，我以為他是妳男朋友。」

「好吧，但我生意現在是搞砸了，而這裡食物貴到我吃不起，真是糟透了，這都是妳的錯。」

我愁眉苦臉地伸手去拿另一只生蠔，用叉子戳牠。順便瞥了莎迪一眼，她看起來無精打采，抱著膝蓋的樣子，像一朵垂頭喪氣的小花。我跟她四目相對，然後她又把頭低下。

「對不起。」她的聲音只比耳語大聲一點，「抱歉給妳帶來麻煩。要是我有辦法的話，我也想去找其他人幫忙。」

說得也是，我也替她感到難過。

「這是我最後的願望。」莎迪抬起頭，她深邃的眼神看得出來態度軟化許多，嘴巴嘟得小小的，「這是我唯一的願望，不會要求妳別的，我沒有那條項鍊，我不能好好安息……我沒辦法……」她語塞了，目光看向遠方，沒辦法把話說完；但也可能不想把它說完。

看得出來，那是她心裡最脆弱敏感的地方，我對此感到十分好奇。

「妳說妳沒有那項鍊會無法安息，」我小心試探，「妳是說……是指在某個地方安息嗎？那會是……在『什麼地方』安息？」我發現她目光呆滯，急忙補充，「我是說……另一個更好的地方，在那之後的事……」我搓搓鼻子，有點尷尬。

天哪，到處都是地雷，我該怎麼措辭？有沒有更政治正確的用法？

「所以……事情到底是怎麼進行的？」我從另一個方面去試。

「我不知道它是怎麼進行的！沒有人發給我使用手冊。」她酸溜溜地說，但我從她眼神中看得出來，她內心深處藏有不安，「不是我要在這裡，是突然變到這裡。我只知道我要我的項鍊，就這樣，我需要妳幫助我。」

沉默了一陣子，我又吃下一顆生蠔，我良心感到不安。她是我姨婆，而這是她唯一的願望。我應該盡力替她達成遺願，就算它聽起來再蠢或是再不可能也一樣。

「莎迪。」我深深吸一口氣，「如果我替妳找到項鍊，妳就會離開不再打擾我嗎？」

「會的。」

「永遠？」

「是，永遠。」她眼神發出光芒。

我交叉雙臂，嚴肅地看著她，「要是我盡力幫妳找項鍊，但最後還是沒找到，像是……它在幾個世紀前就不見，或是壓根不存在過；那妳也仍然會離開嗎？」

她停了一下，表情有點不悅，「它確實存在。」她說。

「會離開嗎？」我追問，「因為我不想整個夏天都在玩這可笑的尋寶遊戲。」

莎迪生氣地瞪著我好一會兒，明顯在想要講些什麼來回擊，但她最後還是放棄。

「好，那就一言為定嘍。」我拿起香檳向她敬酒，「敬能找到妳的項鍊。」

「那就來吧！開始找！」她不耐地四周看看，一副我們要從餐廳馬上開始搜尋一樣。

「我們不能就這樣隨機亂找！要有科學方法！」我手伸進袋子把項鍊的素描拿出來展開，「好，回想一下。妳上次看到它是什麼時候。」

5

費爾塞療養院坐落在一條綠樹成蔭的住宅道路上；褐磚建築，正面的對稱設計，每扇窗都有網紗窗簾。我站在對面仔細研究它，然後轉頭看向莎迪，從波特斯巴車站下車後，她就一直默默跟著我。我們一起上火車，但我幾乎沒怎麼看到她，她一路都在車廂裡跑來跑去，盯著人們看，不時從地面冒上來。

「所以，妳以前就是住在這裡的。」我有點尷尬，「真是不錯！有可愛的……花園。」我隨手指了指灌木叢。

莎迪沒有回話。我看著她那蒼白的下巴，她緊張地抿著嘴。回到這裡對她來講心情一定很複雜，不知道她對這裡的回憶是怎樣的。

「嘿。妳多大了？」我好奇地問，但突然意識到這問題有點怪，「我是說，我知道妳一百零五歲，但妳現在出現的樣子……」我比了比她。

莎迪對這問題感到驚訝，然後看向自己手臂，抓起身上洋裝布料，小心地擦它並凝視著。

「二十三，」她最後開口，「我想我現在是二十三歲。」

我做了下心算，她去世時一百零五歲。那就代表……

「妳二十三歲時，差不多是一九二七年。」

「沒錯！」她突然興奮，「我才剛過完睡衣生日派對，我們整個晚上都在喝琴費士[9]，整夜都在跳舞，直到早上的鳥叫……哦，我想念我的睡衣派對。」她雙手抱住自己，「妳參加過多少睡衣派對？」

「一夜情能不能算睡衣派對？」

「我不確定這樣能不能算……」我突然住口，樓上窗戶有個女人往我這裡看，「來吧，我們進去吧。」

我輕快地穿越馬路往大門走去，然後按下門鈴。

「哈囉？」我對著隔窗說話，「不好意思，我沒有預約。」

門內傳出鑰匙開鎖的聲音，一位穿著藍色護士服女人對著我微笑。她大概三十幾歲，後面紮了一個髮髻，臉色有點蒼白。

「需要什麼協助嗎？」

「是的，我的名字叫勞拉，我為了……一位曾經住在這裡的人過來的。」我瞥了莎迪一眼。莎迪不在。

我急忙用眼睛掃視前花園，但她整個消失不見。該死的，她就這樣把我丟在這裡。

「曾經？」護士等我接話。

「喔。呃……莎迪．蘭卡斯特？」

[9] 琴費士：一種調酒。

「莎迪！」她態度變得更和善，「進來吧，我是金妮，高級護理師。」

我跟著她進入鋪著亞麻地板的大廳，聞到蜂蠟和消毒水的味道。護士的鞋子在地板上發出吱吱的摩擦聲，遠處還可聽見有人在看電視，除此之外非常安靜。經過一扇門的時候，瞥見幾位坐著的老太太，膝上蓋著針織毛毯。

我不認識什麼老人，我是說那種真的很老的老人。

「哈囉！」我緊張地向附近一位坐著的白髮老太太揮手致意，她表情立刻困惑地皺成一團。該死。

「抱歉！」我小聲地說，「我不是故意要……呃……」

另一位護士走到那白髮老太太身邊，我鬆了一口氣趕緊追上金妮，希望她沒注意到剛才的事。

「妳是她親人嗎？」她邊問邊引領我進入一間小接待室。

「我是莎迪的姨甥孫女。」

「太好了！」護士說，輕輕拂了一下水壺，「要喝杯茶嗎？其實我們一直希望能有人打通電話，她的東西一直沒有人來拿。」

「我正是為了這個來的。」我停頓一下，然後繼續說，「我正在找一條項鍊，我想那是莎迪遺物，上面有很多透明珠子，還有個蜻蜓造型。」我不好意思地微笑，「我知道這樣講妳也許沒印象，說不定妳根本就沒——」

「我知道那個。」她點頭。

「妳知道？」我呆呆地望著她，「妳是說，它真的存在？」

「她是有一些很漂亮的小東西。」金妮微笑，「但那件特別不一樣，那可是她的最愛，她每次都會把它戴在身上。」

「對。」我吞了口口水，保持冷靜，「我能看看它嗎？」

「就在她的盒子裡。」金妮點頭，「如果可以，我要先請妳填一張表格……妳有帶身分證嗎？」

「當然。」我翻著著包包，心跳加速，真沒想到，這麼容易就找到！

在填寫表格時，我一直在找莎迪，但到處都沒看到。她去哪了？她會錯過找到它的重大一刻。

「好了，這裡。」我把表格遞給金妮，「所以，我可以就這樣把它拿走嗎？我算是她的近親……」

「律師跟我們說，她的親人對她的遺物不感興趣。」金妮說，「好像是她外甥什麼的？但我沒看見她其他的親人。」

「喔。」我有點慚愧，「還有我爸，我叔叔。」

「我們一直留著這些東西，免得你們改變主意……」金妮推開門，「但我不明白為什麼你們不乾脆拿走。」她聳聳肩，「因為，老實說，她的遺物並不多，除了一些珠寶首飾外……」她在一塊告示板前停了下來，用手指了指上面的照片，「她在這兒，這就是我們的莎迪。」

又是那張照片，一樣滿臉皺紋的老太太。穿著粉紫色的衣服，一頭白髮蓬得像棉花糖，還繫著髮帶。我看著照片的時候，感到喉頭有些哽咽，我無法把這張年邁、瘦小，又滿布歲月痕跡的臉，和驕傲、講究的莎迪形象連結在一起。

「這是她一百零五歲生日時候拍的。」金妮指著另一張照片，「妳知道的，她是我們有史以來年紀最大的院民！她還接到女王的電報祝賀。」

照片中，生日蛋糕就放在莎迪的面前，護士們擠在相片裡，手裡拿著茶，眉開眼笑，頭上還戴著派對用的小三角帽。我感到有點羞愧，我們為什麼不在那裡？為什麼她不是被我、爸爸和媽媽或是其他家人包圍著？

「真希望我當時能在場。」我咬著嘴唇，「我的意思是……我根本不知道。」

「這也難免。」金妮不帶任何斥責地對我微笑，反而讓我難受一百萬倍，「不用擔心，她很高興，而且我敢肯定，妳一定有好好送她最後一程。」

想起莎迪那可悲空洞的告別式，罪惡感更重了。

「呃……算是吧。嘿！」照片上有個東西引起我的注意，「等等！那個是？」

「就是那條蜻蜓項鍊。」金妮輕輕點頭，「如果妳要的話，這相片可以給妳。」

我拿下那張照片，難以置信，瞬間有點頭暈。就在那裡，從姨婆莎迪皺皺的上衣露出來，可以看得到。上面有珠子，還有鑲著萊茵石的蜻蜓。就跟她描述的一樣，這東西是真的。

「我很抱歉，我們這裡沒人能參加她的告別式。」我們走在走廊上時，金妮惋惜地說，「這個禮拜我們有很多人事上的問題，但晚餐時我們都舉杯敬她……好了，我們到了，這裡是莎迪的遺物。」

我們到了一間小儲藏室，一排排滿是灰塵的架子，她遞給我一個鞋盒，裡面有一把金屬材質的老舊梳子，還有幾本平裝書，再下面還有一些首飾的珠子。

「就只有這些？」我十分吃驚，顧不得自己反應是否恰當。

「我們沒有保留她的衣服。」金妮做出道歉的手勢，「也可以說，那些也不真的是她的。我是說，這些是別人幫她買的。」

「那她早年的東西呢？像是……家具什麼的？或是紀念性的物品？」

金妮聳聳肩，「抱歉，我來這裡只有五年。莎迪在這裡住了很長一段時間，我想也許是壞掉所以丟了，沒有再買新的。」

「好吧。」我掩飾我的驚訝，開始檢查這些小東西。人活了一百零五歲，留下來的東西就只有這樣？一個鞋盒？

翻到底部首飾、胸針的時候，我感到興奮。把所有項鍊、珠子都拿出來，尋找黃色的玻璃珠、閃亮的萊茵石，或是看有沒有什麼是蜻蜓造型的……

它不在這裡。

先不理會那不祥的預感，我把這一串串纏在一起的珠子解開攤平，一共有十三條項鍊，但沒有一條是我要找的。

「金妮，我找不到那條蜻蜓項鍊。」

「喔，親愛的。」金妮從我肩膀後方望過來，「應該在裡面的！」她拿起另一條串著紫色小珠子的項鍊，深情地微笑，「這一條她也很愛……」

「但我要找的是那條蜻蜓項鍊。」我知道我聽起來很煩躁，「有可能在其他地方嗎？」

金妮一臉困惑，「真奇怪，我們去跟哈莉特確認一下，她有重新整理過。」我們沿著走廊，穿越一扇寫著非請勿入的門，裡面的房間小巧但舒適。有三名護士坐在老式雕花的扶手椅上喝茶。

「哈莉特！」金妮對著一位戴著眼鏡，臉頰紅潤的女孩說，「這位是莎迪的姨甥孫女，勞拉。她想要找莎迪以前那條可愛的蜻蜓項鍊。妳有看到嗎？」

天哪，她幹嘛要這麼直白？我聽起來就像《小氣財神》裡的守財奴一樣。

「那不是我要的，」我急忙解釋，「我是為了……是有充分理由得把它找出來的。」

「它不在莎迪的盒子裡，」金妮解釋，「妳知道它還有可能會在哪裡嗎？」

「不在裡面！」哈莉特吃了一驚，「那，也許它也不在房間裡。雖然妳問我，但我不記得有看到。對不起，當時應該要做個清單，但那時急著要把房間空出來，有點趕。」然後她望向我，替自己辯解，「我們這裡一向人手不足……」

「請想想看還有可能會在哪裡？」我無助地望向她們，「有沒有可能被放到其他院民那裡？或是被送給了其他人？」

「舊雜貨義賣！」角落傳來一聲叫嚷，那裡坐了一位深色頭髮的瘦小護士，「它不會不小心在義賣裡賣掉了吧？」

「什麼義賣？」我轉身面對她。

「兩個禮拜前的週末，為了籌錢舉辦的活動。院民和他們的家屬會捐出一些東西來賣。會有很多小東西，裡面也會有不少珠寶首飾。」

「不。」我搖搖頭，「莎迪不會把項鍊捐出去的。對她來講，那條項鍊很特別。」

「所以我說，」那護士聳聳肩，「人們來來回回不同房間，長得都很像，都是堆滿裝著東西的小盒子，也許它被放錯間了也不一定。」

分析起來十分有可能，我突然對莎迪碰到這樣的損失感到忿忿不平。

「但這樣的錯誤不應該發生的！私人物品應該好好收好！項鍊不應該不見的！」

「地下室有個保險箱。」金妮急忙解釋，「我們會請院民把貴重物品，像是鑽石之類的，放到裡面保管。」

「我不覺得它是什麼貴重的東西，它只是……很重要。」我坐下，扶著額頭，試圖整理自己的想法，「那我們有辦法追蹤到它嗎？能知道參與義賣的名單嗎？」房間裡的人彼此交換懷疑的眼神，我嘆了口氣，「別告訴我，妳們也不清楚。」

「我們當然知道！」那深色頭髮的護士突然放下茶杯，「我們不是有抽獎名單嗎？」

「抽獎！」金妮大聲地說，「當然了！參加義賣的人都有一張抽獎券。」

她跟我解釋，「他們會留下完整的姓名和地址，以防萬一。明星獎是一瓶貝禮詩酒。」然後又自豪地補充，「而且我們還有一組的雅麗彩妝套組——」

「妳有名單嗎？」我打斷她，「能不能都給我？」

五分鐘後，我抓著四張影印的名單資料，上面有姓名和聯絡方式。總共有六十七人。

六十七種可能性。

不，可能性這字眼太強。六十七次的額外機會。

「非常感謝。」我微笑，不要聽起來太氣餒，「我會好好調查這份名單。要是妳們剛好有看到……」

「當然了！我們會幫妳注意的，對吧大家？」金妮尋求眾人回應，有三位跟著點頭。

我隨著金妮的腳步穿越大廳，走到前門時，她猶豫了一下，「我們有一本訪客記錄簿，勞拉。我不知道妳想不想在上面簽名？」

「喔。」我有點尷尬，「呃……好啊，有何不可？」

金妮拿出一本大大厚厚的冊子，用紅線綁著，她手指翻找著頁面，「所有院民都有自己的頁面。莎迪那一頁沒什麼簽名，我想說既然妳來了，希望妳能在上面簽個名，雖然她已不在人世……」金妮臉紅，「我這樣想會不會很傻？」

「不，妳真貼心。」我感到罪惡感，「我們應該常來看她的。」

「在這裡……」金妮翻到了一張泛黃的頁面，「喔！今年的確有人來看她！就在幾個禮拜前，那天我剛好放假，沒碰到。」

「查爾斯．里斯。」我在頁面上簽下勞拉．靈頓的時候把另一個名字唸出來。為了不讓頁面太空，還特別把名字簽大大的，「查爾斯．里斯是誰？」

「天知道？」她聳聳肩。

查爾斯．里斯。我看著這個名字，有點感興趣。也許是莎迪從小就關係要好的朋友或是愛人。喔，天哪，是的。也許他和藹地拄著拐杖，滿頭白髮，想要再握一次親愛的莎迪的手，但他並不知道莎迪已經死了，所以沒有來參加喪禮……

對照來看，我們家人真是垃圾。

「查爾斯．里斯有沒有留下什麼聯絡方式？」我抬頭，「他很老嗎？」

「我不知道，但我可以幫妳問問……」她從我手中拿回本子，看著我的簽名，眼睛一亮，「靈頓！妳是那靈頓咖啡的……親戚嗎？」

天哪，我今天真的沒這心情。

「沒有。」我處弱地一笑，「只是巧合。」

「嗯，很高興見到妳，莎迪的姨甥孫女。」我們走到了門前，她友好地給我一個擁抱，「妳知道的，勞拉，我覺得妳有遺傳到她一部分，妳們內心都很像，我能感覺到妳們都很善良。」

這位護士才是真的善良，我並不是，看看我，我從來沒拜訪我姨婆過。也不曾為了環保來騎腳踏車。好吧，有時候我的確會買《大誌雜誌》❿，但要是我手上剛好拿著一杯卡布奇諾的話，就不會買，因為我沒有手去包包裡拿錢啊。

「金妮。」一位紅頭髮的護士向他招手，「能借一步說話嗎？」她把金妮拉到一邊，我只斷斷續續地聽到幾個關鍵字，「……奇怪……警察……」

「警察？」金妮聽到後驚訝地瞪大了眼，

「不知道……數字……」

金妮拿起一小張紙，轉過頭來對我微微一笑，我也勉強一笑，但我已嚇到僵掉了。

---

❿《大誌雜誌》：由街友幫忙販售，提供街友一個自食其力的就業機會。

警察。我都忘了警察了。

我跟警方說，莎迪在療養院被謀殺了。這些護士這麼善良，我為什麼要這樣說？我在想什麼？

是莎迪的錯。不，不對，是我的錯。我應該管好我的大嘴巴。

「勞拉？」金妮奇怪地看著我，「妳沒事吧？」

她會被控告殺人，而且她還不知道。這都是我的錯，我會讓這裡每個人都失業，這裡一關門，所有老人就會無家可歸……

「勞拉？」

「我沒事。」我嘴裡擠出這幾個字，「很好，但我得走了。」我開始退到門前，步履蹣跚，「謝謝，再見。」

我一直等到走出門，沿著小路回到人行道上才撥出電話。驚恐地按下手機裡詹姆士警探的號碼，我不該說有謀殺案的，永遠不會再這樣做了，我要把之前說的否認掉，坦白一切……

「詹姆士警探辦公室。」電話裡一位俐落女子的聲音打斷我的思緒。

「喔，哈囉。」我穩住自己的聲音，「我是勞拉．靈頓。請問詹姆士或是戴維斯警探在嗎？」

「他們都在外面。妳要留言嗎？如果有什麼緊急事情——」

「是的，非常非常緊急。跟謀殺案有關。能不能請妳轉告詹姆士，我……我發現……呃……一個新的發現。」

「一個新發現。」她重複道，她八成正在把我講的寫下來。

「是的，是有關我的供述。它非常重要。」

「我想妳應該跟詹姆士警探親自談談。」

「不！來不及了！妳必須跟他說，謀殺我姑姑的不是療養院的人。他們什麼也沒做。他們很棒，這個方向是錯的……而是……」

我想提起勇氣，咬緊牙齒，承認自己謊報了整件事，但突然我發現不行，我不能承認一切，不然喪禮馬上又會舉行。我可以想像得到莎迪在喪禮上無助地哭喊，無法安息。我不能讓事情變成這樣，就是不行。

「所以？」那女子有耐心地問。

「我……呃……事情是……」

我左思右想，想找到一個既能坦白，又能幫莎迪爭取時間的說法，但我找不到，不可能會有。那女的快等不下去了，我不能讓她把電話掛上，我得說些什麼……

我需要一個餌，讓他們分散注意力，把重心放在其他事情上，就能在這期間內找到項鍊。

「是另有其人。」我脫口而出，「一個男的，我在酒吧裡聽到的是他的聲音。我之前一時糊塗了，他留著山羊鬍，而且還把它紮成辮子。」我隨口亂說，「他臉上還有疤，我現在想起來了。」

他們永遠不可能找到有著辮子山羊鬍，而且臉上有疤的男人。就目前來講，應該沒問題了。

「一個留著山羊鬍辮子的男人……」那女的聽起來像是要把它寫下。

「還有疤。」

「呃，不好意思，這個男人做了什麼？」

「他謀殺了我姨婆！我之前有過筆錄，但我記錯了，所以請妳把它銷毀……」

對方愣了好一會兒，然後開口，「親愛的，這可能不是筆錄是否銷掉換問題，我想詹姆士警探會想親自和妳談談。」

喔，天哪，但我不想和他談。

「好啊！」我不要讓對方聽出我的心虛，「沒問題，只要他知道護士絕對不是凶手。妳要不要寫在便利貼或是什麼東西上？『護士不是凶手。』」

「『護士不是凶手。』」她語帶不解地重複一遍。

「沒錯，記得字寫大一點，放在他桌子上。」

一陣沉默後，那女的又開口，「能不能再重複一次妳的名字？」

「勞拉．靈頓。他知道我是誰。」

「我相信他會記得妳，不過靈頓小姐，我也確定詹姆士警探會想跟妳聊聊。」

掛上電話，低著頭走在路上，雙腿發軟。終於講完了，我緊張得要死。

兩個小時後，我的感覺不再是緊張，而是疲備不堪。

我現在對英國人民有了全新認識：明明就是一件很簡單的事情，就是打個電話給對方，問問項鍊在不在他們那裡，但要是你真的嘗試這麼做，就不會覺得它有多簡單了。

我覺得我可以寫一本有關人性的書，書名就叫《人民互不幫助》。他們接到電話，會先問你是怎麼拿到他們的號碼和名字，然後妳一提到有關抽獎之類的關鍵字，他們就會興奮地覺得自己中了什麼大獎，高興地叫自己的丈夫來聽，「達倫，我們中獎了！」然後在澄清他們什麼也沒中的時候，他們態度立刻會變得多疑。

接下來，開始說明有關義賣會商品時，那多疑又會加劇。他們會認定妳一定想推銷什麼東西，或是透過什麼心電感應來竊取他們的信用卡資訊。我打到第三通的時候，還聽到話筒後面有人說：「這我聽過，他們打電話給妳，要妳聯絡回去，那是網路詐騙的手法，快掛上電話，蒂娜。」

我很想大叫，*怎麼可能是網路詐騙？我打的是電話耶！*

目前為止，只有一位女士比較熱心：艾蓮．羅伯茨，但跟她講話也十分令人不耐，我在線上等了十分鐘的時間，聽她把義賣會上買的所有東西細數一遍，還說找不到真可惜。問我有沒有想過在布羅姆利的商店訂製一串一模一樣的？

天啊。

我揉揉紅紅的耳朵，它長時間壓在話筒上。然後數一數劃掉的名字，已經打了二十三通，還剩下四十四通要打。這真是個爛主意。我永遠不可能找到那條蠢項鍊。我伸伸懶腰，把名單折起來放回袋子裡。我明天有空也許再試試……也許。

我走進廚房，倒了一杯酒，把千層麵放進烤箱裡。突然就聽到「妳找到我的項鍊了嗎」。我嚇了一跳，頭撞到烤箱的門，往上一看，莎迪就坐在窗台上。

「妳出現時能不能先提醒一下！」我說道，「不管了，妳跑哪裡去了？為什麼突然丟下我一人？」

「那地方好可怕。」她張大嘴，「全是老人，我得快點逃跑。」

她聲音很小，但我聽得出來她非常害怕回到那裡。一定是因為這樣她才消失這麼久。

「妳也是老人家。」我提醒她，「而且妳還是那裡最老的，看，這是妳！」我把外套口袋的照片拿出來，滿臉皺紋，一頭白髮。我看到她表情有一瞬間的驚恐，然後匆匆瞥了一眼照片。

「那才不是我。」

「那就是妳！這是護士給我的。她說這是妳一百零五歲生日拍的！妳應該感到驕傲！妳還收到了女王發來的賀電……」

「我的意思是，那不是我，那不是我的內心，我是這樣覺得。」她伸出雙臂，「像這樣，一個二十幾歲的女孩。這才是我，外觀只是個……皮囊。」

「不管啦，妳要離開應該也先說一聲。妳就這樣丟下我一個！」

「那妳拿到項鍊了嗎？找到了嗎？」莎迪充滿希望地問，我忍不住退縮了一下。

「對不起，他們有一盒子妳的東西，但裡面沒有蜻蜓項鍊，沒有人知道它在哪。真的很對不起，莎迪。」

我已經做好心理準備，等著再次聽到女妖般的尖叫，或是發脾氣……但並沒有，她只是微微半透明地閃了一下，好像電燈電壓不穩的樣子。

「不過我正在努力，」我補充，「我打電話給所有參加義賣的人，看會不會是有人買回家，我整個下午都在打電話，而且說真的，這還真不簡單。」我又補一句，「我累壞了。」

我希望莎迪能表示一下感謝，鼓勵一下，說謝謝我為她做的一切，或是我很聰明之類的讚美，但她只是嘆了口氣，然後不耐地在牆壁間穿梭。

「不客氣。」我言不由衷地說。

我走到客廳，不斷切換電視頻道，這時她又出現了，非常感興趣的樣子。

「妳鄰居好有趣喔！樓上有一個人躺在機器上，嘴裡一直發出呻吟。」

「什麼？」我盯著她，「莎迪，妳不能跑去偷看我鄰居！」

「『小尻搖起來』是什麼意思？」她無視我的話，「廣播裡那女生唱的，聽起來沒有任何意義。」

「那意思是……跳舞，用盡全力在跳。」

「但『尻』又是什麼？」她仍感到不解，「是舞鞋嗎？」

「當然不是！尻就是……」我站起來，拍拍我的屁股，「像這樣跳舞。」我示範了幾個街舞的動作，然後看到莎迪咯咯地笑。

「妳像在抽筋，這哪是跳舞啊！」

「現代跳舞就是這樣。」我瞪著她然後坐下。跳舞居然被笑，有點小受傷，我喝一大口酒，然後不爽地看著她。她興味盎然地瞪著大眼在看《東區人》⓫

「這是什麼？」

⓫《東區人》：英國長壽肥皂劇。

「《東區人》，是一部電視劇。」

「為什麼他們都吵來吵去？」

「不知道。一直都這樣。」我又喝了一口酒，真不敢相信，我居然在對我姨婆解釋什麼是《東區人》還有小尻搖起來是什麼。不能來點更有意義的事嗎？

「嘿，看我這裡，莎迪……妳到底是什麼？」我憑著一股勁開口問，並把電視關了。

「什麼叫我是什麼？」她好像覺得自己被冒犯了，「我是一個女孩，就跟妳一樣。」

「一個已經死了的女孩。」我糾正，「這點跟我很不一樣。」

「這點不用妳說。」她冷冷地道。

我看著她把自己放在沙發上，雖然表現得盡可能自然，但很明顯一點重量都沒。

「妳有什麼超能力嗎？」我換個方式問，「會噴火嗎？或是把身體拉得瘦瘦長長的？」

「不會。」她不高興，「但我是很瘦。」

「妳有要擊敗的敵人嗎？就像巴菲那樣？」

「誰是巴菲？」

「《魔法奇兵》[12]裡的角色。」我解釋，「她在電視劇裡和惡魔還有吸血鬼戰鬥。」

「別蠢了。」她還反過來教訓我，「世界上沒有吸血鬼。」

「好吧，那世界上也沒鬼！」我回她，「這不是什麼荒謬的事！妳都不知道嗎？很多死去的靈魂會回來和邪惡的黑暗勢力戰鬥，或是引導人們走向光明之類的，他們會做一些更積極的事，而不是枯坐在電視機前。」

莎迪聳聳肩，一副干我屁事的樣子。

我喝了一小口酒，思考了一下。她顯然不是回來和黑暗力量對抗，但說不定可以引導人性光明，也許我應該向她學習。

「所以，妳活了一整個二十世紀，」我試探著問，「這太神奇了，那妳一定知道……呃……溫斯頓．邱吉爾長什麼樣？或是約翰．甘迺迪，暗殺他的人真的是李．哈維．奧斯華德嗎？」

莎迪用一種看著白痴一樣的眼神看我，「我怎麼知道？」

「那是因為。」我才不是白痴，「這是妳人生裡發生的事！第二次世界大戰又是什麼樣的體驗？」但我很意外，莎迪一臉茫然，「妳不記得了嗎？」

「我當然記得。」她回過神來，「冷冰冰的，毫無生氣，我一個朋友還死了，我不想回憶這個。」她聲音十分尖銳，但我看到她的遲疑，讓我十分好奇。

「妳還記得妳的一生嗎？」我謹慎地問。

她的記憶加起來也有一百多年，不知道她是怎麼把這一百年的事記在心中的？

「那感覺就像……一場夢。」莎迪喃喃，像在自言自語，「有一部分是模糊的。」她用一根手指在裙子上纏繞，表情神遊，「我記得所有該記得的。」

「所以妳自己決定是什麼該記什麼不該。」我說。

「我沒那麼說。」她眼中有一種無法理解的神情，她轉過來看著我，像這個話題結束了一樣。她到壁爐前，看了架子上的照片，那是去杜莎夫人蠟像館玩的照片，我站在布萊德．彼特的

⑫《魔法奇個》：美國電視劇。裡面的女主角巴菲被命運選中，要跟邪惡進行對抗。

蠟像旁邊微笑。

「這是妳男朋友嗎？」她轉過來問。

「我也這麼希望。」我挖苦地說。

「妳沒有男朋友嗎？」她用一種同情我的語氣說，讓我很不爽。

「我是有過男朋友，幾個禮拜前還有一個叫喬許的，但結束了。所以……我現在單身。」

莎迪充滿期待地看著我，「那可以再交新男朋友啦？」

「我不想交新男朋友！」我不悅地說，「我還沒做好準備！」

「為什麼？」她似是不解。

「因為我還愛他！這打擊真的很大！他是我靈魂伴侶，我們曾經這麼相投……」

「那他幹嘛要離開？」

「我不知道．就是不知道！但至少，我是有個假設……」我愈來愈小聲，談論喬許會很痛苦，但能有個不一樣的人談一下也很讓人欣慰，「好吧，我想聽聽妳的想法。」我踢掉鞋子，盤腿坐在沙發上，身體往莎迪方向傾，「我們本來是在一起，而且關係也很要好——」

「他帥嗎？」她打斷我。

「他當然帥啦！」我拿出手機，找出他最討喜的一張照片給莎迪看，「這是喬許。」

「嗯……」她擺出不怎麼樣的表情。

嗯……她的評論就只有這樣？喬許當然帥翻了，這不是我個人的偏見。

「我們是在篝火聚會上認識，他從事資訊科技的廣告。」我手機往下滑，給她看其他照片，「我們一見面就聊得很來，妳知道這什麼意思吧？我們常常聊天聊整夜。」

「真無聊。」莎迪皺著鼻子，「我寧可整夜賭博。」

「這是在互相認識。」我露出感到被冒犯了的神情，「妳跟人戀愛的時候也會是這種感覺。」

「你們一起跳舞嗎？」

「有時候會！」我翻翻白眼，「這又不是重點！重點是我們是天造地設的一點，無話不聊，還為對方痴狂。我真的覺得他就是我的真命天子，但後來……」我停了一下，又想到痛苦的那一段，「好吧，有兩件事。第一，這次是我……是我不好。我們有次走到珠寶店，然後我說：『你可以買這個戒指給我。』但那時候我只是在開玩笑，但我覺得他有被嚇到。再來就是，幾個禮拜後，他其中一個朋友失戀了，他們的愛情長跑突然結束了，這消息像晴天霹靂。彼此的承諾雙方都無法再維持，所以兩個人就分了，然後……喬許就突然……退縮了。之後他就跟我分手，然後什麼也沒說。」

我閉上眼睛，當痛苦的回憶湧現時，還是一樣震驚。他居然用電子郵件提分手！

「所以情況是，我知道他還是關心我的。」我咬著唇，「我是說，正是因為他沒有開口，所以代表他也很在乎！代表他害怕或是想要跑開，也可能有其他我不知道的原因……但我覺得很無力。」眼眶中開始充滿淚水，「要是他不願談的話，我該怎麼跟他重修舊好？要是我不知道他在想什麼，我要怎麼讓事情改善？我是說……妳怎麼看？」

她不發一言，我轉頭望向她，看到莎迪閉著眼睛坐著，輕聲在嗯哼嗯哼。

「莎迪？莎迪？」

「喔！」她眨眨眼，「抱歉，當我聽到太無聊的長篇大論時，我就會開始神遊。」

無聊的長篇大論？

「這不是什麼無聊的長篇大論！」我氣憤地表示，「我在跟妳分享我的戀情！」

莎迪一臉認真的樣子盯著我，「妳是認真的是嗎？」她問。

「沒有，我沒有認真。」我馬上否認，「什麼東西認不認真？」

「我在妳這年齡時，要是有個男生表現不及格，那只要把他從約跳舞的名單裡剔除就好了。」

「好吧。」我避免用太說教的口吻，「但這比不能跳舞還嚴重，我們之間不只是跳舞。」

「我有個最好的朋友邦蒂，在一次過新年的時候搭計程車，有個名叫克里斯多福的男孩，在車上對她很不禮貌。妳知道什麼意思。」莎迪睜大眼睛，「然後她哭哭啼啼，一直擤鼻子，然後……呀呼！還不到復活節她就訂婚了！」

「呀呼？」我克制不住發出聲來，「這就是妳對男人的態度？呀呼？」

「怎麼了嗎？」

「人與人之間關係的對等呢？感情的承諾呢？」

莎迪很困惑的表情，「為什麼妳一直在談承諾？妳是要承諾進精神病院嗎？」

「不是！」我耐著性子，「我是說……對了，妳結婚了嗎？」

莎迪聳聳肩，「我婚姻只維持了一陣子，我們常常吵架，太累人了，然後就開始想，為什麼要浪費時間在這個男人身上。所以我離開他，跑到國外，到遙遠的東方，那是一九三三年的事。後來在大戰期間我們離婚，他說我通姦。」她興高采烈地又補充道，「但那時所有人都太忙了，沒心情去管家務醜聞。」

廚房烤箱發出了叮的一聲，我的千層麵烤好了。我腦中反覆在想著剛才的事，莎迪離婚了，她到處拈花惹草，她跑到遙遠的東方，不管那東方是指哪裡。

「妳是去了亞洲嗎？」我正在調味千層麵，倒在盤子上，又放了點沙拉，「我們現在叫那裡『亞洲』，而且，順帶一提，我跟喬許很努力在經營彼此關係。」

「努力？」莎迪出現在我身邊，皺著鼻子，「聽起來很無趣，難怪最後會分手。」

「才不是！」我好想打她，煩死了，她根本什麼都不懂。

「低、熱、量。」她把千層麵包裝上的字唸了出來，「什麼意思？」

「這表示它是低脂的。」我有點不情願地說，她大概也會跟我媽一樣，開始碎碎唸，她對這些減肥食品很有意見，說現在女生對減肥也太過著迷了，還會說我又不胖之類的。

「啊，原來妳在減肥。」莎迪眼睛突然亮了起來，「妳應該試試好萊塢飲食，每天只吃八個葡萄柚、黑咖啡和一個水煮蛋，然後抽一大堆香菸。我只試了一個月，體重馬上就掉下來。我們村裡一個女孩老說她是吃條蟲藥瘦的，但卻又講不出那藥是在哪買的。」

我盯著她，感覺有點噁心，「條蟲？」

「牠們會在妳胃裡把所有食物吃光，妳懂的。這主意不錯吧。」

我坐下，看看自己的千層麵，嗯，我不餓了。一部分是因為條蟲的畫面出現在我腦海裡，另一部分是我好久沒這樣談論喬許的事了，我有點難過沒心情。

「如果我能跟他談談的話，」我戳起一塊黃瓜，沒什麼食慾地看著，「如果能知道他在想什麼就好，但他不接我電話，也不想見面……」

「還要再談？」莎迪一臉吃驚，「妳要是繼續跟他談，那妳要多久才會忘了他？親愛的，當生活出現不如意的事情，我告訴妳該怎麼做。」她一副過來人的口吻，「要抬起下巴，露出讓人陶醉的笑容，喝一點調酒……然後出去。」

「沒有那麼簡單。」我忿忿地說，「而且我並不想忘記他，還是有些人相信愛情，我們不會放棄真愛。」

我突然發現莎迪閉上眼睛，又開始嗯哼。

相信我，纏著我的一定是世界上最古怪的鬼魂，一下尖叫，一下發表讓人憤怒的評論，一下跑去偷窺我鄰居……我吃了一口千層麵，慢慢咀嚼。不知道她從我鄰居那裡還能看到什麼。也許我能請她看一下樓上發出噪音的時候，他到底在幹嘛。等等。

喔，我的天哪。

我差點被食物噎死。沒有任何預警，突然一個新的想法出現在我腦中，一個完整又出色的計畫，能解決所有問題。

莎迪可以去監視喬許。

她可以跑到他家，聽他談話，可以找出有關他的所有事，然後回來跟我說。這樣我就能想辦法找出我們之間的問題加以解決。

原來是這樣，這就是為什麼她會留在人世只能被我看到的原因。

「莎迪！」我激動地跳起來，突然腎上腺素上升而有點頭暈，「我知道了！我知道為什麼妳會在這裡了！妳是為了讓我跟喬許復合！」

「才不是，」莎迪立刻反駁，「是為了找到我的項鍊。」

「沒有升天就為了找那條破項鍊？不可能。」我手往旁邊一揮，「也許妳被派來是為了要幫助我。這才是妳重返人世的目的。」

「我沒有被派來！」莎迪非常生氣，「而且那不是破項鍊！我也不想幫妳，是妳要幫我！」

「誰說的？我賭妳一定是我的守護天使。」我愈來愈大聲，「我敢賭，妳被派來一定是為了讓我知道我的生活還是很棒，就跟那部電影一樣。」

莎迪默默看了我一會，然後又檢查下廚房，「我覺得妳的生活不怎麼棒。」她說，「這裡很單調，而且妳髮型很醜。」

我怒視著她，「這個守護天使有夠爛！」

「我不是妳的守護天使！」她回嘴。

「妳怎麼知道不是？」我手抓緊自己的胸口，「我強烈地感覺到，妳被派來是為了幫助我跟喬許復合，我靈魂深處這麼跟我說。」

「好吧，我也有很強烈的感覺，我不應讓妳跟喬許復合。」她也立刻唱反調，「我靈魂深處是這麼跟我說的！」

她還真厚臉皮，她對靈魂有什麼了解？她能夠看到其他鬼魂嗎？

「嗯，好吧，我還活著，所以我說了算。」我說，「妳應該要幫助我，否則我也沒時間幫妳找項鍊。」

我沒有想要這麼直接，但這也是她逼我的，誰叫她這麼自私，而且老實說，幫助自己姨甥孫女有什麼不對。

莎迪生氣地瞪著我，但我知道她已經沒牌出了。

「好吧。」她終於開口，重重地嘆了口氣，「這是個糟糕的主意，但我想我沒其他選擇，妳要我做什麼？」

6

好幾個禮拜，甚至好幾個月以來，都沒像今天這樣動作俐落。第二天早上八點，我覺得自己煥然一新！不像之前拿著喬許的照片哭哭啼啼，地上還放瓶伏特加，重複播放著艾拉妮絲．莫莉塞特⑬的音樂。

好吧。其實也只有一天是那樣子。

總之，看看現在的我！精力充沛，整個人都不一樣。俐落的眼線，輕鬆的條紋上衣。準備迎接這一天，監視喬許並讓他回到我身邊。為了提高效率，我甚至預約了計程車。

我走到廚房，發現莎迪換了一件衣服坐在桌子旁，這次是淡紫色，有薄紗，垂肩設計。

「哇喔！」我不由得驚嘆，「妳怎麼每次都穿的不一樣？」

「這不是很好嗎？」莎迪得意地說，「很容易的，妳知道吧。我只要想像自己穿著某件特定的衣服，然後它就會出現在我身上。」

「所以，這件是妳最喜歡的一件嗎？」

「不是，這是我認識一位叫塞西莉的女孩的衣服。」莎迪撫平裙子，「我一直很想要。」

「妳就這樣把它拿來穿？」我咯咯笑道，「妳把它偷來了嗎？」

「我沒有偷。」她冷冷地說，「別笨了。」

「妳怎麼知道？」我忍不住故意刺激她，「要是她也是個鬼，那她想穿的話，不知道今天能不能穿？會不會坐在某個角落哭？」

「事情不是這樣。」莎迪語氣死板板。

「那妳又知道事情是怎樣？」我停頓一下，突然有個不錯的想法，「嘿！我懂了！妳應該想像一下妳的項鍊，只要讓它出現在妳腦海，就可以戴上它了。快閉上眼睛，認真思考——」

「妳一直都這麼笨嗎？」莎迪打斷我，「我早就試過了，我也想像我的兔毛披肩和舞鞋，但就是沒辦法，我也不知道為什麼。」

「也許妳只能穿『鬼衣服』。」我思考一會後說，「那件衣服也死了，就像東西被破壞掉、粉碎。」

我們都看了一下這件淡紫色的洋裝，這麼漂亮的衣服被粉碎，讓人傷感。老實講，我真希望我沒這麼說過。

「那麼，妳都準備好了嗎？」我改變話題，「如果我們早點走，就可以趕在喬許出門上班前碰到他。」我從冰箱中拿出優格，用湯匙舀著吃。一想到要再跟喬許見面，就有點飄飄然。我連優格都吃不下，興奮極了。把吃一半的放回冰箱，湯匙丟在水槽裡，「來吧，我們出發吧！」我從水果盆裡拿起梳子往頭上梳，然後抓起鑰匙，轉身看到莎迪在盯著我看。

「天哪，妳手臂真肥。」她說，「我之前都沒注意到。」

「那不是肥，」這樣說人真沒禮貌，「這是結實好嗎。」我二頭肌緊緊彎起給她看，她一副

⓭ 艾拉妮絲・莫莉塞特：加拿大搖滾天后。曾花了不少時間參加戒酒會，並以此經驗創作歌曲。

敬謝不敏的樣子。

「這比肥更糟糕。」她自信地低頭看自己纖白的手臂，「大家都說我的手臂漂亮。」

「是是，但現在審美觀不同了。」我提醒她，「現代人都去健身。妳準備好了嗎？計程車再一分鐘會到。」電鈴響了，我接起對講機。

「好的，我馬上就下來……」

「勞拉？」好熟的聲音，「親愛的，我是爸爸，媽也在，我們來看看妳是不是沒事，想說趁妳上班前來看妳一眼。」

我難以置信地盯著揚聲器。爸和媽？我的天，這來看一眼是哪招？他們從來沒有用來看一眼這種方式出現。

「呃……太棒了！」我假裝輕鬆，「我馬上下來！」

我從公寓出來，他們站在人行道上。媽還拿著一盆盆栽，爸手裡拿著荷柏瑞⑭的袋子。他們低聲交談，一看到我，馬上充滿微笑，好像我是精神病人一樣。

「勞拉，親愛的。」爸爸擔心地打量我的表情，「妳怎麼沒回電？我們很擔心！」

「喔，對，抱歉。我有點忙。」

「親愛的，警察局裡還好嗎？」媽媽故作輕鬆的語氣。

「喔，很好啊，就是做個筆錄。」

「喔，麥克。」媽快暈過去似的閉上眼。

「所以，妳真的認為是有人殺了莎迪姨婆？」我知道爸其實和媽一樣擔心。

「拜託，爸，不是什麼大事。」我安慰他們，「不用擔心。」

媽把眼睛睜開，「維他命。」她說完就往荷柏瑞的袋子裡翻，「我問了店裡的店員……適合壓力大的……」她動作停止了一下，「還有薰衣草油……養盆植物可以緩解壓力……妳可以跟它說話。」她想把手上盆栽塞給我，我不耐煩地把它推開。

「我不要植物！我會忘了澆水，它會死掉。」

「好好，不要植物。」爸溫柔地說，微微瞪了媽一眼，「我們都知道，妳現在的工作，還有跟喬許的關係讓妳壓力非常大。」

當他發現喬許又回到我身邊，他們就會改變想法，我們最後結婚，他們會發現我才是對的，但顯然，現在還沒辦法跟他們說這個。

「爸。」我有耐性，擺出一種通情達理的微笑，「我不是說了嗎，我沒有考慮喬許的事，我只想過自己的生活。是你一直在提。」

哈，真是明智。我用喬許反將他一軍，變成是他太在意喬許的事。結果計程車就開到旁邊停下，「比肯希爾大廈三十二號？」

該死。好。我就當作沒聽到。

媽和爸交換了眼神，「那不是喬許住的地方嗎？」媽試探性地問。

「我不記得了。」我漫不經心地說，「總之，這車應該是別人叫的……」

⑭荷柏瑞：保健食品品牌。

「比肯希爾大廈三十二號？」那司機傾著身子，音量提高，「勞拉．靈頓？是妳叫的車嗎？」王八蛋。

「妳為什麼要到喬許的公寓去？」媽的聲音小到像自言自語。

「我沒有！」我抵死不認，「一定是我幾個月前叫的車，現在終於來了！他們不是常遲到嗎。你遲了六個月！快走！」我對著那一臉困惑的司機大叫，他最後終於把車子開走了。

空氣在沉默中凝結壓力。爸把心裡的想法全都寫在臉上，真是可愛。他一方面想相信我呈現出來那美好的樣態，但另一方面又有相反的事實告訴他事情不是這樣的。

「勞拉，妳發誓那輛計程車不是妳叫的？」他終於開口。

「我發誓。」我點頭，「以……莎迪姨婆的性命起誓。」

我聽到一聲嘆息，張望四周，發現莎迪正怒瞪著我。

「我想不到其他的了！」我小聲辯解。

莎迪沒理我，直接跑到我爸那裡，「你這個笨蛋，」她強調，「她仍迷戀喬許，她正要去監視他，還要我去替她做這骯髒的工作。」

「閉嘴，妳這個抓耙仔！」我不小心喊出口。

「妳說什麼？」爸張大了眼。

「沒事。」我清清嗓子，「沒有，我很好。」

「妳沒救了。」莎迪同情地翻了白眼。

「至少我沒有糾纏別人！」我忍不住回嗆。

「糾纏？」爸想聽懂我說什麼，「勞拉，到底是怎麼……」

「抱歉。」我對他微笑，「我只是把思考的事講了出來。其實我是在想莎迪姨婆的事。可憐的姨婆。」我嘆了口氣，搖搖頭，「她手臂都瘦得像雞骨頭了。」

「它才不瘦！」莎迪回頭生氣地瞪我。

「她也許還以為它們很好看，她一定被人誤導了！」我開心地笑，「有誰會想讓自己的手臂瘦得像個吸管刷？」

「誰會想讓自己的手臂粗得像個枕頭？」莎迪回擊，我氣死了。

「那才不是枕頭！」

「勞拉……」爸小聲地說，「什麼不是枕頭？」

媽看起來快哭了，她還抓著那個盆栽，手裡還有一本書《輕鬆實現！無壓力生活》。

「總之，我得去上班了。」我抱了抱媽，「真高興看到妳，我會看妳的書，吃一些維他命；爸，回頭見。」我也抱抱爸，「不用擔心。」

我對著他們飛吻完沿著人行道快步行走，一到轉角，他們仍像蠟像一樣站在原地。

我真為爸媽感到難過，真的。我至少應該買盒巧克力給他們。

二十分鐘後，我站在喬許公寓外面，興奮不已。一切都會按計畫進行。我指認他公寓的窗戶並解釋了建築物的格局。接下來就看莎迪了。

「去啊！」我說，「穿牆過去！太酷了！」

「幹嘛要穿牆。」她不屑地看了我，「我只要想像自己在那公寓裡就行了。」

「好，那……祝妳好運。盡可能找出更多的資訊，要小心點喔。」

莎迪消失了，我抬頭看看喬許的窗戶，但什麼也看不到。我想像裡面的樣子，內心有點難過。這是我幾個禮拜以來，距離喬許最近的時候。他現在就在那裡，莎迪看得到他，而莎迪也隨時會再出現。

「他不在。」莎迪出現在我面前。

「不在那裡？」我瞪著她，這怎麼可能，「好吧，那他在哪？他通常九點才上班的。」

「我不知道。」莎迪不怎麼感興趣。

「裡面看起來怎麼樣？」我忍不住想問更多，「很亂嗎？是不是到處都是吃剩的披薩盒和空啤酒瓶？是不是過得很不好？不想活了？」

「沒有，非常整齊。廚房裡很多水果。」莎迪補充，「這我有注意到。」

「喔，看來他照顧自己照顧得不錯……」我垂頭喪氣，有點氣餒，並不是說我希望喬許在感情上變得脆弱，處於崩潰邊緣，但是……

好吧，妳懂的，至少那會感覺我很重要。

「我們走吧。」莎迪打了個哈欠，「我受夠了。」

「我不要走！再進去！看看有沒有其他線索！比方說……有沒有我的照片？」

「不要。」莎迪馬上回嘴，「一張都沒有。」

「妳根本看都沒看。」我埋怨地看著她，「看看他書桌，看他有沒有正在寫的信，說不定是寫給我的。去啊！」我沒多想，就伸手把她推向前，結果手直接穿過她身體。

「噁！」我把手縮回，身體往後，覺得有點噁。

「不要這樣！」她驚呼。

「呃……會痛嗎？」我看了一下自己的手，感覺它們好像穿過她的內臟。

「不算是痛。」她不情願地表示，「但有人把手穿過我肚子，還是感覺不舒服。」

她咻一下又不見了。我安撫激動的情緒耐心等著；但實在很難，我在外面焦急地什麼也做不了。要是我進去找，一定會找到一些有用的東西；像是會寫下喬許想法的日記什麼的，或是寫了一半還沒發送的電子郵件，或是……一首詩什麼的，我開始發揮想像力。

莎迪看到一張紙上寫了一半的詩，那會是什麼詩？我開始想像，就跟喬許一樣直接的詩。

全都錯誤了。

想念妳，勞拉。

愛妳的……

我想不到有什麼可以跟拉押韻的。

「醒醒！勞拉！」我睜開眼睛，又看到莎迪出現在眼前。

「有找到什麼嗎？」我深吸一口氣。

「對，我有找到一些東西！」莎迪一臉得意，「而且是極為有趣的玩意兒。」

「喔，我的天哪，是什麼？」各種讓人振奮的可能性出現在我腦中，我快無法呼吸，說不定是把我的照片放在枕頭下……日記裡寫著想重新跟我聯絡……

「他星期六和一個女生約吃午餐。」

「什麼？」我所有幻想消失，難過地盯著她，「妳什麼意思，他跟另一個女生約吃午餐？」

「廚房裡貼了一張備忘錄：十二點半，和梅瑞共進午餐。」

我不知道梅瑞是誰。喬許認識的人裡沒有人叫梅瑞。

「梅瑞是誰？」我激動地問，「誰是梅瑞？」

莎迪聳聳肩，「他的新女友？」

「不准這麼說！」我驚恐地叫出來，「他沒有新女友！不會的！他說了沒有第三者！他說……」

我語氣拉長，心臟狂跳，我從沒想過喬許會認識其他女人。

在他之前的分手信中，說他不會急著找新的關係。他說他需要時間思考自己的人生。好吧，他已經想過了是嗎？要是我要思考自己人生，我絕對會思考不止六個星期，我會要……一年，至少一年時間！也許兩三年。

男人對什麼事都跟做愛一樣，二十分鐘就完事，而且完全不想討論，根本什麼都不懂。

「有說在哪裡吃飯嗎？」

莎迪點頭，「馬丁酒館。」

「馬丁酒館？」我快喘不過氣了，「那是我們第一次約會的地方！我們常去那裡！」

喬許帶女孩去馬丁酒館，一位名叫梅瑞的女孩。

「再進去。」我激動地揮舞雙手，「再找，找出更多訊息！」

「我不要再進去！」莎迪拒絕，「妳想知道的已經找到了。」

她說得沒錯。

「妳說得對。」我態度一百八十度改變，轉身離開公寓，心裡只想一件事，還差點撞到一位老人，「妳說得對，我知道他們要去哪家餐廳，什麼時間。我要親自去看看。」

「不！」莎迪出現在我面前讓我嚇一跳，她說：「我不是這個意思！妳不能跑去監視他們。」

「我非去不可。」我不解地說，「不然我怎麼知道梅瑞是不是他新女友？」

「妳不用知道，好聚好散，去買件新衣服，找其他男人，或是多找幾個。」

「我不要多找幾個男人。」我喃喃地說，「我只要喬許。」

「好吧，妳得不到喬許！放棄吧！」

我非常、非常、非常討厭別人跟我說放棄。我父母、娜塔莉，就連公車上第一次見面跟我聊天的老太太都這麼說……

「我為什麼要放棄？」我表示抗議，連語氣也跟著上揚，「為什麼每個人都不斷叫我放棄？堅持一個目標錯了嗎？在生活方方面面都不能輕言放棄，堅持下去是值得的！想想看，有人告訴愛迪生放棄發明燈泡嗎？也沒有人叫史考特[15]忘了南極啊！沒有人說：『算了吧，史考特，世界

⑮史考特：羅伯特·史考特，英國探險家，想成為第一位到南極點的人，想從南極帶回化石以證明達爾文演化論，最後沒有成功，死在南極洲。

上還有其他地方有很多雪的。』他努力不懈，從不放棄，雖然十分辛苦，但最後還是成功了！」

說完後，我感到非常激動，但莎迪凝視著我，好像我是白痴，「史考特沒有成功，他最後凍死了。」

我怒視她。有的人就是這麼消極。

「嗯，總之。」我邁開步伐，差點跌倒，「我要去看他們吃午餐。」

「女生碰到最糟的事，就是在感情方面死纏爛打。」莎迪不以為意地說。我加快腳步，但她要跟上來一點問題都沒，「我們村裡有一位叫寶莉的女孩，她也是個死心眼的人，堅持戴斯蒙一直愛自己，她到處跟在他身後。我們乾脆整一下她，跟她說戴斯蒙在花園裡，太害羞不好意思跟她面對面，所以躲在樹叢後面。等她赴約時，我們當中一個男的開始讀情書，當然那其實是我們自己寫的，只是她不知道，而我們其他人都躲在樹叢後面，所以樹叢有點晃動。」

我忍不住好奇，「這男的聲音和那個人很像？」

「他說因為自己太緊張，所以聲音變得有點高，也因為看到她赴約，所以身體的顫抖傳到了草叢上。寶莉說她能明白，因為她的雙腿像薰衣草一樣發軟。」莎迪咯咯地笑，「之後我們給她取了個外號，叫薰衣草。」

「你們太壞了！」真是不可理喻，「所以她不知道自己被耍了？」

「後來樹叢晃得太嚴重，我們朋友邦蒂不小心笑到摔了出來，她笑得太誇張了，結果事跡敗露。可憐的寶莉。」莎迪突然大笑，「她氣到冒煙，整個夏天都不跟我們說話。」

「並不意外！」我說，「我覺得你們很殘忍！而且要是她的戀情真的有機會怎麼辦？會不會一對真愛就這樣被你們毀了？」

「真愛！」莎迪嘲諷地說，「妳太古板了。」

「我古板？」我不可置信地重複。

「妳跟我祖母一樣，唱著情歌唉聲嘆氣。妳包包裡還放著妳心上人的微型照片不是嗎？不要否認，我看到妳在看。」

我花了點時間才弄清楚她在說什麼。

「那不是什麼照片，那是手機。」

「管它叫什麼。妳還在看它，眼睛含情脈脈的樣子，然後會拿出妳那小鹽巴罐子聞一聞……」

「那是舒緩神經的花精露！」我大聲地說，天哪，她開始惹我生氣，「所以，妳不相信愛情，這是妳要表達的嗎？妳沒有愛上過人？結婚的時候也沒有？」

一位經過的郵差往我這裡看來，一臉好奇的樣子。我馬上把一隻手壓在耳朵邊，裝作在調整聽筒音量，我以後得準備好偽裝才行。

莎迪沒有回我，我們一路走到地鐵站，我停下來看她，感到十分好奇，「妳從來沒談過戀愛？」

短暫的沉默，然後莎迪把手臂甩開，手鐲發出了聲響，「我開心過。這是我相信的。開心，刺激，滋滋聲……」

「什麼滋滋聲？」

「我們是這樣叫它的，邦蒂跟我。」回憶起往事，她嘴角微微上揚，「當妳第一次見到一個男人，會有微微的顫抖，然後跟他四目相望時，那顫抖會從妳脊椎往上滑，到肚子裡變成滋滋聲，然後就會想跟那男的共舞。」

「然後會怎麼樣？」

「妳會跳舞，喝幾杯調酒，然後開始調情……」她眼神閃爍光芒。

「那妳？」

我是想問：會不會跟他上床？但我不確定這問題問我那一百零五歲的姨婆是否適合。此時我突然想起療養院的訪客，「嘿！」我揚起眉毛，「不管妳說什麼，但我知道有個人在妳生命中很特別。」

「妳是什麼意思？」她緊張地看我，「妳在說什麼？」

「那位先生的名字是……查爾斯．里斯？」

我以為她會臉紅或是呼吸變急之類的，但她看起來波瀾不驚。

「我沒聽過這個人。」

「查爾斯．里斯！他幾個禮拜前去療養院看妳。」

莎迪搖搖頭，「我不記得了。」她補充，「我對那地方沒什麼記憶。」

「我想也是，因為……」我尷尬地停了一下，「妳中風很多年了。」

「這我知道。」她瞪我一眼。

天啊，不用這麼敏感吧，又不是我害的。此時我突然感到手機在震動，我從口袋拿出來，發現是凱特。

「嗨，凱特！」

「勞拉？嗨！嗯，我只是想知道……妳今天會上班嗎？還是不會？」她很快又補充，好像怕冒犯我，「我是說，來不來都可以啦……」

該死，我只想著喬許的事，把工作給忘了。

「我正在路上，」我急忙說，「我在家先做一點工作上的研究，怎麼了嗎？」

「是夏琳。她想問妳對狗的事處理得怎麼樣了，她聽起來很不開心，而且又說想離職。」

喔，天哪，我完全把夏琳和她狗的事丟在腦後了。

「妳能不能打個電話給夏琳，就說我正在處理，很快就回電給她，好嗎？」

手機收起，短暫地按摩一下我的太陽穴，糟糕。我在這裡監視前男友，完全忘了工作上的危機。我得把事情優先順序排一下，得意識到生活中重要的事情。喬許的事週末再處理。

「我們得走了。」我拿出車票，匆匆往地鐵站走去，「有事情要處理。」

「另一個男人的問題？」莎迪問，毫不費勁地在一邊飄著。

「是狗的問題。」

「狗？」

「跟我客戶有關。」我沿著地鐵台階走，「她想帶她的狗去上班，但不被允許，但她堅持還有別人帶狗。」

「為什麼？」

「因為她不止一次聽到狗叫，但我能怎麼辦？」我像在自言自語，「我完全束手無策，人力資源部否認有其他狗在，也沒辦法證明他們說謊。我不可能進到大樓裡，每間辦公室去檢查。」

莎迪突然擋到我面前，我嚇一跳。

「妳也許不行。」她眼神發亮，「但我可以。」

7

鉅硬大樓位於金斯威路上，佔地非常大，有很大的台階、金屬地球的雕塑、玻璃帷幕。馬路對面有一家咖世家[16]，從裡面可以很方便觀察大樓出入。

「任何跟狗有關的都算。」我正在指導莎迪，用《倫敦標準晚報》擋在我們之間作偽裝，「任何動物叫聲、書桌下的籃子、狗玩具……」我啜了一口卡布奇諾，「我在這裡等妳，謝啦！」

這棟建築並不小，應該要花點時間。我輕彈報紙，小口小口地吃著巧克力布朗尼。等到莎迪又出現的時候，我已經又點了一杯新的卡布奇諾。莎迪眼神閃閃發亮紅著臉頰，整個人都在發光。我趕緊拿出手機假裝在講電話，順便對隔壁桌的女孩微笑致意。

「怎樣？」我對著電話說，「妳找到狗了嗎？」

「喔，狗啊。」莎迪說，像忘了這件事，「是啊，是有隻狗，但妳猜猜看發生什麼事了？」

「在哪裡？」我激動地打斷她，「狗在哪？」

「就在那，」她手一指，「在桌子下的籃子裡，是隻小北京犬……」

「有確切位置嗎？哪間辦公室之類的，謝謝！」

她又消失了，我啜了口新點的卡布奇諾，雙手環抱自己。夏琳說得沒錯！珍居然騙我！到時打給她的時候，可要她好好道歉，並爭取讓夏琳能帶寵物上班，要他們放一個新的狗籃子當作補償……

我瞥了窗外一眼，看到莎迪在人行道徘徊，悠悠來到咖啡廳。我傻眼，她怎麼一點都不著急，不知道這事情有多重要嗎？

我手機已經準備好了，她一進來我就把手機拿在耳邊，「情況都還好嗎？」我問，「這次還是有看到狗嗎？」

「哦。」她咕噥著，「喔，對，狗。在十四樓，一四一六室。珍・福蘭修的辦公室。我剛才碰到一個男人，好帥。」她環抱自己。

「妳說什麼？妳碰到一個男人？」我正在把剛才資訊快速抄在紙上，「妳碰不到男人，妳已經死了，除非……」我突然興奮地抬頭，「妳遇上其他鬼了？」

「他不是鬼。」她不耐煩地搖搖頭，「但帥到閃閃發光。他在大樓裡的其中一間，長得像魯道夫・范倫鐵諾。」

「誰？」我呆呆地問。

「還用問，電影明星啊！又高又帥，我立刻就發出滋滋聲了。」

「聽起來很不錯。」我不怎麼在意。

「而且他身高剛剛好。」莎迪繼續說，在高腳凳上晃著雙腿，「我站在他旁邊量了一下身高，要是我們一起跳舞的話，我的頭剛好到他肩膀。」

「很好。」我把需要的訊息寫完，拿起包包起身，「行了，我要回辦公室處理後續。」

⑯咖世家：英國的連鎖咖啡店。

我走出大門，匆匆走向地鐵，沒想到莎迪居然擋住我。

「我要他。」

「妳說什麼？」我瞪著她看。

「我剛才遇到的那個人，我感覺到滋滋聲。」她摸了摸肚子，「我想和他跳舞。」

她在開玩笑嗎？

「好吧，那很好啊。」我事不關己，輕鬆回應，「我該回辦公室去了……」

我繼續往前走，莎迪伸出她的手臂擋在前面，我吃驚地停下。

「妳知道我多久沒跳舞了嗎？」她很激動，「妳知道我多久沒有……搖我的小屁了嗎？我被困在衰老的皮囊裡，沒有音樂，談不上生活……」

想到莎迪那滿臉皺紋，披著披肩的照片，我感到內疚。

「好。」我馬上回，「很合理，那我們回家跳舞。我會放音樂，弄個小派對……」

「我不想在家跳舞！」她不悅地說，「我要和男人出去，我要好好享受。」

「妳想要約會？」我不可置信地說，而她眼睛一亮。

「是！沒錯！和男人約會，跟他約會。」她指著那棟大樓。

她到底有沒有身為一個鬼的自覺？

「莎迪，妳已經死了！」

「我知道！」她生氣地說，「不用妳提醒！」

「所以妳不能去約會，抱歉。事情就是這樣。」我聳聳肩，繼續走。莎迪又跑來擋在我面前，態度十分堅決。

「幫我約他。」

「什麼？」

「我沒辦法自己約。」她堅定又流暢地把她的想法說出來，「我需要一個媒介，如果妳跟他約會，我就能跟他約，要是妳跟他跳舞，那我也能跟他跳。」

她是認真的，太可笑了吧。

「妳要我幫妳約會？」我澄清她的話，「為了讓妳能跳舞，我就要隨便跟一個陌生人約會！」

「我只想和英俊的男人一起開心地玩，趁我還有機會的時候。」莎迪頭往前傾，嘟著嘴，「在舞池邊旋轉，一圈又一圈，趁我從這世界消失之前，這是我最後的願望。」

「這不是妳最後的願望！」我憤慨地說，「妳已經有最後的願望了！就是找到妳的項鍊，還記得嗎？」

莎迪閃過被抓包的表情。

「這是我另一個最後願望。」她又說。

「聽好，莎迪。」我試著說理，「我不能隨便約陌生人。這次沒辦法幫妳，抱歉。」

莎迪沒說話，可憐巴巴地看著我，我都懷疑我是不是踩到她了。

「妳不會真的拒絕我吧。」她過一會兒開口，語氣間充滿悲情，「妳真的拒絕我？我最後的遺願，一個微小的請求？」

「聽好……」

「我在那療養院待了這麼多年，一個訪客都沒，沒有笑聲，沒有生活。只有衰老……孤獨……悲慘……」

天哪，她不能又用這招，太不公平。

「每年的聖誕節，都孤單一人。沒人來看我，沒有禮物……」

「又不是我的錯。」我說得很心虛，但莎迪沒理我。

「現在，好不容易有一絲機會，把握微小的幸福，但我那自私自利的姨甥孫女……」

「好！」我停下，擦擦額頭，「好！隨便了！我幫妳就是了！」

反正我身邊每個人都會覺得我是瘋子，多一個邀陌生人約會也沒差，而且搞不好我爸還會支持我。

「妳是天使！」莎迪立刻充滿活力。她在人行道上旋轉，衣服上的流蘇也跟著飛揚，「我來幫妳帶路！快來！」

我跟著她踏上巨大台階，推開巨大的廳門。如果要的話就得快點，免得自己又改變主意。

「那，他在哪？」我東張西望，聲音迴盪在偌大的門廳，這裡四周都是大理石的建材。

「在樓上的房間！來吧！」她就像拴著狗鍊急著要出門的小狗。

「我不能就這樣走進辦公大樓！」我指著電子門轉頭小聲說，「我需要一個計畫。要有個理由……要……啊哈！」

轉角貼了一張全球策略研討會的海報，一旁還設有簽名處。兩個百般無賴的女孩坐在桌子後面，我能體會她們無聊的心境。

「嗨。」我步伐輕盈地走近，「抱歉，我遲到了。」

「沒關係，他們才剛開始。」一個女孩伸手去拿單子，另一個女孩兩眼無神地抬頭，「妳是？」

「莎拉．康妮。」我隨機挑了一個識別證上的名字，「我最好快點進去……」

我快速通過電子門，向警衛出示識別證，然後快步前進，走廊牆上掛著昂貴的藝術品。我不知道我在哪，這辦公大樓有二十家不同的公司在裡面，鉅硬在十一到十七樓之間，也是這裡我唯一去過的公司。我小聲問莎迪，「妳說的那個人在哪裡？」

「二十樓。」

我往電梯走去，像個上班族一樣點頭和別人打招呼。二十樓到了，我下電梯，出來就看到一個大型接待區。前方二十英尺有個看起來有點可怕的女人穿著灰色西裝，在花崗岩的桌子後面。牆上有個牌子，寫著特納．墨瑞研討會。

哇喔。特納．墨瑞可是業界名人，只有他挑企業，沒有企業挑他，雖然我不認識他，但他一定很厲害。

「來吧！」莎迪邊走邊跳地往一扇有密碼鎖的門。一對穿西裝的男子從我身邊經過，有一位還好奇地回頭看了我一眼。怕被搭話，我立刻拿出手機放在耳邊，然後跟在他們身後一起往門走去，其中一位按下了密碼。

「謝謝。」我盡量低調的點了點頭跟著進去。「加文，我跟你說過了，歐洲這裡的數據有問題。」我對著電話講。

較高的男人猶豫一下，好像想說什麼。不妙，我急忙加速直接超前。

「加文，我再兩分鐘要開會。」我急忙說，「你把更新後的數據傳到我手機。現在我要去討論……呃……百分比。」

左邊是女廁。盡量不用跑的，快步走進去，躲進裡面的小隔間，這裡連廁所都是大理石建材。

「妳在幹嘛？」莎迪問，出現在同一個隔間。說真的，她不懂什麼叫隱私嗎？

「妳覺得我在幹嘛？」我屏住呼吸，「我們要等一下。」

我坐了三分鐘，離開女廁。那兩個人不見了。走廊空蕩無聲，只有一條長長的淺灰色地毯、幾台飲水機，還有兩端的淺色木門。這裡隱隱約約可以聽到交談，或是偶爾傳來的小型電腦聲音。

「那他在哪裡？」我轉頭問莎迪。

「嗯。」她仔細研究了一下，「這裡的其中一扇門……」

我沿著走廊小心跟在她後面。這實在太不現實了。我在幹嘛？為了找一名陌生男子在別人的辦公大樓晃來晃去？

「有了！」莎迪發著光出現在我面前，「他在裡面！他眼神好有殺傷力，像能把人看穿。」

她指了二〇一二號的木門。沒有窗戶，也沒有玻璃牆，所以我看不到裡面。

「妳確定？」

「我剛才進去過！他在那裡，快點，去問他！」她想推我但推不到。

「等等！」我走了幾步，停下來想清楚。不能就這樣魯莽地進去，得定個計畫。

1. 敲門進入陌生人的辦公室。

2. 一派輕鬆地打招呼，「哈囉！」
3. 問他能不能跟我約會。
4. 然後他會請警衛過來，然後我會丟臉丟死。
5. 於是腳底抹油快點閃人。
6. 不管怎樣，絕對不能透露我的名字。

這樣我就可以溜之大吉，自己也當作沒發生過。不會有人知道我是誰，說不定他會以為自己做了個夢。

整件事最多只需要三十秒，之後莎迪就只能放棄。好，就這樣了，來把這件事了結吧。儘管自己心跳如雷，也還是往門口走。深吸一口氣，舉起手，輕輕敲了門。

「妳敲太小力了！」莎迪在我身後嚷嚷，「用力點，然後進去，他就在裡面，快點！」

我睜大眼，用力敲了一聲，然後扭動門把走進屋子裡。

在會議桌裡的近二十個人全都轉頭看我。房間另一端在用PowerPoint的人也停止講話。

我看著他們，身體動彈不得。

這不是辦公室，這是一間會議室，我站在別人的公司裡、一個與我無關的會議中，而所有人都在等我開口。

「抱……抱歉。」我結結巴巴，「我無意打斷，請繼續。」

我眼角瞟到旁邊有幾個空位。我不知道我要幹嘛，只好拉了張椅子坐下。旁邊一位女的狐疑地盯著我看，把一份紙筆遞給我。

「謝謝。」我小聲回。

真不敢相信，沒有人要請我離開。他們沒發現我是外人嗎？前面的人又開始講話，有幾個人在寫些什麼東西。我暗暗觀察四周，這房間大約有十五個人，莎迪說的人就在其中。對面有一位黃色頭髮的人看起來很可愛，在報告的人也很不錯，淡藍色的眼睛和有點波浪捲的黑髮，他身上的領帶跟我送給喬許的生日禮物一模一樣，他指著圖表眉飛色舞地在報告。

「……而且，客戶的滿意度逐年提高……」

「停一下。」有個人站在窗邊，他轉過身子，我剛才沒發現他。這一位美國腔很明顯，身穿深色西裝，咖啡色頭髮直接往後梳。眉宇間皺出深深的V字紋，他失望地看著那波浪髮，「客戶滿意度不是我們該討論的。客戶滿意度為A的事項不是重點，我評價為A的事項才是該努力的方向。」

那波浪髮男有點手足無措，我開始同情他。

「這是當然了。」他小聲說。

「整個討論的重點都偏了。」這美國佬對所有人都不滿，「我們不是在談論如何執行更有效率，而是要討論整個策略方向。自從我來這裡後……」

我看到莎迪無聲息地坐在我旁邊的空位，我調整一下位置，在紙上寫：是哪個男人？

「當然是那個看起來像魯道夫．范倫鐵諾的啊。」她對我問這問題感到驚訝。

我的老天。

我怎麼知道魯道夫．范倫鐵諾長什麼樣？我在紙上寫，哪一個？

我猜是那位波浪髮的，不然就是對面黃色頭髮的年輕人，他看起來還不錯，不然就是旁邊跟他講話的小山羊鬍。

「當然是他啦！」莎迪指了房間裡的另一個方向。

那個正在講話的男人？我寫下，為了確認。

「不，傻瓜！」她咯咯笑，「他！」她皺著眉頭，出現在美國人面前，痴痴地望著他，「他是不是很可愛？」

「他？」

啊，我居然喊出口。所有人都轉過來看著我，我假裝在清清嗓子，「咳……咳……咳……」

等她回來後，我在紙上寫：他？妳認真？

「他長得很可口好不好！」她在我耳邊說，好像我不懂男人一樣。

好吧，我用公平一點的眼光再檢視一下那美國佬，也許從某個方面來看是帥的。寬大方正的眉毛，上面的頭髮富有彈性，膚色微微曬黑，白色袖子下隱約透著他手上也有汗毛。眼神十分強勢，有某種領袖氣質，談話時動作很多，手臂也很強壯，一開口就能引起所有人的注意。

但說真的，他不是我的菜，太張揚、太咄咄逼人，房間裡的人好像都很怕他。

「說到這個。」他拿起一個塑膠資料夾，輕輕掠過桌面往山羊鬍走過去，「昨晚我跟莫里斯．法庫哈商量過，這裡有一些意見，也許能幫上忙。」

「喔。」山羊鬍有些吃驚，「非常感謝，真的謝謝。」他翻來翻去，「我可以用嗎？」

「那只是一般意見。」美國人在一眨眼的瞬間苦笑一下，「所以，考慮到最後一點……」

從我這個位置可以看到山羊鬍苦著臉，翻了翻那些資料，對旁邊的人喃喃地說：「他怎麼有時間弄出這東西？」然後又聳聳肩。

「我得走了。」美國佬看了一眼手錶，「抱歉打擾你們開會。西蒙，請繼續。」

「我有一個問題。」黃頭髮的男人急忙舉手，「剛才你提到創新，你的意思是……」

「快！」莎迪的聲音突然出現在我耳邊，我嚇一大跳，「開口約他！他要走了！妳答應過我的！快，快問……」

好啦！！！我草草寫在紙上，有點怕，給我一點時間。

莎迪悄無聲息走到房間另一邊，期待地看著我。不一會兒，她不耐煩地比了加油的手勢。而那位美國眉毛已經回答完黃頭髮問題，正在把文件塞回公事包。

我沒辦法，這太荒謬了。

「加油！加油！」莎迪鼓勵，「問啊！」

我感受到我頭上的脈搏，腳也在桌下顫抖。我強逼自己舉手。

「不好意思……」我尷尬地說。

美國眉毛困惑地轉過來看我，「抱歉，請問妳是？請原諒我，我現在很急……」

「我有一個問題。」

桌邊的所有人都轉過來看我，有個男的對身邊的人竊竊私語，「這是誰？」

「好吧。」他嘆了口氣，「只能是簡單的問題，問吧。」

「我……呃……我只是想問……」我聲音在抖，清了清喉嚨，「不知道你會不會想跟我約會？」

全部的人都驚訝到說不出話來，有的還差點把咖啡嗆了出來。看到大家吃驚的表情，我羞得臉紅仍強保鎮靜。

「妳說什麼？」這美國人疑惑地問。

「跟……跟我約會？」我冒著風險露出一點微笑。

我突然發現莎迪出現在他身邊，「快答應！」她直接對著他耳朵大吼，我看了身體都縮一下，「答應她！快說好！」

我發現那美國人頭微微歪了一下，我吃了一驚，好像接受到遠方的無線電信號一樣，他能聽得到嗎？

「這位年輕的小姐。」一位白髮的男子粗魯地打斷，「這裡不是這種場合……」

「我沒有要打擾大家，」我謙卑地說，「不會佔用太多時間，只要回答我就可以了。」我再次轉向美國人，「你想跟我一起出去嗎？」

「說『好』！說『好』！」莎迪聲嘶力竭地吼，這音量已到了難以忍受的程度。

太不真實了。美國佬一定聽得到，哪怕只有一點。他搖了搖頭，走了幾步。莎迪跟在後面，依然大吼大叫。他兩眼無神好像靈魂出竅。

房間裡的人像被嚇傻一樣，沒有任何反應。一個女人像看到火車出軌的殘骸般摀著嘴。

「說『好』！」莎迪叫得已經有點沙啞，「立刻答應！說『好』！」

跟她瘋狂大吼對比起來，他只有一點微弱的反應。可惜只有我看得到。她像在隔音玻璃後面大叫，除此之外似乎無計可施；唯一聽得到的人只有我。我心裡在想，莎迪看到世界就像這樣無助，無法碰到東西、無法跟人交流，她永遠也沒辦法跟這個人……

「好。」這美國人拚命點頭。

我幹嘛可憐莎迪！

好？

桌邊的人都倒抽一口氣，還有噗哧的笑聲。所有人都轉回來看我，但我嚇呆了，無法反應。

他說「好」。

這是不是代表……我得要跟他約會？

「很好！」我得快點回應，「所以……我再寄電子郵件給你，是嗎？對了，我叫勞拉·靈頓，這是我的名片……」我在包包裡翻找拿出名片。

「我是艾德。」這男人依然一臉茫然，「艾德·哈里森。」他從口袋裡拿出名片。

「所以……嗯……再見，艾德！」我拿起包包，匆匆逃離現場，身後引起騷動，我隱約聽到有人說：「搞什麼，這個人到底是誰？」還聽到有女人說：「看吧！只要提起勇氣，投出直球，不要再搞什麼釣魚遊戲，要是我年輕時知道這點就好了，那女孩真聰明……」

我聰明嗎？

我現在除了想離開這裡外，什麼都不知道。

8

我餘悸猶存，莎迪立刻趕上來，上半身從大廳的地板上浮起。我腦子仍在回想剛才的事，莎迪對著一個人講話，我不確定他聽到了多少，但明顯有影響。

「他是不是很可愛？」她甜滋滋地說，「我就知道他會答應。」

「剛才發生了什麼事？」我難以置信地小聲說，「剛才為什麼大吼？我以為只有我能聽見妳！」

「對，用說的沒什麼效。」她同意，「但我發現要是在人們的耳邊大叫多少能聽到一點東西。不過那樣子我真的很累。」

「所以妳之前就幹過了？妳跟其他人說過話？」

我知道這很奇怪，但發現她有辦法跟別人交流我居然有點吃醋，莎迪是我的鬼魂。

「喔，我有跑去跟女王說幾句話。」她高興地說，「純粹好玩。」

「妳認真的嗎？」

「大概吧。」她惡作劇般對我做了鬼臉，「雖然是這樣，但這對我的聲帶太痛苦了，玩一陣子後我只好放棄。」

「我以為我是唯一被妳纏上的人。」我忍不住說，「我以為我很特別。」

「妳是唯一我能夠立刻連結上的人。」莎迪思索了一會，接著說：「我只要想著妳，就能立刻出現在妳身邊。」

「哦。」聽到這個，我內心暗自感到高興。

「那，妳覺得他會帶我們去哪約會？」莎迪抬起頭，兩眼閃爍光芒，「會是薩伏伊[17]嗎？我好喜歡薩伏伊。」

我思緒又回到現在。她真的在想約會的事？感覺很奇怪，三人行，其中一個還是鬼？

好吧，勞拉，理智點，那傢伙不會真的跟我出來約會，他會把我名片撕毀，然後覺得一切都是因為……宿醉或是嗑了什麼藥，不然就是壓力太大做出的反常行為，我就再也不會和他見面。我再次感到自信地大步走出大門。一天這樣搞一次就夠了，我有正經事要做。

回到辦公室，我坐在旋轉椅上打電話給珍，準備享受跟她對質的那一刻。

「喂，我是珍・薩維爾。」

「喔，嗨，珍。」我心情愉快地說，「我是勞拉・靈頓。我想跟妳談一談禁狗令的事。對這樣的政策我完全支持而且覺得太好了。我完全理解在工作場合不要有寵物在，但我只是想知道，為什麼這個政策到了一四一六室珍・福蘭修的辦公室就失效了？」

哈！

我從來沒看過珍這麼不安過。一開始她還想否認，還辯解說這是特殊情況，之前沒有先例，但我只要一提到律師和歐洲人權，她很快就屈服了。夏琳可以帶動物一起上班！明天就會把它寫在工作合約上，還會幫她準備個狗籃子！我掛上電話後，立刻撥給夏琳，她會很高興的！這工作太有趣了！

然後聽到夏琳在電話另一端吃驚地倒抽一口氣，突然好有成就感。

「我沒辦法想像斯特吉斯．柯蒂斯人力仲介裡，會有人能擺平這問題。」她一直不停在說，「這就是找小公司的好處。」

「我們是精緻。」我糾正她，「我們有自己的風格，幫我跟妳朋友們多多推薦。」

「我會的！我太感動了！順便問一下，妳是怎麼找到另一隻狗的？」

我猶豫了一下。

「透過一些方法和手段。」我最後說。

「好吧，妳太棒了！」

我掛上電話後容光煥發。凱特好奇地看著我。

「妳是怎麼找到另一隻狗的？」她問。

「直覺。」我聳聳肩。

「直覺？」莎迪嘲諷，她一直在辦公室裡徘徊，「妳有個屁直覺！那是我，妳應該要說：『是我那神奇的莎迪姨婆幫助了我，我非常感激她。』」

「妳知道的，娜塔莉不可能費這心思去找狗。」凱特突然說，「一百萬年也不可能。」

「哦。」我的光芒變暗，透過娜塔莉的眼光來看，我顯得還是很不專業。花這麼多時間和精

⑰薩伏伊：薩伏伊飯店，英國第一家豪華飯店，相當具歷史性。

力在找一隻狗，是有點荒謬，「好吧，我只是想盡點力，我只能做到這樣——」

「不，妳沒聽懂。」凱特激動地打斷我，「我是在稱讚妳。」

我很驚訝，不知道該說什麼，從來沒有人拿我跟娜塔莉比較後還覺得我比較好。

「我來杯咖啡慶祝一下！」凱特高興地說，「妳想要什麼？」

「沒關係。」我微笑，「妳不必這樣。」

「其實……」凱特有點不好意思地表示，「我有點餓，我還沒吃午餐。」

「喔，天哪！」我驚呼，「去吧！去吃午飯！妳會餓死的！」

凱特立刻起來，一頭栽進檔案櫃的抽屜，然後把她的包包從架子上拿上。她關門離開後，莎迪走到我書桌旁。

「所以，」她坐在桌邊，滿心期待。

「什麼？」

「妳要打電話給他嗎？」

「誰？」

「他！」她把身子越過電腦，「就他啊！」

「妳說那個艾德什麼的？妳要我打給他？」我可憐地望著莎迪，「妳還不懂嗎？如果他想講電話，他會自己打來。」我小聲地又補一句，「過一百萬年他也不會打。」

我刪了幾封電子郵件，回了幾封信，再收信。莎迪坐在檔案櫃的頂部盯著電話。我轉頭看她，她嚇一跳，把視線轉開。

「現在是誰在對男人戀戀不忘？」我忍不住挖苦。

「我沒有戀戀不忘。」她傲慢地說。

「妳就算盯著電話，它也不會響，妳不會不懂吧？」

莎迪生氣地看著我，但很快就轉去看百葉窗，好像在研究上面的纖維一樣，然後又到窗戶邊，再回過頭來看了一眼電話。

有個犯相思的幽靈在我身邊晃來晃去，工作很難專心。

「妳要不要出去晃晃？」我建議，「看一下金融大廈或是逛逛哈洛德百貨⑱。」

「我去過哈洛德了。」她皺皺鼻子，「它現在的樣子很奇怪。」

我正要建議莎迪去海德公園好好晃晃，逛久一點。此時我手機響了，正要拿起來看看是誰，莎迪動如閃電般竄到我身邊，

「是他嗎？是他嗎？」

「這號碼我不認識。」我聳聳肩，「不知道是誰。」

「是他！」她抱住自己，「告訴他，我們想去薩伏伊喝點調酒。」

「妳瘋了嗎？我才不要這麼說！」

「這是我的約會，我想去薩伏伊。」她嘟囔地說。

「閉嘴，不然這電話我不接！」

⑱哈洛德百貨：英國老牌百貨公司，有兩百年的歷史。

電話又響了，我們互看一眼，然後莎迪鼓著腮幫子不甘地讓步。

「喂？」

「是勞拉嗎？」是位我不認識的女人。

「不是他，可以了嗎？」我對著莎迪小聲說，用手比了手槍的手勢，砰，然後繼續講電話。

「是，我是勞拉，請問哪裡找？」

「我是妮娜．馬丁。妳是不是留言說在找一條項鍊？在老人院的義賣上？」

「喔，是！」我馬上挺直身子，「是妳買的嗎？」

「我買了兩條。黑色珠珠還有另一條紅色項鍊。品項良好。如果妳要的話我可以賣給妳。我打算登到eBay上……」

「不了。」我彎下身子，那不是我在找的，「但還是謝謝妳。」

我把清單拿出來，把妮娜．馬丁的名字劃掉，莎迪在一旁有點不滿。

「妳幹嘛不全部都問？」她問。

「今天晚上我會再打電話，我現在得工作。」被她瞪著看，我補充，「抱歉，只能這樣。」

莎迪重重地嘆了口氣，「我一秒也等不下了。」她轉到我桌子旁盯著電話，然後又跑到窗口、又回到電話邊。

我不能整個下午都在聽她唉聲嘆氣，我只好跟她直說了。

「聽好，莎迪。」我等她轉過來，「妳應該知道的，艾德不會打來。」

「妳什麼意思，他不會打來？」莎迪回嘴，「他當然會。」

「他不會。」我搖搖頭，「他根本不可能打電話給一個闖進他會議的瘋女人，強要他答應約會的瘋女人，他會把我名片丟掉。不好意思，這才是現實。」

莎迪感到被羞辱地瞪我，好像是我破壞了她的希望一樣。

「又不是我的錯！」我不甘勢弱，「我已經盡量不讓妳失望了。」

「他會打來。」她堅定地說，「而且我們會約會。」

「好。隨妳怎麼想。」我打開電腦開始打字。抬頭一看，她已經出去了，我不由得鬆了口氣。現在房間裡只剩我一人，安安靜靜。

我正在撰寫有關允許帶狗的信給珍，此時電話響起。我沒多想就接起來夾在脖子上，「喂，我是勞拉。」

「嗨，妳好。」電話一端的男性語氣尷尬，「我是艾德．哈里森。」

我愣住。艾德．哈里森？

「呃……嗨！」我在辦公室四處想找莎迪，但她不在。

「所以，我想我們應該有說好約會。」艾德生硬地說。

「我……我想是有說好。」

這感覺像是抽獎抽到旅遊獎，然後不知道該怎麼把它脫手。

「聖克里斯多福廣場有個酒吧，」他說，「克羅酒吧。想去喝一杯嗎？」

我幾乎能看穿他心裡在想什麼。他提議去喝一杯，因為那是最快速的約會，他真的不怎麼想約。那幹嘛要打這電話？他是否太過老派，一定要這麼信守承諾，也沒想過我說不定是連環殺人犯。

「好主意。」我明朗地說。

「星期六晚上七點半？」

「那就約在那裡見。」

電話掛上後，我感到不現實。我真的要和美國眉毛約會了，可是莎迪還不知道。

「莎迪。」我四處看看，「莎——迪！妳聽得見嗎？妳不會相信的！他真的打來了！」

「我知道。」莎迪聲音從我身後傳來，我轉過身去，看到她坐在窗台上一點都不驚訝。

「妳錯過電話打來的那一刻了！」我很興奮，「妳的男人打來了！我們要……」我突然止住，「哦，天哪，是妳幹的對不對？妳跑去跟他大吼大叫。」

「當然是我了！」她驕傲地說，「要等到他打來實在太難受了，所以我決定干預一下。」然後她臉色垮下來，「妳說得對，他把名片丟掉了，皺巴巴地躺在垃圾桶裡，他根本沒打算打來。」

她看起來忿忿不平，我忍著沒笑出來。

「歡迎來到二十一世紀，新一代的男女關係。妳是怎麼讓他改變主意的？」

「這很不容易耶！」莎迪抱怨，「我一開始叫他打給妳，但他不為所動，不斷逃開，瘋狂打字打得更快。我得更靠近他，跟他說他要是不打給妳約時間，那他會被亞哈之神詛咒生病。」

「亞哈之神是誰？」我懷疑地問。

「我在一本小冊子上看到的。」莎迪得意地說，「我跟他說他會四肢癱瘓，長滿怪異的疣。後來他有點怕了，但還是不理我，所以我看著他的打字機……」

「是電腦吧？」我插話。

「管它是什麼。」她不耐煩地說，「我跟他說這東西會壞掉，他會失業，除非他打給妳。」她得意的樣子讓人想笑，「於是他很快就行動了。不過他把名片撿回來的時候，還一直抓著腦袋問：『我為什麼要打給這女人？為什麼我會這麼做？』所以我又繼續喊：『你想打給她！因為她很漂亮！』」莎迪勝利的口吻，「所以他打給妳了。厲害吧？」

我凝視著她，說不出話來。她居然威脅他要跟我約會，他自己不知道理由，她還強迫他覺得被我迷上，而他本來並無此意。

她是我唯一一位認識，有辦法讓男人打電話給女人的人。

好吧，就算是超自然力量，但她還是辦到了。

「莎迪姨婆。」我慢慢地說，「妳真棒。」

有時晚上睡不著就會想像如果自己能掌握世界，我會訂下哪些規則。剛巧有不少規則是跟前男友有關，現在我又有一個新的了：

前男友不能帶別的女生，去前女友約會過，並且有特殊意義的餐廳。

我真不敢相信，喬許會把那女的帶到馬丁酒館。他怎麼可以這樣，這是屬於我們的地方。老天哪，我們第一次約會就在那裡，他背叛了我們的回憶。好像我們關係像磁粉畫板，他故意把舊的圖清掉，畫上更好更新的。

而且我們才剛分手沒多久，六個禮拜，他怎麼能跟另一個女生約會？他不懂嗎，盲目陷入新的戀情是找不到答案的，可能會讓他更憂鬱，要是他問我意見的話我一定會這樣跟他講。

現在是星期六的十二點半，我坐在這裡已經二十分鐘了。我對這餐廳非常了解，更能夠擬出完美計畫。我躲在轉角處，保險起見還戴了棒球帽。這只是間普通的餐廳，熙熙攘攘客人很多，有很多張桌子和掛大衣的地方，要藏身其中非常容易。

我偷看了一眼訂位單，喬許預訂窗邊的大桌子，我在轉角那裡可以看得很清楚。這樣就能仔細看看那所謂的梅瑞；觀察她的肢體動作，而且還能聽到他們的談話，因為我已經在那張桌子放竊聽器。

我沒開玩笑，我是認真的。三天前我在網路上買了一個叫我第一個間諜工具箱的東西，從包裝裡拿出一個微型的無線麥克風。收到貨的時候，才發現那是給十歲小男孩玩的玩具，而裡面還有塑膠的間諜日誌跟超酷秘碼破解器。

但那又怎樣？我測試過，可以正常使用，只有二十英尺的範圍，但這對我來講就夠了。十分鐘前，我故意在那桌子附近走動，假裝撿掉在地上的東西，順勢在桌子底下貼了小黏板。聽筒就藏在我的棒球帽下，準備完只要打開開關就好。

好吧。我知道這樣做不對。我承認這在道德上是錯的。為這件事還跟莎迪起了爭論。首先，她說我不應該來這裡，但吵到後來她慢慢辯不過我，她還說，要是我真的想知道喬許在說什麼，那我應該要坐在桌子旁邊偷聽，但這有差嗎？兩英尺跟十英尺還不都是在偷聽。

重點是，只要提到愛情，就會有不同的價值和道德觀。戰爭和愛情其實很像，都是為了取得最大勝利。就像布萊切利[19]那裡的人，他們也破解了德軍密碼，仔細想想，這不是侵犯隱私嗎？但他們不是也覺得沒什麼嗎？

我心裡浮現一個畫面，在我幸福地嫁給喬許後的某個週日午餐，我跟自己孩子說：「你知道，要是當初沒竊聽你爸，現在就沒有你們。」

「我想他來了！」莎迪突然出現在我身邊。我後來說服她當我助手，不過從剛才到現在，她只是在餐廳裡閒逛，到處對別人的服裝指指點點。

我冒著微小的風險瞥了一眼大門，感到有點頭暈。天哪，天哪，莎迪說得沒錯，是他，還有

[19] 布萊切利：英國布萊切利莊園，二戰時專門破解敵軍密碼的部門。

她。他們一起進來，他們為什麼一起進來？

好！不要怕！不要覺得他們昨天晚上一起過夜，而且還很滿足。他們在一起一定有其他原因。也許是在地鐵或什麼地方巧遇。我喝了一大口酒，然後再次抬頭看，不知道該先觀察誰，喬許還是她。

還是她好了。

她是金髮，非常瘦，橘色七分褲，清爽的白色無袖上衣，那種在低脂優格或是牙膏廣告裡出現的女生會穿的上衣。要燙那種衣服很費工，這代表她一定是很無聊的人。她手臂被太陽曬黑，頭髮有挑染，好像在度假一樣。

我把目光轉向喬許，感覺我的胃開始蠕動。他是……喬許。一樣率性的頭髮，跟服務領班說話時，還是一樣傻裡傻氣的笑容。仍是那件褪色牛仔褲、一樣帆布運動鞋（是一個很酷的日本牌子，但我實在不知道要怎麼唸）、一樣的襯衫。

等等。我震驚地看著他。那襯衫是我買給他的生日禮物。

他怎麼能這樣？他沒有良心嗎？在我們的地方穿著我送的襯衫，現在還旁若無人地對著那女的微笑。他勾著她手臂，然後說了一些好笑的事，我不知道他說了什麼，但我看到那女的把頭轉開，然後露出牙齒在笑。

「他們真是登對。」莎迪出現在我耳邊，高聲地說。

「不，一點也不。」我喃喃道，「安靜點。」

領班正在帶他們前往窗邊的桌子。我頭壓低，手伸到口袋打開竊聽的遙控器。聲音很小還有雜音，但還是能聽到他講話。

「……完全沒注意。當然了，那該死的衛星導航帶我去了另一間完全不一樣的聖母院。」他對她露出迷人的微笑，她也咯咯地笑著。

我幾乎快跳腳了，真的氣壞了。那是我們的小故事！那件事發生在我們身上！我們最後到了巴黎，也找到了聖母院，但那不是巴黎聖母院，一直到最後都沒看到真正的巴黎聖母院。他忘了那是和我一起的嗎？還是他在把跟我的回憶一點一點洗掉？

「他看起來很高興，妳不覺得嗎？」莎迪觀察後說。

「他不高興！」我惡狠狠地瞪了她一眼，「他是在自我否認。」

他們正在選紅酒。太好了，我現在得看著他們有說有笑。我拿了幾顆橄欖，鬱悶地咬著。莎迪坐在對面的座位，看著我可憐的模樣。

「我警告過你，不要當跟屁蟲。」

「我不是跟屁蟲！我只是……只是想了解他。」我把自己酒杯轉了轉，「我們就突然分了，他就這樣切斷。我想要能好好溝通，就像是確認承諾？或是其他的什麼東西？但他沒有，他連個機會都沒給我。」

我又看了喬許一眼，他正對著梅瑞微笑，服務生在幫他們開瓶。就像看著我們第一次約會，一模一樣，喝著美酒聊生活瑣事。到底哪裡出錯了？為什麼我現在會坐在角落在偷聽他講話？

有個非常清楚的計畫出現在腦中，我很緊急地靠向莎迪，「幫我問他。」

「問他什麼？」她做了個鬼臉。

「問他到底哪裡出了問題！問喬許我到底做錯什麼！讓他大聲說出來，就像妳對艾德．哈里森做的那樣，這樣我就知道原因！」

「我沒辦法！」她立刻表示反對。

「妳當然有辦法！鑽進他腦袋！讓他說！這是我唯一的機會……」女服務生過來，我立刻住嘴，她把點單小冊拿在手上，「啊，妳好，我想要一些……嗯……湯。謝謝。」

女服務生離開後，我凝視莎迪，「拜託，都做了這麼多，我一定要知道。」

莎迪沉默一會兒，翻了個白眼，「好吧。」

她消失了，又過一會，出現在喬許的桌邊。我心臟狂跳，把聽筒壓深一點，不理會那沙沙的雜音，我聽到了梅瑞帶著輕快的笑意在講她騎馬的故事，發現她有一點點愛爾蘭的口音，然後我看了一眼，喬許正在幫她把酒斟滿。

「妳小時候的故事好精采。」他說，「再多說一點。」

「你想知道什麼？」她笑了笑，撕了一塊麵包，她並沒有要吃的意思。

「全部。」他微笑。

「那會花上很久時間喔。」

「我不急。」喬許的聲音變得更低沉了。我驚恐地看了一下，他們正含情脈脈地四目相望，隨時會牽起她的手，或是更糟的……莎迪還在等什麼？

「好吧，我出生在都柏林。」她笑了，「我是第三個小孩，排行老么。」

「你為什麼跟勞拉分手？」莎迪的聲音十分刺耳，我差點從椅子上掉下來，我甚至沒發現她什麼時候移動到喬許椅子後面。

我看得出來喬許聽到了，他在倒水時手停頓了一下。

「我小時候被我兩個哥哥整慘了。」梅瑞還在說話，顯然她沒受什麼影響，「他們超壞的……」

「你為什麼跟勞拉分手？她做錯什麼了？快跟梅瑞說！喬許快說！」

「……我在我的床上發現青蛙，還有我的包包……連我的早餐麥片裡都有！」梅瑞大笑，看著喬許的反應，但在莎迪的巨吼下，他僵住了，「快說！快說！快說！」

「喬許？」梅瑞在他眼前揮揮手，「你有聽到我的話嗎？」

「抱歉！」他揉揉臉，「我不知道怎麼回事，妳剛才說了什麼？」

「喔，沒什麼。」她聳聳肩，「只是跟你聊了我哥哥的事。」

「妳哥哥！對！」他很明顯在打起精神，重新把注意力放在她身上，露出迷人的微笑，「對對，他們很保護自己妹妹嗎？」

「最好要小心那樣的保護！」她笑了笑，喝了一口酒，「你呢？你有兄弟姊妹嗎？」

「說，為什麼要跟勞拉分手！她怎麼了！」

我看到喬許的臉又僵住了。好像試著在聽出山谷傳出的夜鶯聲是從什麼方向傳來的。

「喬許？」梅瑞身子往前傾，「喬許！」

「抱歉！」他搖搖頭，「抱歉！有點奇怪，我只是想到我前女友，勞拉。」

「喔。」梅瑞的笑容不減，但笑得比之前更僵，「她怎麼了？」

「我不知道。」喬許擰了擰臉，一臉不解，「我在想和她之間出了什麼問題。」

「關係結束就結束了。」梅瑞一派輕鬆，喝了一口水，「誰知道為什麼？事情發生就發生了。」

「是啊。」喬許的視線仍看向遠方，正常，因為莎迪的聲音像警鈴一樣在他耳邊大吼大叫，「說為什麼出了問題！大聲說出來！」

「所以，」梅瑞想改變話題，「上禮拜過得好嗎？上禮拜我快受不了我那客戶了，還記得我剛才說的那個嗎？」

「我想她是太認真了。」喬許說出口。

「誰？」

「勞拉。」

「喔，是嗎？」我看出梅瑞在假裝自己感興趣。

「她常會花好幾個小時，把什麼狗屁兩性雜誌裡寫的東西拿來指責我，然後拿我們跟其他情侶之間做比較，為什麼她每件事都要分析？為什麼每一句我說的話或是交談都得拿來檢視？」

他喝了一大口酒，我凝視餐廳對面的他。我不知道他有這樣的感覺。

「那真的很煩人。」梅瑞同情地點頭，「不過，上次那個大型會議的結果怎樣了？你不是說你老闆有事情要宣布嗎？」

「還有什麼？」莎迪繼續在他耳邊尖叫，蓋過了梅瑞的聲音，「還有什麼？」

「她還會把乳霜和其他什麼亂七八糟的瓶罐在浴室丟得到處都是。」喬許回想過著過去皺眉，「每次我要刮鬍子的時候，都得跟這堆雜物搏鬥，我快瘋了。」

「這真痛苦！」梅瑞說得很刻意，「總之……」

「那只是個小事，其他還有在浴室裡唱歌。其實我不介意唱歌，但該死的，每天唱的歌都一樣，有必要嗎？而且她有點封閉，對旅行完全不感興趣。和我感興趣的東西也沒有交集……我曾經買給她威廉．埃格斯頓[20]的攝影集，以為可以一起談論或是其他什麼的，但她一點都不感興趣，快速翻過……」喬許此時才注意到梅瑞勉強在應和，「該死，梅瑞，對不起！」他雙手揉了揉臉，「我不知道為什麼會一直想到勞拉。我們來講講別的事吧。」

「好，我們談點其他的。」梅瑞僵硬地微笑，「我正要跟你談西雅圖那個要求東要求西的客戶，你還記得嗎？」

「當然記得！」他伸手去拿酒，然後突然改變主意，改拿了氣泡水。

「妳的湯？打擾了小姐。您不是點了湯嗎？哈囉？小姐？」

服務生突然來到我桌邊，盤子上有盤湯和麵包。我不知道她叫我叫了多久了。

「喔，對。」我馬上回應，「是的，謝謝。」

服務員把食物放下，我拿起湯匙，但我沒要吃。我對喬許剛才所說的太訝異了。他要是有這樣的感覺，為什麼從來不講？要是他覺得我唱歌很煩，為什麼不跟我說？那本攝影書，我以為那是他自己要看買給自己的！不是買給我的！我怎麼知道這東西這麼重要？

[20] 威廉．埃格斯頓：是七〇年代美國攝影師；現代彩色攝影的始祖，其思想與風格影響了後來許多攝影家。

「好了。」莎迪突然出現，坐到我對面的座位，「有趣吧，現在妳知道問題出在哪裡了。唱歌那部分我同意，」她補充，「妳真的五音不全。」

她沒有半點同情心嗎？

「好吧，謝謝。」我小聲說，看著眼前的湯，「妳知道最糟糕的事是什麼嗎？他從來沒跟我說過，一點點都沒提過，不然我可以改的！我可以改。」我把麵包撕成小片小片，「如果他能給我機會……」

「我們可以走了嗎？」她看起來非常無聊。

「不！還沒結束！」我深吸一口氣，「去問他喜歡我哪點。」

「問他喜歡妳什麼？」莎迪狐疑地看著我，「妳確定有嗎？」

「是！」我惱怒，「當然有！繼續！」

莎迪張開嘴，好像要說什麼，但後來只是聳聳肩，轉身穿過餐廳。我又把聽筒牢牢壓在耳裡，並看了一眼喬許。他在跟梅瑞聊天，喝著酒，用金屬針插了橄欖嚼著。

「……三年時間很長啊。」我聽到耳機嗡嗡雜音中有談話，「沒錯，要走三年不容易，但他也有錯，我一點都不後悔也不懷念……我想說的是，關係結束就是結束了，重要的是往前進。」

她喝了口酒，「你懂我意思嗎？」

喬許反射性點點頭，但我沒聽到他說什麼，表情充滿困惑，一直試著讓自己頭遠離莎迪的方向，因為她正在大吼：「你為什麼喜歡勞拉？快說！快說！」

「我喜歡她總是充滿活力。」他最後還是抵擋不住，「她也很古怪，總是戴著一些可愛的項鍊，或是在頭髮上插鉛筆……而且也時常感恩。妳知道，有的女人替她們做一些事，她們總當成理所當然，但她從來沒這樣，這點倒是跟其他人很不一樣，很可愛。」

「我們是不是又在談你前女友了？」梅瑞的聲音現在十分強硬，連我都嚇一跳，喬許也突然清醒過來。

「該死！梅瑞，我不知道我怎麼了，我連我為什麼會想到她都不知道。」他皺著眉，一副擔心害怕的樣子，連我都替他難過。

「如果你問我的看法，我會說你還愛她。」梅瑞堅定地說。

「什麼？」喬許噗哧一笑，「我不愛她！我甚至對她一點興趣都沒有！」

「那你為什麼一直說她有多好？」梅瑞丟下餐巾，推開椅子起身，「等你真的放下後再打給我。」

「那已經結束了！」喬許生氣地大叫，「老天啊！太可笑了，我是今天才想到她。」他把椅子推開，想引起梅瑞的關注，「聽我說，梅瑞。我跟勞拉曾經交往過。相處是不錯，但並不是真的很好。這段關係已經結束了。結束了！」

梅瑞搖搖頭，「這就是你為什麼每五分鐘就會提到她一次的原因。」

「我沒有！」喬許無奈地大喊，周圍坐的人都抬起頭，「不是這樣！我好幾個星期沒談過她，也沒想過她！我不知道今天我為什麼會這樣！」

「你得好好整理自己。」梅瑞拿起包包，冷冷說道，「再見，喬許。」

她很快穿過重重餐桌離開餐廳。喬許則重重坐在椅子上，一臉被嚇壞的樣子。他煩惱的樣子比他開心時更迷人。我差點忍不住想跑過去抱著他，跟他說不要跟這種動不動就生氣的牙膏廣告女往來。

「現在滿意了嗎？」莎迪回到我身邊，「妳毀了一段真愛。我以為這和妳的價值觀相背。」

「那不是真愛。」我瞪她。

「妳又知道了？」

「我就是知道。閉嘴。」

我們默默地看著喬許買單，伸手拿夾克，起身離開。他表情僵硬，輕鬆的感覺消失，我有點內疚，但我很快把它丟開。我知道我做對了，不只是為我，也是為了喬許。我知道我是。

「快吃妳的午餐！快！」莎迪打斷我的思考，「我們得早點回家，妳該做準備了。」

「準備什麼？」我困惑地看她。

「準備約會啊！」

喔天哪，那個約會。

「還有六個小時。」我指出，「而且我們只是簡單見個面，不用急。」

「我以前參加派對的時候，會花上一整天的時間準備。」她責備地看我，「這是我的約會，妳只是代表我，妳得看起來完美。」

「我會看起來很完美的，好嗎？」我喝了一口湯。

「但妳連禮服都沒準備！」莎迪不耐煩地跳來跳去，「已經兩點了！我們現在要回家，現在！」

我的老天。

「好，隨妳了。」我把湯推開，反正它也冷了，「走吧。」

回家的路上我還在想，喬許現在很脆弱也很疑惑，是挽救我們之間愛情的最佳時機，但我得利用新資訊，我得改變自己。

我不斷回想他說的話，試著記住細節。回想他說的每一句話，我都微微蹙眉不安，相處是不錯，但並不是真的很好。

現在一切都已經明朗。我們關係走不下去，是因為他對我不夠誠實，他不願告訴我他心裡的感覺，結果所有不愉快都堆在他心中，所以才會提分手。

但無所謂，因為我已經知道問題在哪了，我可以解決它！全部都解決！我心中已經在擬計畫，先從浴室開始。我一回到家，就抱著希望走進去，但莎迪一直在催我。

「妳今晚要穿什麼？」她問，「給我看。」

「等一下。」我試著支開她。

「不要等一下！現在！現在！」

我的天啊。

「好吧！」我回到臥室，刷一聲拉開簾子，後面就是我的衣櫃，「這件怎麼樣？」我隨手拿了一件長裙，還有在TOPSHOP[21]買的限定款胸衣設計，也許可以搭楔形鞋。」

「馬甲？」莎迪看著我的樣子，好像我在揮舞病死豬一樣，「還有長裙？」

「它只有到腳踝的長度[22]，好嗎？這可是很時尚的，而且這件不是真的馬甲，是胸衣的設計。」

莎迪顫抖著摸那件上衣，「我母親曾要我穿上馬甲參加我姑姑的婚禮。」她說，「我直接把它丟進火裡，所以她把我關在房間，叫傭人不要放我出來。」

「真的嗎？」我不禁好奇了起來，「所以妳後來沒去婚禮嗎？」

「我爬出窗戶，自己開車去倫敦把頭髮剪短。」她驕傲地說，「我母親看到後，她整整兩天氣到下不了床。」

「哇喔。」我把衣服放到床上，然後看向莎迪，「妳很叛逆欸，妳一直都這樣子嗎？」

「我也不想，但他們實在太古板，維多利亞時代[23]的傳統。連家裡都像博物館。」她發抖，「我父親不喜歡留聲機、查爾斯頓舞[24]、雞尾酒……所有一切。他覺得女生應該多做點針線活，就跟我姊姊維吉尼亞一樣。」

「妳是說……我祖母？」我突然想聽更多事。對那位喜歡園藝的祖母，我的回憶非常模糊，甚至無法想像她有年輕過，「她是什麼樣的人？」

「可怕的婦德。」莎迪做個鬼臉，「她穿束胸衣，就算全世界已經沒人在穿也一樣，維吉尼亞頭髮束起綁著緞帶，每個禮拜都去教堂佈置花朵。她是全阿奇伯瑞最蠢的女人，然後嫁給了全阿奇伯瑞最無聊的男人，我父母對這門親事樂壞了。」

「什麼是阿奇伯瑞？」

「我們住的地方，赫特福德郡裡的一個村莊。」

我腦海裡有什麼被喚醒了，阿奇伯瑞，我好像在哪裡聽過……

「等等！」我突然說，「阿奇伯瑞樓。一九六〇年代被燒毀的房屋，那是妳家嗎？」

我現在全想起來了。幾年前爸跟我說家族以前有一棟古老的建築阿奇伯瑞樓，還給我看了張一八〇〇年代的黑白照。他說他跟比爾叔叔小時候在那裡待過好幾個夏天，祖父母去世後就直接搬進去。那是個很棒的地方。有傳統老式的走廊和巨大的酒窖，還有很大很大的樓梯，但大火後，賣了那塊地，現在上面也蓋了新的房子。

「對，維吉尼亞和她老公也住在那裡，事實上，那大火還是她引起的。是她點的蠟燭。」莎迪口吻酸溜溜地說，「看來她也沒那麼完美嘛。」

「我們開車離開村莊，」我接了下去，「後來找到了新房子，那間看起來還不錯。」

莎迪似乎沒聽到我在講話，「我失去了所有東西。」她意味深遠地說，「當時我住在國外，留在那裡的東西全都沒了。」

㉑ TOPSHOP：英國時尚品牌。

㉒ 腳踝的長度：在一九六〇年代以前的長裙（Long skirt）長度會貼近地板蓋住鞋子。一九六〇年代的長裙（maxi skirt）會露出鞋子。

㉓ 維多利亞時代：一八三七到一九〇一年的大英帝國，是英國黃金時代，但社會也十分壓抑和保守。

㉔ 查爾斯頓舞：從美國查爾斯頓開始流行的一種搖擺舞。一九二〇年代的流行舞步。

「真是糟糕。」我說，但不覺得有什麼好大驚小怪的。

「那又怎樣？」她突然又回過神，虛弱地對我微笑，「誰在乎？」她跑到衣櫃那裡，不客氣地指著它。

「把衣服全部拿出來，我每一件都要看。」

「隨妳。」我抓起一大把衣架，把它們扔在床上，「那，能不能告訴我，妳老公是什麼樣的人？」

莎迪思考了一下，「我們婚禮的時候，他穿了一件猩紅色的背心。其他的事情我記不太得了。」

「就這樣？一件背心？」

「他有鬍子。」她補充。

「我不懂。」我又扔了一把衣服到床上，「妳怎麼會嫁給一個妳不愛的人？」

「因為這是我唯一能逃離家的機會。」莎迪理所當然地說，「我要是再跟我父母住下去，那後果不堪設想。我父親已經不給我錢了，牧師每隔一天就會打來找我，我每晚都被關在房間裡……」

「妳做了什麼？」我好奇心變得旺盛，「妳又被捕了嗎？」

「這……這不重要。」莎迪停頓一下後說。她轉過身看向窗外，「我不得不離開。結婚似乎是很好的方法。我父母已替我找了一位合適的年輕人。相信我，那時候男人要結婚根本不用排隊。」

「喔，那個，我知道。」我感同身受地翻翻白眼，「倫敦沒有單身漢，一個都沒有，這是眾所皆知的事情。」

我抬頭看著莎迪，她一副不懂我在說什麼的樣子，「我們在戰爭，死了很多人。」她說。

「喔，對，當然了。」我吞一大口口水，「戰爭。」

第一次世界大戰。我沒有考慮到。

「經歷過戰爭活下來的男人也不像從軍之前的樣子。內心受創、不然就是身體支離破碎，抑或因為自己倖存而懷有罪惡感，恨自己怎麼沒跟其他人一起死……」她臉上掠過一陣陰影，「我哥哥就是在戰爭中去世，妳知道的。他叫艾德溫，當時才十九歲，我父母沒走出這喪子之痛過。」

我驚訝得目瞪口呆，我有一位在一次大戰中喪生的艾德溫舅公？我怎麼都不知道這些事？

「他長什麼樣？」我怯怯地問，「那位艾德溫？」

「他很……很有趣。」她憋著嘴，像在忍笑，「他常逗我笑，因為他的關係，我比較能忍受我父母。他讓日子能過得下去。」

房間裡很安靜，除了樓上微弱的電視聲。莎迪的臉定格了，沉浸在回憶裡，像在發呆。

「雖然身邊男人不多，」我冒昧地問，「妳一定要成家嗎？非得隨便嫁給一個男人嗎？不能等待合適的人嗎？那愛情怎麼辦？」

「愛情？」她跳出回憶，嘲諷般地模仿我說話，「愛情怎麼辦！天哪，妳真的沒其他話能講了嗎？」她轉去檢查衣服堆，「把它們排開，這樣我才能看清楚。今天晚上的衣服我選，而且絕對不會是這件可怕的長裙。」

顯然，她的回憶結束了。

「好。」我開始把床上的衣服鋪開，「妳來選。」

「而且髮型和化妝也要聽我的。」莎迪十分堅持，「一切由我決定。」

「可以。」我有耐心地說。

我又走回浴室，腦子裡仍想著莎迪的故事。我從來不了解我們的家譜和家族史。我覺得好有趣，也許我會請爸爸找出以前舊房子的照片，他會樂意。

我關上門，檢查了放在洗臉台四周的面霜和瓶瓶罐罐化妝品。嗯。也許喬許說得沒錯。這個杏仁油磨砂膏應該可以丟掉，海鹽磨砂膏、小麥磨砂膏也用不到。誰知道皮膚正確洗法是什麼呢？

半小時後，東西都整理成一排，還拿了個袋子把那些幾百年前、用了半罐的玩意兒丟掉。一切照計畫走！要是喬許能看到他一定會很驚訝！好想拍張照發給他。我心滿意足地回到臥室，但莎迪不在裡面。

「莎迪？」我叫叫看，沒有回應。希望她沒事。回憶自己兄弟的事也許讓她有些感傷，說不定需要靜一靜。

我把垃圾袋放在門邊，等會再處理。先給自己泡杯茶，下一步是找出他那本攝影書，一定在這裡的某個地方，也許在沙發下面……

「我找到了！」莎迪突然出現，激動大叫，我頭差點敲到咖啡桌。

「不要這樣做好嗎！」我坐起來，伸手拿茶，「聽著，莎迪，我只想說……妳還好嗎？會不會想談談？我知道要開口不太容易……」

「妳說得沒錯，是很不容易。」她直率地說，「妳的衣櫃裡根本沒有能穿的。」

「我不是說衣服！我是說感覺。」我用同理的眼神看她，「妳經歷了這麼多事，對妳影響一定很深……」

莎迪根本沒在聽我說話，不然就是假裝沒聽到，「我替妳找了件禮服。」她說，「快來看！快！」

要是她不想談，我也不能逼她。

「太好了，妳選了什麼？」我起身往臥室走。

「不是那裡。」莎迪衝到我前面，「我們要出去！它還在店裡！」

「在店裡？」我停下來盯著她，「妳是什麼意思，在店裡？」

「我沒有選擇。」她抬起下巴，「妳衣櫃裡什麼都沒有，我從來沒看過那麼多的破布。」

「它們才不破！」

「所以我只好出去找，終於發現了一件天使般的洋裝！妳去買就好！」

「在哪裡？」我在想她到底去哪了，「哪家店？妳跑去倫敦市中心嗎？」

「跟我來就知道了！快來！錢包帶著！」

莎迪居然為了我跑到外面的H&M之類的服裝店找衣服，真是感動。

「嗯，好吧。」我說，「只要不要太貴。」我拿起包包，確認鑰匙有帶，「來吧，帶我去。」

我以為莎迪會帶我去地鐵站，拖著我去牛津圓環站什麼的，但她往相反的方向走，轉過拐角，到了我從沒探訪過的後巷。

「妳確定是這條路嗎？」我有點猶豫。

「是！」她催我往前，「來吧！」

我們經過一排排的房屋、一個小公園和一所大學。這裡看起來不像有商店。我正打算跟莎迪說她是不是走錯了，結果她一拐彎，便露出得意的樣子。

「到了！」

我們站在商店前面的小街。那裡有個報刊亭和乾洗店，最後一家店寫著懷舊精品。櫥窗有個穿著緞綢長版連身衣的模特兒，戴著的手套延伸到手肘上，頭上是有面紗的帽子，身上別滿了閃亮亮的別針。旁邊堆了舊帽盒跟一座梳妝台，上面有各式各樣的瓷釉梳子。

「這家是這附近能找到最好的店。」她強調，「我已經把所有要買的東西都找齊了，來吧！」

還來不及說什麼，她已經瞬移到店裡。我沒辦法只好繼續跟著。門推開的時候，發出了叮叮的聲音。一名中年婦女從小櫃檯後面對我微笑。頭髮亂亂的，染成了鮮明的黃色，身上穿的大概是七〇年代的卡佛坦長袍[25]，有一個誇張的綠色圓形花樣，脖子上還有好幾條琥珀項鍊。

「哈囉！」她開心地笑著，「歡迎光臨，我是諾拉。您之前有來過嗎？」

「嗨！」我點點頭，「我是第一次來。」

「妳在找特定時代的東西或是服裝嗎？」

「呃……我只是看一看。」我微笑，「謝謝。」

我四處亂看沒看到莎迪，我沒有逛過古董服飾，但這裡有些東西真的很不錯。一件粉色六〇年代嬉皮流行的幻彩洋裝，旁邊擠了一堆假髮，還有一個掛物架，上面滿是正統的束腰緊身衣，還有魚骨襯裙，裁縫師用的假人模特兒身上，穿著一件奶黃色金邊帶有面紗的結婚禮服，假人手上有個小小的乾燥花花束，玻璃櫃裡有許多白色皮革的溜冰鞋，全都有使用過的皺褶和歲月痕跡，其他還有扇子、手提包、老式口紅盒……

「妳跑哪了？」莎迪不耐煩的聲音突然出現，「到這裡來。」

她在後面的架子那裡招手，我有點擔心，便往那裡過去。

「莎迪。」我壓低聲音，「我知道這裡的東西很酷，但我跟艾德只是簡單碰個面，妳總不會想……」

「看這個！」她勝利地比了一下，「完美。」

我再也不要讓一個鬼給我時尚穿搭建議。

莎迪指著一九二〇年代的無袖連衣裙，古銅色絲質的飛來波服裝㉖，低腰設計，有小珠珠作裝飾，還有無邊鐘形帽，和跟它搭配的披肩。標籤上寫著：巴黎製造，一九二〇年代時尚連身裙。

「是不是很可愛？」她眼中充滿熱情，緊握雙手旋轉著，「我朋友邦蒂有一件很像的，但她的是銀色。」

㉕卡佛坦長袍：中東地區服飾。

㉖飛來波：一九二〇年代流行女性服裝，胸線寬鬆，腰身不明顯，偏向中性，會搭配鐘形帽和短髮。

「莎迪！」我聽到我自己的聲音，「別傻了，我不會穿這個去約會。」

「妳當然可以！試試嘛！」她用瘦白的手臂催促著，「當然，妳得先把頭髮剪短。」

「我不要剪頭髮！」我驚恐地後退，「而且我不要試！」

「我還幫妳找了能搭配的鞋子。」她急切地往另一個架子飛去，指著一些古銅色的舞鞋，

「再來是一些化妝品。」她又轉身到玻璃櫃旁，對著一個電木膠材質的盒子比了比，旁邊的小牌子寫著：一九二〇年代傳統彩妝，非常稀有。

「我也有一組這個。」她深情地看著它，「這是有史以來最好的口紅，我會教妳要怎麼用。」

我的老天啊。

「謝了，我知道怎麼塗口紅——」

「妳才不知道。」她爽快地打斷我，「但我會教妳，而且會教妳怎麼把頭髮燙成波浪。這裡還有賣燙頭髮的。」她指了指一個舊紙箱，我看到裡面有更多稀奇古怪的金屬製品，「妳要是願意打扮的話會更好看。」她又轉身跑開，「如果能再幫妳找一些合適的長筒襪——」

「莎迪，夠了！」我用氣音說，「妳瘋了嗎！我不會買這裡的東西……」

「我還記得參加派對前，那種讓人興奮的味道。」她把眼睛閉上，好像回到過去一樣，「口紅、頭髮燒焦的氣味……」

「頭髮燒焦？」我驚恐地說，「妳不會是燒我頭髮吧！」

「別大驚小怪！」她不耐煩地說，「我們只是偶爾燙一下髮。」

「妳還好嗎？」諾拉出現，脖子上的琥珀項鍊發出敲擊的叮噹聲，我嚇一跳。

「喔。是，謝謝。」

「妳對一九二〇年代的東西特別感興趣嗎？」她走到玻璃櫃前，「我們這裡有一些很棒的正品，都是從最近拍賣中標下來的。」

「是。」我客氣地點頭，「我只是看看。」

「我不確定這是幹什麼用的……」她拿出一枚指環，上面有個鑲寶石的小壺，「這東西很特別，不是嗎？可以用來放相片類的小東西？」

「胭脂戒。」莎迪翻了個白眼，「現在沒有人認得這東西嗎？」

「我想它應該是個胭脂戒。」我脫口而出。

「啊！」諾拉驚奇地說，「妳真是專家！也許妳知道怎麼用這些舊式的電棒燙。」她拿出一個金屬的奇怪機器，小心翼翼地捧在掌心，「我想一定有什麼訣竅。這東西恐怕比我還老。」

「這很容易。」莎迪不以為意地說，「我會教妳。」

門口傳來叮噹聲，有兩個女孩進來了。她們環顧四周後，我聽到其中一個叫嚷著，「哇，這地方好妙啊。」

「不好意思。」諾拉對我笑了笑，「妳先慢慢看，如果有想試什麼東西再叫我。」

「我會的。」我也報以微笑，「謝謝。」

「跟她說妳想試穿那古銅色的衣服！」莎迪發出噓噓聲催促我，「快點！」

「停止！」店主離開後，我小聲說，「我才不要試！」

莎迪不解的表情，「不試一下怎麼知道合不合身？」

「我沒有要知道，因為我沒有要穿！」我不再這麼被動，開始有點反彈，「面對現實！現在是二十一世紀！我不要用那古老的口紅和燙髮鉗！我不要穿著飛來波去約會！就是不可能！」

莎迪受到打擊，好一會兒不能自已。

「但妳答應過我。」她深受打擊，瞪大眼看著我，「妳答應讓我自己挑衣服的。」

「我以為妳指的是一般衣服。」我生氣地說，「一般二十一世紀的衣服！不是這個。」我拿著衣服向她揮舞，「這太荒謬了！這根本是奇裝異服！」

「但妳要是不讓我選衣服，那這就不是我的約會，是妳的約會！」莎迪聲音變大聲，我知道她快要開始尖叫了，「我寧可自己待在家！妳自己出去和他約會！」

我嘆了口氣，「聽好，莎迪……」

「他是我的男人！這是我的約會！」她熱烈地大喊，「我的！用我的規則！這是我最後一次跟男人玩樂的機會，妳要是穿那些難看、枯燥的衣服會毀了一切……」

「我沒有要毀了它……」

「妳答應要照我的方式！妳答應過的！」

「不要對我大吼！」我摀著耳朵後退，「老天哪！」

「妳沒事吧？」諾拉又出現，狐疑地看著我。

「是！」我平靜一下說，「我只是……呃……在講電話。」

「啊。」她表情豁然開朗，看到我手上的古銅色絲綢衣服，用頭對它點了一下，「妳想試穿嗎？這件非常不錯，巴黎製造。妳有看到那珍珠母的釦子嗎？它非常精緻。」

「我……呃……」

「妳答應過的！」莎迪離我三英寸，抬著下巴，怒視著我，「妳保證過！這是我的約會！我的！我的！」

她聲音像消防車的警笛，我把頭撇開，老實說我沒辦法忍受莎迪一整晚這樣子鬼吼鬼叫。我頭快爆炸了。

其實冷靜思考就知道，艾德．哈里森只覺得我是個瘋女人，我穿不穿飛來波的衣服，又有什麼差別？

莎迪說得沒錯。這是她的約會，我還是照她的方法去做。

「好吧！」我最後開口，打斷莎迪吼個不停的聲音，「妳說服我了，我會試穿這裙子的。」

10

要是被認識的人看到，我寧可去死。

我下了計程車，在街上快步行走。感謝老天沒人看我。我這輩子從來沒看起來這麼可笑過。當妳被死去的姨婆決定穿著的時候，就是出現這種情況。

我穿著從店裡買來的飛來波服裝，光是拉上拉鍊就辛苦萬分，這服裝顯然不是給二〇年代大胸脯女人穿的，這舞鞋也有夠緊。六條長珠項鍊掛在頸部，頭上有一圈黑色髮帶，還有黑色珠子，上面還立了一根羽毛。

一根羽毛！

頭髮用舊式電棒燙搞了兩個鐘頭，折磨成一種老式的波浪頭。完成後莎迪還在那家古董店找到了一種奇怪的髮油來定型，現在我頭髮硬得像石頭一樣。

至於我的妝，一九二〇年代的人真的覺得這種妝會好看？我的臉撲滿了粉，每一塊皮膚都有胭脂。一層又一層地畫上黑黑的眼線，而我一直不知道睫毛上的是什麼，一種奇怪的黑色膏狀物，莎迪只說那是化妝品。她要我把它放到鍋子裡煮沸，然後塗在睫毛上。

哈囉！我自己有新的蘭蔻睫毛膏，而且還防水帶有彈性纖維，應有盡有，但莎迪卻不感興趣。反而對這古早的化妝品異常興奮，還不斷說她以前和邦蒂是怎麼準備參加派對，幫彼此修眉毛，還要喝一點小酒。

「來，讓我看看。」人行道上，莎迪出現在我身邊，檢視著我。她穿著金色洋裝，戴著長手套，那手套長到肘部，「妳需要補一下口紅。」

不用說了，我不會白費力氣推薦我的M.A.C唇彩膏。我嘆了口氣，伸手到包包裡去拿那罐紅色膏狀物，然後拍了一點在那已經紅到誇張的唇上緣。

身邊兩個女孩擦身而過，有默契地用頭比了一下我，投以好奇的微笑。她們大概以為我剛參加完化裝舞會，正要趕去參加奇裝異服派對。

「妳看起來很棒！」莎迪興奮地抱著自己，「現在就差一根菸。」她正在街上四處張望，「菸草店在哪裡？要幫妳買個可愛的小菸嘴。」

「我不抽菸。」我打斷她，「而且怎樣都不能在公共場合吸菸，法律這麼規定的。」

「這什麼荒謬的法律。」她有點忿忿不平，「那要怎麼舉辦香菸派對？」

「現在沒有香菸派對！吸菸會致癌！這很危險！」

莎迪發出不耐的嘖一聲，「那算了，快走吧！」

我在街上跟著她，朝克羅酒吧的招牌前進，我那雙古董鞋都快掉了。到門口的時後才發現她不見了。她到哪去了？

「莎迪？」我轉身看看街道，要是她讓我一個人陷入窘境，我絕對會殺了她……

「他已經在裡面等了！」她突然出現，眉飛色舞，「他一定會神魂顛倒。」

我心涼了半截。我還希望他能放我鴿子。

「我看起來怎麼樣？」莎迪順了順頭髮，我對她感到同情，對方看不到自己約會有什麼好玩的。

「妳看起來很棒。」我安慰地說，「如果他能看得到，會覺得妳超辣。」

「辣？」她不解地說。

「性感，漂亮，正點。」這是我們用的詞彙。

「喔，很好！」她緊張地一下看著大門一下回頭看後面，「現在，我們進去，要記住，這是我的約會。」

「我知道是妳的約會。」我有耐心地說，「妳已經提醒夠多次了。」

「我的意思是……妳要當我。」她認真地盯著我看，「說我要妳講的，做我要妳做的，就像真的是我在跟他說話一樣，妳懂嗎？」

「別擔心！我知道了。妳告訴我台詞，我照著唸，沒問題。」

「進去吧！」她對著大門比了個手勢。

我推開沉重的磨砂玻璃門，裡面還滿時髦的，麂皮牆，光線昏暗，另一頭還有一扇雙開門，門的後面就是酒吧。我穿過門，從一旁染色的鏡子看到自己，噁！

不知道為什麼，我穿這樣站在這裡的感覺，比在公寓的時候可笑一百萬倍。走路時項鍊還會發出敲擊聲。我看起來像二〇年代的人物，而出現在一間極簡風的酒吧，裡面的人都懂得欣賞Helmut Lang[27]的東西。

我不斷往前走，注意力全放在自己身上，然後突然看到到艾德。他坐的地方離我只有十碼，穿著很一般的長褲和外套，喝的東西好像也很普通，就一般常見的琴通寧。他抬頭，往我這裡看，然後又定神多看了一下。

「看吧。」莎迪得意地說，「他被妳迷到說不出話來了。」

沒錯，他是說不出話，因為他下巴掉下來，臉變成鐵青色。

我慢慢地迫使自己別這麼尷尬。他起身走近，經過吧檯時我有瞥到有人用手肘頂了身旁的人，附近桌的也發出竊笑。

「對他微笑！」莎迪大聲對著我耳邊喊，「往他走近，然後跟他說：『你好，大帥哥！』」

大帥哥？

我不斷提醒自己，這不是我在約會，這是莎迪，我只是在演我的角色。

「你好，大帥哥！」等他夠靠近時，我清楚說出。

「嗨。」他微弱地說，「妳看起來……」他手不知道該比什麼地亂揮了一下。

身邊的竊竊私語都停了下來，整間酒吧的人都在看我們。真是太好了！

「說點話！」莎迪興奮地跳來跳去，一點都不覺得尷尬，「說：『你這傢伙，看起來真時髦。』然後玩一下妳的項鍊。」

「你這傢伙，看起來真時髦！」我對他露齒微笑，然後拚命甩動項鍊，結果上面一個珠子打到我眼睛。

噢！好痛！

㉗ Helmut Lang：極簡解構風格的時尚品牌。從八〇年代到九〇年代開始興起。

「呃，好。」艾德尷尬到不知道要說什麼，「那……可以請妳喝杯飲料嗎？香檳？」

「多要一根調酒棒！」莎迪指示，「微笑！妳沒有笑！」

「我可以要一根調酒棒嗎？」我咯咯地大笑，「我喜歡調酒棒！」

「調酒棒？」艾德皺著眉頭，「為什麼？」

誰知道為什麼！我無助地看著莎迪。

「說：『為了攪出泡泡來，親愛的！』」她用氣音說。

「為了攪出泡泡來，親愛的！」我再次高聲地咯咯笑，然後這次有節制地轉著自己的項鍊。

艾德看起來陷入窘境，這不怪他。

「妳怎麼不坐下？」他聲音很緊張，「我幫妳拿飲料。」

我往他坐的桌子走去，拉開麂皮坐墊的椅子。

「坐姿要這樣，」莎迪命令，擺出了個撩人的姿勢，她把雙手放在膝蓋上，我盡量坐得跟她一樣，「把眼睛睜大！」她不斷張望在吧檯和附近桌的人。私語聲慢慢消失，沙發音樂緩緩響起，「樂隊什麼時候會來？什麼時候開始跳舞？」

「沒有樂隊。」我喃喃道，「也沒有跳舞，這裡不是那種地方。」

「不跳舞？」她煩躁地說，「但一定要跳啊！跳舞才是重點！他們沒有快節奏的音樂嗎？就這樣了無生氣嗎？」

「我不知道。」我酸溜溜地說，「去問他啊。」我頭對著酒保指了一下，艾德剛好拿著一杯香檳和一杯看起來像新點的琴通寧過來。我想他應該加了三倍的酒。他坐在我對面，放下飲料，然後舉起杯子。

「乾杯。」

「敬你！」我帶著燦爛的笑容說，用塑膠調酒棒在香檳裡輕快地攪一攪，然後喝一大口。我還在等莎迪的指示，但她不見了。我偷偷四處張望，我看到她在酒吧後面，對著酒保大吼。

我的天，她現在又要搞什麼破壞？

「那……妳來的路上很遠嗎？」

我突然回過神來，艾德在跟我說話，現在沒有莎迪告訴我要怎麼說，太棒了！接下來我得自己應對。

「嗯……沒有很遠……在基爾伯恩。」

「啊！基爾伯恩啊。」他點頭，好像很懂我在說什麼。

我還在想要說些什麼地看著他。我承認，那件炭灰色的外套還不錯看。他比我印象中的還要高，寬厚的肩膀，結實的身材，那件T恤看起來很貴。臉上有一點鬍碴，眉頭上有在辦公室時一模一樣的V形皺紋。老天，這是週末，他是在約會，怎麼還是一臉在參加嚴肅董事會的表情，討論是否該把所有人開除或所有獎金都沒收什麼的。我突然有點不高興。他就不能讓自己放鬆一下嗎？

「所以，艾德！」我大膽地開啟話題，並對他微笑，「從你的口音聽得出來你是美國人？」

「沒錯。」他點頭，沒有很想談的樣子。

「你來這裡多久了？」

「五個月。」

「對倫敦還喜歡嗎？」

「沒有太注意。」

「喔，你應該多看一點。」我克制不住熱情，「你應該去看看倫敦眼[28]、柯芬園、然後搭船去格林威治……」

「也許吧。」他對我微笑後喝了一大口酒，「我上班很忙。」

這是我聽過最爛的藉口。怎麼可能搬到一個城市，但又不花時間好好了解它呢？我想我是不會喜歡這個人的。我頭一抬，看到莎迪在身邊，她有點不高興地抱胸。

「那位男服務員真的非常頑固。」她說，「去叫他換個音樂。」

她瘋了嗎？我認真地看了她一眼，然後轉回來對艾德微笑。

「所以，勞拉，妳做什麼的？」看得出來他也在想辦法找話題。

「我是人才獵頭，人力仲介。」

艾德態度馬上變得警惕，「妳不會是在斯特吉斯．柯蒂斯仲介上班吧？」

「不，我有自己的公司，L&N高階經理人仲介公司。」

「很好，我不想講會得罪妳的話。」

「斯特吉斯．柯蒂斯怎麼了？」我忍不住好奇。

「他們是一群地獄裡的禿鷹。」他露出驚恐的表情，我差點笑出來，「沒什麼，他們每天纏著我，問我對現在工作滿不滿意？我對另個工作有沒有興趣？用一堆話術來套我秘書話。對，他們沒怎麼。」他聳聳肩，「他們甚至想在商業名人晚宴上坐我旁邊。」

「喔，哇喔。」我真是驚訝，我從來沒參加商業名人晚宴過，但我在雜誌上看過，在倫敦一家大型酒店舉行，非常華麗，「所以，你要去商業名人晚宴？」

「我要在台上致詞。」

他要致詞？噢，天哪，他一定是大人物，我真是有眼無珠。我轉頭看看莎迪，結果她又不見了。

「妳也會參加嗎？」他禮貌地問。

「呃……今年不會。」我暗示我的不會只是暫時，「我公司今年還沒有辦法在那裡有一席。」就我印象，那裡一張桌子可以坐十二人，預訂一張就要五千英鎊；而L&N只有兩個人，負債五千英鎊。

「啊。」他頭歪了一下。

「但我確定，明年一定會參加。」我很快補一句，「到時會訂兩張桌子。當然了，因為我們正在擴張營運……」我語氣緩緩變弱，顯然他對這不感興趣，我為什麼要討好這個人。

我攪拌著酒，聽到音樂停止了。我轉頭看著酒保，他在吧檯後面站在CD播放器旁，正在自己的意志和莎迪的狂吼之間掙扎。莎迪打算做什麼？

㉘倫敦眼：豎立於倫敦泰晤士河南畔的蘭貝斯區，曾是世界最大的摩天輪。倫敦眼共有三十二個乘坐艙，全部設有冷氣並不能打開窗。每個乘坐艙約可載二十五名乘客。

最後，酒保看來是投降了，他從盒子拿出一張CD放進機器裡。下一分鐘，老派的科爾．波特一類的音樂開始播放。莎迪回到艾德椅子後面，得意地笑著。

「終於！我就知道那人的抽屜裡有適合的音樂。現在，快邀勞拉跳舞！」他對著艾德說，往他耳朵靠近，「請她跳舞！」

喔，天哪！不會吧！

我默默傳達心電感應給艾德，叫他抵抗莎迪。不要聽，堅強一點。我加強我的心電感應，但效果不太好，隨著莎迪的吼叫，艾德表情出現了痛苦和困惑，他看起來快吐了，他沒有選擇。

「勞拉。」他清了清嗓子揉了揉臉，「妳想跳舞嗎？」

我要是拒絕的話莎迪不會放過我，她要的就是這個，這也是我會在這裡的原因。

「好啊。」

我真不敢相信自己在做什麼，我放下酒杯起身，跟著艾德走到凳子旁邊一小塊地板，他轉身面對我。那片刻我們盯著對方，被這極為怪異的當下搞得不知所措。

這裡百分之百不是跳舞的場合：沒有舞池，也不是俱樂部，只是間酒吧，沒有人在跳舞。喇叭裡放出刺耳的爵士樂，CD裡有人在唱歌，沒有節奏，什麼屁都沒有。我們不可能跳舞。

「跳啊！」莎迪在我們之間來回穿梭著，很不耐煩，「一起跳舞啊！跳啊！」

艾德露出絕望的表情，尷尬地左搖右擺，盡可能隨著音樂在動，他看起來十分痛苦，我開始模仿他，希望減輕一點他的痛苦。我這輩子從沒見過這樣的舞蹈。

我眼角看到一旁每個人都在看我們。我的衣服前後擺動，項鍊搖晃，艾德目光集中在正前方，好似靈魂出竅一樣。

「借過一下。」一位酒吧的員工端著一盤點心，在我們中間閃躲。

我們不但不是在舞池裡，還妨礙了所有人。這是我一生中最痛苦的經歷。

「好好跳！」頭一轉，就看到莎迪驚恐地在說，「這不是跳舞！」

她還想怎樣？要我們跳華爾滋嗎？

「你看起來像在泥巴裡走路！跳舞是這樣子才對。」

她開始在跳二〇年代的查爾斯頓舞，四肢都飛快地在舞動，臉笑得很開。我能聽到她嘴裡還在哼著音樂。至少她是跳得很開心。

她狐步滑向艾德，纖細的雙手搭在他肩上。現在手又已經滑到他臉上，「這樣不是很好玩嗎？」現在手又滑到他胸膛，往下到他的腰，然後從後面抱住。

「妳摸得到他？」我有點驚訝地小聲說，莎迪好像做壞事被我抓到一樣，手縮了一下。

「重點不是這個。」她說，「這不關妳的事。」

好吧，她沒辦法，不管她是在不爽什麼，但我一定得看嗎？

「莎迪！」我用氣音說，她的手正在往更下面的地方摸去。

「抱歉！妳有說話嗎？」艾德看來是很吃力才把注意力放回到我身上。他還在左搖右晃跳舞，完全沒發現有個二十三歲的飛來波女鬼貪婪地在對他身體上下其手。

「我是說……要不要停一下。」我避開莎迪的視線，她正要含著他耳朵。

「不！」莎迪憤怒地抗議，「我還要！」

「好主意。」艾德立刻回應，然後回去椅子上坐好。

「艾德？艾德．哈里森？」一名穿著米色長褲和一件白襯衫的金髮女子出現攔住他，吃驚的表情。她身後的桌子還看到其他人，都是業務式的整齊穿著，「我還在想那是不是你！你剛才是在……跳舞？」

艾德也看了那桌的所有人，很顯然，他剛才的難堪放大了五十倍，我真替他難過。

「那……對……沒錯。」他開口承認，好像連自己都不相信，「我們在跳舞。」然後很快又回到現實，「勞拉，妳認識DFT的吉娜維芙．貝莉嗎？吉娜維芙，這位是勞拉。哈囉，比爾、麥克，還有這位是莎拉……」他在對桌子那裡的人打招呼。

「妳這身衣服很可愛。」吉娜維芙輕拍我的衣服，「一看就知道是二〇年代的風格。」

「不只是風格，百分之百正品。」我點頭。

「這我相信！」

我勉強地微笑，雖然她很沒禮貌地彈了我一下。在這些商界大老面前，我可不想打扮得像《每日郵報》中古董娃娃系列裡的人物。

「我去補個妝。」我繼續強顏歡笑，「馬上回來。」

在女廁裡我抽了一張紙巾沾濕，拚命擦我的臉，完全擦不掉。

「妳在幹嘛？」莎迪突然出現在我身後，「妳會毀了臉上的妝！」

「我只是想把它弄淡一點！」我還在快速摩擦它。

「喔，這樣擦是擦不掉的。」莎迪不以為意地說，「這很持久，會保持好幾天，口紅也一樣。」

持久？

「妳的舞是哪裡學的？」莎迪擋在我和鏡子之間。

「我沒學，跳舞不需要學，只要隨著音樂擺動。」

「好吧。事實證明，妳跳得很爛。」

「事實證明，是妳太誇張了。」我反駁，「妳看起來想當場跟他啪啪啪！」

「啪啪啪？」莎迪皺著眉頭，「那是什麼？」

「那是指……妳知道的。」我尷尬地停下，我不確定是不是真要跟我姨婆談論啪啪啪的事情。

「什麼啦？」莎迪不耐地說，「啪啪啪是什麼意思？」

「就是妳會跟另一個人一起做的事。」我仔細在想要怎麼避開敏感字眼，「就像是辦睡衣派對，但是把睡衣脫掉。」

「喔，這個啊。」她突然啊哈的表情，「妳說那叫啪啪啪？」

「有時候。」我聳聳肩。

「真奇怪的說法，我們以前說那叫做愛。」

「哦。」虧我還想避開敏感字，算了，「好吧，我們也這麼說……」

「或是滾床單。」她補充。

「滾床單？」她還有臉說啪啪啪是個奇怪的用語嗎？

「好，隨妳怎麼叫。」我脫掉一隻鞋，揉揉腳趾，「妳看起來像要在酒吧跟他做那件事。」

莎迪吃吃笑著，調整自己的頭帶，「不得不承認，他帥翻了。」

「就一般來講，也許是。」我不情願地承認，「但他沒個性。」

「有，他有！」莎迪不服氣。

她又知道了？剛才跟他聊天的一直都是我！

「不，他沒有！他住在倫敦好幾個月了，結果對這裡一點興趣都沒！」我重新穿上鞋子，回頭又想了一下，「他一定是個心胸狹窄的人。是什麼樣的人會對世界上這麼偉大的城市不感興趣？」我聲音忿忿不平，「他真不該住在這裡。」

這是我身為倫敦人的一個感言。我轉頭看一下莎迪，結果她只是閉著眼在喃喃自語，一句話也沒在聽。

「妳覺得他會想要我嗎？」她睜開眼睛，「如果他能看到我，如果他能跟我跳舞。」

她表情充滿希望，我的怒氣和不滿瞬間消失。我真傻，那傢伙是什麼樣的人又有什麼關係？這是莎迪的夜晚。

「會。」我希望自己聽起來誠懇一點，「我想他會愛上妳。」

「我也這麼認為。」她很高興，「妳知道妳頭飾歪了嗎？」

我托著它，看著鏡子調整，「我看起來真可笑。」

「妳看起來很美麗。妳是這裡最漂亮的女孩。」她補充，「除了我之外。」

「妳知道我看起來有多蠢嗎？」我又揉了揉臉頰，「算了，妳當然不知道，妳只關心妳的約會。」

「我跟妳說，」莎迪認真看著鏡子中的我，「妳有電影明星的嘴，在我的時代，所有女孩都羨慕死這樣的嘴型。妳搞不好有機會當明星。」

「對，最好是。」我翻了個白眼。

「小傻瓜，看看妳自己，妳跟電影裡的女主角一樣！」

我只好再看鏡子中的自己，想像自己變成黑白影片裡的人被綁在鐵軌上，鋼琴伴奏彈起陰森的曲調。她說得沒錯，我的確很適合演那一幕。

「喔！求你，拜託！放了我！」我在鏡子前搔首弄姿，輕拍睫毛。

「沒錯！妳適合當電影明星！」

莎迪跟我四目相望，我忍不住笑了。這是我這輩子最古怪也最愚蠢的約會，但我卻被她的情緒感染了。

我們回去酒吧，看到艾德還在跟吉娜維芙聊天。她伸展身體坐在椅子上，我知道她是在跟艾德展現身材，但我也同時發現艾德根本沒注意，就這點上突然覺得艾德其實還不錯。

莎迪也發現了，她馬上跑到吉娜維芙旁邊對著她耳朵大喊：「滾開！」可是吉娜維芙完美無視她，她一定是個鐵石心腸的人。

「勞拉！」吉娜維芙笑得很假，「真不好意思，不該打擾妳跟艾德的……娛樂！」

「不會。」我也很假地笑回去。

「你們認識很久了嗎？」她手勢比了比我和艾德兩人。

「不，不算久。」

「那你們是怎麼認識的？」

我反射性地看了艾德一眼，他那不安的神情真是好笑。

「我們不是在辦公室認識的嗎？」我想替他解圍。

「對，是在辦公室。」艾德點頭。

「真好！」吉娜維芙大笑，是那種心裡其實很不爽但又很刻意的笑聲，還帶著微微顫抖，「艾德，你真是匹黑馬！我都不知道你有女朋友了！」

那瞬間，我和艾德四目相望。看得出來他心裡跟我一樣急欲否認。

「她不是我女朋友。」他立刻說，「我的意思是，那不是……」

「我不是他女友，」我倉促地說，「我們……我們只見過一次面……」

「我們只是一起喝杯酒。」艾德補充。

「我們以後可能不會再見面了。」

「可能不會。」艾德十分肯定的語氣，「絕對不會。」

我們都頻頻點頭同意，我想這是我們第一次同意一件事。

「了解。」吉娜維芙表情困惑。

「我再請妳一杯，勞拉。」艾德給了我他這整晚最溫暖的笑容。

「不了，我自己買單！」我對他微笑，當你知道自己跟這個人只剩十分鐘緣分的時候，會變得對他無比寬容。

「妳什麼意思？」一個聲音在我身後尖叫，我一轉身就看到莎迪往我這兒走來，她停止發光，而且正在發狂，「不是只有一次！妳答應過了！」

她臉皮真厚，怎麼不見感恩地說：「謝謝妳，為了我打扮得像個傻瓜，勞拉。」

「我有信守承諾！」我往吧檯走近一點，然後用氣音說，「我完成了妳要我做的一切。」

「不，還沒有！」她怒視著，「妳跟他跳的根本不是舞！妳只是很無奈地在晃。」

「真可惜。」我拿出電話偽裝，「妳說妳想約會，我就讓妳約會，現在結束了。再給我杯香檳和琴通寧，謝謝。」我跟酒保加點，伸手去拿錢。莎迪保持沉默，這可能是暴風雨前的寧靜，她又要準備大吼了，但是當我抬頭時她不見了。我轉過身看到她在艾德旁邊。

現在她跑到他耳邊大叫。老天，她又要幹嘛？

我趕快買完單回到桌子那。艾德兩眼痴呆看著正前方，吉娜維芙還在講她在安地卡島的小故事，完全沒發現艾德已經走神了，也許她以為他是聽得如痴如醉也不一定。

「……結果我看到了我比基尼的上衣！」她笑到顫抖，「它在海裡！我想那個人這輩子一定不會忘了這件事。」

「這杯是你的。」我把琴通寧遞給艾德。

「喔，謝謝。」他似乎回過神來了。

「現在就做！」莎迪猛然撲過去，在耳邊尖叫，「現在就問！」

問我？問我什麼？不要再約了，我絕不會答應，不是什麼事都得順著莎迪。

「勞拉，」艾德面有難色地看著我，他額頭的皺紋比之前更深了，「我想邀妳來參加商業名人晚宴，妳有興趣嗎？」

真不敢相信！

我太震驚了，我轉頭看向莎迪，她雙臂交叉胸前，一臉得意地看著我。

「不要因為我的關係答應。」她不在意的口吻，「去不去妳自己決定。完全妳作主。」

喔，她不錯嘛。比我想像的聰明得多，我根本不知道她原來有在聽我們談話。

這是不可能的，我不可能會拒絕這樣的商業名人晚宴，這可是件大事。裡面會有各種形形色色的大人物。我可以認識很多人……建立人脈……是個絕佳機會，我不能拒絕。

可惡，著了她的道。

「好。」我厚著臉皮說，「謝謝你，艾德，你真好，這是我的榮幸。」

「很好，太棒了。詳細資訊我再發給妳。」

我們的對話像是在唸台詞，吉娜維芙看著我們倆，感到不解。

「……你們真的是一對。」她說。

「不不不！」我跟他都異口同聲回應。

「不可能。」我再三保證，「一點也不，我是說，一百萬年以後都不會。」我啜了口香檳，瞥一眼艾德。不知道是不是我多想，他似乎有一點點受傷？

我又多待了二十多分鐘，幾乎聽完吉娜維芙整個假期的經過。艾德看了我和我的空杯子一眼，「不好意思，擔誤妳不少時間。」

擔誤妳不少時間，還好我不喜歡這個人。那句話的言下之意如果不是我實在不想再待下去，那我實在不知道還能怎麼解讀。

「我想妳晚餐應該有行程吧。」他禮貌地補一句。

「是！」我清楚表明，「的確，當然了。晚餐計畫。」我作勢看了眼手錶，「天啊，這麼晚了？我得用跑的了。約好的人得等我一會了。」我好想補一句，我在賴爾饗宴那有個香檳晚宴，但後來還是忍住了。

「好吧，我也有我的計畫，」他點頭，「我想我們應該……」

他也有安排，當然，他應該還有一個更優的約會在等他。

「是，那就……今天……很愉快。」

我們倆起身，像兩個商務人士般道別，離開酒吧走到人行道上。

「所以，」艾德支吾了一會，「謝謝……」他遲疑著要不要在我臉頰輕啄，後來顯然是決定不要，而是伸出手來，「太好了，商業名人晚宴的事會再通知妳。」

他的表情真好讀，可憐二字寫在臉上。他正在想自己是怎麼陷入這窘境，而且在這麼多人面前邀我參加，現在已不能反悔。

「所以……我要走這邊。」他說。

「我走另一邊。」我立刻回答，「再次感謝，再見！」我趕快邁出步伐，大步走在街上。真是慘劇。

「妳為什麼這麼早回家？」莎迪交叉雙臂說，「妳應該邀他去夜店！」

「剛才不是說我有晚餐計畫嗎？」我強調，「而且他也是。」我突然止步停在人行道上。我太急著要走，現在方向完全相反了。我回頭看，沒有看到艾德，他一定跟我一樣拔腿就跑。

我現在開始餓了，而且覺得自己有點可悲，早知道就真的跟朋友約晚餐。我在回家的路上想一下晚餐計畫。我進到一家連鎖三明治咖啡館，稍微看了眼吧檯。看有什麼捲餅和速食湯，可以的話再來個巧克力布朗尼慶祝一下。

我正接過果昔，客人裡有個熟悉的聲音傳來。

「皮特。嘿，兄弟。近來如何？」

莎迪跟我突然睜大了眼。

艾德？

我反射性往後退，想躲在一堆低脂洋芋片的後面。我目光掃視人群，看到一個穿著昂貴外套的人。他在那裡，正在買三明治和打電話，這就是他所謂的晚餐計畫？

「他根本什麼計畫都沒有！」我喃喃自語，「說謊！」

「妳不也一樣。」

「是啊，但……」不知道為什麼，我還是有點不爽。

「那很好啊，媽還好嗎？」艾德的聲音在吵雜人群中傳來。

我偷偷環顧四周，想著要從哪裡開溜，但這家店到處都是大鏡子，一定會被他發現，不如待到他離開為止。

「跟她說，我看了律師的信，我不認為他們有什麼證據，稍晚我會再發郵件給她。」他聽了電話一會兒後說，「皮特，沒問題，也不過花個五分鐘，最多也不過……」然後又是一陣沉默，

「我過得很愉快，很棒，這是……」他嘆了口氣，等他再開口的時候，語氣多了幾許疲憊，「拜託，本來就這樣，你懂的。我今天晚上也夠受的了。」

我手緊緊握著果昔杯，他是在說我嗎？

「沒什麼，只是和世界上最討厭的女人共處太多時間。」

我感到受傷。我沒有這麼討人厭吧！好吧，我只是穿得有點奇怪……

「你應該也認識，吉娜維芙．貝莉？DFT的人？不不，不是約會。我是在……」他停頓一下，「是在一個奇怪的情況遇到。」

我一直在成堆的低脂洋芋片後面把身子縮得小小的，沒有看著艾德。我突然發現他已經買好東西，拿著外帶的袋子往外走，正要經過我身邊，只有一英尺的距離……拜託……不要看到我。

該死！

他好像有讀心術一樣，往右手邊看了一眼，正好對上視線。他的反應與其說是尷尬，不如說是驚訝。

「晚點再打給你，朋友。」他說完就把手機掛上，「妳好。」

「喔，嗨！」我故作輕鬆，假裝我的計畫改成在連鎖店裡吃捲餅喝果昔，「真……呃……又遇到了，我的計畫泡湯了。」我清清喉嚨，「最後一刻我朋友打來說取消了，所以我只好隨便找點東西吃……」

為什麼是我要找藉口，為什麼要尷尬的人是我？他也被抓包了，怎麼尷尬的人不是他？

「你不是說你安排了晚餐計畫？」我挑著眉輕聲說，「你的計畫又出了什麼毛病？也取消了嗎？還是怕高級餐廳的食物會吃不夠，先填一點肚子？」我略微嘲笑了一下他手上的袋子，等著看他出糗的表情。

但他絲毫沒感覺，「這就是我的計畫，買好晚餐，邊吃邊工作。我明天要飛往阿姆斯特丹開會，我得把報告準備好。」

「喔。」我說。

他的表情一點閃躲都沒，他說的是實話。該死。

「好，」我又開口，「好的。」一個尷尬的停頓，然後艾德禮貌地點點頭，「晚安。」我看著他大步從連鎖三明治店走出，總覺得哪裡不對。

如果是喬許的話，他才不會讓我難堪，我就知道我不喜歡這個人。

「《大誌雜誌》！」有人的聲音打斷我的思緒。

「喔。」我注意力回到眼前的這個男人，瘦骨嶙峋，滿臉鬍碴戴著毛線帽，身上沒有大誌官方認證的標記。我每次都視若無睹地走過好像不太好，之前總感覺很麻煩，所以決定這次做不一樣的舉動，「給我五份。」我語氣堅定，「謝謝。」

「好耶，美女。」那男的對我身上的服裝點頭，「漂亮的衣服。」

我給了錢，拿了五本雜誌，準備離開店裡的時候。我回頭去想剛才的尷尬應該怎麼化解才對。我應該輕快地微笑，然後說：艾德，下次你要定晚餐計畫時跟我說一下……

不，我應該說：說真的艾德，你剛才提到晚餐時……

「什麼是《大誌雜誌》？」莎迪的聲音又打斷我的思考，我眨了眨眼，突然感到煩躁，我為什麼要為了他去想這個？誰管他怎麼看我？

「這是一種街頭雜誌。」我解釋，「是個公益的設計，讓流落街頭的人能賺點錢。」

我看到莎迪正努力在理解我的話。

「我記得這些流落街頭的人，」她眼神看向遠方在回憶過去，「戰爭結束後，國家像失去方向一樣，許多人都無家可歸。」

「對不起，先生，你不能在這裡賣東西。」一名穿著制服的女孩跑來請他離開，「我們非常感謝你在這裡的服務，但這是我們公司規定……」

我透過玻璃門看著那男人，他被驅趕了，又看到他試著向其他人推銷雜誌，但沒有人理他。

「需要什麼嗎？」收銀員正在叫我，我立刻回神，信用卡塞在包包底部，我花了一點時間才找出來，沒有注意莎迪跑哪去了。

「搞什麼……」

「該死的！這是怎麼回事？」

所有收銀員都在驚呼，我跟著轉過去看他們在看什麼。我真不敢相信。

商店裡的顧客都跑出來，全擠在人行道上找剛才賣《大誌》的人說話，我看到有人手裡拿著幾本雜誌，有的人拿錢給他。

商店裡只剩下一位客人，莎迪緊繃著臉飄在他身邊，嘴巴貼在他耳邊。不久後，他表情痴呆，放下壽司盒，拿著錢急忙出去。莎迪站直身子看著此景，得意地交叉雙臂，後來她發現我在看她，我給了她大大的微笑。

「妳太酷了！莎迪！」她回到我身邊後，我對她說，但她一臉茫然。

「我很『酷』？」

「妳太酷了！」我拿起包包走人，「它的意思是……妳很棒，做得非常好。」我指著外面的人，所有人都要買雜誌。連路過的人也群起效法，那位大誌賣家不知所措。我們看了一會，然後一起走到轉角，兩人都保持沉默。

「妳也很酷。」莎迪突然開口，我急忙抬頭。

「什麼？」

「妳也做了一件好事。我知道妳今晚並不想穿這件衣服，但妳為了我還是穿了。」她眼神堅定，「所以，謝謝妳。」

「沒有啦。」我聳聳肩，咬了一口雞肉捲餅，「其實也還不錯。」

有件事我不想對莎迪承認，因為這只會讓她變本加厲騎到我頭上，其實我覺得自己愈來愈喜歡這二〇年代的風格。

算是吧。

11

所有事開始漸漸好轉！我打從心裡這樣覺得。就算要跟艾德約第二次會我也覺得是好事。比爾叔叔說過要把握機會，就是這個意思。參加商業名人晚宴對我來講就是個很好的機會，可以認識很多資深專業經理，發名片給他們，讓他們對我印象深刻。娜塔莉也總是說自己必須多出去交際，保持人們對自己的印象。現在輪到我了。

「凱特！」星期一早上，我進到辦公室就大喊，「把我所有名片都找出來，我還要買個名片夾，幫我找商業名人晚宴所有相關的背景資料……」我突然住嘴，她一隻手拿著電話，另一隻手在半空不停比劃，我吃了一驚，「怎麼了？」

「是警察！」她輕拍手上的話筒，「他們在線上，想要來見妳。」

「喔，好。」

我的胃瞬間降到冰點。警察，我希望他們能忘了所有關於我的一切。

我四處張望，沒有看到莎迪在房間裡。吃早餐的時候她還在講卻爾西[29]的古董店，搞不好她去了那裡。

「要把電話轉給妳嗎？」凱特激動地問。

---

[29] 卻爾西：倫敦西南部住宅區，為藝術家和作家聚居地。

「好啊，有何不可？」我故作不在意，像在處理例行公事，好像我跟警方有固定聯絡，跟《頭號嫌疑犯[30]》裡的珍．蒂辛森一樣，「喂，我是勞拉．靈頓，請說。」

「勞拉，我是戴維斯警探。」一聽到她的聲音，我就想起曾跟她說我是專業奧林匹克健走員，她那時面無表情，我也不知道自己當時在想什麼？

「嗨！妳好嗎？」

「我很好，謝謝，勞拉。」她聽起來心情不錯，但有點笑裡藏刀的感覺，「我就在附近，想說能不能到妳辦公室聊聊。妳現在有空嗎？」

喔，我的天，聊天？我不想聊天。

「是，我有空。」我嗓子啞了，「真期待見到妳，到時候見。」

我放下聽筒臉頰發燙，她為什麼要這麼認真辦案？警察不是應該去開開罰單，無視重大刑案嗎？她就不能不理會這起謀殺案嗎？

我頭一轉看到凱特眼睛睜得又大又圓，「警察想要幹嘛？我們會有麻煩嗎？」

「喔。不會。」我很快回答，「不用擔心，是我姨婆的謀殺案。」

「謀殺？」凱特一隻手摀住了嘴。

我一直忘了謀殺這兩個字，聽在一般人耳中會是什麼反應。

「呃……對，所以，算了！妳週末過得如何？」

改變話題失敗，凱特還是一臉嚇呆的表情，事實上，更多加了幾分困惑。

「妳沒有跟我說妳姨婆被謀殺的事，妳去參加的就是她的喪禮嗎？」

「嗯嗯。」我點頭。

「難怪妳會這麼難過，勞拉，真是太可怕了，她怎麼死的？」

噢，我的天哪，我真不想講細節，不知道該怎麼樣才能擺脫這段對話。

「下毒。」我小聲地說。

「誰下的毒？」

「咳咳，」我清清嗓子，「警方還不知道。」

「他們還不知道？」凱特的聲音非常激動，「他們有在查案嗎？有採指紋嗎？天啊，警察真沒用，一天到晚只會開罰單，真有人被殺的時候他們一點都不著急……」

「我覺得他們已經盡力了。」我倉促地說，「他們可能是要跟我更新查案進度，說不定他們已經找到了凶手。」

我說這話的時候，同時有一個恐怖的預感，如果真的是這樣子怎麼辦？要是她跑來告訴他們真的找到了一個臉上有疤痕的鬍鬚男，那我要怎麼辦？

我腦海浬浮現一個景象，一個臉上有疤的大鬍子男，被關在警察局的房間，不斷敲門大喊，「你們抓錯了，我從來不認識那老太太！」，然後一位年輕的警務人員在單面窗另一邊，滿意地交叉雙臂，並且說：「他嘴硬不了多久的，很快就會招供。」

有一瞬間，我內心被罪惡感掏空。我到底造了什麼孽？

30 頭號嫌疑犯：Prime Suspect。英國犯罪影集，劇中主要女警叫珍．蒂辛森。

電鈴響了，凱特跳起來應門。

她按下開門鍵之後說：「我應該去喝杯茶嗎？還是要留下來？需不需要在旁邊陪著妳？」

「不，妳還是走吧。」我努力保持鎮定，把椅子往後推，手肘撞倒一疊信件，我胡亂地把它們收拾起來，「我沒事的。」

我沒事，一切都很好，沒什麼大不了的。我努力安慰自己。

但我什麼辦法都沒有，看到戴維斯警探進來，穿著厚跟鞋還有長筒褲，一進到屋子，便帶著不可言述的威嚴，我的鎮靜立刻瓦解，像孩子一般的恐慌。

「妳抓到凶手了嗎？」我焦急地脫口而出，「妳把什麼人關起來了嗎？」

「沒有，」戴維斯警探詫異地看著我，「我們誰也沒有關。」

「啊，感謝上帝。」我鬆了一口氣，然後突然意識到好像說錯話了，立刻改口，「呃，我的意思是，怎麼沒有呢？妳每天都在忙些什麼？」

「呃，我讓妳們單獨談談。」凱特說完便走出去，到戴維斯警探身後的時候，還用唇語默默說了句：「無能」。

「請坐！」我比了下椅子，而自己躲到辦公桌後面，企圖樹立自己的專業形象，「那麼事情進展得怎麼樣了？」

「勞拉。」戴維斯警探警官意味深長地看著我，「我們進行了一些初步調查，沒有任何證據表明妳姨婆是被謀殺，醫生報告說她因為年紀大，自然死亡。」

「年紀大？」我假裝很震驚，「嗯，這太荒謬了。」

「除非找到其他相反證據，否則會就此結案，妳這邊有其他證據嗎？」

「嗯……」我停頓一下，假裝在思考，「也不完全是妳所謂的證據，不完全是。」

「那妳的留言又是什麼意思呢？」她拿出一張紙條，上面寫著：護士不是凶手。

「哦，這個啊。」我點頭拖延，多爭取一點時間。

「只是突然想到，之前口供有一個細節上的小錯誤，想澄清一下。」

「那這個鬍子男呢？他一開始並不在妳的口供裡。」

她的語氣聽起來不以為然。

「對，沒錯。」我咳嗽，「呃，好吧，我只是突然又回想起當時在酒吧看過他，覺得很可疑……」我語氣拉長，戴維斯警探看著我，以前地理課作弊被抓時，也是像這樣被老師盯著看。

「勞拉，我不確定妳是否意識到，」她語氣十分平穩的說，「如果妳惡意指控，浪費警察的時間和資源，那是刑事罪，可能會被監禁和罰款。」

「我不是惡意指控，」我驚恐地說，「我只是，只是……」

「只是什麼？」

她眼睛直盯著我，她不會放過我的。那一瞬間我嚇出冷汗。

「嗯，好吧，對不起，」我害怕地說，「我不是要浪費妳時間，我只是有非常強烈的預感，姨婆是被謀殺的，但現在冷靜一下仔細想一想……也許……真的是自然死亡。拜託不要抓我。」

後面急忙地補了一句。

「我們不會起訴妳，」戴維斯警探揚起眉毛，「但請把這個當作是一次警告。」

「好吧，」我吞了一大口口水，「謝謝。」

「這樣一來就要結案了，我希望妳在這表格上面簽名，證明這次的談話。」她拿出一張紙，上面有一段文字，基本上就是在寫：本人某某某已經徹底理解事情輕重，不會再無端打擾警察。差不多是這樣的內容。

「好的，」我心虛地點點頭，草草簽完，「那麼接下來呢？」我難以啟齒，「我姨婆會怎麼樣？」

「當然了，按程序遺體會交給家屬處理，」戴維斯警探非常公式化的口吻說道，「大概會再安排一場葬禮。」

「大約會是多久？」

「文書流程也需要一段時間，」她收好包包，「也許兩個禮拜，也許更長。」

兩個禮拜？我感到驚恐，如果那個時候還沒找到項鍊怎麼辦？兩個禮拜根本不夠。我需要更多時間，莎迪也需要更多的時間。

「可以再延遲一些嗎？」我假裝隨口問問。

「勞拉，」戴維斯意味深長地看著我，嘆了口氣，「我相信妳跟妳姨婆感情一定非常好，我奶奶去年過世，我知道那是什麼感覺，但是拖延她的葬禮、浪費大家時間並不是辦法。」她停頓一下，然後又溫柔地補充，「妳必須接受，她已經走了。」

「她還沒走，」我不小心脫口而出，「我是說……她還需要一點時間。」

「她活了一百零五歲了，」戴維斯警探善良地微笑，「我想她應該夠時間做好準備，不是嗎？」

「但是她……她……」我沮喪地吁了一口氣，無話可說，「謝謝妳的幫忙。」

戴維斯警探離開後，我對著電腦發呆。莎迪突然出現在我後面。

「警察來這裡幹嘛？」

我小心地轉過身來，看到她坐在文件櫃的頂部，身上穿著米黃色的低腰洋裝，跟她飾有藍黑色羽毛的米黃色帽子很搭，她輕輕撫著臉頰。

「我剛剛一直在逛街，幫妳找了一件很棒的披肩，一定要把它買下。」她調整一下皮草領，對我眨眨眼，「警察來這裡幹嘛？」

「妳沒有聽到我們的談話嗎？」我漫不經心的語氣。

「沒有啊，我不是說了嗎？我在逛街呀。」她瞇起眼睛，「出事了嗎？」

我看著她感到不捨，不能讓她知道真相，不能告訴她只剩下兩個禮拜的時間……至少……

「沒有，只是例行性訪問，確認一些細節而已。我喜歡妳這頂帽子，」我分散她的注意力，「幫我找一頂一樣的好嗎？」

「妳不適合這頂帽子，」莎迪得意地說，「妳沒有顴骨。」

「好吧，那幫我找一頂適合我的帽子。」

莎迪驚訝地睜大了眼，「那妳保證會穿我選的東西嗎？會嗎？」

「會，當然會了，去去，快去逛街！」

莎迪離開後，我拉開辦公桌抽屜。得快點找到莎迪的項鍊，不能浪費時間了。我拿出名單撕下後面的頁面。

凱特回到辦公室時，我跟她說：「新工作，現在要找一條項鍊，有蜻蜓墜飾，也有很多珠子的長項鍊。它很有可能在費爾塞療養院義賣中被人買走的，妳能幫我問一下這名單上面的人嗎？」

她拿過清單眼神中閃著驚喜的火花，毫不猶豫地點點頭，就像忠實的陸軍中衛一樣，「悉聽尊便。」

我手指順著名單輕輕往下滑，看看上次打到哪裡了。我接著打了幾通，有一個女人接了電話。

「妳好？」

「嗨，妳好，我叫勞拉，靈頓，妳可能不認識我……」

兩個小時過去，我放下電話疲倦地看著凱特，「妳那邊怎麼樣？」

「沒有，」她嘆了口氣，「抱歉，妳那邊呢？」

「也沒有。」

我重重坐在椅子上，揉揉雙頰，一個小時之前腎上腺素已經消退了。發現名單上的人快打完，更是感到無力和消極。我也沒有其他的方向可找。該怎麼辦？

「我可以去買個三明治嗎？」凱特試探性地問。

「哦，好的。」我撐起臉上的笑容。「我要雞肉酪梨，謝謝。」

「沒問題！」她焦急地咬了嘴唇。「希望妳能夠找到。」

她離開後，我垂下頭，揉揉痠痛的脖子。得去療養院再問一些問題。一定會有其他的線索，一定會有一個答案，不然怎麼可能好好的掛在莎迪脖子上，會這樣突然不見了？

我突然想到她不是有一個訪客嗎？叫做查爾斯．里斯的。我沒有特別去查，也許可以試試。先用電話問問看，我疲憊地撥給了療養院。

「您好，這裡是費爾塞療養院。」一位女性的聲音回應。

「嗨，妳好，我是勞拉．靈頓，莎迪．蘭卡斯特的姨甥孫女。」

「哦，妳好。」

「我只是想問一下，呃……她生前是不是有一名訪客……叫查爾斯．里斯的。有人知道關於他的其他資訊嗎？」

「請等一下。」

等待的過程中，我拿出了項鍊素描仔細研究，看看會不會有什麼線索。這張圖我看了很多次，每一顆珠子我都已經熟到不能再熟，愈看愈覺得它很美，如果莎迪沒找到項鍊，我會非常難過。

也許我應該偷偷做一條一模一樣的，再把它弄得舊舊的，這樣就可以跟莎迪說找到了，她也許會高興……

「妳好，」一個歡快的女人聲音把我從思緒裡拉了出來，「勞拉嗎？我是雪倫，是這裡的護士，查爾斯．里斯來探訪時我跟莎迪在一起，而且那本簿子也是我拿給他簽的，妳想要知道些什麼呢？」

我想知道項鍊是不是他拿的？

「呃，我想問一下探訪期間發生了什麼事情？」

「他們在一起坐了一會兒，然後就離開了，如此而已。」

「在莎迪的房間裡嗎？」

「哦，是啊。」她立刻又說道，「在她人生最後幾個禮拜，莎迪並沒有離開過她的房間。」

「呃好……那項鍊有可能是這男的拿走的嗎？」

「嗯，是有可能。」她的語氣有一點遲疑。

有可能，嗯，這是一個好的開始。

「能跟我說他長什麼樣子嗎？還有幾歲了？」

「就我看起來應該是五十多歲，長得滿好看的。」

事情愈來愈有趣了，他到底是誰呢？會是莎迪的小白臉嗎？

「如果他再來拜訪或是打電話的話，能不能通知我一聲？」我在筆記本寫下查爾斯・里斯，五十幾歲，「有辦法知道他家地址嗎？」

「我可以問問看，但是我不保證一定有。」

「謝謝。」我有點挫折地嘆了口氣。沒地址，要怎麼樣找到他？「還有其他這男人的任何資訊嗎？」我試著再多榨出一點訊息，「比方說有沒有注意到他有什麼特徵？」

「這個嘛，」她笑了，「這倒非常有趣，妳叫靈頓對吧。」

「怎麼個有趣法？」我感到不解，看了話筒一眼。

「妳知道咖啡杯上印著的那位百萬富翁？比爾・靈頓？金妮說妳跟他沒有關係？」

「呃，為什麼要這麼問？」我提高警覺。

「因為他跟咖啡杯上的那個人長得一模一樣，就算當時他戴著墨鏡圍著圍巾，可是仍看得出來！我當時還跟身邊的另一個女孩提過，根本是一個模子印出來的。」

12

不管從哪個角度去看都沒道理呀，太瘋狂了！

查爾斯・里斯會是比爾叔叔嗎？如果是的話，他為什麼要用假名去拜訪莎迪呢？又為什麼對整件事隻字不提？

還有關於他可能把項鍊拿走的這件事……拜託！他誰呀？他是百萬富翁耶，要一條二手的舊項鍊幹嘛？

我真想一頭撞在玻璃上把玻璃撞個粉碎，看能不能撞出個頭緒出來。此刻我正坐在比爾叔叔閃亮亮的豪華私人轎車裡，我應該是不會這樣做，因為我想要搞清楚是怎麼回事，不會想冒把事情搞砸的風險。

我這輩子從來沒有打電話給比爾叔叔過，一時之間不知道怎麼聯絡他，而且我不能問爸媽，他們會問東問西的，問我為什麼要見比爾叔叔、為什麼要去療養院，然後問我為什麼要找那條項鍊。所以我只好打到靈頓總公司，花了九牛二虎之力讓他們相信我的身分，終於聯絡到其中一位助理，並問他我能不能跟比爾叔叔約見面。

這事情搞得好像要見總統一樣。一個小時之內就有六名助理發電子郵件給我，約時間、改時間、約位置、指定接送地點、告訴我要帶身分證、告訴我不能有人隨行、問我車子裡面要準備哪一種靈頓飲料？

也不過是十分鐘的見面。

但我得承認這輛車真的很炫。車上有兩排面對面的座位，一台電視，還準備了一杯我指定的草莓果昔，就道理上我應該要心存感激才對，但是爸爸曾跟我說過，比爾叔叔之所以會派車接送，是為了在會面結束後，能夠趕快把人送走。

「威廉跟麥克，」莎迪突然從對面的座位上鑽出來，若有所思地說，「在我的遺囑裡，把財產都留給了他們。」

「哦，對。」我點點頭，「這我知道。」

「我希望他們心懷感激，我遺產應該也不算少。」

「非常感激，」我立刻說了一個謊。我曾經聽過爸媽之間的談話，說莎迪的錢全部支付給療養院了，但是我想她應該不想聽到這個，「他們真的非常感激。」

「他們是該好好感激。」她滿意地坐到位子上。不久之後車子離開大馬路，駛向巨大的門，停在警衛室旁邊，裡面的保全人員靠近。莎迪的目光看向我身後的超級豪宅。

「我的老天哪！」她不可置信地看著我，好像有人跟她開了個大玩笑似的，「這房子也太大了吧，他怎麼那麼有錢？」

「我早說過了吧。」我把身分證拿給司機，司機又轉交給保全，搞得我像恐怖分子一樣。

「妳只說過他開咖啡店。」莎迪皺著鼻子。

「是沒錯呀，好幾千萬家的咖啡店，遍布世界各地，非常有名。」

莎迪沉默片刻，開口說道：「我本來也該這麼出名的。」

她語氣中帶著幾分渴望。我差點不加思索地回，也許有一天會喲！但我馬上住嘴，因為她再也沒有那一天了，瞬間有點傷感。

現在車子再次前進。我像小孩子一樣扒著車窗往外看。我這輩子來比爾叔叔的豪宅也不過幾次，但總忘了這裡有多氣派。那是一棟喬治亞風格的房子，裡面大概有十五間房間，地下室有兩座游泳池，兩座！

我努力告訴自己不要緊張，這也不過是一間房子，而他也不過是個凡人。

但是，天哪！這也太宏偉了吧，到處都是草坪、到處都有噴泉，好多園丁在修剪樹籬。我們接近入口，在純白無瑕的階梯上有一位穿著黑色西裝的高個兒，戴著特種部隊用的耳機跟我打招呼。

「勞拉。」他握著我的手，好像我們是多年沒見的朋友一樣，「我是戴米恩，替比爾工作，他非常期待能見到妳，我帶妳過去辦公室。」我們走在碎石路上，他又輕聲問我：「所以妳找比爾是想談什麼事情呢？好像還沒有人知道。」

「呃……不好意思，這是私事，對不起。」

「沒有關係。」他閃過一抹微笑，「很好，我們快到了。莎拉。」他對著耳機說。

他帶我來到的側樓和主建築一樣宏偉，只是風格略有不同，到處都是玻璃帷幕還有現代藝術品，以及一座不鏽鋼材質的噴泉。有一名女子像算準了時間一樣出來跟我們打招呼，她也一樣穿著整齊的黑色西裝。

「嗨，勞拉，歡迎，我是莎拉。」

「那我就把妳留在這裡啦，莎拉。」戴米恩對我露出閃亮的牙齒，走回碎石路上。

「很榮幸認識比爾的姪女。」莎拉帶我進建築物裡的時候說。

「呃……那個……好吧，好，謝謝。」

「我不知道戴米恩有沒有問過，」莎拉把我帶到座位上，她自己坐到我的對面，「我想知道妳要跟比爾討論什麼事情。所有來訪的人我們都會先問一下，這樣子比較好預先做些準備……對大家也比較方便。」

「啊，戴米恩有問過，不過這是私事，不好意思。」

莎拉顫抖的嘴角堅持住微笑，「那能不能給我一個大概的方向或是一點暗示？」

「我真的不想提這件事。」我感覺臉有點紅，「這算是一種，嗯，家務事。」

「當然了！沒有關係，我失陪一下。」

她走到接待區的另一個角落，我可以看得到她對話筒喃喃嚅動著嘴唇，莎迪默默地飄向莎拉，呆了一兩分鐘，然後又回來我身邊，但讓我奇怪的是，她克制不住一直在大笑。

「笑什麼啊？」我壓低聲音在問，「她在說什麼？」

「她說妳看起來不太像有暴力傾向，不過還是加派警衛以防萬一。」

「什麼？」我忍不住驚呼出來，莎拉馬上轉身回來看我。

「抱歉。」我誇張地揮了揮手，「只是……打個噴嚏……她還說了些什麼？」等莎拉又轉回身時，我低聲問道。

「看來妳對比爾懷恨在心，因為他沒有給妳一個工作對嗎？」

懷恨？工作？我不知所謂地看著她，隨即想起怎麼回事，是喪禮上發生的事，原來。

「跟比爾叔叔上次見面是我在喪禮上宣布有謀殺案。他一定到處跟別人說我是神經病。」

「這不是很好笑嗎？」莎迪咯咯地笑著。

「一點都不好笑！」我不高興地說，「他們搞不好以為我要暗殺他，妳不覺得這都是妳的錯嗎？」我立刻停止講話，因為莎拉已經走過來了。

「嗨，勞拉！」她的語氣歡快，但掩飾不住內心緊張，「比爾其中一個團隊會一起參與這次的會面，要在旁邊做紀錄，可以嗎？」

「聽好了，莎拉。」我盡量讓自己聽起來像一個正常人，「我不是瘋子，我沒有對任何人懷恨，我也不需要什麼紀錄。我只想跟我叔叔一對一，聊個五分鐘就好，就只是這樣。」

沉默片刻，莎拉的臉上仍掛著笑容，但是目光不時地飄向門把。

「好的，勞拉。」她終於開口，「就照妳說的方式吧。」

當她緩緩坐下時，我看她不時在摸著耳機像在安慰自己。

「那麼，特魯迪嬸嬸還好嗎？」我開始閒聊，「她在這裡嗎？」

「特魯迪會在法國的家住上幾天。」莎拉立刻說道。

「那，蒂亞曼媞呢？也許我可以跟她一起喝杯咖啡什麼的。」我一點都不想和蒂亞曼媞一起喝咖啡，我只是想證明我是一個正常人。

「妳想見蒂亞曼媞？」莎拉不斷地轉動她的大眼，「現在？」

「如果她在家的話，我們可以喝杯咖啡……」

「我通知一下她的助理。」她立刻起身，走到轉角對著聽筒喃喃嚅動嘴巴，然後又回來坐下，「蒂亞曼媞現在正在修指甲，不然下次好了。」

對，最好是，莎拉根本就沒有打電話，她只是在做做樣子。我突然對她感到不好意思，她表現得像在照顧一頭獅子。我要是突然大喊一聲：手舉起來！不知道她趴到地上會需要幾秒。

「妳的手環真好看，」但我沒真的要那樣，「非常特別。」

「哦，是啊！」她小心地把手伸出來，搖搖手鍊上的兩個小圓盤，「妳還沒有看過嗎？這是《兩枚硬幣》系列的產品，一月以後每一間靈頓咖啡裡的陳列架都會看到。也有吊墜款的，還有T恤以及《兩枚硬幣》禮盒……」

「聽起來不錯。」我客氣地說，「一定會受歡迎。」

「哦，《兩枚硬幣》太厲害了。」她真心向我推銷，「根本是靈頓咖啡的招牌，妳知道嗎？好萊塢要把這故事拍成電影。」

「呃……呃……」我點頭，「有聽說過皮爾斯．布洛斯南會扮演比爾叔叔。」

「當然了，實境秀也一定會大受歡迎，我的意思是，誰都可以走上比爾的道路。」莎拉兩眼發光，完全忘了自己怕我這回事，「任何人都可以拿起《兩枚硬幣》，當下做出決定改變未來，它可以運用到家庭、企業、經濟上……自從那本書上市以來，好多頂尖政治家打電話給比爾，都在詢問要怎樣把他的成功經驗複製到國家治理上。」她尊敬又神秘地壓低音量，「還包括了美國總統。」

「美國總統打電話給比爾叔叔？」先不管我怎麼樣，這也太震撼了。

「總統的下屬打來的。」她聳了聳肩，搖搖手環，「我們都認為比爾應該從政，他會對世界有很多貢獻，能替他工作真是一種榮幸。」

她現在就像個邪教教徒。我看了莎迪一眼，剛才莎拉在講話的時候，她就一直在打哈欠。

「我出去逛逛。」我還來不及說什麼，她就一溜煙地跑走了。

「好的。」莎拉正在聽著耳機，「在路上了，比爾已經準備好要見妳，勞拉。」

她起身，示意要我跟著她走。我們經過了一道長廊，兩邊牆上掛著畢卡索的畫，這八成是真跡。我們到了一間小一點的接待室。我手拉著裙子做了幾次深呼吸。我在緊張個屁呀，我是說，他是我叔叔，我本來就有權見他，我應該感到輕鬆平常才對啊……

但我腳忍不住一直在抖。

我想是因為門太大的關係，這扇門一路延伸到天花板。潔白閃亮的白色門板，在人們推開進出的時候，一點聲音都不會有。

「這就是比爾叔叔的辦公室嗎？」我站在門口用頭指了一下那扇門。

「這是在外面的辦公區，妳等一下會在裡面的辦公室跟他會面。」莎拉微笑地說，然後又用手壓著耳機，突然又恢復了警覺，「現在要把她帶進去了。」

她把其中一扇高高的門板推開。進去以後那是一間空曠到處都是玻璃牆的辦公室，裡面有幾個很酷的傢伙在工作，他們身上穿著《兩枚硬幣》的T恤，抬起頭來有禮貌地對我微笑，但是手依然不停地在打字，然後我們在另外一扇很大的門前停下。莎拉看了一眼手錶，像默數了兩秒，然後她敲敲門並把門推開。

寬敞且明亮的房間，拱形天花板以及地板沉降式的客廳，玻璃雕塑品放在桌台上。有六名穿著西裝的男子像剛開完會一樣從椅子上起身。比爾叔叔就坐在一張碩大的桌子後面，穿著柔軟的POLO衫和牛仔褲。跟上次喪禮比起來，他似乎又曬得更黑了，頭髮還是一樣的黑亮，手上握著靈頓咖啡的馬克杯。

「謝謝你抽出時間。」其中一名男子熱烈地說，「我們非常感謝。」

比爾叔叔沒有回應，只是像教皇一般舉起手。這些人走出去的時候，有三個穿著黑色制服的女孩不知道從哪裡冒出來，只花了三十秒就清理完桌上的咖啡杯。莎拉帶我去椅子那兒。

不知道為什麼，她突然變得很緊張。

「你的姪女，勞拉來了。」她小聲地對比爾叔叔說道，「她想要一對一的談話，戴米恩答應給她五分鐘的時間，我們不知道她要談什麼，泰德已經在待命了。」莎拉把聲音壓得更低，「我還可以再叫更多的警衛來——」

「謝謝妳，莎拉，不會有事的。」比爾叔叔打斷了她，把注意力轉到我身上，「勞拉，請坐。」

我坐下後意識到莎拉已經離開，她在我身後悄悄地把門帶上。

除了比爾叔叔仍不停在打著他的高階手機之外，沒有任何聲音。隨著時間一分一秒過去，我看了牆上比爾叔叔跟一些名人的合照。瑪丹娜、納爾遜・曼德拉還有整個英格蘭國家足球隊的隊員。

「所以，勞拉，」他終於抬起頭來，「找我有什麼事嗎？」

「我……呃……」我清了清嗓子，「我要……」

我事前已經準備好各種開場白，但是到了現場，在這樣一個震懾人的地方，沒有一句說得出口。我覺得我癱瘓了，這就是人們口中的比爾．靈頓嗎？這位身分地位重大，有著噴射機的大亨，成千上萬重要的事情等著他下決定，包括告訴總統該怎麼治理國家。他為什麼要跑去搶一位老奶奶的項鍊？我在想什麼？

「勞拉？」他困惑地皺起眉頭。

天哪，我都決定要這麼做就做到底吧，就像跳水一樣，捏住鼻子深呼吸，然後，跳。

「上個禮拜我去了莎迪姨婆的療養院。」我想一口氣把它說完，「幾個禮拜之前有一位訪客，叫查爾斯．里斯，我不知道怎麼回事，所以我跑來問你……」

我慢慢地停下，因為比爾叔叔看著我的表情，好像我突然穿起了草裙在跳草裙舞一樣。

「我的老天啊！」他喃喃地說，「妳不會還以為莎迪是被謀殺的吧？是因為這件事情嗎？抱歉，我真的沒有這個美國時間……」他伸手要去拿電話。

「不，不是的！」我臉已經紅了，但我硬著頭皮繼續說，「我知道她不是被謀殺的，我會去那裡是因為……在她生前都沒有人關心她，讓我覺得很難過，然後在訪客簿上看到另外一個人的名字，療養院裡的人說他跟你長得一模一樣，所以我就在想……所以你知道的，我只是在猜想而已……」

一口氣說完之後，我耳朵甚至聽得到脈搏在跳的聲音。

比爾叔叔慢慢地放下電話，沉默良久。有好幾次，他看起來像在想該如何措辭。

「好吧，看來我們都想到了一樣的事情。」他往後靠在椅子上，「妳猜得沒錯，我是去看了莎迪。」

我下巴驚訝地掉下來了。

得到結果了！我的直覺是正確的！我應該改行做私人偵探才對。

「那你為什麼要用查爾斯．里斯的名字？」

「勞拉。」比爾叔叔重重地吁了口氣，「我有很多粉絲，我是個名人，很多事情我並不想要聲張。舉凡慈善事業或者是醫院拜訪什麼的……」他攤開雙手，「查爾斯．里斯只是我的化名。妳能想像要是比爾．靈頓去拜訪一個老太太會引起多大的轟動嗎？」他和善地對我微笑，我也忍不住報以微笑。

這很有道理，比爾叔叔是個大明星。利用假名這件事情很像他的作風。

「那你為什麼不跟我們說呢？在葬禮上你沒說過你拜訪過莎迪姨婆。」

「我知道。」比爾叔叔點點頭，「我這麼做是有我的理由，我不想讓家族其他人感到內疚。尤其是妳爸爸，他很容易生氣。」

生氣？爸爸才不會這樣。

「爸爸他很好。」我很篤定地說。

「哦，他是很好，」比爾叔叔趕緊回道，「他是一個很棒的人，但是要當比爾．靈頓的哥哥，並不是一件容易的事情，我感覺得到他的壓力。」

這句話徹底激怒我了。他說得對，要當比爾．靈頓的哥哥是很不容易，因為比爾．靈頓是個愚蠢的自大狂。

我後悔對他微笑。真希望笑容這種東西可以收得回來。

「你不用替爸爸感到難過。」我盡量客氣地說，「因為他自己並不難過，而且他過得很好。」

「妳知道嗎？在我的研討會上把妳父親當成一個案例了。」比爾叔叔一邊沉思一邊說出口，「兩個男孩，一樣的成長經歷，一樣的教育，這兩個人唯一的差別，是其中一個勇敢去追求、勇敢去夢想。」

他一副在錄宣傳DVD的樣子。老天啊，他真是有夠自戀。誰說每個人都想當比爾・靈頓的？有的人就是不想把自己的臉印在咖啡杯上發送全世界。

「好了，勞拉。」他注意力又放在我身上，「很高興見到妳，莎拉會帶妳參觀……」

什麼？就這樣？見面結束了嗎？我連項鍊的事都還沒提呢。

「還有別的事。」我匆忙地說。

「勞拉……」

「很快的，我保證！我只是想問你去拜訪莎迪姨婆的時候……」

「怎麼啦？」我看得出他正在按捺的性子，眼睛瞄了一下手錶，手放在一個按鈕上。

天啊，我該怎麼開口？

「想問一下你有沒有印象……」我結結巴巴地說，「我的意思是……你有沒有不小心看過或是瞥見一條……有著蜻蜓吊飾的珠子項鍊？」

我以為他又會自以為是的說一些吹捧自己的話，不然就是一臉茫然或者是不屑一顧；但他卻突然僵住，眼神變得銳利警覺。

我看到他的反應差點不能呼吸，他聽得懂我在說什麼，他知道那條項鍊

但是下一刻，他眼中的警覺性消失了，突然變得虛假而且彬彬有禮，我差點以為剛才那片刻是我自己幻想出來的。

「項鍊？」他喝了一口咖啡，手在鍵盤上打字，「妳是說莎迪的私人物品嗎？」

我脖子背後一陣發麻。這是怎麼回事？從剛才他的眼神中，我可以確定他知道那條項鍊，我知道我問出來了，為什麼他要假裝不知道呢？

「是的，那是一個老東西，我正在追查它的下落。」我直覺告訴自己，我應該要表現得酷，沒什麼大不了的樣子，「療養院的護士跟我說它不見了，所以……」

我仔細觀察比爾叔叔的反應，但他的演技實在太到位了。

「真有意思。妳為什麼要找它？」他輕聲地問。

「哦，沒有什麼特別的原因，只是剛好看到莎迪過一百零五歲生日時的打扮，覺得能找到的話是最好。」

「真有趣。」他停頓了一下繼續說，「我能看一下那張照片嗎？」

「啊，抱歉，我沒有帶在身上。」

這感覺太奇怪了，好像在打一場網球比賽，但是兩個人打得都非常溫吞，避免直接殺球擊中對方的要害。

「好吧，那恐怕我真的不知道妳在說什麼。」比爾叔叔一副要結束談話的樣子，把馬克杯放

下，「我還有很多事要做，今天就先談到這裡吧。」

他把椅子往後推，但我仍坐著不動。我確定他一定知道些什麼，但我能怎麼辦？我有其他選擇嗎？

「勞拉？」他走到我的椅子旁邊等著，我只好不情願地起身。我們才剛走進門口，門就很神奇地自動打開。莎拉跟我們打招呼，戴米恩跟在後面拿出他的手機。

「都談完了？」

「談完了。」比爾叔叔很肯定地點點頭，「替我向妳父親問好，勞拉。再見。」

莎拉輕拉我的手肘，帶我離開房間。機會愈來愈少，無奈之下我突然抓緊門框。

「你不覺得那項鍊沒找回來很可惜嗎？」我盯著比爾叔叔的眼睛看，希望能有一點回應，「你覺得它是怎麼不見的？」

「勞拉，我不會去記項鍊那種瑣事。」比爾叔叔平穩地說，「搞不好早就不見很久了，戴米恩，進來。」

戴米恩很快經過我身邊進到房間裡，還有兩名黑衣人一起跟著進去，我回頭望著比爾叔叔，感到萬念俱灰。

到底怎麼回事？那條項鍊怎麼了？

我現在就得跟莎迪聊聊。我四處張望，但是都沒看到她的身影。她八成又是看上了哪個園丁對他垂涎欲滴了。

「勞拉，」莎拉緊張地擺出微笑，「手能不能從門框上移開，這樣關不了門。」

「沒問題！」我高舉雙手，「不用緊張，我不會靜坐抗議！」

從她的眼睛裡我看得出來，她對抗議一詞感到十分恐懼，她立刻用微笑來掩飾內心的不安。

她真應該放棄替比爾叔叔工作，她太神經質了。

「車已經在門前等了，我現在就帶妳過去。」

該死，要是我讓她護送我出去，我就沒有辦法偷偷潛入，偷看一下抽屜什麼的。

「回去的路上要來杯咖啡嗎？」走到大廳的時候莎拉問。

我差點就說出口：好啊，我要星巴克。

「不用了，謝謝。」我微笑道。

「我們都很高興見到妳。」她的虛偽讓我反感，「期待妳再次來訪。」

對，最好是，別以為我不知道妳心裡面想的是：拜託，不要再來了。

豪華轎車的司機幫我開了門，莎迪突然出現擋在我眼前，她頭髮亂糟糟的，喘著粗氣。

「我找到了！」她戲劇性地說。

我正要上車的腳步突然停下，「什麼？」

「它在這棟房子裡，我在樓上的臥室梳妝台看到！它在這裡！我的項鍊在這裡！」

我緊握雙手，凝視著她。我就知道！我就知道！

「妳確定嗎？那真的是妳的嗎？」

「我當然確定！」她的聲音很尖銳，手指著房子，「我差點可以拿了就走！」

「我試過了，不過當然……我拿不起來……」莎迪挫敗地咂了一下舌頭。

「勞拉，怎麼了嗎？」莎拉匆匆地走過來，「車子出問題了嗎？納維爾，一切都還好嗎？」她對著司機厲聲問道。

「一切都沒問題啊！」他害怕被追責，用頭指了一下我，「她從剛才開始就在跟空氣說話。」

「勞拉，妳想換輛車嗎？」我可以看得出來莎拉正努力微笑，不要刺激到我，「還是想去什麼地方？納維爾都可以帶妳去。要借用納維爾一整天也行。」

她真的很想擺脫掉我。

「這車很好，沒有問題，謝謝。」我輕快地說，然後又對著莎迪咕噥，「快上車，這裡不方便說話。」

「嗯，抱歉，妳說什麼？」

「嗯……沒什麼，只是在講電話，迷你藍牙耳機。」我輕拍了一下耳朵，很快鑽進車裡。

車門砰一聲地關上，我馬上滑到門邊確認玻璃窗有關好，然後轉頭看看莎迪。

「真是太不可思議了！妳是怎麼找到的？」

「我只是四處看看。」她聳了聳肩，「檢查所有櫥櫃、抽屜還有保險箱。」

「妳跑進比爾叔叔的保險箱？」我眼睛一亮，「哇哦！裡面放些什麼？」

「放一堆廢紙，還有難看要死的珠寶。」她不耐煩地說，「差點要放棄了，但經過梳妝台的時候就看到它了。」

真不敢相信，我氣得半死。比爾叔叔剛剛還坐在我面前，大言不慚地說不知道項鍊的事。一點都沒有動搖，他絕對是個騙子。必須制定下一步計畫。我從包包拿出紙跟筆。

「一定發生了什麼事。」我在紙上面寫下行動計畫，「他會說謊一定有什麼理由。」我想不透，摸著自己額頭，「會是什麼理由呢？這事情有這麼重要嗎？妳有什麼其他資訊嗎？它是不是具有特殊歷史意義？還是收藏價值？」

「妳就只會這樣嗎？」莎迪氣炸了，「一直不停地碎碎唸、碎碎唸，然後胡思亂想？我們必須要把它拿到手，妳得爬進窗戶裡，現在！馬上！」

「呃……我……」我抬起頭來。

「這又不難，」莎迪自信地說，「妳只需要把鞋子脫掉就行了。」

「是沒錯。」

我點頭，但我並沒有打算沒有任何計畫就闖進比爾叔叔的房子。

「但是有個問題，」我遲疑了一下，然後開口，「他家有一堆警衛，還有警報器什麼的。」

「所以呢？」莎迪睜大了眼，「妳會害怕這麼一點警衛嗎？」

「不！」我馬上說，「當然不會。」

「我敢打賭，妳怕！」她嘲笑地嚷嚷，「我這輩子沒見過這麼孬的人，覺得抽菸很危險，所以不抽菸，不繫安全帶會不安全，所以要繫安全帶，奶油會害死人，所以也不吃奶油。」

「我沒有說奶油會害死人，」我反駁，「只是因為橄欖油有更多好的脂肪……」

看到莎迪一臉不屑的表情，我沒有再說下去。

「那妳到底要不要爬進窗戶幫我拿項鍊？」

「好。」我停頓了半秒繼續說，「我當然會。」

「很好，那現在叫車停下。」

「不要指揮我！」我埋怨地說，「我有自己的辦法。」

我身體往前傾，打開後座跟司機之間的玻璃隔板，「不好意思，我有點暈車，可以在這裡放我下來嗎？我想自己搭地鐵回家。」看到他在鏡子裡皺著眉頭，我又急忙補充：「並不是說你開得不好或是什麼……你很棒……呃……開得很平穩。」

車子停了下來，司機有點不安地四處張望，「我的指令是要直接送妳到家。」

「別想太多！」我邊說邊下了車，「說真的，我需要一點新鮮空氣，非常感謝你……」

我站在人行道上關上門，對司機揮揮手。他疑惑地看著我，然後把車子調頭回到比爾叔叔的豪宅。當車子一離開視線，我便沿路走回去，在路邊小心翼翼不被發現。轉個彎後，便看到比爾叔叔家的大門，我在那裡停下來。

這門非常巨大，而且緊緊關著。警衛守在玻璃窗後面，到處都是閉路電視。我不能就這樣大剌剌地走進去，我需要一個策略。我做了一個深呼吸，靠近大門，裝出很無辜的姿態。

「不好意思，又是我，勞拉．靈頓。」我對著對講機說，「看，我真是粗心大意，我把雨傘忘在裡面了。」不久之後警衛為我打開一扇小門，還把頭伸出警衛室。

「我剛剛通知過莎拉了，她說她不知道雨傘的事，她馬上過來，妳等一下。」

「我去找她，不用她多跑一趟！」我輕快地說，一溜煙地從他身邊經過，不讓他有阻止我的機會。很好，第一個障礙已經越過。

「告訴我他視線什麼時候轉開，」我小聲地跟莎迪說，「他一轉開就跟我說：『現在』。」

「現在！」她突然大叫。我躲在路邊立刻跨個幾步，越過草坪，然後翻了一個滾，趴下躲在樹叢後面，就像動作片裡演的那樣。

我心臟怦怦地跳著。我不在乎絲襪已經弄破了，從樹林這邊我可以看到莎拉一臉搞不清楚怎麼回事，急忙跑到車道上。

「她在哪裡？」我聽到她的聲音從前門傳來。

「……她剛剛還在這裡的。」警衛也是糊裡糊塗地回答。

哈！

不，一點都不值得高興。不用一分鐘，他們可能就會帶著羅威那犬來找我。

「它在哪裡？」我小聲地對莎迪說，「幫我帶路，保持警惕！」

我們越過草坪走向建築物，從樹籬經過水池造景，再到得獎的雕塑品前。一有人經過，我便躲起來。目前為止都還沒有被發現。

我們拐了個彎，「往那裡！」莎迪用頭指了一下二樓的法式雕花門。門半開著，外面是一個露台，花園這裡有階梯可以直通露台。我還以為要爬著藤蔓往上，心裡居然有一陣小小的失落。

「保持警覺！」我小聲地跟莎迪說，我脫下鞋子，默默地彎腰跑步，爬上階梯通往法式門，然後屏住呼吸。

就在這裡。

它就在房間裡的梳妝台上。長長的雙排珠子項鍊，閃耀的黃色玻璃，還有一個雕工精緻的蜻蜓墜飾，上面鑲著珍珠母貝還有萊茵石。那是莎迪的項鍊。跟她描述的一樣，折射出七彩光芒，十分魔幻，它比我想像中的還要長，而且有一些珠子有點磨損。

當我看著它的時候，內心感慨萬分。經過這麼多時間、這些努力，甚至還一度懷疑它是否真的存在……現在它就在我眼前。離我只有幾英尺。我甚至不必進入房間彎個腰就能拿到它。

「太讚了！」我轉身對莎迪說，話語中略帶哽咽，「這是我有生以來見過最美麗的東西……」

「快點拿！」莎迪著急地旋轉手臂，手上的珠子晃個不停，「別再廢話了，快點拿！」

「好，好！」

我推開法式門正要接近項鍊的時候，聽到外面有腳步聲正在靠近。門好像隨時會被打開，該死！有人來了。

我驚慌失措回到露台把頭低下。

「在搞什麼？」莎迪在樓下說道，「快拿項鍊！」

「有人來了，我等他離開後再拿！」

莎迪很快跑到露台上，把頭伸進房間裡。

「只是個女僕。」她瞪了我一眼，「妳早該拿到手的。」

「等她一離開我就拿了嘛！不要緊張，快去把風！」

我往後靠在牆上，祈禱女傭或是任何人不會突然想到露台來呼吸新鮮空氣，同時腦子裡不斷地在找萬一被發現時的藉口。

然後聽到一個聲音，心臟嚇得差點停止，那是法式門移動的聲音，但它並不是被打開，而是緊緊地關上，然後又聽到鑰匙上鎖。

哦，不。

哦，不！哦，不！

「她把妳鎖在外面了！」莎迪看著房間裡面，然後又跑出來，「她走了，現在妳進不去了，進不去了！」

我轉了轉法式門，牢牢地鎖住。

「妳這個笨蛋！」莎迪怒不可遏，「大笨蛋！妳為什麼不拿了就跑！」

「我是打算拿了就跑啊！」我抗議，「妳不是應該要幫我把風，看有沒有人過來才對嘛！」

「呃……好吧，那現在怎麼辦？」

「我怎麼知道！」

我們面面相覷，微微喘著氣。

「我先把鞋子穿好。」我開口，走下台階，把鞋子穿上。莎迪仍在二樓，在那房間進進出出，好像捨不得那項鍊，但最後還是放棄跟我回到了一樓的草坪，有好一會兒我們彼此互不相看。

「對不起，我沒有抓了就跑。」我終於開口。

「算了。」莎迪心不甘情不願地說，「不完全是妳的錯。」

「我們繞著房子走一圈。看看還有什麼地方能進去的，妳去看一下有沒有人在監視。」

莎迪消失後我小心地蹲在草地上，沿著牆邊前進。我移動得很慢，每次經過窗邊時我都得匍匐前進，但如果有警衛走過來，我就沒辦法了……

「妳在這裡呀！」莎迪突然從我旁邊的牆上冒出來，「猜猜怎麼了？」

「老天！」我拍拍胸脯，「怎麼了？」

「是妳叔叔！我一直盯著他看，他剛剛去開臥室的保險箱，查看裡面，但是沒有找到他要找的。他把保險箱的門大聲關上開始大叫蒂亞曼媞，那是一位女孩。真是奇怪的名字。」她的鼻子皺了皺。

「噢，那是我堂妹。」我點點頭，「妳另一個姨甥孫女。」

「她那個時候在廚房裡，妳叔叔說他要私下談談，就把身邊的人支開，然後質問那女孩是不是跑到自己的保險箱裡頭拿東西？又說了自己有一條很老的古董項鍊不見了，問她有沒有看到？」

「哦，我的天哪。」我盯著他看，「我的天，那她怎麼回？」

「她說沒看到，但妳叔叔不相信。」

「她可能在說謊。」我腦袋不停地在思考，「說不定剛才放著項鍊的房間就是她的臥室。」

「沒錯！所以我們得在妳叔叔找到它，並重新鎖進保險箱之前就拿走。現在這裡沒有人，他們都離開了，我們可以進到屋子裡去。」

我沒時間去思考這是不是一個好主意，我心跳加速跟著莎迪沿路走到側門。我們經過的洗衣房比我整間公寓都還大。莎迪在一扇雙開的門前面對我招手，我繼續跟著她往前，然後她突然舉起一隻手，我立刻停下腳步。莎迪很小心地睜大眼睛在看，我聽到比爾叔叔大吼，聲音愈來愈近。

「……私人保險箱……個人警衛……妳怎麼可以……密碼是在緊急狀況才可以用……」

「……該死的，這一點都不公平！你什麼都不給我！」

後面是蒂亞曼媞的聲音，而且也愈來愈近，我本能地蜷伏在椅子後面躲起來，膝蓋瑟瑟發抖。不到一分鐘，她便走到大廳，穿著設計奇怪又不對稱的粉紅色迷你裙，還有一件非常小的T恤。

「妳想要項鍊，我可以買給妳。」比爾叔叔邁著步伐跟在她身後，「這不是什麼問題，妳需要什麼跟我講就好，戴米恩會去找——」

「你每次都這麼說！」她對他尖叫，「根本沒在聽我講話！那條項鍊很完美！我下一場珍珠與芭蕾舞裙時裝秀就要用它！我新的設計主題都是圍繞在蝴蝶還有昆蟲上！提醒你一點，我可是設計師……」

「哦，親愛的，如果妳真的是設計師。」比爾叔叔諷刺的語氣說，「那我為什麼要雇另外三名設計師來幫妳設計衣服？」

那一瞬間我整個嚇傻了——蒂亞曼媞的衣服是其他人設計的？又過一會，我驚訝自己怎麼會沒想過這可能性。

「他們……該死的……只是助手！」她尖銳地大吼回去，「最後是靠我的眼光在決策！還有，我需要那條項鍊……」

「那條項鍊不會給妳，蒂亞曼媞。」比爾叔叔帶著半威脅的語氣，「而且妳以後再也不能打開我的保險箱，我現在要妳把它還我！」

「不，我不要！你可以跟戴米恩說，他是個混蛋。」她跑上樓梯，莎迪緊跟在後。

比爾叔叔看起來氣炸了，一時之間不能自已。他雙手抓著頭髮喘著粗氣瞪著樓梯看。他現在看起來一點都不酷，而且有點失控，我差點笑了出來。

「蒂亞曼媞！」他大喊，「妳給我回來！」

「去你的！」遠處傳來一聲大吼。

「蒂亞曼媞！」比爾叔叔大步走上樓梯，「真是夠了，我不會讓這……」

「她拿到項鍊了！」莎迪的聲音突然出現在耳邊，「項鍊在她身上，我們要抓住她！妳快到後面守著，我在前面樓梯等。」

我兩隻腳邊發抖邊站起來。沿著走廊往回奔跑，穿過洗衣房，一直到草坪那裡。到了房子外面我大口喘著粗氣，不在意會不會被別人撞個正著。

該死的。

蒂亞曼媞穿著黑色衣服，開著保時捷的敞篷車，飛快地在礫石路上往前門駛去。前門的警衛立刻把大門打開，「不！」我放聲大叫。

蒂亞曼媞在出口的地方把車停下，比了一個勝利手勢V，然後又驅車往大街。我看到莎迪的項鍊纏繞在她手上，透過陽光的照耀，折射出七彩光芒。

13

只有一種可能性，上面的並不是萊茵石，而是真正的鑽石，這條項鍊上鑲有稀有的古董鑽石，價值數百萬英鎊，一定是這樣，我想不到有其他理由會讓比爾叔叔對它如此感興趣。

我在各種網頁上搜尋鑽石跟珠寶，查查二〇年代一個十點五克拉，成色為D的鑽石值多少錢。

「項鍊上的鑽石到底有多大顆？」我再次問莎迪，「給個大約就好。」

莎迪大聲地嘆口氣，「差不多半英寸吧？」

「會很閃嗎？有沒有瑕疵？這些會影響它在市場上的價格。」

「妳幹嘛突然對項鍊的價值感興趣？」莎迪不高興地看著我，「妳應該沒有那麼貪錢吧？」

「我不是貪錢！」我憤慨地說，「我只是想弄清楚比爾叔叔為什麼要這樣做！除非它很值錢，不然他不會浪費這時間。」

「有差嗎？我們又沒拿到手。」

「我們會盡全力找回它。」

我有一個絕妙的計畫。自從離開比爾叔叔的家後，我不斷地調查。我首先查到了蒂亞曼媞珍珠與芭蕾舞裙時裝秀舉辦時間是這個星期四下午六點半，在桑德森飯店，只有受邀的賓客能入場。現在最大的問題是，我不覺得蒂亞曼媞在一百萬年以內會把我放在她私人賓客名單裡，我既不是《Hello!》名人雜誌的攝影師，也不在她的閨密名單中，而且也不會為了買一件衣服就花四百英鎊，但我的計畫絕妙之處就在這裡，我以十分友善的態度寫了封電子郵件寄給莎拉，說我很想要贊助蒂亞曼媞的服裝事業，能不能明天去比爾叔叔家跟他好好談一談？還故意在信件後加了一個笑臉。

莎拉立刻回信說比爾現在有點忙明天沒有空，但她可以跟蒂亞曼媞私人助理談談。接下來我只要等著兩張蒂亞曼媞服裝秀的邀請卡直接寄到我家來就好了。說真的，如果人家把妳當瘋子，那麼要跟別人索求東西會容易得多。

但我計畫裡至關緊要的那一部分並沒有那麼順利。我本來打算跟蒂亞曼媞談一談，說服她在時裝秀結束後把項鍊交給我。可是助理不願意告訴我她在哪裡，也不願意給我她的手機號碼。只有告訴我，會確實把我的訊息傳達給她，但目前為止，沒有收到任何回電。這是當然了，蒂亞曼媞為什麼要費心思回電點給她的窮堂姊？

莎迪跑到蒂亞曼媞在蘇活區[31]的辦公室，看她在不在，順便也找一下項鍊，但是顯然蒂亞曼媞沒進過辦公室。裡面全是她的助理，還有一大堆由肖迪奇[32]的某家公司生產的衣服，結果半點收穫都沒有。

所以現在只有一個辦法。就是到服裝秀現場，等活動結束，再想辦法找到蒂亞曼媞，說服她

---

[31] 蘇活區：英國的蘇活區，位於倫敦西部，是個熱鬧的商圈。
[32] 肖迪奇：一個藝術區，毗鄰周圍都是年輕的藝術家和潮流引領者聚集的地方。

交出項鍊。

不然就是，順手摸走。

我嘆了口氣，關上珠寶網。回頭看一下莎迪。她今天穿著一套銀色的洋裝，這一套衣服在她二十一歲的時候想要得不得了，但是她母親不肯買給她。她靜靜地坐在敞開著的窗戶邊，雙腿向著外面，在半空中晃呀晃的，底下就是街道。這套洋裝是露背裝，只有兩條細細的帶子在肩上，背後腰部的地方有一個玫瑰花環，這是她所有穿過的衣服裡我最喜歡的一套。

「要是能戴上那條項鍊的話，它會跟這套衣服非常搭。」我不由自主地評論著。

莎迪點點頭，什麼也沒說，喪志地縮著肩膀。這也難怪，我們曾經離它這麼近，但畢竟還是失去了。

我有一點擔心。雖然莎迪不喜歡聽人長篇大論，也許跟她聊天能讓她開心一點，不要講太多就好。

「能不能告訴我……為什麼妳對那條項鍊這麼情有獨鍾？」

莎迪沒有回答，沉默了好一段時間，我一度懷疑她是不是沒有聽到我的話。

「我有講過，」她開口說道，「當我戴著那項鍊的時候，我覺得自己很美，像女神一樣光芒四射。」她身體斜靠著窗框，「妳衣櫥裡面一定有一些東西會讓妳有這樣的感覺。」

「呃……」我遲疑一下。

老實講，我並沒有像女神或是光芒四射的感覺。

莎迪好像看穿我心思一樣，轉過頭來懷疑地看著我的牛仔褲，「好吧，也許沒有，妳有機會的話應該穿一些漂亮的衣服。」

「我有好看的牛仔褲！」我回應，「但嚴格上來說，並不能用漂亮來形容……」

「它是藍色的。」莎迪又恢復以往的精神，嚴厲地看著我，「藍色！彩虹裡面最醜的顏色。我現在看到全世界都是醜陋的藍色雙腿。為什麼要選藍色？」

「因為……」我不加思索地聳肩，「不知道。」

凱特今天很早就離開辦公室去做牙齒矯正。辦公室裡也沒人打電話來，也許我也該走了。反正下班時間也快到了。我瞄了一眼手錶，內心微微的期待。

我調整了一下插在頭髮裡的鉛筆。起身檢查一下自己的服裝；印著奇怪花色的Urban Outfitters[33]T恤，青蛙造型的吊飾，氣墊娃娃鞋跟牛仔褲，一點淡妝，完美。

「咳……我想我們也許可以去散散步。」我愜意地對莎迪說，「今天天氣很好。」

「散步？」她盯著我看，「哪一種散步？」

「就隨便走走！」不等她開口，我便把電話關上，打開電話答錄機，拿起包包。我有另一個計畫要實行，感到有點興奮。

到法靈頓[34]需要二十分鐘。當我急著下地鐵台階的時候。我瞥了一眼手錶，現在是五點四十五分，完美。

---

[33] Urban Outfitters：美國的品牌，不賣最時髦的產品，而是走復古風。

[34] 法靈頓：英國倫敦市的一個歷史區域。現在分屬內法靈頓和外法靈頓。位於內外法靈頓坊以北的法靈頓站附近的地區現在亦稱「法靈頓」。法靈頓站是該地區主要的交通中心。

「我們要幹嘛？」莎迪不解的聲音從後面傳過來，「妳不是說要去散步嗎？」

「哎呀，差不多啦！」

我有點希望莎迪不要跟著，但萬一事情變麻煩了，我會需要她的幫忙。我走向主要幹道的轉角，然後駐足停下。

「妳在這裡等什麼？」

「什麼都沒等。」我支支吾吾，「我沒有在等任何人……我只是在閒逛，看著路人走來走去。」我隨便找了一個郵筒，斜靠上去假裝在觀賞，後來一個女的靠近郵筒，我又匆匆離開。

莎迪出現在我前面，看著我的臉，又看到我手上拿著的書，「我知道妳在幹嘛了，妳在跟蹤。妳在等喬許，不是嗎？」

「我這是在奪回我人生的主控權。」我迴避她的眼睛，「我要讓他看到我已經改變了，他看到的時候會意識到自己下了錯誤的決定，妳等著。」

「這真的是非常糟糕的主意，非常非常糟糕。」

「才不是，妳給我閉嘴。」我照鏡子補了一下唇膏，然後再把它擦掉一點。我才不理會莎迪的話。我現在正興奮著。

我全身充滿了力量。一直以來我就是想知道喬許在想什麼，想知道他希望從我們的關係中得到什麼，但他一直不給我機會，可是現在我終於知道了，我要讓事情步入正軌。

自從那天午餐過後，我已經徹頭徹尾地改變自己。我把浴室收拾得乾乾淨淨，也不在洗澡的時候唱歌，還下定決心，再也不把別人的關係拿來做比較，而且我也看了威廉．埃格斯頓的攝影集，但要是我拿著那本書的話，就會太刻意了。所以我改拿《洛斯阿拉莫斯》[35]，這是喬許喜歡的另一本攝影集。喬許會驚訝地發現我很不一樣！我現在只要在他下班時間跟他不期而遇。現在我離他辦公室只有兩百碼的距離。

我眼睛一直盯著大門。我躲在商店旁邊牆壁的凹縫處，這裡視野不錯，可以看到每個要去搭地鐵的人。我看到幾個喬許的同事經過，突然感到緊張，喬許很快就要來了。

「聽好了。」我急忙轉身對著莎迪，「我可能需要妳幫我點忙。」

「幫妳忙？什麼意思？」她高傲地說。

「在旁邊推波助瀾，告訴他他喜歡我，以防萬一。」

「為什麼要告訴他這種事？」她回應，「妳自己說他看到後會意識到自己下了錯誤的決定。」

「他當然會。」我不耐煩地說，「但他一開始不會馬上意識到。他會需要一點……助力。需要發動一下，就像輛老爺車。」我思考了一下比喻，「就像妳那個年代的時候記得嗎？發動引擎的時候要不斷旋轉手柄，有的時候引擎會動一下，然後又熄火。可能要轉個幾百萬次。」

「那個東西是引擎，」她說，「不是男人！」

「一樣啦！只要他開始啟動，一切都會好轉，我知道的……」我屏住呼吸，哦，我的老天，他來了。

---

[35]《洛斯阿拉莫斯》：威廉．埃格斯頓系列作品。攝於一九六六年至一九七四年期間的公路旅行拍下，途中經過了美國暗中製造核子彈的場所洛斯阿拉莫斯國家實驗室，因而以此命名系列作品。

他悠哉地走在路上，一邊聽著音樂，手裡拿著全新又酷炫的電腦包。我的腿開始發抖。我從躲著的地方往前邁出了一步，然後又一步，直到剛好走到他面前。

「喔！」我盡量聽起來很驚訝，「呃……嗨！喬許。」

「勞拉。」他拔下耳機，警戒地看著我。

「我都忘了你在這裡上班！」我擺出燦爛的笑容，「真是巧啊！」

「是……是啊。」他說得很慢。

說真的，他大可不必這麼小心。

「我前幾天剛好有想到你。」我著急地繼續說道，「我想到以前我們錯找巴黎的聖母院。這件事你還記得嗎？因為衛星導航？那不是很有趣嗎？」

我開始語無倫次了，語調放慢點。

「奇怪。」喬許停頓一下也開始說，「前幾天我也有想到這個。」他目光移到我手上的書，我看得出他有點驚訝，「這是……《洛斯阿拉莫斯》？」

「哦，是啊。」我不經意地說，「前幾天我在看另外一本叫《民主照相機》的攝影集，裡面的相片真是太驚人了，然後我又買了這本書。」我憐惜地拍拍手上的書，抬頭看他，「咦？你不是也很喜歡威廉·埃格斯頓嗎？」我裝作毫不知情地皺了皺眉，「還是說我記錯了？」

「我愛死威廉·埃格斯頓。」喬許慢慢地說出口，「那本《民主照相機》還是我送妳的。」

「噢！對！」我拍一下頭，「我都忘了。」

我看到他有點疑惑想走人，我知道是時候該出絕招了。

「喬許，我一直想說……」我懊悔地對他一笑，「真不好意思，我之前寄給你的那些訊息……我不知道自己是怎麼回事。」

「呃……」喬許尷尬地咳了咳。

「我請你喝一杯好嗎？用不了多久時間。當作是賠禮？你心裡不會還有疙瘩吧？」

一陣沉默。我幾乎可以讀出他腦子裡在想什麼，聽起來很合理，飲料不用出錢，她看起來也很正常。

「好吧。」他收起耳機，「有何不可呢？」

我得意地轉頭看莎迪，她搖搖頭，然後用手指在頸部作勢劃了一下。好吧，我才不管她怎麼想。我帶著喬許走進附近酒吧。我自己點了一杯白酒，幫他點了一杯啤酒，坐在角落的桌子。我們舉杯喝酒，還打開了一包洋芋片。

「那……」我對著喬許微笑，遞給他那包洋芋片。

「所以……」他清清喉嚨，明顯覺得尷尬，「最近還好嗎？」

「喬許，」我手肘靠在桌上，認真地看著他，「你知道嗎？我們不要再分析東分析西的了。我真的很討厭講個話都要慎選字眼，好好生活，享受人生，不要想太多！」

喬許手拿著酒杯不解地看著我，「但妳以前很喜歡分析啊，妳常常在看《分析》雜誌。」

「我變了。」我聳聳肩，「我在很多方面都改變了，喬許。我化妝品買得比較少，浴室裡也幾乎都清空了，而且有點想去旅行，可能會去尼泊爾。」

我確定他在某個時候曾提過尼泊爾。

「妳想去旅行？」他大吃一驚，「妳從來沒提過。」

「最近突然想的，」我認真的口吻，「我幹嘛要那麼宅呢？很多東西可以去看，山脈……城市……加德滿都[36]的寺廟。」

「我愛加德滿都，」他興致勃勃地說道，「妳知道嗎？我明年正打算去那裡。」

「不會吧！」我對他微笑，「真是太巧了！」

之後的幾分鐘裡，我們都在討論尼泊爾。基本上是他說，而我只負責點頭同意，時間很快就過去了。我們聊得眉飛色舞，我透過鏡子看到了我們，就像一對幸福的情侶。他瞥一眼自己的手錶。

「我該離開了，」喬許說，「我要練習壁球，很高興見到妳，勞拉。」

「喔，對。」我吃了一驚，「我也很高興見到你。」

「謝謝妳的酒。」他拿起電腦包我有點慌張，不應該是這個樣子的。

「這真是不錯，勞拉。」他微笑，彎下腰吻了我的臉頰，「沒有疙瘩，我們再聯絡。」

再聯絡？

「要不要再來點？」我盡量不要表現主動渴望，「很快！」

喬許考慮一會兒，又看了一眼手錶，「好吧，應該花不了多久時間，一樣的嗎？」他往吧檯走過去。一等他走，我小聲叫道：「莎迪！」她剛才就一直坐在兩個穿著條紋衣服的男子中間，她從高腳凳上走下來。

「跟他說他愛我！」

「但他不愛妳呀。」莎迪昭然若揭的口吻。

「他愛！當然愛，他只是害怕承認，欺騙自己，但妳也看到我們了，我們超級相配。要是能夠把他往正確的方向引導……拜託……」我渴求地看著她，「我都幫妳做了這麼多事。」

莎迪重重嘆了口氣，「好吧。」

不到一秒，她出現在喬許身邊，對著他耳朵大吼大叫，「你仍然愛勞拉！你犯了一個錯誤！你仍然愛勞拉！」

我看到他僵硬地搖頭，想要擺脫耳邊的聲音。他揉了幾下耳朵，幾次深呼吸，抹了抹臉，還轉身過來觀察我。如果不是因為我心裡很著急，他一臉茫然的樣子還真好笑。

「仍然愛勞拉！仍然愛勞拉！」

喬許把酒端過來的時候坐在我旁邊，顯得不知所措。我滿懷感激地對莎迪笑了笑，而喬許只是呆呆坐著，兩眼無神看向前方。

「喬許，你在想什麼呢？」我溫柔地提示他，「你可以跟我說，我們是老朋友，你可以相信我。」

「勞拉……」他停了下來。

我著急地望著莎迪，希望她再幫我一把。他就快說出口了，就快了。

「你愛勞拉！別掙扎了，喬許！你愛她！」

㊱加德滿都：尼泊爾首都，同時也是尼泊爾最大的城市。

喬許眉頭正在鬆開，慢慢地呼吸，我覺得他正在……

「勞拉。」

「怎麼了，喬許？」他的聲音有夠小聲。

繼續，繼續，繼續……

「我想我之前可能錯了。」他吞了一大口口水，「我覺得我還愛著妳。」

就算我早就知道他要講什麼，親耳聽到時依然感到浪漫，內心澎湃萬千，淚水盈眶。

「好吧，喬許，我也還愛著你。」我的聲音在顫抖，「我一直都愛著你。」

我不確定是他吻我還是我吻他，但我們就這樣突然抱在一起，相互纏繞（好吧，我想應該是我吻他）。我們分開的時候喬許看起來更茫然。

「呃……」他停頓了一下才反應過來。

「好的……」我們十指相扣，「事情會漸漸好轉。」

「勞拉，我跟人約了打球的……」他渾身不自在地看了看手錶，「我需要——」

「別擔心，」我大方地說，「我們另外找機會再談。」

「好。」他點點頭，「我傳給妳我新的電話號碼。」

「很好。」我微笑。

他居然因為我幾封簡訊就換了手機號碼，但這次我不會過度反應，改天再跟他談這件事，現在不急。

當他打開手機螢幕，我越過他肩膀偷看了一眼，讓我十分吃驚，他螢幕仍是我們的照片。那天滑雪滑了一整天，相片是夕陽西下時我們的剪影，當時請一位德國人幫我們拍照，結果他花了半個小時在教喬許怎麼設定手機螢幕。這麼久了，喬許仍留著這張相片！

「拍得不錯。」我故作輕鬆，用頭指了一下相片。

「是啊。」喬許看著相片時表情也變得柔和，「每次看到它心情都會變好。」

「我也是。」我快不能呼吸了。

我就知道！我就知道！他確實還愛著我。只要給他一點鼓勵增強信心。他心裡面需要有個聲音告訴他，讓他放心。

不久後我手機出現新的文字簡訊。喬許的電話號碼出現在螢幕上，我不禁嘆了口氣。他回來了。他是我的！

我們走出酒吧，十指相扣，駐足在轉角處。

「我要搭計程車，」喬許說，「妳要不要……」

我差點就脫口而出：太好了，我跟你一起吧！但是煥然一新的勞拉阻止了我，不要表現得太飢渴，給他一點空間。

我搖搖頭，「不用了，謝謝，我走另一條路，愛你唷！」我把他每根手指都吻了一遍。

「愛妳。」他點點頭，招了一輛計程車，在他進去前又吻了我。

「再見！」車子開走，我還在後面揮著手。我轉身抱自己，滿心歡喜地哼著歌。我們復合了。喬許回到我身邊了！

14

我忍不住，到處跟別人說這個好消息。我這可是把自己的快樂帶給別人呢。所以第二天我把跟喬許復合的事，用簡訊傳給我所有的朋友；也傳了一些給他的朋友，只因我手機裡剛好有他幾個朋友號碼，還有一位名叫「披薩訂購」的人（我只是輸錯他的名字，他聽了這消息也替我感到高興）。

「我的天啊，勞拉！」門一打開，凱特的聲音傳來，「妳跟喬許復合了？」

「喔。妳看到我的簡訊了。」我冷靜地回，「是的，很酷，不是嗎？」

「太奇妙了！我的意思是……這太不可思議了！」

她是不用表現得那麼誇張啦，但有人替我感到高興真不錯。莎迪對整件事情都很不悅，沒有一次為我感到高興，而且昨天晚上一有朋友回我簡訊，她都嗤之以鼻。現在她就在檔案櫃的頂端，不高興地瞪著我。我才不理她咧，我有一通很重要的電話要打，我滿心期待地撥出號碼，等著爸爸接起（媽通常不會接電話，怕會是綁匪打來的，別問，我也不懂為什麼）。

「喂，我是麥克・靈頓。」

「噢，嗨，爸，我是勞拉。」跟他的說詞我練習了整個早上，「我只想打電話跟你說，我和喬許復合了。」

「什麼？」爸爸愣了一下。

「喔，是的，我們昨天不小心在街上碰面。」我輕快地說，「他說他之前做錯了，他還愛著我。」

電話裡另一端維持了很長的沉默。爸爸一定驚訝到不知道該說什麼。

哈！這一刻真是太美妙了！我真想永遠記下這一刻，這幾個禮拜，他們都不斷跟我說要放下、要往前進。現在他們都錯了。

「所以說，我才是對的，不是嗎？」我忍不住又補充，「我說過我們註定要在一起。」我得意地看了莎迪一眼。

「勞拉……」爸的語氣聽起來沒有很開心，怎麼這樣，他的女兒才剛剛從愛她的男人身上得到幸福，他聲音聽起來壓力很大，「妳確定妳跟喬許……」他猶豫了一下，「妳沒有誤會他的意思嗎？」

不會吧，他覺得我在騙他？

「不然你也可以打電話給他！自己去問！我們走在路上相遇，他說他還愛我，我們現在復合了，就像你跟媽媽一樣。」

「好吧。」我在電話裡聽到爸爸吁了一口氣，「相當……難以置信的好消息。」

「我知道。」我忍不住得意地笑著，「這只是說明了，人跟人的關係本來就很複雜，旁人根本什麼都不了解不該多嘴。」

「確實是。」他小聲地說。

可憐的爸爸。我想我給他心臟帶來不小打擊。

「嘿。」我想說點什麼讓他不要那麼沮喪，「爸爸，前幾天我想到我們的家族史。我想問一下你有莎迪姨婆以前家的照片嗎？」

「妳說什麼？親愛的。」他好像沒聽懂。

「就是那棟燒掉的老房子啊，在阿奇伯瑞。你以前有給我看過照片，還記得嗎？」

「好像是。」爸語氣變得小心，「妳最近好像很沉迷莎迪姨婆的事。」

「那不是沉迷。」我埋怨地說，「我只是對自己的家族感到好奇，我還以為你會很樂意聽我講這個。」

「我是很樂意啊，」爸爸很快說道，「我當然樂意，我只是……有點驚訝。妳以前對家族史從來不感興趣。」

這倒是真的。去年聖誕節他拿出一本舊相冊給我看，我立刻陷入昏睡（但也不完全是我的問題，當時我吃了很多含酒精的巧克力）。

「是這樣沒錯，但人總是會變的不是嗎？我現在感興趣了。我想說，那張相片是我們對那老房子唯一留下來的紀錄，不是嗎？。」

「也不算是唯一。」爸爸說，「我們客廳的橡木桌子也是從那棟房子裡搬出來的。」

「客廳？」我吃驚地看著電話，「我以為大火把所有東西都燒光了。」

「救出來的東西很少。」我聽得出來爸爸放鬆了，「這些東西放在出租倉庫很多年了。沒有人想去整理，後來是妳爺爺去世才被比爾叔叔拿出來。他那時候很閒，我在忙會計考試。雖然很難想像，但比爾那時候整天無所事事。」爸笑了，我聽到他喝咖啡的聲音，「那年我跟妳媽結婚，那張橡木桌子是我們第一樣家具。那可是正統新藝術風格[37]的設計。」

「哇喔。」

這件事讓我耳目一新。我從那桌子旁邊經過不下一萬次，我從來沒想過它是從哪來的。說不定它是莎迪的桌子！搞不好桌子裡還藏著一些秘密。掛上電話後，凱特正埋首工作，我不能再叫她去買一次咖啡，但我很想把剛才的內容跟莎迪說。

嘿！莎迪。我在電腦上開新文件打字，那場火沒有把所有東西都燒掉！有些東西被放在倉庫裡！知道嗎？我們家的桌子還是以前那棟老房子裡搬來的。

說不定桌子有隱藏抽屜，裡面放了她的寶物，只有她知道怎麼打開。我興奮地胡思亂想，她會告訴我密碼，我依指示打開，吹掉上面的陳年灰塵，那東西一定很酷。我手指了指電腦螢幕。

「我知道那張桌子還在啊。」莎迪看完我打的字後回答，對這個消息毫不興奮，「當時我有收到一列清單，方便指認哪些東西是我的。難看的陶器、呆板的錫製品、可怕的家具，沒有一樣是我感興趣的。」

才不是什麼可怕的家具。我激動地打字，那是新藝術風格。

我抬頭看莎迪，她手指伸進嘴巴，做出要催吐的動作，「它噁心死了。」我忍不住咯咯笑。

妳從哪學來的這種說法？我打字。

---

[37] 新藝術：新藝術運動自一八八〇年代始於法國，後來在歐洲傳開，到一八九〇年至一九一〇年達到頂峰。喜歡把大自然的紋理設計在作品之中。

「隨便聽來的。」莎迪聳聳肩。

還有，我跟爸講了喬許的事。我繼續打字，順便看莎迪的反應，她翻了個白眼後就消失了。好，隨便。我才不管她怎麼想。我靠在椅背上拿出手機，打開喬許傳給我的簡訊。內心頓時覺得溫暖，好像剛喝了一杯熱巧克力一樣。喬許回來了，世界步入正軌。

也許我該傳封簡訊給他，跟他說大家都很高興。

不，不要這麼黏人。我等半個小時後再傳。

辦公室裡有電話響了，會不會是他打來了。不一會兒，我聽到凱特的聲音，「請您稍待一下。」然後焦慮地看著我，「勞拉，是李奧尼達運動器材的珍娜，我可以把她轉給妳嗎？」

剛才的熱巧克力從肚子裡消失了。

「是，好。我來跟她說。給我三十秒。」我得打起精神，用最輕鬆又專業的語氣，「嗨，珍娜，妳好嗎？名單上面的人有問題嗎？」

凱特昨天晚上用電子郵件把招募人選的名單寄給她。她會打來毫不意外。我應該早一步溜出辦公室或是假裝我失聲了。

「我希望妳跟我一樣興奮！」

「不，我沒有。」珍娜一貫嘶啞的嗓音，「勞拉，我不懂，為什麼克萊夫．霍克斯頓會在名單上。」

「克萊夫啊。」我試著聽起來有點自信，「真是個人才，多能幹啊。」

事情是這樣的，我知道自己跟克萊夫的商業午餐以失敗收場，但他是這職缺的完美人選，我覺得在面試前說不定還有機會能跟他聊聊，所以我在他名字後面寫了小小的備註：暫定。

「克萊夫是非常厲害的執行長，珍娜。」我準備要說服她，「他在行銷上經驗老到，充滿行動力，隨時可以——」

「這我都知道。」她不讓我說完，「但昨天我在招待會上碰到他了，他說他已經明確表示自己不感興趣，而且他發現自己被列在名單上也感到非常吃驚。」

幹！

「真的嗎？」我裝出驚訝的樣子，「好奇怪啊怎麼跟我印象不一樣，就我所知我們還一起吃了頓飯，他很熱情的……」

「他也跟我說了，他說他沒吃完就離開了。」珍娜毫不客氣地說。

「他是……離開了沒錯。」我咳嗽，「我也離開了，你可以說我們兩個都離開了……」

「他跟我說妳跟他吃飯的時候還在跟另外一個客戶講電話，他說他再也不要跟妳做生意了。」

我臉頰通紅，克萊夫．霍克斯頓這個抓耙仔的卑鄙小人。

「呃，好的。」我清了清嗓子，「珍娜，我覺得有點誤會，一定有搞錯些什麼……」

「那尼哲．里弗斯呢？」珍娜已經跳到下一個人了，「他就是那個頭皮屑男嗎？曾經應徵過後來被刷掉的那一位？」

「時過境遷，他已經改善很多了，」我急忙地說，「他應該在用海倫仙度絲。」

「妳知道我們的醫學部對個人衛生非常挑剔嗎？」

「我……不知道，珍娜，我會記在筆記上。」

「還有這一位呢？蓋文．梅納德？」

「他非常有才華。」我撒謊，「他非常有才華，只是被忽略，不要只看他履歷上面的內容……」

珍娜嘆了口氣，「勞拉。」

事態不妙，她的語氣非常篤定，看來馬上就要結束合作關係了。馬上。立刻。我不能讓這種事情發生……

「當然了，我還有另外一名應徵的候選者！」我急忙脫口而出。

「還有人？妳的意思是清單上面的並不是全部人選？」

「是的，他比所有人都好得更多！我敢說這個人絕對會是妳要的。」

「好吧，那他是誰呢？」珍娜不太相信，「怎麼一點消息都沒有？」

「因為……我還有些東西需要先確認。」我的手指比叉比到快抽筋了，「裡面東西目前都還是機密。珍娜，我現在跟妳談的人非常頂尖，非常有經驗，相信我，我真的很興奮。」

「給我名字！」她生氣地問，「我需要看他的履歷。勞拉，妳這樣子做實在是太不專業了，我們星期四要開內部會議，我可以跟娜塔莉談一下嗎？」

「不行！」我著急了，「我的意思是……星期四！當然了！星期四的時候會把所有資料都給妳，我保證。我只能說妳絕對會被這個人打動。珍娜，我還有事要忙，下次再聊……」我掛上電話，心跳加速。

該死，該死，我現在要怎麼辦？

「哇喔！」凱特眼神閃閃發亮地說，「勞拉，妳厲害，我就知道妳行的，所以那位重量級人物到底是誰？」

「沒有這個人！」我絕望地說，「我們現在得趕快找人！」

「好。」凱特開始在辦公室裡東翻西找，好像我把高級主管藏在抽屜或櫃子裡一樣，「呃……在哪裡呢？」

「我不知道！」我的手抓著頭髮，「我根本沒有人選！」

我的手機響了，收到簡訊，我立刻抓起它，有片刻渴望是某位高級主管傳簡訊來問，有沒有運動產品相關的職缺。也可能是喬許要跟我求婚。也或許是爸爸，他發現我是對的，來要跟我道歉。也或許是蒂亞曼媞，傳來跟我說她並不需要那條古老的蜻蜓項鍊，問能不能用快遞的方式寄給我？

結果都不是，是娜塔莉。

嗨，寶貝，我在沙灘上做瑜伽，這裡真是太美了，來發張照片，看看這裡的風景。

很不錯吧，娜塔莉 XXXX

對了，辦公室一切都沒問題吧？

我一度想把手機丟出窗外。

晚上七點了，我腰痠背痛，兩眼發紅。我翻著過期的《商業名人》、《行銷周刊》，還在網路上搜尋，也讓凱特血汗加班；勉強列出了一份緊急人才清單，但上面的人連電話接都不接，更別提談工作或是讓我排入應徵者清單。我還有四十八小時，我得想辦法跟一位高級經理聯絡上，不然我就得自己假扮。

從正面一點來看，連鎖賣酒店裡的灰皮諾白葡萄酒[38]正在半價特惠。

我買完酒，回到家裡打開電視，開始大口大口地喝著，等到《東區人》開演時，已經喝掉半瓶。整間屋子搖搖晃晃，工作的壓力也減少了一半。

說到底。人生只要有愛就夠了，不是嗎？

妳必須按比例弄清楚人生最重要的事情是什麼。愛才是最重要的，不是工作，不是市場行銷。跟珍娜．格雷迪講電話也沒那麼可怕，只要能堅持下去，都不是什麼困難。

我拿著手機抱著膝蓋，每隔一段時間就會打開看一下喬許傳給我的簡訊。我整天都在發簡訊給喬許來替自己打氣，然後他只回了兩封很短的訊息。真的很短，一個是說他正在跟米爾頓．凱恩斯開無聊的工作會議，另外一個說他等不及想回家。

他等不及要見我！

正在掙扎，是否要再傳一封簡訊的時候，我抬頭看到莎迪穿著一件淺灰色的雪紡洋裝坐在壁爐上。

「喔，嗨，妳跑哪去了？」我說。

「電影院，我看了兩部電影。」她看向我，「妳知道嗎，白天妳都在工作，我太寂寞了。」

如果她像我一樣被珍娜．格雷迪追著跑，那她就會忙不過來了。

「嗯，好吧，真抱歉，我必須賺錢餬口。」我諷刺地說，「真不好意思，不能遊手好閒，整天去看電影……」

「妳找到項鍊了嗎？」她直言，「這事情妳有在追嗎？」

「沒有，莎迪。」我厭煩地說，「還沒有，我今天碰到了其他問題。」我等著她開口問是什麼問題，結果她沒有問，就只是聳聳肩。她不是應該問一下嗎？沒有同情心嗎？這是哪門子的守護天使。

「喬許有傳簡訊給我，很棒不是嗎？」我故意刺激她，她終於在意地瞪了我一眼。

「一點都不棒，整件事都是假的！」

我也瞪回去，看來我們今天心情都不好。

「我們之間不是假的，是真的，妳也看到他吻我，也聽到他說了什麼。」

「他只是個受人擺布的傀儡，」莎迪不以為意地說，「我叫他做什麼他就會做什麼，要是我叫他跟一棵樹做愛，他也會照做，我從來沒看過這麼意志薄弱的人，我甚至只要在他耳邊小聲說個幾句，他就會跳起來。」

她會不會太囂張了？她以為她是誰呀？天啊。

㊳ 灰皮諾白葡萄酒：灰皮諾品種葡萄釀的酒。

「胡說八道！」我冷冷地說，「好吧，我知道他的確有受妳影響，但如果他不是真的愛我，他也不會說他愛我，很顯然他是在表達內心真實的感受。」

莎迪不屑地笑了笑，「他內心的感受？親愛的，妳太好玩了，他對妳沒有任何感覺。」

「他有！」我嗤之以鼻，「他當然有！他手機桌面還是我的照片，不是嗎？他一直留著，這就是愛！」

「別傻了，這不是愛！」莎迪十分篤定的樣子，讓我非常生氣。

「好吧，妳連戀愛都沒談過，又怎麼知道這些東西？喬許是有血有肉的人，他有真實的感覺，甚至能夠愛人，而妳對這東西一點都不了解。妳要怎麼想是妳的事，但我真心相信我們可以長長久久，我相信喬許對我有深刻的情感……」

「這根本不足為信！」莎迪突然激動起來，像個抓狂的野人一樣，「不懂嗎？妳這個蠢女孩！妳可以花整個人生的時間去相信！但是愛情是雙方面的事，不是單方面！『問題』跟『解答』是湊成一對的；如果光憑相信就可以的話，妳永遠也得不到解答。」

她氣得滿臉通紅，轉過身去。

除了電視裡《東區人》的聲音外，沒有人說話。我開口正要說點什麼，卻發現我差點把酒濺到沙發上。我趕快先喝一大口。該死，她為什麼會突然暴怒？

我還以為莎迪對愛情不感興趣。我以為她只在乎玩樂、呀呼！還有滋滋聲，但剛才的情況，她聽起來像是……

「妳是不是發生過什麼？莎迪？」我試著開口問，「妳一輩子都在等待答案嗎？」

那一瞬間她就這樣突然不見了，沒有警告、沒有待會見，就這樣消失了。

她不能這樣對我，我還有問題要問，背後一定有更多故事。我關上電視大聲呼喚。我的好奇心把煩惱全部驅散。

「莎迪，跟我說嘛！說出來會比較好喔！」房屋裡沒有回應，但我確定她一定在，「出來啊。」我哄著她，「我都把自己的事跟妳講，我是你的姨甥孫女，妳可以相信我，我不會跟任何人說的。」

仍然沒有回應。

「算了，」我聳聳肩，「我還以為妳什麼都不怕。」

「誰說我怕了。」莎迪一臉生氣地冒出來。

「那就跟我說。」我交叉雙臂。

莎迪表情沒有改變，但是我看得出來她眼神閃爍。

「沒什麼好說的。」她終於開口，「我只是剛好知道當一個人談戀愛會發生什麼事，浪費時間、浪費眼淚、浪費心思……最後什麼都沒有。不要在這上面浪費生命，如此而已。」

只是這樣？她在開玩笑嗎？她不能就這樣搪塞過去，一定有些什麼。到底是什麼？

「發生了什麼？妳有談過戀愛嗎？是在外國碰到的男人嗎？莎迪，告訴我嘛！」

莎迪看起來不願意開口，不然就是又打算消失。她嘆了口氣，轉身走向壁爐，「那是在很久以前，在我出國之前，在我結婚之前，的確是有一個男人。」

「妳說妳跟父母大吵一架！」我突然把兩件事情連結起來，「就是為了他嗎？」

莎迪微微點頭，大概只有一公分的幅度。我就知道有這個男人在！我開始想像她男朋友長什麼樣。戴著平頂硬式草帽，二〇年代的復古衣服，也許還蓄著老式鬍鬚造型。

「妳是被妳父母逮到你們在一起……還是什麼的嗎？是在……呃……身體交錯……」

「沒有！」她突然大笑。

「所以到底怎麼了？快告訴我，拜託！」

我仍然沒辦法想像莎迪居然談過戀愛。我跟喬許之間走得這麼艱難，她還能表現得毫不在意。

「他們發現了一張素描。」她停止大笑，雙手抱胸，「他是個畫家，喜歡幫我畫畫，我父母看到後嚇壞了。」

「他畫妳會有什麼問題？」我不解地問，「他們應該高興才是！這是一種讚美，一個藝術家會想要畫的……」

「裸體畫。」

「裸體？」

我倒抽一口氣大吃一驚。我永遠不會讓別人畫我的裸體畫，就算一百萬年也不可能！除非那個畫家願意幫我修圖。

或是叫修畫也行，不管正確術語是什麼。

「我其實有披東西，但我父母……」莎迪抿著嘴唇，「他們發現那張畫的那天，真是充滿戲劇性。」

我摀著嘴，我知道自己不該笑，這是很嚴肅的事情，但我忍不住。

「所以他們看到了妳的……」

「他們氣得歇斯底里。」她嘲諷般地從鼻子哼了氣，「是很有趣，但也很可怕。男生的父母也一樣氣炸了，因為他們本來要他當律師的。」她搖搖頭，「像他這樣離經叛道，是不可能當律師的。他整夜都在畫畫、喝酒、抽菸，在畫版上面捻熄菸屁股……我也是。我曾在他的畫室過夜。那地方也是他父母的。我以前暱稱他文森，也就是梵谷的名字。他則叫我瑪佩爾。」她又表現出嗤之以鼻的樣子。

「瑪佩爾？」我皺鼻子。

「那是他們家女僕的名字，我跟他說這是我這輩子聽過最難聽的名字，他們應該要求她改名，結果他故意用瑪佩爾叫我，這個沒良心的男人。」

她的語氣有點半開玩笑，眼神閃爍。我不確定她是否真的不高興。

「妳……」我開口，但後面的問題卻問不出口，我想問的是，妳真的愛他嗎？反正莎迪也已陷入沉思。

「晚上大家都睡著的時候，我曾經偷偷溜出去過，沿著常春藤往下爬……」她語氣拉長，看向遠方，看起來真的很難過，「我們的事情曝光後，情況直轉急下，他被送去法國跟他的叔叔住，從原本的環境裡整個抽離，以為這樣就能阻止讓他繼續畫畫。」

「他叫什麼名字？」

「他叫做史蒂芬．內特頓，」莎迪重重吁了口氣，「這個名字我至少有……七十年沒提了。」

七十年？

「在那之後發生了什麼事嗎？」

「我們再也沒聯絡，再也沒有。」莎迪陳述事實的口吻。

「為什麼不聯絡？」我很驚訝，「妳不會寫信給他嗎？」

「喔！我寫了。」她逞強般地笑了笑，我皺起眉頭，「我一封一封的寫，寄到法國，但一封信都沒有回，我父母說我是天真的傻女孩，他只是利用我。我一開始不相信他們，很討厭他們這麼講，但是後來……」她抬起頭，抬著下巴，彷彿不讓我同情一樣，「我那時就跟妳一樣『他愛我，他真的愛我！』」嘲弄般把語調拉高，「『他會回信！他會回信！他愛我！』妳能想像當我突然清醒的時候是什麼感覺嗎？」

一陣令人不舒服的沉默。

「所以後來妳做了什麼？」我幾乎不敢問。

「當然是結婚了。」她閃過一絲的不情願，「史蒂芬的父親還是婚禮主持人，他是我們那裡的牧師，史蒂芬一定知情，但他連張卡片都沒寄。」

她陷入沉默而我就呆坐在那，思緒萬千糾結。她是為了報復才嫁給別人，糟透了，難怪婚姻沒有持續下去。

我現在像洩了氣的皮球。我希望沒有給莎迪帶來太大壓力。我並不想讓她回憶這麼痛苦的事情。本以為會聽到一些有趣好玩的小故事，像是一九二〇年代的男女關係是怎樣的。

「妳有想過跑到法國去找史蒂芬嗎？」我忍不住問。

「我有自尊心。」莎迪針對性地看著我，我差點回嗆：至少我讓我的男人回來了。

「妳有保留那時候的畫嗎？」我趕快找點正向的事情。

「我都藏起來了。」她點點頭，「他去法國之前有一幅很大張的，他偷偷拿給我。我瞞著父母把它藏在地下室，後來房子被燒毀，那幅畫也跟著沒了。」

「噢天啊！」真讓人失望，「好可惜。」

「也沒這麼可惜，我不在意。我為什麼要在意？」

我望著她一分鐘，她反覆對折玩弄自己的裙子，陷入了回憶中。

「說不定他根本沒收到妳的信。」我想著這樣的可能性。

「喔。我確定他有收到。」她語氣中有一絲高傲，「我確定它有被郵差帶走，我偷溜出家，親自把它投遞到郵筒裡。」

我受不了了，偷寄信件，我的老天，一九二〇年代就沒有手機嗎？想想看有多少誤會可以就此避免。法蘭茲．斐迪南大公可以傳簡訊給他的手下，我覺得有奇怪的人在跟蹤我。這樣他就不會被暗殺了，第一次世界大戰也不會開打，莎迪也可以跟她的男人通電話……

「他現在還活著嗎？」我知道這不太可能，但我還是抱有希望，「我們可以在網路上搜尋他，可以找到法國，我敢打賭，一定找得到——」

「他很年輕就死了。」莎迪打斷了我的話，語氣依然像是在回憶，「離開英格蘭十二年以後，他的遺體被送回來，在村子裡舉行的喪禮。那時候我住在國外，反正他們也沒寄訃聞給我，就算有我也不會去。」

真讓人難過。我沒辦法回應什麼。他不只離開了而且還死了。這是一個垃圾故事，結局很糟，真後悔我問了。

莎迪看向窗外，十分憔悴。膚色比之前又更白了，眼袋也出現了陰影。她身上這些銀灰色的洋裝讓她看起來像是脆弱的精靈。我淚水盈眶，很明顯她愛那位畫家，她只是在虛張聲勢故意講反話，她真的愛他，可能愛了一輩子。

他怎麼可以不回應她的愛呢？這個混蛋。如果他現在還活著，我一定去找他，把他拖出來揍一頓，就算他是一個兩百多歲的老人，有二十幾個孫子也一樣。

「真令人傷心。」我擤擤鼻子，「真是太讓人難過了。」

「沒什麼好難過的。」她不同意，那輕浮的態度又回來了，「事情就是這樣，我還有其他男人，還去過很多不同的國家，形形色色的人們。這就是為什麼我知道這樣的道理。」她突然走向我，「相信我，我比妳還懂。」

「懂什麼？」我聽不懂她在說什麼，「相信妳什麼？」

「妳跟喬許永遠不會走在一起的。」

「什麼？」我莫名其妙地怒瞪她。我現在相信她了，相信她什麼事都會扯到喬許身上。

「因為妳一直都在要，要這個，要那個。」她轉過身，抱著膝蓋，她瘦巴巴的身材從衣服上都可以看到脊椎骨，「要是他不跟妳復合，妳甚至會希望天空是紅色的。」

15

我沒有驚慌失措，現在已經星期三了，我仍沒找到人，而且珍娜．格雷迪怒不可遏。

好吧，我有點驚慌失措。我像在做瑜伽一樣，不斷地在變換姿勢，動來動去。

我整天都在躲著珍娜的電話。中午的時候，凱特跟她說我在廁所，說我被困在裡面，不一會我就聽到她發出慘叫，「我不能打擾她，我真的不能打擾她……珍娜，我不知道另一位應徵者是誰。珍娜，請不要威脅我……」

她掛掉電話後瑟瑟發抖。珍娜一點都不手下留情。她真的十分執著，而我也是，我在一堆履歷表當中溺斃，電話像焊在耳朵上。

昨天我有了這種感覺，有點像靈感一樣，也搞不好，那是一種絕望。譚雅！她有鐵腕般的執行力，不屈不撓，還有各種會讓人起雞皮疙瘩的特質，完全符合珍娜．格雷迪的徵才要求。

所以我打電話給她，問她要不要回到市場。她的雙胞胎已經兩歲了，問她要不要考慮再回去做行銷？運動器材相關的產業？譚雅在生小孩之前曾經在殼牌公司擔任高級經理。我敢說她的履歷一定非常漂亮。

「但是我已經有一陣子沒在工作了，」她拒絕，「瑪格達！不是這些魚柳，找一下冰箱底層……」

「我相信妳是休息一段時間了，但身為一個有才華的女人……一定很想要恢復工作。」

「不見得。」

「可是這樣妳的大腦會遲鈍！」

「才不會呢！」她好像不同意，「我現在每個禮拜都會陪我的小孩去鈴木音樂教室上課，對孩子和父母都會很好，我還在那裡認識其他很棒的媽媽。」

「妳寧可去上音樂課，喝卡布奇諾，也不要去當頂尖的行銷主管？」雖然要我選的話，我也會選擇去上音樂課和喝卡布奇諾，但我的語氣盡量讓它聽起來很荒謬。

「是的。」她回答得直接了當，「是這樣沒錯，總而言之勞拉，妳為什麼會跑來找我？」語氣中帶有幾分警戒，「是怎麼了？出了什麼問題嗎？妳可以跟我談談，妳知道要是有問題的話……」

我的天哪，我不要這種虛假的同情。

「沒有問題啊！我只想幫助一下我的好姐妹。」我刻意隔了一兩分鐘之後才又提起，「所以妳在音樂教室裡碰到的媽媽們，她們都沒有當過行銷總監是嗎？」

突然想到，既然每八位從工作崗位上暫時退下的人，就有一位曾在零售業的行銷部門待過，說不定會有人想要重回工作崗位。

但是像這樣子自以為聰明的想法，實際上都有一大堆難以克服的困難，而且老實講，那些所謂聰明的想法都是我的想法。比方說我的確有找到一個願意接這工作的人；但前提得是李奧尼達公司，願意每天派直升機去伯明翰接送他上下班，像這樣的前提，一百萬年都不可能發生。我死定了。面臨這樣的情況，妳可能會認為我不應該盛裝打扮去參加派對。

然而現在的我正坐在計程車裡，準備赴宴。

「我們到了！公園道！」莎迪看著車窗外，「快付錢給司機！我們走吧！」

閃光燈的聲音綿延不絕，下了車後，我能聽到人們熱情地打招呼。看到幾十個穿著晚禮服的人走在紅地毯上，進到斯賓塞酒店裡，商業名人晚宴就在裡面舉辦。跟據《金融時報》的說法，倫敦前四百頂尖商業人才，今晚都會在這裡齊聚一堂。

被這四百多位的天才包圍。我其實很不想參加，理由如下：

1. 我現在已經跟喬許復合，不應該再跟其他男人一起吃飯。

2. 我工作壓力山大。

3. 而且我的神經已經緊繃到快斷掉了。

4. 還可能會碰到珍娜．格雷迪，被她大吼大叫。

5. 克萊夫．霍克斯頓也可能出現。

更別提還有一點：

6. 我整個晚上都得跟那位一直皺眉頭的美國人交談。

但我後來還是參加了。四百位人才全部聚集在一起。裡面一定有人是行銷高手；當然也一定有人想要跳槽。

這是我最後的機會。我今晚要在這裡找到適合李奧尼達職缺的人。

我再三檢查，帶去赴宴的包包裝滿了我的名片。檢視窗戶中自己的倒影。不用說，這次的服裝一樣由莎迪決定，黑色亮片的復古洋裝，帶有流蘇的袖子，珠串肩帶，上面還有埃及風格的別針，畫了很重的眼影，還有一條長長的金蛇手鍊，以及一雙長絲襪，很明顯莎迪以前也是這樣穿。她還在古董店裡發現了一頂帶有萊茵石的網狀鴨舌帽。

不過今天晚上我更有自信，因為今晚的人一定都會精心打扮，雖然我表面上有點抗拒那頂帽子，但內心暗自覺得它還滿酷的；復古的同時又有一點華麗。

莎迪也穿著綠色洋裝、搭有藍綠色流蘇、孔雀羽毛的披肩，頭上大概盤了十幾條項鍊，最好笑的是，那些項鍊像鑽石瀑布一樣從耳邊垂下。她不停開開關關自己的晚宴包，躁動不安。她處於這種狀態已經好一陣子，自從跟我講以前的故事之後，每次我一問更多細節，她不是跑開就是轉移話題，所以我也放棄問了。

「我們走吧！」她雙腳不安分地在雀躍，「我等不及想跳舞了！」

我的老天！她真的很堅持。如果她想重現我和艾德在酒吧跳舞的場景，那她最好三思。

「莎迪，聽我說，」我篤定的語氣，「這是商業名人晚宴，不是舞會，我在這裡是工作。」

「我們會找到機會的，」她充滿自信地說，「要跳舞總是會有機會。」

對，最好是。

下車後，到處都是穿著晚宴服的人，充滿自信地握手打招呼，擺好姿勢拍照。裡面有好幾個我認出來，曾出現在《商業名人》中，一字排開。我覺得好緊張，我看了莎迪一眼然後學她一樣抬起下巴。如果他們都是大人物，那現在我也是。我跟我的合夥人有一家自己的公司，只是現在公司的規模只有兩個人以及一台破爛咖啡機。

「嗨，勞拉。」艾德的聲音從後面傳來跟我打招呼。我轉過身去看到他了，就跟我所想的一樣，筆挺又英俊的西裝。他的西裝外套十分合身，深色的頭髮全部往後梳。

喬許從不穿正式的晚禮服，總是穿很普通的衣著，比方說尼赫魯外套[39]和牛仔褲，但是就算這樣，喬許還是很酷。

「嗨。」在艾德想要吻我之前我先握住他的手，雖然我不覺得他有這個念頭。他用一種古怪的表情打量我。

「妳看起來非常……二〇年代。」

真是敏銳的觀察呀，大天才，「這個嘛，」我聳肩，「我喜歡那個年代的裝扮。」

「不是吧！」他故意一本正經地說。

「你看起來秀色可餐！」莎迪高興地對著艾德說，飛過去抱在他胸前，撫摸他的脖子。

嗯。她打算一整夜都這樣子嗎？

我們慢慢接近一群攝影師，一位戴著耳麥的女士，打了個信號。艾德翻了翻白眼，「抱歉，接下來我必須要這樣。」

「該死！」照相機閃光燈馬上閃得我眼花繚亂，我驚慌地表示，「我該怎麼做？」

「稍微往旁邊站一點，」他安撫地說，「抬起下巴微笑，不用擔心，一開始不適應很自然。我為了這個還上過媒體培訓課，我第一次的時候，身體僵硬得像《雷鳥神機隊》[40]裡的木偶。」

---

[39] 尼赫魯外套：北印度宮廷服裝結合西方設計的服裝。相當於印度版的「中山裝」。

[40]《雷鳥神機隊》：英國電視台的科幻人偶劇。

我忍不住微微一笑，因為他看起來真的很像《雷鳥神機隊》的角色。都有鮮明的方下巴和很濃的眉毛。

「我知道妳在想什麼。」閃光燈一邊閃，他一邊說，「我的確長得很像雷鳥隊員，這一點我承認。」

「我沒有這樣想！」我心虛地說。我們繼續移動到另外一群攝影師。「你怎麼聽過這個《雷鳥神機隊》？」

「妳在開玩笑嗎？小時候就在看了，我可是個粉絲。我想當史考特．崔西[41]。」

「我想當潘妮洛普．克雷頓華德[42]。」我看了他一眼，「所以你至少對一種英國文化感興趣。」

我其實不太確定兒童電視劇算不算是一種「文化」，但我忍不住想往這個方向帶。艾德有點吃驚，屏住呼吸，似乎正要回應什麼……但在那之前那位帶戴耳麥的小姐前來護送我們，回應的時機點就這樣錯過了。

我們進入酒店的時候我還在四處張望，想看看有哪些人，看看有沒有人適合在李奧尼達上班的。我必須在所有人都就坐之前把名片發完。

與此同時，莎迪正黏在艾德身邊，一路從他頭髮、臉頰、撫摸到他的胸膛。我們停在接待桌前，莎迪突然彎下身，把頭直接穿過他西裝外套的口袋。這點令我實在難以忍受。

「莎迪！」我站在艾德的背後，生氣地嘟囔，「妳在做什麼？」

「看看他帶了些什麼東西！」她說，然後站直身體，「裡面沒有什麼有趣的，只是一些紙還有一些卡片。不知道他褲子口袋裡有什麼……嗯……」莎迪眼神銳利地盯著他的褲襠。

「莎迪！」我驚恐地噓她說，「不可以！」

「哈里森先生！」一位穿著時尚海軍藍小禮服的女士衝過來，「我是索妮亞．泰勒，杜赫斯特出版社的公關負責人，我們都很期待您的致詞。」

「很高興能來到這裡。」艾德點點頭，「容我替妳介紹，這位是勞拉．靈頓，她是我的……」他疑惑地看了我一眼，好像正在思考措辭，「約……」

「哈囉，勞拉。」索妮亞溫柔地對我微笑者，「請問您在哪高就？」

喔，哇喔。杜赫斯特出版社的公關負責人。

「嗨，索妮亞。」我用專業人士的姿態與她握手，「我在人力銀行上班，這是我的名片……噢不！」我不由自主驚呼。

莎迪正彎著腰，把臉伸進艾德的褲子口袋。

「妳沒事吧？」索妮亞．泰勒有點擔心地問。

「我很好！」我四處張望，總之不要讓我看到這姿勢，「好吧，真的，真的沒事……」

「那就好。」索妮亞用奇怪的表情看著我，「我來幫妳找名牌。」

莎迪把頭伸出來一下，然後又鑽下去，她到底在幹嘛？

㊶ 史考特．崔西：《雷鳥神機隊》裡的角色。

㊷ 潘妮洛普．克雷頓華德：《雷鳥神機隊》裡的角色。

「勞拉，怎麼了嗎？」艾德皺著眉頭看我。

「呃……沒有！」我故作鎮靜，「一切都很好，一切都很好……」

「我的老天爺呀！」莎迪突然把頭竄出，「那裡真是太驚人了。」

我馬上摀著嘴。艾德疑惑地看著我。

「抱歉，」我不能失態，「我只是咳嗽。」

「找到了！」索妮亞從接待桌那裡回來，遞給我們每人一個名牌，「艾德，可以借一步說話嗎？要確認一下待會的流程？」她笑得很僵，帶著艾德離開。

我立刻拿出手機做掩飾，然後轉過去對著莎迪。

「別再這麼做了！妳讓我一直分心！我不知道要看哪！」

莎迪賊賊地揚起眉毛，「我只是想滿足我的好奇心。」

我根本不想問她對什麼東西好奇。

「好吧，不要再這樣了！那個叫索妮亞的女人覺得我怪怪的。她連我的名片都不拿。」

「那又怎樣？」莎迪聳聳肩，「誰在乎她怎麼想？」

我內心理智線斷裂。她難道不知道我現在有多背水一戰？她沒看到我跟凱特連續工作十三個小時嗎？

「我在乎！」我憤怒地指責，她嚇到了，「莎迪，妳以為我為什麼在這裡？我正在努力建立人脈！我要認識重要人物！我明天就要替李奧尼達找到合適的應徵者！我要是沒有做出成果，我們就會破產，現在也幾乎破產了。我現在壓力大得像山一樣，而妳一點都不在乎，甚至根本沒有注意到。」我的聲音有點發抖，可能是因為我一整天都在喝兩倍咖啡因的拿鐵，「總之，隨妳高興，愛幹嘛就幹嘛，但離我遠一點。」

「勞拉……」莎迪開口，但我已大步走向宴會廳的門。艾德跟索妮亞在講台上，我看到她正在向艾德解釋麥克風的操作。在我周圍的桌子都是熙熙攘攘的男女。不時聽到他們在聊有關市場和零售業的話題以及電視廣告的收益。

這是我的大好機會。來吧，勞拉。我鼓起自己最大的勇氣，從身邊經過的服務員那裡拿了一杯香檳。勇敢走向一桌商務人士，他們聊到一半正開心笑著。

「嗨！」我突然插話，「我是L&N高階經理人力仲介公司，勞拉·靈頓。這是我的名片。」

「哈囉。」一名看起來很友善的紅髮男生打招呼。他替我介紹這一桌的人，從他們的名牌看起來都是軟體公司的人。

「這裡有人有行銷經驗嗎？」我順口問了一下，大家的目光全部轉向一位金髮男。

「只好招供了。」他笑著說。

「你會想要新的工作嗎？」我馬上說，「有一家很賺錢的運動器材公司在招人，這可是千載難逢的機會！」

沒有人說話。我屏息以待。結果每個人都爆出大笑。

「我喜歡妳的風格。」黃頭髮的那個傢伙說，然後轉向身旁的人，「在亞洲有間軟體子公司不錯，才成立十年，有沒有興趣入手？」

「哇，真划算，品項九成新喔。」另一個傢伙揶揄道，其他人也跟著哄堂大笑。

他們以為我在開玩笑。當然了。

我也匆匆跟著一起笑，但是不知道為什麼我覺得自己像個白痴。我永遠找不到適合的人選。這個想法真的太荒謬了。不久後我替自己找了個藉口離開，然後看到艾德正往我這邊走來。

「還好嗎？不好意思丟下妳一個人。」

「別擔心。我只是……你知道的，在交際。」

「我們的桌號是一號。」他帶著我走向階梯，雖然現在心情很糟，但能坐在商業名人晚宴的第一桌，還是有點驕傲。

「勞拉，我有個問題想問。」艾德邊走邊說，「請先不要誤會。」

「不會誤會。」我說，「儘管問。」

「我只是想弄清楚一點。妳沒有想要跟我交往對吧？」

「沒錯。」我點頭，「而且你也沒有當我男朋友。」

「沒有。」他說，激動地搖搖頭，我們走到餐桌邊。艾德交叉雙臂打量著我，好像很困惑的樣子，「那我們怎麼會一起在這裡？」

「呃……好問題。」

我不確定該怎麼回答。事實上，根本沒有一個合適的理由。

「朋友身分？」我提出建議。

「朋友。」他有點疑惑地重複一遍，「我想我們可以當朋友。」

他幫我拉開椅子，我坐了上去。到處都放著晚宴的流程表，上面來賓致詞底下寫著：艾德・

哈里森。

「你會緊張嗎？」

艾德微笑，眼神閃爍了一下，「就算會，也不會承認。」

我翻到流程表的背面，看到自己的名字被列在上面，L&N高階經理人力仲介——勞拉・靈頓。感到有一絲興奮。

「妳不像傳統的獵頭公司。」艾德發現我看到名單。

「真的嗎？」我不太確定該怎麼反應，這到底是好還是壞。

「妳沒有那麼執著在談生意。」

「我是很想談生意。」我老實承認，「想得不得了，但我想這不是唯一重點。我總覺得獵頭公司應該是要……」我突然住口，感覺非常尷尬，啜飲了一口酒。

我曾經把我的獵頭理念跟娜塔莉說過，而她覺得我在發神經要我閉嘴。

「應該是什麼？」

「好吧。有點像是在相親配對。把合適的人放到合適的位置上。」

艾德似乎覺得很好玩，「真是不同的觀點，我很懷疑這裡的大多數人會覺得自己和工作職位真的相配。」他用手比劃了一下這滿滿是人的晚宴。

「如果他們找到了適合的職位，我相信他們會。」我熱切地說，「如果你能夠滿足他們所有的需求……」

「那妳就是邱比特。」

「你在笑我。」

「我沒有。」他堅定地搖搖頭，「我喜歡這種說法，那實際上運作得怎麼樣？」

我嘆口氣。艾德某程度上降低了我的警戒心。可能是因為我並不在乎他怎麼看我。

「事實上，不是很好。以目前情況來看，根本是一坨屎。」

「真有那麼糟糕嗎？」

「比糟糕更糟糕。」我又喝了口酒，然後抬頭看向艾德，他似乎很不解。

「妳是跟人合夥開公司的，對嗎？」

「是啊。」

「那麼，妳是怎麼決定合夥人？」

「娜塔莉？」我聳聳肩，「她是我最好的朋友，而且我認識她很久了，她是一個很有才華的獵頭人。你知道她曾經在派斯貝佛德聯合公司工作過嗎？那是間很大的公司。」

「這我知道。」他似乎猶豫了一下，「好奇問一下，誰告訴妳她是有才華的獵頭人？」

我正眼望著他，感覺有點不對勁，「沒有人這樣跟我說，她本來就是。我的意思是……」對上了他的目光，「怎麼了？」

「那就不干我的事，但我跟妳第一次見面的時候……」他又猶豫一下，好像正在想適合的詞彙。

「然後——」我不耐煩地點頭。

「我稍微問一下周邊的人。沒有人聽過妳。」

「很好。」喝一大口香檳，「現在你聽過了。」

「但是我在派斯貝佛德有認識的人，而他跟我說了一點娜塔莉的事，很有趣。」

我對他說的，有趣，有種不祥的預感，「真的嗎？」我先打預防針，「因為我敢打賭他會這樣說是因為她離開那間公司。所以不管他說了什麼……」

艾德舉起雙手，「我沒有想介入這件事。這是妳的合夥人，妳的朋友，妳的選擇。」

好。現在我真的有很不祥的預感。

「告訴我吧。」我放下酒杯，態度不再這麼硬，「拜託，艾德。告訴我他說了什麼？」

「好吧。」艾德聳聳肩，「有個傳聞，她在公司裡騙了不少高階主管，跟他們說有到藍籌[43]規模的大公司的工作機會，把他們加入了所謂的『藍籌名單』；但實際上並沒有那間公司，而是把他們介紹到了一間規模遠不及藍籌的小公司，還說，這本來就是一開始說的那間。結果這狗屁事情鬧大了，搞得公司合夥人得出面處理，所以她後來被開除了。」艾德停頓一下，「但這妳早就知道了，對吧？」

我說不出話來看著他，娜塔莉是被開除的？她被開除了嗎？

她跟我說，是因為公司不重視自己，她才從貝佛德離職，她自己有辦法賺更多的錢。

「她今晚在嗎？」他看看四周，「今天會看到她嗎？」

「不會。」我有點結巴地開口，「她……現在不方便。」

---

[43] 藍籌：西方賭場在傳統上籌碼分三種顏色，其中藍色是最值錢的，因此用它來表示公司規模龐大。

我沒辦法直接跟他講她落跑了，丟下我一個人管理公司。我沒辦法跟他坦承目前情況比他想的還糟糕。我五味雜陳，努力消化剛才聽到的內容。

她從來沒跟我說她是被開除的，從來沒有。我還記得當初跟她在豪華酒吧，我們一邊喝著香檳，她一邊跟我說合夥的事情。說這行業好多人想要跟她合作，但她只想跟她信得過的人一起：跟一位老朋友、相處愉快的老朋友。她把未來藍圖描繪得如此美妙，還提了很多大人物的名字。我被唬得一愣一愣的。一個禮拜後我就辭職，還把所有積蓄投進去。我真是個傻瓜，我淚水沾到睫毛上，喝一大口香檳來掩飾。

「勞拉？」莎迪尖銳的聲音在我耳邊響起，「勞拉，快點！我需要跟妳說一下話。」

我真的不想跟莎迪說話，但是也不能一直坐在這裡，艾德很擔心地看著我。我猜他已經看出我內心的震撼。

「失陪一下！」我強顏歡笑把椅子推開。穿過擁擠的房間，不去理會莎迪；她一直在我耳邊叫嚷。

「我真的很抱歉，」她說，「我想過了，妳說得對，我很自私沒有考慮到妳，因此，我決定幫助妳，而且我已經這麼做了！我找到一個合適的人選！完美的人選！」

她的話打斷我自憐的思緒。

「什麼？」我轉身，「妳剛才說什麼？」

「妳可能覺得我對妳的工作不感興趣，並非如此，」她宣稱，「妳要獵頭對吧？而我幫妳找到了一個。我是不是很聰明啊？」

「妳在說什麼？」

「我一直在聽大家談話！」她得意地說，「我一開始覺得沒希望，但我後來聽到一位叫克萊兒的女人，她在角落跟朋友講悄悄話。她不開心，公司裡小圈子的鬥爭很嚴重，妳知道的！」莎迪驚訝地睜大雙眼，「而且這情況愈來愈嚴重，她正考慮離職。」

「沒錯，那重點是……」

「那還用說，她就是行銷部門的主管！」莎迪擺出勝利的表情，「她名牌上有寫。我知道妳要找什麼人。一個月之前她還贏了行銷大獎。結果他們公司新上任的執行長連一句恭喜都不說。他真是個大豬頭，」她篤定地點點頭，「所以她想離開。」

我嚥了好幾次口水，試著保持冷靜。一名要跳槽的行銷主管，而且還贏過特殊榮譽。天啊，我會樂死。

「莎迪，妳說的是真的嗎？」

「當然是！她就在那裡！」莎迪用手指另一個方向。

「那她有在運動嗎？鍛鍊什麼的？」

「她的小腿肌肉非常結實，」莎迪沾沾自喜地說，「我一眼就看到。」

我急忙從身邊的桌上拿起賓客名單，克萊兒……克萊兒……

「克萊兒．福蒂斯丘，雪浮房屋行銷總監？」我興奮得下巴闔不上，「我新名單上的人有她！我想跟她談談，但是她沒接電話！」

「很好，她就在這！來吧，我帶妳去找她！」

我心臟噗通噗通跳著，穿越房間時，內心不安定地搜尋每個人的面孔，看看哪個人看起來會叫克萊兒的。

「在那裡！」莎迪手指向一個女的，穿著寶藍色洋裝，戴著眼鏡，可惜鼻子上有一顆大痣。要不是莎迪幫我指出，我甚至不會注意到她。

「嗨！」我做一個深呼吸，走過去，「克萊兒．福蒂斯丘？」

「我是。」她輕快地說。

「能不能借一步說個幾句？」

「呃……好啊。」克萊兒．福蒂斯丘摸不著頭緒，跟著我走出她那群朋友中。

「嗨。」我緊張地微笑，「我叫勞拉，人力仲介公司。我一直想聯絡您，您已經聲名遠播。」

「真的嗎？」她聽起來不太相信。

「當然啊！而且我還是要恭喜您最近獲獎！」

「喔。」克萊兒．福蒂斯丘耳朵紅了，「非常感謝。」

「我目前正在招募市場總監的職位。」我神秘兮兮地壓低音量，「順帶一提。這是一家非常振奮人心的運動器材公司，它市場潛力無窮，我認為您是適合的人選，而且是首選。」我停頓一下，然後輕輕再補充：「但是當然了。您可能對目前的工作很滿意……」

一陣沉默。我無法分辨克萊兒．福蒂斯丘躲在眼鏡後面想什麼。我非常緊張，差點忘了呼吸。

「事實上，我正打算跳槽，」她終於肯開口，但十分小聲，我幾乎聽不見，「如果位置適合的話，我會感興趣。」她眼神突然變得非常銳利，「要知道，我做事是不會妥協的，我有我的標準。」

我克制了自己想歡呼的衝動。她感興趣，而且她不妥協！

「太好了！」我微笑，「也許明天早上可以打給妳，或是妳現在就有時間，」我要表現得從容不迫，「我們可以簡單聊一下？」

拜託……拜託……拜託……拜託……

十分鐘後，我高興地走回餐桌。她明天會寄履歷給我。她曾經打過曲棍球邊鋒！她真是太適合了！

回到座位的路上，莎迪比我還激動。

「我就知道！」她不斷地說，「我就知道她可以！」

「妳太厲害了，」我高興地說，「我們合作無間，來擊掌！」

「攻擊什麼？」莎迪一臉困惑。

「擊掌！妳不知道什麼是擊掌嗎！舉起妳的手……」

好吧。事實證明，跟一個鬼擊掌是個錯誤的決定。前面穿紅衣服的女人以為我要打她。我趕緊往前走，回到桌子那裡，對艾德微笑，「我回來了！」

「妳回來了。」他古怪地看著我，「還好嗎？」

「既然你都問了，那我就大發慈悲地回答，我太好了。」

「太好了！」莎迪附和，跳到他的大腿上！我伸手去拿香檳，突然很有心情參加晚宴。

16

今晚是我人生最棒的一晚，餐點很棒，艾德的演講也十分精采，很多人都來祝賀，他順便把我介紹給大家，我發出了很多張名片，還安排了兩場會議。克萊兒．福蒂斯丘的朋友正好過來，認真地問我有提供哪些服務？

我高興死了，感覺自己正在融入圈子！

唯一覺得無聊的是莎迪，她對公事上的談話已經感到不耐，等不及想要跳舞，一直跑到外面探索，據她說，大街上有一家不錯的夜店，叫我們趕快到那裡去。

「不要！」我喃喃地說，「噓！魔術師要表演下一個魔術了！」

正在喝餐後咖啡，魔術師在桌子間穿梭表演，他剛才讓一瓶紅酒直接穿過桌子，真是太神奇了。現在他要艾德抽一張卡片，上面有一些形狀，說要表演讀心術。

「好了。」艾德說，選了那一張彎彎曲曲線條卡片。我從他肩膀後面偷瞄了一眼，卡片上的圖案，分別有曲線、正方形、三角形、圓形還有小花圖案。

「專心看著圖案，心無雜念。」魔術師穿著鑲著寶石的外套，化著黑美妝還有眼線。他專心盯著艾德說，「讓偉大的佛倫佐，運用他的神秘力量，讀懂你的心思。」

魔術師的名字叫偉大的佛倫佐。他猛報自己的名號不下九十五次了。連他使用的道具上面都用大大的歪曲紅字寫著偉大的佛倫佐。

我們這桌的人都不吭聲，偉大的佛倫佐雙手高舉過頭，像在接受什麼神秘力量一樣恍惚。

「我正在跟你的心靈溝通。」他神秘兮兮地說，「有訊息傳來了。你選了……這個形狀！」他手一揮，拿出一張與艾德選擇的一模一樣的卡片。

「沒錯。」艾德點頭，然後把手上的卡翻給他看。

「太厲害了！」一位金髮女驚嘆。

「很厲害。」艾德把卡片轉給所有人看，「他不可能看到我的牌。」

「這是強大的讀心術，」魔術師怪裡怪氣地說，然後把艾德的卡收回去，「這個力量是來自……偉大的佛倫佐！」

「我也要！」金髮女興奮地要求，「我也要被讀心！」

「很好。」偉大的佛倫佐轉過去面對她，「但請小心，一旦妳對我敞開心胸，我就能讀到妳所有秘密。最深、最黑暗的秘密。」他眼神閃爍，她也咯咯地笑著。

她根本被佛倫佐迷住。說不定現在正在努力把自己最深最黑暗的秘密傳送給他。

「我發現女人的心思……往往更容易被看穿。」偉大的佛倫佐挑著眉意有所指，「她們脆弱、柔軟……但內心……愉悅。」他對那金髮女露齒微笑，她尷尬地笑了笑。

噁。這人真噁心！我瞥了艾德一眼，他也流露出厭惡的神情。

我們看著金髮女挑選卡片，再三思索後，確定地說：「我要選這張。」

「她選三角形。」莎迪覺得有點意思。她在金髮女背後低頭看著卡片晃來晃去，「我還以為她會選小花。」

「放鬆。」偉大的佛倫佐正專注地看著那金髮女，「我到遙遠的東方長年學習，終於習得人類思維的奧妙。只有偉大的佛倫佐能做到看透人的大腦。不要抵抗，可愛的小姐。讓佛倫佐貫穿妳的思維。我保證……」他又露出猥瑣的笑容看著她，「我會很溫柔的。」

噁。他自以為這樣很性感，但他真的噁心到家，而且還性別歧視。

「只有偉大的佛倫佐有這樣的力量。」他裝模作樣地說完，環顧周圍的所有人，「只有偉大的佛倫佐能有這樣的成就，只有偉大的佛倫佐才能——」

「這我也辦得到。」我高聲說著。看看誰的心靈才是脆弱柔軟的一方。

「什麼？」偉大的佛倫佐不悅地瞪了我一眼。

「我也能心電感應，我知道她選了什麼牌。」

「這位年輕的小姐。」偉大的佛倫佐不懷好意地對我微笑，「請不要打斷偉大的佛倫佐感應。」

「我只是說說。」我聳聳肩，「我說我知道她選了什麼牌。」

「不，妳不知道。」金髮女有點不滿，「別傻了，不要破壞氣氛。她是不是喝多了？」最後一句她轉向艾德問他。

膽小鬼。

「我真的知道啊！」我不爽，「不然我可以把它畫下來。這裡有人有筆嗎？」身旁一位男士借我一支，我馬上把它畫在餐巾紙上。

「勞拉。」艾德低聲說，「妳在做什麼？」

「魔法。」我信心滿滿，我畫完三角形，把餐巾紙塞到金髮女手上，「是這個嗎？」

金髮女下巴闔不攏，難以置信地看了我一眼，然後又低頭看餐巾紙。

「沒錯！」她把卡牌翻過了，身邊的人無不驚嘆，「妳是怎麼辦到的？」

「我說了，我會魔法。我也有來自東方的神秘力量，人們都叫我偉大的勞拉。」我眼神和莎迪對上，她嘻嘻笑著。

「妳也是魔術圈的成員嗎？」偉大的佛倫佐生氣了，「根據我們的規範……」

「我不在任何圈子。」我高興地回，「但我心靈十分強壯，我相信你會發現女人並不脆弱。」

偉大的佛倫佐鬥志喪失，已經開始在收道具了。

我瞥了艾德一眼，他也揚起他的粗尾毛。「厲害，妳是怎麼做到的？」

「魔法。」我聳聳肩，「我說了啊。」

「妳是，偉大的勞拉，啥？」有人說。

「沒錯，我的弟子是這樣叫我，但你可以直接叫我大師。」

「大師。」他嘴都笑得扭曲了，但我看到角落有另一個人露出真心真誠的微笑。

「我的天啊！」被我逮到了，我指著他，「你笑了！美國眉毛居然會笑！」

喔噗！我好像真的喝太多了。我沒有要這麼大聲叫他美國眉毛，但艾德只有一瞬間有點吃驚，聳聳肩後，又回到了平常的冷酷。

「真糟糕，一定是克制不住，我該找人告解一下，下次絕不再犯。」

「嗯，好吧，像你笑得這麼開懷，說不定臉部肌肉會因此拉傷。」

艾德沒有什麼回應，我不知道自己會不會太過分；他人不錯，我沒有要冒犯他的意思。

突然我聽到一個自以為是的人跟他的朋友說：「這只是機率問題，沒有別的，只要稍加練習誰都可以計算出三角形的機率——」那是一位穿著白色燕尾服的男人。

「不，你不能！」我不高興地打斷他的話，「好吧，我再來一次。寫下來任何東西，什麼都可以：一個圖形、一個名字、一個數字，我會讀出你的想法，說出你寫了什麼。」

「很好。」那男的揚起眉毛，在桌子旁邊笑了笑，好像在等著看我出糗，「我就寫在我的餐巾紙上。」

他把餐巾紙拿到大腿上寫，這樣我就完全看不到。我用眼神給莎迪打暗號，她立刻跑到那男的背後，低頭看他寫什麼。

「他寫下了……『在霧氣瀰漫，果樹豐收的季節。』」她做個鬼臉，「字真醜。」

「好了。」那自大的男人用手蓋住餐巾紙，抬起頭來，「跟我說我畫了什麼。」

喔，還真奸詐。

我對他露出甜甜的笑容並高舉雙手，模彷彿倫佐那樣。

「偉大的勞拉將會讀出你的心思，不管是一個形狀或是你說的話，會是什麼形狀呢？圓形……方形……嗯，我好……好像看到了一個方形……」

那自大的男人跟身邊的朋友偷偷交換了彼此的訕笑，他自以為自己很聰明。

「打開你的心思先生！」我嘖嘖地搖頭，「不要一直想著『我比在座所有人都還要厲害！』這樣我會看不到你寫了什麼！它擋住我了！」

那男的馬上臉紅，「真是——」他正要開口。

「我看到了。」我硬生生把他打斷，「我讀到你的信息，而且你沒有畫任何形狀。你騙不倒偉大的勞拉……你在餐巾紙上寫下的是……」我停頓，這時候如果能有小鼓來加強氣氛就好了，「『在霧氣瀰漫，果樹豐收的季節』，現在請把餐巾攤在桌上，謝謝。」

哈！那自大的男人表情像吞了一尾活魚。他慢慢地拿起餐巾紙，攤開在大家面前，眾人無不驚嘆，接著便是一陣掌聲。

「天殺的。」他身邊的朋友粗魯地說，「妳是怎麼知道的？」他似乎不太能接受，「她不可能知道。」

「這是個騙局。」那自大的男人說，但顯得有點心虛。

「再一次！找另一個人！」對面有個男的，對著別桌的人招招手，「嘿，尼爾過來，這裡有好玩的。能再問一下妳叫什麼名字嗎？」

「勞拉。」我驕傲地說，「勞拉．靈頓。」

「妳這是在哪學的？」偉大的佛倫佐在我身邊悄悄問道，「是誰……誰教妳的？」

「沒有人教我。」我說，「我說過，我有特別的力量。女性的力量。」我忍不住說個不停，「那是一種特別強壯的力量。」

「不說算了。」他生氣，「反正我會在工會裡提出妳的事情。」

「勞拉，我們走吧。」莎迪出現在我另一側，她手還放在艾德的胸膛上，「我想跳舞，快點。」

「再讓我多變幾個魔術吧，」我小聲地用氣音說，愈來愈多人往我們這一桌過來了，「看看這些人！我可以跟他們交流，給他們我的名片，建立人脈……」

「我才不在乎什麼人脈！」她噘著嘴，「我要搖起我的小尻！」

「再幫我變幾個就好。」我用酒杯擋住嘴巴假裝喝酒，撇著嘴講，「我保證，再變幾個，我們就走。」

但是等到我意識過來的時候，已經一個小時過去了。每個人都要我讀他的心，同樣地，每個人都知道我的名字！偉大的佛倫佐已經收拾完東西走人了。我對他感到有點抱歉，但這也是他自己不好，誰叫他這麼惹人厭，對吧？

有幾張桌子為了騰出空間而被移開，還有人拉了椅子過來，觀眾聚集在一起。我現在的表演又進化得更複雜了，我要進到旁邊的小房間，而挑選出來的人隨便他們想要寫什麼都可以，寫完展現給周圍的人看，然後我回來之後再來猜他們寫什麼。到目前為止，他們有寫下名字、日期、聖經詩句以及荷馬．辛普森的圖畫，最後一個我是透過莎迪的描述，幸運猜到的。

「現在，」我看著周圍的觀眾，「偉大的勞拉將表演更驚人的魔術，我這次要……一次讀五個人的心！」

我聽到周圍令我滿意的嘆息和掌聲。

「我要！」一個女孩朝我衝過來，「選我！」

「還有我！」另一個女孩跨越一張椅子。

「坐在那張椅子上。」我誇張地做了個手勢，「偉大的勞拉現在要先退下，回來後再來讀你們的心思！」

響起熱烈的掌聲和歡呼，我謙虛地看看四周。走進小房間後喝了一大口水。我現在好得意，興奮過頭。這真是太棒了！早知道應該轉行做這個的！

「好吧。」門一關上我就說，「按順序來，應該很容易……」我突然住嘴，莎迪站在我前面。

「我們什麼時候離開？」她不高興地問，「我想要跳舞，這是我的約會。」

「我知道。」我馬上補一下口紅，「我們會的。」

「什麼時候？」

「莎迪拜託，這個也很好玩啊。大家都很開心。要跳舞隨時都可以跳！」

「我並不是隨時都可以跳舞的！」她聲音愈來愈憤怒，「現在自私的人是誰？我現在就要離開！現在！」

「我們會的！我保證。最後一個——」

「不！我幫妳幫夠了！現在要靠妳自己。」

「莎……」我話沒說完她就硬生生地在我面前消失，「莎迪不要開玩笑。」我轉身四處看看，但是一點回應都沒有，「好！真好玩！快回來吧。」

很好。她真的生氣了。

「莎迪。」我說話變得更客氣，「對不起。我能理解妳為什麼生氣，但還是拜託妳回來我們好好談一談。」

沒有半點回應。小房間一片死寂。我四處看看，稍微覺得有點不對勁。

不會就這樣走了吧。

我是說，她怎麼說走就走。

有人敲門我嚇了一跳，艾德走進來。他現在是我的臨時助理，他負責彙整觀眾們的要求還有發紙筆給他們。

「一次讀五個人，是嗎？」他一進門就說。

「喔。」我趕緊微笑，「呃，是的！有何不可呢？」

「現在外面聚集了好多人，酒吧裡所有人都來了，沒有空座位，現在來的人只能站著。」他在門口做了個手勢，「準備好了嗎？」

「不！」我反射性地往後退，「我是說，我還需要一點時間，讓頭腦清晰，再做個深呼吸。」

「我想也是，一次這麼多人，一定需要非常專心。」艾德靠在門框，看了我一會，「我一直在旁邊觀察，但還是看不出來。不管妳的秘密是什麼……妳太厲害了。」

「喔，呃……謝謝。」

「等會外面見。」艾德出去時把門帶上，我轉身背對著門。

「莎迪，」我無助地呼喚，「莎迪！莎迪！」

太好了，我現在麻煩大了。

門突然又打開，我嚇一跳轉過去，艾德探頭進來看了看，有點困惑地說：「我忘了問，妳等一下會想去酒吧喝點東西嗎？」

「不了。」我虛弱地微笑，「謝謝。」

「準備得還好嗎？」

「當然、當然……我只是需要集中注意力，召喚力量。」

「當然了。」他理解地點頭表示，「那我就不打擾了。」門又關上。

他媽的。我該怎麼辦呢？他們很快就會催促我出去表演讀心術，期望再次看到奇蹟，而我緊張到胸口發痛。

現在只有一條路可以選：逃跑。我觀察一下這間房間，它是用來擺放多餘桌椅的，沒有窗戶。在角落有一扇防火門，但是被堆放起來的金色椅子擋住，堆得大概有十英尺高。我試著把椅子拉到一邊，可是真的太重了，好吧，我只好爬上去。

我一隻腳穩穩地踩在椅子上，爬上去，然後再試著踩到另外一張椅子，金色表漆有一點滑，但我正想辦法踩穩，就像爬梯子一樣，只是這梯子實在是很不穩。

現在最大的問題是，我爬得愈高椅子就愈搖晃。我爬到了大概八英尺高，椅子傾斜的角度非常嚇人。像一座金色的斜塔，我現在蜷縮在接近塔頂的地方，嚇得不敢亂動。

我如果再邁出一大步，我就能越過大部分的椅子，很快地爬下來到另外一邊的防火門，但是我的腳一移動，下面就晃得厲害。我驚恐地把腳縮回來。我試著往另一個方向，又搖晃得更嚴重。我手抓了一把椅子，不敢往下看，感覺就快倒下了，地面離我好遠。

我做了一個深呼吸，不能永遠待在這裡，但我也沒其他辦法，必須鼓起勇氣跨出那一步。我向上邁進一大步，踩在塔頂的椅子上，但把重心轉移過去的時候，這一大堆東西往後傾，我忍不住發出尖叫。

「勞拉！」門突然打開，艾德衝進來，「搞什麼……」

「救命！」這一堆椅子正在倒塌，早知道我不應該亂動的……

「老天爺呀！」我往下摔的時候，艾德衝上前。他沒有抱住我，但是我正好摔到他頭上。

「噢！」

「喔啊！」我摔在地上，艾德抓著我的手，扶我起來，然後皺眉揉揉自己胸口。我可能在落下的時候不小心踢到他。

「對不起。」

「妳在幹嘛？」他疑惑地看著我，「出了什麼事嗎？」

我痛苦地瞥了宴會廳的門。他順著我的目光，把門帶上，「怎麼了？」他說得更溫柔了。

「我變不了魔術了。」我盯著自己的腳，小聲地說。

「什麼？」

「我變不了魔術！」我一臉絕望的表情抬起頭來。

艾德不太確定怎麼回事，他看著我，「但是……妳不是變了很多嗎？」

「我知道，但是現在我變不了了。」

艾德靜靜地看著我幾秒鐘，我們眼神對上的時候他目光閃爍，表情十分嚴肅，好像是被請去當一家跨國企業的總裁，這家跨國企業正面臨著破產的危機，而且他要制定一個拯救公司的計畫。

嚴肅的同時，看起來也有點想笑。

「妳該不會是要說，妳那東方神秘讀心術失靈了？」他終於開口。

「是的。」我小聲地說。

「知道為什麼嗎？」

「不知道。」我的大拇指在扭捏，不想抬頭看他。

「好吧，就直接走出去跟大家說就好了。」

「我不能！」我快嚇哭了，「這樣大家都會說我是假的，我跟大家說我是偉大的勞拉，我不能這樣走出去說：『不好意思我魔力消失了。』」

「當然可以這樣。」

「不行。」我堅定地搖頭，「休想，我必須離開，我得逃走。」

我又朝著防火門方向走去，但艾德抓住我的手臂。

「不能逃跑。」他堅定地說，「不要逃跑，扭轉局面，妳能做到的，來吧。」

「要怎麼扭轉？」我無助地問。

「唬一唬他們。當作一種遊戲。妳就算不能讀他們的心，也能為他們帶來歡樂，然後我們馬上走人，妳仍是大家心目中偉大的勞拉。」他眼神堅定地看著我，「如果就這樣子跑走，那大家才會覺得妳是假的。」

他說得對。雖然不中聽，但他說得對。

「好吧，」我終於開口，「我會照做。」

「還需要更多時間嗎？」

「不用了。我時間夠了。我只希望時間趕快過去，我們現在出去嗎？」

「那我們就走吧。」露出微微的笑容，「祝妳好運。」

「謝謝。」我想跟他說，這是他今晚第二次笑——但沒真的說出口。

艾德大步走向門口，而我跟在他後面，抬起頭來。外面觀眾在閒聊，看到我出來後，紛紛響起掌聲，後面觀眾還有人在吹口哨，我還看到有人拿著手機在錄影。我站在人前好一陣子，他們一定以為我已經準備能讓他們驚豔的答案。

有五個觀眾坐在椅子上，每個人都拿著紙筆。我向他們微微一笑後又看向人群。

「各位先生女士，請原諒我這麼久才回來。今晚我已經敞開心靈接收許多人的念波，而且說老實話……我對自己接受到的內容有點震驚！妳！」我轉向第一位女觀眾，她把一小片紙蓋在胸口，「不用蓋了，我當然知道妳畫了些什麼！」我的手往旁邊一揮，好像她畫的東西已無關緊要一樣，「但是更令我感興趣的是，在妳辦公室有一位男性，讓妳小鹿亂撞很久了。別想否認！」

這女孩馬上臉紅，她的回應被眾人笑聲淹沒，「是布雷基！」有人在後方大聲叫著，然後大家笑得更大聲。

「你，先生！」我轉向一位頭髮剪得很整齊的人，「很多人都說，男人每三十秒就會想到性，但你好像比三十秒更短。」又是一陣狂笑，我急忙轉向下一位，「而你，先生，你則是每三十秒就想到一次錢。」

那個男的自己爆出大笑，「她真的讀到我的心。」他大聲地說。

「你的想法，因為喝太多酒的關係，讓我讀得非常模糊。」我和艾德對椅子上那位胖胖的先生微笑了一番，「至於妳……」我轉向第五位，坐在椅子上的女孩，還刻意稍微停頓了一下才開口，「我建議，妳最好永遠、永遠不要跟妳媽講妳在想什麼。」我挑起一邊的眉毛說道，但她沒有反應。

「什麼？」她皺著眉，「妳指的是什麼？」

該死。

「妳知道的。」我強迫自己微笑，「妳知道我在說什麼……」

「不。」她慢慢地搖頭，「我不知道妳在說什麼。」

觀眾們已經開始竊竊私語，人們的興趣都轉到我們身上。

「我非得把它說出來嗎？」我的笑容開始變僵，「那些……想法？這些此時此刻的特別想法……」我已經快黔驢技窮了，「就在剛才……」

她表情突然變得驚恐，「噢老天。妳說得對。」

我忍住，沒有露出鬆一口氣的樣子。

「偉大的勞拉是不會說錯的！」下台一鞠躬，「再會了，下次再見。」

我迅速穿越眾人的掌聲，走向艾德。

「我幫妳拿了包包。」他在眾人的歡呼和掌聲中說道，「再鞠一個躬，我們就離開。」

一直到我們出去到街道上之前，我都緊張到不能呼吸。外面空氣非常清新，有徐徐微風。酒店門衛被一群等著搭計程車的人包圍，我不想在等車的時候又被剛才的觀眾撞見，所以我急忙走到人行道上。

「幹得好，大師。」艾德邊說邊往前進。

「謝謝。」

「魔力突然消失真是可惜。」他正在打量我，但我假裝沒發現。

「嗯，是的。」我聳聳肩，「來無影去無蹤，這就是東方魔術的奧秘。現在如果我們繼續走這條路……」我看著路邊的指示牌，「應該可以搭上計程車。」

「全聽妳的，」艾迪說，「我對這地方不熟。」

這種我不是倫敦人的態度實在讓我很厭煩。

「這地方有哪裡是你熟的嗎？」

「我知道我上班的路線。」艾德聳肩，「我知道我家對面的公園。我知道全食超市[44]要怎麼走。」

好的，我受夠了。他來到這座偉大的城市，這麼會一點都不感興趣？

「你不覺得自己這樣子心胸很狹窄，而且還很自大？」我停下腳步，「你不覺得，來到一個城市生活，應該要了解它尊重它嗎？倫敦是世界上最迷人、歷史悠久、令人驚嘆的城市！而你所謂的全食超市是從美國來的商店！你就不想吃看看維特羅斯超市[45]嗎？」我提高了音量，「我是說，你要是對這個地方不感興趣，為什麼要在這裡工作？你打算幹什麼？」

「我本來的打算，是跟我的未婚妻一起探索這個城市。」艾德冷靜地說。

他的回答讓我抓不著頭緒。

未婚妻？什麼未婚妻？

「後來跟我分手，出發一個禮拜之前，我們應該是一起來的。」艾德仍然不停地說，「她跟公司要求希望有別人代替她調來倫敦。如妳所見，我現在陷入了兩難的選擇。一是我飛到英國全心投入工作，二是留在波士頓然後每天看到她。她跟我在同一棟辦公大樓工作。」他停頓一下，然後補充了一句：「而她的現任男友也在一起。」

「喔。」我同情地看著他，「對不起……我不是故意的。」

「沒關係。」

他的表情依然冷漠，看起來像不在乎，但我開始理解為什麼他會這樣子，他當然在乎，這也是為什麼他總是眉頭深鎖隱藏自己的情感，之前在餐廳交談時的語氣總是帶有一種疲倦感。天哪，他的未婚妻一定是個婊子。我可以想像她長什麼樣：標準美國人的大白牙，一頭蓬鬆的波浪髮，還有高得會殺死人的高跟鞋。我敢打賭艾德買給她的結婚鑽戒一定非常大顆，而且她現在一定還留著。

「這一定很不好受。」我們又開始往前進，我小聲地說。

「我有旅遊手冊。」他眼神注視著前方。

「也安排了行程，有數不清的計畫要做，史特拉福……蘇格蘭……牛津，但那是要跟蔻妮一

---

44 全食超市：美國連鎖超市。

45 維特羅斯超市：英國連鎖超市。

起去的。少了她，這些行程也都變得索然無味。」

我眼前浮現出一個畫面，當初興致勃勃地在一大疊旅遊指南上，畫滿行程，然後突然全部作廢。我替他感到難過，現在最好還是閉嘴，不要再給他難堪。可是內心有很強烈的衝動要我鼓勵他往前。

「所以你就只是每天上下班。」我說，「從來不會想左右逛逛，只會去全食超市還有公園，然後就回家，就這樣子嗎？」

「我覺得這樣不錯。」

「我能不能再問一次，你來這裡多久了？」

「五個月了。」

「五個月？」我不可置信地又說了一遍，「不，你不能這樣生活。你的視野不能夠這麼狹窄，你得睜開眼睛四處看看。你必須往前進。」

「往前進。」他嘲諷般，模仿我驚訝時的語氣，「哇。太正確了。沒有人這樣跟我說過耶。」

好吧，顯然已經有不少人這樣跟他說了；感覺真差。

「我再過兩個月就要離開了，」他簡單補充道，「我了不了解倫敦也沒那麼重要。」

「那又怎樣，你得過且過地活著，以為隨著時間過去自己就會慢慢好轉？我告訴你不會的！除非你做點什麼改變！」我源源不絕地發洩對他這態度的不滿，「看看你自己，寫提醒事項給別人，寫電子郵件給媽媽，幫別人解決問題，結果你自己的問題卻不想去處理！抱歉，我在連鎖三明治店不小心聽到你講電話。」我看到艾德突然抬起頭來想解釋，然後又繼續說：「不管你要在一個地方住多久，都要融入其中。否則就不算生活。你只是像機器人一樣在運作罷了。我敢打賭你還沒有把行李箱打開對嗎？」

「說到這個……」他腳步慢下來，「我的管家已經幫我打開了。」

「那好吧。」我聳肩，我們沉默地繼續走了一小段路，步伐幾乎一致，「情人之間本來就會分手，」我開口說，「感情分分合合。你不能沉溺在不現實的美好幻想裡；要認清當下的現實。」

不知道為什麼，我這些話有種似曾相識的感覺。我跟喬許分手時，我爸好像說過。事實上，這些話好像是我原封不動地搬過來用。

但我跟他情況不一樣。我是說，這是完全不同的場景。喬許跟我並沒有計劃去旅遊，不是嗎？也沒有要搬到另一個城市，而且現在我們又復合了，所以這是完全不一樣的情況。

「人生就像電扶梯。」我語氣高深莫測地說。

當爸這樣跟我說的時候，我其實非常生氣，因為他根本不了解狀況，但現在換我給意見了，卻發現它還滿好用的。

「電扶梯？」艾德問，「我以為是像一盒巧克力。」

「不，肯定是電扶梯。你看，不管怎麼樣，都只會往前。」我雙手比劃電扶梯向上的手勢，「經過一個地方的時候，不妨抓緊機會欣賞沿途的風景，否則你就會錯過。這是我爸在我……跟一個男的分手時候這樣跟我說的。」

艾德走了幾步路後說：「那妳聽了他的建議嗎？」

「呃……這個……」我順了順頭髮，避開他的視線，「差不多。」

艾德停下腳步嚴肅地看著我，「妳有繼續往前嗎？這樣對妳有比較好嗎？因為我自己不這樣覺得。」

我清一清嗓子，沒有馬上回答。我有沒有聽取建議應該不是重點吧？

「你知道的，每個人對於『繼續往前』有各種不同的定義。」

我保持過來人的姿態，「會有各式各樣的解讀，每個人都要用自己的方式繼續前進。」

我不確定這個話題繼續聊下去合不合適。也許該招計程車了。

「計程車！」我對著一輛經過的計程車揮手，但它直接從我旁邊開過，可是它車頂的燈是亮著。我很討厭他們這樣子。

「還是讓我來吧。」艾德走向路邊。我在此時拿出手機，我知道一家不錯的計程車公司，曾經搭過他們的車。說不定願意會派車來接我們。我往後退到店門口，撥出了號碼等待回應，結果對方說今天晚上車子全部都派出去了，要半個小時以上才會有車。

「不妙。」我離開店門口，看到艾德仍然站在路邊，但他似乎沒有在招車。「沒看到車？」

「勞拉。」他眼神痴呆地轉向我，他吸毒了嗎？「我想我們應該去跳舞。」

我有點驚訝。

「什麼？」我不解地盯著他。

「我想我們應該去跳舞。」他點頭，「我突然覺得，這會為今晚畫下完美的句點。」

我的天哪，莎迪！

我馬上在人行道周邊張望，在黑暗中搜尋，突然看到莎迪飄浮在路燈上方。

「妳！」我憤怒地叫著，但艾德似乎沒有意識到。

「附近有一家不錯的夜店，」他說，「來吧。我們很快地跳一支舞。這會是不錯的主意，我之前怎麼沒想到呢。」

「你怎麼知道這附近有夜店？」我回嘴，「你不是跟倫敦不熟嗎！」

「是啊，對。」他點頭，看起來有點慌張，「但我很確定這邊有一家夜店，沿著這條路就有了。」他比個手勢，「往前，第三條路口左轉。我們應該去看一看。」

「我很樂意。」我甜甜地笑著，「但我得先打個電話。有急事要跟人聊。」那個人就是莎迪，「我如果不先交代完，我不能跳舞。」

莎迪皺著眉頭緩緩降到人行道上，我拿出手機假裝撥出號碼，我對她很生氣，但不知道該怎麼講。

「妳怎麼可以這樣就丟下我？」我壓低聲音責備，「我真是受夠了！」

「沒有丟下妳呀！妳做得非常好，我一直在看著。」

「妳在現場？」

「我放不下心。」莎迪說，眼神看向遠方，「回來看看妳是不是沒事。」

「那可真是多謝了。」我諷刺地說，「妳可真是幫了我大忙。那現在又是怎麼回事？」我手指向艾德。

「我想跳舞！」她臉皮非常厚地說，「我只好採取非常手段。」

「妳對他做了什麼？他看起來整個人都痴呆了！」

「我做了一些……威脅。」她閃爍其詞。

「威脅？」

「不要這樣看我！」她突然靠近我，「如果不是妳這麼自私的話我就不需要這樣了。我知道妳工作很重要，但是我想去跳舞！好好地跳一支舞！妳明知道的！我是為了這個才來，這本來是我的夜晚；結果都變成妳在談生意，這不公平！」

她說得都快哭了。我突然覺得很糟糕，這應該是她的約會，是我把它搶走的。

「好吧，妳說得對，來吧，我們去跳舞吧。」

「太好了！我們會玩得很開心的。往這邊走……」莎迪變得很有精神，帶著我穿過梅菲爾街，我從沒來過這裡，「快到了……到了！」

有一間叫做閃光舞廳的地方，這裡我從來沒聽過。大門口有兩名圍事像快睡著了，沒有為難什麼就讓我們進去。

木頭階梯往地下室，下面有間很大的房間，地上鋪紅色地毯，有吊燈、舞池、酒吧還有兩個穿皮褲的男人，他們悶悶不樂裡在吧檯坐著。DJ在播放珍妮佛·羅培茲的音樂，沒有人在跳舞。

莎迪只能找到這樣的地方嗎？

「聽著，莎迪。」我趁著艾德走向閃著霓虹燈的吧檯時，小聲跟莎迪說，「有比這裡更好玩的酒吧。妳如果真的想跳舞，我們應該到更有趣的地方。」

「不好意思請問一下？」聽到有人的聲音，我轉頭，看到一位五十多歲的女性，身材高高瘦瘦，穿著黑色上衣和薄紗裙，略微紅色的頭髮在頭上綁了一個髻，而且眼線畫歪了，神情焦慮，

「請問妳是來上查爾斯頓跳舞課的嗎？」

查爾斯頓舞？

「我很抱歉，」那女的繼續說，「差點忘了我們有約。」她看起來很想打哈欠但是拚命忍著，「是勞拉嗎？妳穿了正確的服裝了！」

「失陪一下。」我微笑，馬上拿出手機，轉向莎迪，「妳做了什麼？」我小聲說道，「這個人是誰？」

「妳需要上一課，」莎迪毫無悔意，「這位是跳舞老師，她就住在樓上，平常教課時間都是白天。」

我不可置信地看著莎迪，「妳把她吵醒了？」

「我一定忘了把我們約好的時間寫在行程表裡了，」那女人開口，我轉過身去，「這真不像我……謝天謝地，我突然想起了！突然有預感妳會來這裡等我。」

「是啊！」我瞪著莎迪，「人的大腦真是神奇。」

「這杯是妳的。」艾德拿了飲料來到我身邊，「這位是？」

「我是你的舞蹈老師，蓋諾。」表情依然茫然地伸出了手。艾德困惑地握了握，「你對查爾斯頓舞感興趣嗎？」

「查爾斯頓？」艾德困惑地說。

我快抓狂了，莎迪總是我行我素。她想要我們跳查爾斯頓，我們就要跳查爾斯頓。好吧，這次算是我欠她的。

「那麼！」我對著艾德露出迷人的微笑，「準備好了嗎？」

說真的查爾斯頓舞比我想像的更費力，而且真的很複雜，要求身體協調，一個小時過後我的雙腿跟雙手已經痠痛無力。上這折磨人的課程，感覺像跑了一場馬拉松。

「前進，後退……」舞蹈老師還在指導，「再來旋轉腳後跟……」

我腳轉不動了，它們會掉下來。我分不清楚左邊右邊，耳朵常不小心撞到艾德。

「查爾斯頓，查爾斯頓……」音樂仍在播放，酒吧裡充滿節奏感。那兩個穿著皮褲的男人，從我們開始上課的時候就一直默默不語地看著。顯然這樣的舞蹈課在這間酒吧很常見，但是蓋諾說，她已經有十五年沒有教人跳查爾斯頓了，大家都在學騷莎舞，很高興今晚我們來了。

「踏步，踢一腳……揮動雙臂……非常好！」

我使勁地揮舞手臂，雙手已失去知覺，衣服上的流蘇來回擺動。艾德的雙手在膝蓋上交叉揮舞，我看向艾德，他對我咧嘴一笑，看得出來他非常專心，無法說話，而且沒想到他雙腳這麼靈巧，真厲害。

我瞥了莎迪一眼，她正跳得忘我。她太強了，跳得比老師還好。雙腳快速來回舞動，變換了無數的舞步大氣都不喘。

呃，好吧，她的確不用呼吸啦。

「查爾斯頓，查爾斯頓……」

莎迪對上我的目光，對我投以微笑，十分開心地把頭往後一仰。我想她是真的很久沒在舞池跳舞了，應該早點帶她來的。想到這個就覺得自己之前太小心眼了。我決定了，從現在起，我們每天晚上都要跳查爾斯頓舞，做一些二〇年代時她喜歡做的事。

但現在有個問題，我快不能呼吸了，我氣喘吁吁走到舞池邊。現在要做的是想辦法讓莎迪跟艾德跳舞，就他們兩個。這才是她今晚約會的完美句點。

「還好嗎？」艾德跟著我走過來了。

「是，很好。」我用餐巾紙擦頭，「真累！」

「你們跳得很好！」蓋諾走到我們面前，流露出激動的神情，依次握著我們的手，「你們兩個很有潛力！一定還能跳得更好！下星期還能見到你們嗎？」

「呃……大概吧。」我不太敢看艾德，「我們電話再聯絡好嗎？」

「我音樂就繼續放著，」她熱情地說，「你們可以自由練習！」

老師用輕快的步伐離開了，我用手肘輕輕推了艾德，「嘿，我想看你跳，你自己一個人跳一段吧。」

「妳瘋啦？」

「去啊！拜託！你的動作都跟上拍子，我想看你怎麼做的，拜託……」

艾德轉轉眼珠子，站起身來。

「莎迪！」我小聲地說，手指著艾德，「快！妳的舞伴在等妳！」

她眼睛睜大，聽懂我的意思。不到一秒，莎迪坐在場上，面對著艾德，眼中充滿幸福。

「是的，我很樂意與你共舞。」我聽到她說，「謝謝！」

艾德前後舞動雙腿，莎迪跟他的動作完全配合，她看起來很高興，如此閃閃動人，她手放在艾德肩上，手鐲在燈光下閃閃發光，髮飾也跟著搖曳，音樂在轟鳴，我好像在看一部黑白片一樣。

「夠了，」艾德突然笑著說，「我需要一個舞伴。」美好瞬間消失，他徑直穿過莎迪的身體，朝我走來。

我看到莎迪驚訝的表情。艾德離開的時候，她看起來非常傷心。我皺眉頭，要是他也能看見就好了，這樣他就會知道……

「對不起。」我用唇語跟莎迪說，此刻艾德正拉著我去跳舞，「我真的很抱歉。」

我們跳了一會舞，然後回到桌子邊。大汗淋漓過後我玩得非常開心，艾德似乎精神也很好。

「艾德，你相信有守護天使嗎？」我脫口而出，「或者是鬼魂？靈魂？」

「不，都不相信。為什麼問？」

我身子往前傾，神秘兮兮地說：「如果我告訴你，在這個房間有一位守護天使，覺得你非常性感，你會怎麼樣？」

艾德意味深長地看著我，「『守護天使』，是男妓的委婉說法嗎？」

「不是啦！」我哈哈大笑，「算了，沒事。」

「我玩得很開心。」他一口乾了杯子裡的東西，容光煥發對我微笑；真正的微笑，這次並沒有把眉頭皺起，我差點就對他喊出萬歲！你辦到了！

「我也是。」

「我沒想過今晚最後會是這樣過的。」他環顧著這間小酒吧，「真的很棒！」

「很特別。」我點頭。

他撕開花生米遞給我，我看著他大快朵頤地吃著。雖然看起來很悠閒，但眉頭又隱約皺了起來。

好吧，不怪他。有太多讓他心煩的事了，我情不自禁開始同情。未婚妻離開，還被派到完全陌生的城市工作，日復一日一成不變的日子，一點也不懂得享受人生，能來這裡跳舞也許是件好事，說不定是他這幾個月以來最開心的時候。

「艾德，」我又忍不住開口，「我帶你去觀光一下。你應該好好看看倫敦，好不容易來了卻沒有好好看看，這可是天理不容啊。週末的時候你有沒有空，我帶你四處轉轉？」

「聽起來不錯。」他似乎真的很感興趣，「謝謝。」

「不客氣！我們電子郵件聯絡。」我們相互微笑，我把賽德卡[46]乾了，微微打了個冷顫，這杯調酒是莎迪指名要我點的，有夠難喝。

艾德看了一眼手錶，「準備要走了嗎？」

我瞥了一眼舞池。莎迪的精神還是很好，擺動著四肢絲毫沒有疲態。難怪二〇年代的女性都這麼瘦。

「我們走吧。」我點頭。莎迪準備好後便隨時跟上。

---

[46] 賽德卡：一種雞尾酒的名稱。白蘭地加橙酒和檸檬調製而成。

我們離開走進夜色。人行道一層夜霧，街燈都亮了，沒有其他人。我們走到轉角，幾分鐘後攔下兩輛計程車。我的裙子太短，而且只有一件披肩，身體因為寒冷開始發抖，艾德叫我進入第一輛，車子停下來，他幫我把車門打開。

「謝謝，勞拉。」他用一種很正式、名校出身的口吻說道，我突然覺得他還滿可愛的，「我玩得很開心。這真是一個……特殊的夜晚。」

「可不是嘛！」我調整了一下頭上的帽子，跳舞的時候歪了一邊，艾德嘴角上揚。

「那麼我去觀光的時候，是不是要穿著復古鞋罩去呢？」

「那當然。」我點頭，「還有方形禮帽。」

艾德笑了。我想這是我第一次聽到他的笑聲，「晚安，二〇年代女孩。」

「晚安。」我關上車門，計程車呼嘯而去。

17

到了第二天早上我頭有點暈，耳邊彷彿還有查爾斯頓舞的音樂，我不斷回想昨天晚上偉大的勞拉；整件事就像一場夢。

但這不是夢，因為克萊兒．福蒂斯丘的履歷表已經寄過來了。終於有點成績了！

我把它列印出來時候，凱特眼睛睜得像碟子這麼大。

「這到底是誰？」她仔細看著履歷，「有工商管理的碩士學位！還得過獎！」

「我知道，」我漫不經心地說，「她是位十分優秀而且得過獎的行銷總監，我們昨天晚上搭上話。我要把她加入李奧尼達公司的應徵者名單。」

「她自己知道這件事嗎？」凱特興奮地說。

「是的！」我簡短回答，臉上微微泛紅，「她當然知道。」

十點的時候，應徵者名單已經準備好並寄給珍娜．格雷迪。我力氣放盡，坐在椅子上對著凱特咧嘴笑，而她正專心地盯著電腦螢幕。

「我看到一張妳的照片！」她說，「是昨天晚上的晚宴，『勞拉．靈頓以及艾德．哈里森，商業名人晚宴』。」她停頓一下，有點困惑，「這個人是誰？我以為妳跟喬許復合了。」

「喔，我是啊。」我馬上回應，「艾德只是……工作上的夥伴。」

「噢，是。」凱特對著電腦螢幕心醉神迷，「他長得真帥不是嗎？當然了，喬許也很好看。」

她馬上補充，「只是是不一樣的帥法。」

講真的，她品味真差。喬許比艾德好看一百萬倍。這反倒讓我想起已經好一段時間沒有他的消息了。我最好打個電話，看看他電話是否出了什麼問題，說不定一直有傳訊息給我但我沒收到，擔心為什麼我都沒回。

我等到凱特去洗手間再打給他，我還是需要一點隱私。

「喂，我是喬許・巴雷特。」

「是我，」我甜甜地說，「出差怎麼樣？」

「噢，嗨，太棒了。」

「好想你！」

電話另一端停頓一下沒有聲音。我確定喬許有回些什麼，但我聽不太清楚。

「我在想你的電話是不是出了什麼問題？」我補充，「但因為我從昨天早上就沒接到你的簡訊。你那邊接收得到嗎？」

又是一陣含糊不清的咕噥，這收訊是怎麼了？

「喬許？」我輕輕敲打話筒。

「嗨。」他的聲音突然變得清晰，「是的，我會檢查一下。」

「那麼，今天晚上可以去找你嗎？」

「妳今晚不能去找他！」莎迪突然出現，「時裝秀！我們要去拿項鍊！」

「我知道，」我用手把話筒遮住，小聲地說，「我們拿完再去找他。」我把手拿開，繼續跟喬許說，「但我十點左右再過去可以嗎？」

「好。」喬許聽起來魂不守舍，「我今晚剛好有一個工作會議要參加。」

又是工作？他快要變成工作狂了。

「好吧。」我表示能理解，「那明天中午我們一起吃個飯怎麼樣？我們可以外帶。」

「當然。」他停頓了一下又說，「好啊。」

「愛你。」我溫柔地說，「等不及要見你。」又是一陣沉默。

「喬許？」

「呃……是。我也是，再見，勞拉。」

我掛上電話，心情有點不快，但我不知道為什麼，一切都很好，都很正常。為什麼感覺像少了什麼？

我很想再打給喬許問他是不是一切順利，要不要談談？但我不能這樣做，他會覺得我又在纏著他，但我不是，我只是用想的；想想又沒有犯法，不是嗎？

不管怎樣……無論如何……也就這樣吧。

我打開電腦，發現有一封電子郵件，是艾德。哇，動作真是快。

嗨，二〇年代女孩。妳有問我公司旅遊保險的事，這裡有個連結妳可以看一看，他們這家風評不錯。

我點擊後開啟一個網站，小型公司可以降低保險費率。果然是他的作風：我只是提出一個問題，他馬上找到解決方案。真讓人感動，我按下回信，很快回他：

謝謝你，二〇年代男孩。我很感激，希望你有重新把倫敦旅遊手冊拿出來看。對了，你有跳查爾斯頓舞給你的同事看嗎？

剛寄出沒多久，馬上就有回應。

上一封是妳的勒索信嗎？

我咯咯地笑，開始上網找跳舞的圖片寄給他。

「有什麼好笑的？」莎迪說。

「沒什麼。」我關上視窗，不讓莎迪知道我正在跟艾德通信。她操控欲太強了，不想讓她誤會什麼。要是她指使我用一堆二〇年代的蠢俚語來回信，那就糟了。

她在讀我桌上攤開的《*Grazia*》[47]雜誌，不一會兒她便下令：「翻」，這是她新養成的習慣，實在很煩人，我成了她的翻頁奴隸。

「嘿，勞拉！」凱特衝進辦公室，「有妳的快遞！」

她拿給我一只閃亮亮的粉紅色信封，上面印著蝴蝶跟瓢蟲，還印有珍珠芭蕾舞曲時裝秀的圖樣。我拆開信封，裡面有張紙條，是蒂亞曼媞的助手寄來的。

蒂亞曼媞覺得妳會喜歡這場秀。期待在會場看到妳。

上面只印了時裝秀各個細節介紹，還附了一個夾鍊袋，鍊子另一邊有一張卡片上面寫著VIP後台通行證，我從來沒當過VIP，我連個IP都沒當過。

我來回翻著卡片，想像今晚的情況。歷盡千辛萬苦，終於要拿到項鍊！花了這麼久的時間，然後……

我思緒突然打住，然後……然後會怎樣？莎迪說她沒有那條項鍊會無法安息，所以一直糾纏著我，我們才會相遇。那如果她拿到項鍊，會發生什麼事？她會……

我是說，她該不會就……

她不會就這樣突然消失不見吧？

我盯著她，心裡感覺怪怪的。一直以來我在想要怎麼拿到項鍊，沒有想過拿到之後的事。

「翻頁。」莎迪不耐煩地說，她正在看凱蒂．荷姆斯[48]的文章，「翻頁！」

---

47 《*Grazia*》：發行全球的女性雜誌。

48 凱蒂．荷姆斯：美國女演員。

但不管怎樣，自從上次項鍊差點就到手後，我已經決定不要再讓莎迪失望。就算要硬生生從別人的脖子上搶下來也一樣，我甚至會用橄欖球的擒抱把對方撲倒在地。快到桑德森飯店的時候我鬥志高昂，雙腳保持輕盈彈性，兩手也隨時準備抓握。

「眼睛可別眨。」莎迪跟我經過空曠的白色大廳。走在我們前面有兩個瘦小的女孩，穿著迷你裙和高跟鞋，走向一扇雙開大門，門上面有時髦粉紅色的絲帶以及蝴蝶造型的氣球。一定是這裡了。

在那房間附近，看到有一群穿著講究的年輕女孩，嘰嘰喳喳地閒晃聊天，嘴裡喝著香檳。四周放著音樂，房間中央有一條伸展台，上面佈置了銀色的氣球網，旁邊還有一排一排絲綢裝飾的椅子。

我耐心地排在後面，前面的女孩走到一位穿著舞會裝的金髮女人面前，確認並勾選了貴賓名單。換我了，金髮女冷冷地對我笑著，「需要幫忙嗎？」

「是的。」我點頭，「我是來參加時裝秀的。」

她一臉不信地把我從頭到腳打量了一番，「妳確定妳在名單上嗎？」我穿著直筒長褲、一件小可愛以及短版夾克，這套衣服還是特地選的，時尚名流不是都這麼穿嗎？

「是的。」我伸手去拿我的邀請函，「我是蒂亞曼媞的堂姊。」

「喔，她的堂姊。」她的笑容更加不屑，「很可愛。」

「說真的，我需要在秀開始前跟她聊聊，妳知道她在哪裡嗎？」

「恐怕蒂亞曼媞抽不出空……」這句話她回得非常順口。

「這件事很緊急。我真的需要見她一面。非這樣做不可。」我拿出我的VIP後台通行證對著她揮舞，「我會自己到後面去找她，但希望妳能直接跟我講她的確切位置。」

「好吧。」她停頓了一下，伸手去拿鑲著寶石的電話，撥了一組號碼，「有位堂姊想見蒂亞曼媞。她在嗎？」後面那句甚至不想掩飾，「不，以前沒見過她。好的，既然妳這樣說……」她把話筒拉到一邊，「蒂亞曼媞說她會在後台見妳，妳要從這邊過去。」她手指了另外一條路，那邊有另一扇門。

「快去！」我用耳語跟莎迪小聲地說，「看能不能夠在後台找到項鍊！應該很容易找！」我走在一名男子身後，他抱著一箱酩悅香檳走在紅色地毯上，我對保鏢出示了我的VIP，莎迪突然冒出來，顫抖的聲音，「應該很容易找？妳一定在開玩笑！我們永遠也找不到！」

「妳在說什麼啊？」我走進門的時候，焦躁地問，「妳是指……」

喔不，這什麼鬼地方！

這個地方非常大，四處都是鏡子、椅子，耳邊全是吹風機還有美妝師和模特兒在講話的聲音，大概有三十幾個模特兒。她們又高又瘦，不是攤坐在椅子上就是站在旁邊講手機，全都穿著暴露甚至半透明的衣服。每個脖子上至少戴了二十幾條項鍊，鍊式、珍珠、墜飾……所有我認得的一個不少。根本是項鍊大雜貨。

突然聽到熟悉的聲音，我驚恐地跟莎迪交換眼神。

「勞拉！妳來了！」

我轉身看到蒂亞曼媞，步伐十分不穩定往我這裡走來。她穿著一件迷你裙，上面有個很可愛的愛心，還有一件緊身馬甲、鑲有鉚釘的銀色腰帶，以及一雙帶有專利的細高跟長靴。手裡拿著兩杯香檳，遞給我其中一杯。

「嗨，蒂亞曼媞。恭喜妳！非常感謝妳邀請我。真是太棒了！」我用手比劃了一下這個房間，做個深呼吸，不要把自己的絕望之情顯露，「所以，」我盡量一派輕鬆地說，「我想請妳幫我個忙。妳知道妳爸的那條蜻蜓項鍊嗎？上面有珠子的那條舊項鍊？」

蒂亞曼媞驚訝地對我眨眨眼，「妳怎麼知道那個？」

「呃……說來話長。不管怎樣，那本來是莎迪姨婆的，我媽媽一直很喜歡，所以我想給她一個驚喜。」我的中指跟食指在背後交叉，「在表演結束之後……呃……可以給我嗎？妳應該不需要了吧？」

蒂亞曼媞盯著我看了一會，金色頭髮梳在背後，眼神有點恍惚。

「我爸是個混蛋。」她過一會才開口，還加重語氣。

我不太懂她什麼意思地盯著她看，然後突然意會過來，太好了，情況對我有利。她對她爸很不爽，而且還喝了很多香檳。

「他這個王八……王八蛋。」她喝了一口香檳。

「是的，」我很快附和，「他的確是，既然如此那幹嘛把項鍊還給他？不如給我。」我講得又大聲又清楚。

蒂亞曼媞搖搖晃晃，我扶她手臂幫她站穩。

「那條蜻蜓項鍊。」我說，「妳知道它在哪裡嗎？」

蒂亞曼媞把臉轉過來盯著我看了一分鐘，這距離近到我都能聞到她身上的味道：香檳、香菸，還有Altoids[49]涼糖。

「嘿，勞拉，我們怎麼沒有當好朋友？妳超酷。」她皺了一下眉頭，然後修正，「好吧，不是很酷。只能算是有個性。我們也許可以一起混？」

可能是因為，妳都在伊披薩[50]那裡的別墅；而我大部分時間都在基爾伯恩？

「呃……我不知道。也許可以，那太好了。」

「我們應該一起去接髮！」她好像突然有什麼靈感一樣，「我知道有一個地方，還會順便幫妳修指甲，強調環保有機。」

環保的有機接髮？

「當然。」我盡可能地附和點頭，「我們一定要一起去，接髮嗎？太棒了。」

「我知道妳是怎麼看我的，勞拉。」蒂亞曼媞醉醺醺的眼神突然銳利起來，「別以為我不知道。」

「什麼？」我大吃一驚，「我沒有怎麼看妳呀。」

「妳覺得我是我爸的寄生蟲。這裡所有一切都是他的錢買來的。妳就承認吧。」

「沒有！」我非常尷尬，「我沒有這麼想！我只是覺得……妳知道的……」

[49] Altoids：一款涼糖的品牌。

[50] 伊披薩：位於地中海西部，是西班牙巴利阿里群島的一部分。

「我是個被寵壞的婊子？」她喝了一大口香檳，「繼續說，跟我說。」

我腦袋飛快地在運轉，蒂亞曼媞從來沒問過我對任何事的看法，我應該誠實講嗎？

「我只是覺得……」我遲疑了一下，豁出去了，「也許再等個幾年，把該學會的都學了，妳就有辦法獨當一面，自己努力往上爬，那會很有成就感。」

蒂亞曼媞慢慢地點點頭，好像把我的話聽進去了。

「是啊。」她開口，「我是想這樣做，不過也太難了吧！」

「呃，好吧，我想這才是重點……」

「而且我有個令人討厭的豬頭父親，他自以為是神，我們只是他爛紀錄片裡的配角……如此而已！哪會留給我舞台？」她張開曬黑的纖細手臂，「會嗎？」

好吧，我不想爭辯。

「我相信妳說得沒錯，」我急忙地說，「那麼關於蜻蜓項鍊……」

「妳知道嗎，我爸發現妳今天會來，」蒂亞曼媞完全沒聽我在說什麼，「他急忙打電話給我，問我妳為什麼在賓客名單上，要我趕快把妳刪除，然後我就說：『去你的，這是我堂姊……』還是什麼的。」

我心臟嚇得差點停止。

「妳爸……不要我出席？」我舔了一下嘴唇，「有說為什麼嗎？」

「我跟他說，就算她是神經病又怎樣？」蒂亞曼媞當著我的面說，「你就不能包容點嗎，然後……妳知道的，他就開始講項鍊的事情。」她睜大雙眼，「他找了一堆其他項鍊要來代替那一條，然後我跟他說，不要以為買蒂芬妮給我就很了不起，我是設計師好嗎？我有自己的理念！」

我耳朵都聽到自己的脈搏在跳動。比爾叔叔仍然對莎迪的項鍊非常執著。我不清楚為什麼，我只知道我需要它。

「蒂亞曼媞。」我抓住她的肩膀，「請聽我說，這條項鍊對我真的非常重要，也對我媽非常重要。我很欣賞妳設計師的獨到眼光……但是這場秀完畢後，可以把它給我嗎？」

蒂亞曼媞茫然地看了我一會，我是不是沒有說服力。她用力勾著我的脖子，「當然沒問題，寶貝。服裝秀一結束，它就是妳的了。」

「太好了。」我壓抑著自己過度興奮的心情，「太好了！真是太好了！那它現在在哪裡呢？我可以先看看嗎？」

我打算一看到就把它拿走，拿了就跑，這次不會再冒任何風險。

「當然了！蕾莎？」蒂亞曼媞大聲呼喚一位穿著條紋上衣的女孩，「妳知道那條蜻蜓項鍊在哪裡嗎？」

「妳在說什麼呢，寶貝？」蕾莎拿著手機走過來。

「是條復古項鍊，上面有個可愛的蜻蜓。妳知道在哪裡嗎？」

「有兩排黃色的透明珠子，」我急忙插嘴補充，「蜻蜓吊墜，大概在這個位置……」

有兩名模特兒經過，她們脖子上推了一大堆項鍊，我斜眼瞥了一下她們。

蕾莎不怎麼在意地聳肩，「不記得了。可能在某個人身上。」

某個人身上。我環顧四周，人山人海，每個人身上都有一堆項鍊，怎麼找。

「如果妳不介意的話，」我說，「我自己去找……」

「不！展演馬上就要開始了！」蒂亞曼媞把我推到門口，「蕾莎帶她到會場去，安排她坐最前排。確定爸爸看得到。」

「但是……」

來不及了，我已經被帶出去了。

門關上，我感到無比挫折。

它就在這裡，在這間房間的某個地方。莎迪的項鍊就在其中一個模特兒的脖子上。可惡，到底是哪一個？

「我到處都找不到。」莎迪突然出現在我身邊。她樣子看起來像快哭出來，我十分驚慌，「我檢查過每位女孩，也看了所有項鍊，到處都沒有。」

「一定有的！」我用唇語喃喃道，回到走廊，「莎迪，聽好。它一定在其中一位身上。她們走出來的時候，我們一定要仔細地檢查，一定會找到的，我保證。」

我盡可能地保持樂觀，有說服力，但我內心……並沒有那麼確定，一點也不確定。

謝天謝地我在最前面。服裝秀開始，六排的座位全滿了，而且每個人都高高瘦瘦，我要是坐後面根本不可能看得到。音樂開始播放，房間裡的舞台燈隨著節奏閃爍，蒂亞曼媞的朋友們也都跟著歡呼。

「加油，蒂亞曼媞！」其中一位大喊。

噢天啊！不妙！伸展台上開始出現乾冰。這樣我要怎麼看清楚？更別說是要找項鍊這樣的小東西。我身邊的人也跟著咳嗽，「蒂亞曼媞！」某個女孩喊，「關掉它！」

雲霧開始消散。粉紅色聚光燈照在T字形的伸展台上。房間裡大聲放著剪刀姊妹樂團[51]的音樂。我身子向前傾，等著第一位模特兒走出來。全神貫注，但眼角好像瞥見了什麼。

比爾叔叔坐在伸展台對面座位的最前排。他穿著深色西裝，開領的T恤，還帶了一名助理。我看著他抬起頭來，還與他四目相對，我嚇壞了。

我緊張得胃有點不舒服，整個人不能動彈。

他也表情呆滯了一會，緩緩地舉起手打招呼，我也跟著揮揮手。隨著音樂愈來愈大聲，第一個模特兒走上了伸展台，穿著印有蜘蛛網圖案的白色細肩帶洋裝。扭腰擺臀，瘦骨嶙峋、顴骨、髖骨以及雙臂都瘦得皮包骨。我死命地盯著她脖子看，但她走得很快，一個轉身就下去了，根本沒辦法看清楚。

我瞥了比爾叔叔一眼，他也在找項鍊，糟糕。

「這根本行不通！」莎迪不知道從哪裡冒出來。她直接走到模特兒跟前，直盯著脖子上數不清的項鍊，「我根本沒看到！我告訴妳，它根本不在這裡！」

下一位很快又出現，她抓住這電光石火的瞬間也在檢查那個女孩的項鍊，「這個也沒有。」

「真是驚為天人，」一個女孩驚呼，「妳不覺得嗎？」

[51] 剪刀姊妹樂團：二〇〇一年成立的美國流行搖滾樂團。

「呃，是啊，」我心不在焉地說，「太棒了。」我現在除了項鍊，眼裡看不到別的東西，但我也只能看到模特兒們一閃而過。不好的預感快要成真，好灰心。

我的天。

天哪！天哪！就在那！就在我眼前。模特兒腳踝上的腳鍊！我看到那一排黃色珠子時，心臟直跳，差點喘不過氣，它很隨興地纏繞在腳上。難怪莎迪怎麼找都找不到。模特兒搖搖擺擺地經過我眼前，項鍊離我只有兩英尺不到的距離，彎腰就可以抓到，太震驚……

莎迪隨著我的目光也看到了，她倒抽一口氣。

「我的項鍊！」她飛快地跑到模特兒面前大喊，「那是我的！是我的！」

我打算在模特兒走下T字伸展台的那一刻追過去。不管三七二十一勢在必得。順便瞄了一眼比爾叔叔，發現十分不妙，他的眼睛也盯著那條項鍊。

模特兒現在正在往回走，馬上就要離開伸展台，我瞥了一眼對面的座位，眼睛剛好被舞台燈閃到，比爾叔叔起身，他的助理在幫他開路。

該死，不好了。

我也馬上跳起來，邊移動還踩到別人的腳，連聲道歉再前進。至少我有個優勢：我的位置比較靠近門。我頭也不回往那扇雙開門衝過去，奔向走廊直往後台，經過門口保鏢時，還不忘秀一下我的證件。

後台非常混亂。一位穿著牛仔褲的女孩正在大聲嚷嚷，催促模特兒趕快上台。女孩們正忙著把身上衣服撤掉，趕快穿上另外一套，還要一邊把頭髮吹乾，補上口紅……

我驚慌失措四周張望，已經找不到剛才的模特兒，她到底在哪？我穿梭在眾多梳妝台以及一排排的衣服之間，亂槍打鳥般看能不能再找到她，突然間我看到門口附近有人在爭吵。

「這位是比爾．靈頓，好嗎？」這是戴米恩的聲音，聽起來氣炸了，「比爾．靈頓！管他什麼後台通行證……」

「沒有後台通行證，就不能進去。」保鏢不在意的口吻，「這是我老闆的規定。」

「他才是老闆。」戴米恩嚴厲地說，「這裡一切都是他的錢，你他媽的智障。」

「你剛剛叫我什麼？」現在保鏢的聲音聽起來想要動手了，我忍不住笑了出來……但是莎迪出現，我笑容馬上消失，她瞪大了眼，急得像熱鍋上的螞蟻。

「快點！快來！」

「什麼？」我開始移動，但是莎迪卻不見了。過了一會，她又出現，可憐巴巴的樣子。

「她走了！」莎迪吞了一大口口水，快說不出話來，「那個模特兒拿走我的項鍊。叫了一輛計程車，我馬上趕過來通知妳，因為我知道妳動作不快，等我又回到街上的時候……她走了！」

「計程車？」我驚訝地看著她，「但是……但……」

「我們又追丟了。」莎迪魂不守舍，「我們失去它了！」

「但是蒂亞曼媞答應過的。」我來回四處尋找蒂亞曼媞的身影，「她答應要給我的！」

我像洩了氣的皮球，真不敢相信這次又沒拿到。我應該看到就拿，應該要更快、更俐落。會場傳來眾人的歡呼聲響。表演一定是結束了。過了一會，模特兒們蜂擁而至來到後台，臉紅紅的蒂亞曼媞跟在後面。

「他媽的太棒了！」她對著每個人大喊，「妳們是最棒的！每一個都是！我愛妳們！來狂歡吧！」

我奮力穿過人群走向她，我皺著眉頭，腳還被細高跟鞋踩到、耳朵也得忍受女孩們的尖叫。

「蒂亞曼媞！」我在喧囂中呼喊，「項鍊！那個模特兒直接帶走了！」

蒂亞曼媞丈二金剛摸不著頭緒，「什麼模特兒？」

老天。她到底嗑了多少？

「她叫芙蘿拉。」莎迪在我耳邊急促地說。

「芙蘿拉！我需要找芙蘿拉，但是她已經離開了！」

「喔，芙蘿拉。」蒂亞曼媞眼睛一亮，「沒錯，她搭她爸的私人噴射機去巴黎參加舞會了。」她看我呆住的樣子，又補充：「我答應她衣服可以直接穿走。」

「但她把項鍊也拿走了！」我克制自己不要怒吼，「蒂亞曼媞，拜託，打電話給她，現在打給她，跟她說我要去找她，不管怎樣我都要去巴黎，我必須拿到那條項鍊。」

蒂亞曼媞吃驚地睜大眼睛看著我，然後翻了個白眼，「爸說得沒錯，」她說，「妳真是個瘋子，但是我喜歡。」她拿出手機，快速撥出號碼。

「嘿，芙蘿拉！寶貝，妳太棒了！上飛機了嗎？好吧，聽著，還記得妳身上那條蜻蜓項鍊嗎？」

「是腳鍊，」我急忙插嘴補充，「她把它當腳鍊。」

「腳上的東西？」蒂亞曼媞說，「是的，就是那個。我那神經病的堂姊很想要，她會去巴黎拿，舞會在哪裡舉行？她可以去找妳嗎？」她聽了一會，並點了根菸，慢慢地開口，「喔，對……是啊，當然了……當然……」然後抬頭看我，嘴裡吐出一團煙霧，「芙蘿拉不知道舞會在哪裡，好像朋友的媽媽會帶她去？她說她想戴著那條項鍊，因為跟身上的衣服很配，但結束後會馬上快遞給妳。」

「明天早上？起床第一件事？」

「不，舞會結束後，可以嗎？」蒂亞曼媞一副我是反應遲鈍的白痴一樣，「我不知道她什麼時候會寄，但她說結束後就會。她保證，讚吧？」她微笑舉手要跟我擊掌。

我有點不信任地看著她，這算讚？

項鍊只距離我兩英尺，唾手可及的範圍內，而且也答應過要給我的，現在它正飛往巴黎，怎麼可能會讚？我覺得我快崩潰了。

但我不敢真的崩潰，現在我跟這項鍊唯一連結就只剩下這條線索，維持這條脆弱的線的正是蒂亞曼媞；我要是惹她生氣，我將永遠得不到它。

「太好了！」我擠出笑容，舉起手跟她擊掌。我接過手機，向芙蘿拉報出地址，一個字一個字地唸了兩遍。

現在我只能祈禱。雙手合十，連雙腳也合十。

18

我們會把項鍊拿回來的，要有信心，我真心相信。

但我跟莎迪從昨天晚上開始就一直很緊繃。今天早上還不小心踩到莎迪的腳趾，她氣得大叫，嚴格來講其實是穿透她的腳趾。我也叫她不要再批評我的妝。內心的焦慮讓我整個人變得容易生氣。

早上起床時，我還考慮過要不要搭火車到巴黎，但到了後要怎麼找到芙蘿拉？要從哪裡開始？我感到無能為力。

從早上我們兩個都不怎麼講話。莎迪已經沉默了好一段時間。回完工作上的信件，轉頭看她直挺挺坐在窗戶邊盯著外面。她從來沒這樣過，雖然沒開口，但我想，對她來說，一定很孤單，整個世界這麼大，卻只能跟我對話。

我嘆了口氣，關上電腦，心想不知此時此刻項鍊在何處。在巴黎的某個地方，也許在某個女孩的脖子上、在一個打開的包包裡、不小心掉在敞篷車的座位上……

我的胃又開始不舒服，必須停止亂想，不然會跟媽一樣。我不能一直往不好的方向想，我必須相信項鍊會回來，而且我還有生活要過，要和男朋友共進午餐。

我把椅子往後推，穿好外套拿起包包。

「待會見。」這句話同時是說給凱特跟莎迪聽，但是不等她們回答，我就匆匆離開辦公室，因為我不想要有人跟著。要跟喬許見面有點緊張。我並不是在懷疑什麼，不是這樣，我只是……害怕。

莎迪突然出現在我身邊，我現在真的沒這個心情，而且我快到地鐵站了。

「妳要去哪裡？」她問。

「哪都沒去。」我急忙往前走，不理她，「不要跟過來。」

「妳要去見喬許是嗎？」

「既然妳知道幹嘛還要問？」我鬧脾氣地說，「恕我失陪……」我彎過一個轉角想把她甩掉，但她還是跟過來。

「身為妳的守護天使，我建議妳理智一點。」她直白地說，「喬許不愛妳，如果妳一直覺得他愛妳，那妳比我想像的還要自欺欺人。」

「妳不是說妳不是守護天使嗎！」我轉頭對後面說，「這不關妳的事，老太婆。」

「不准叫我老！」她憤怒地說，「我不會讓妳把時間浪費在一個膽小、意志力薄弱的傀儡上。」

「他不是傀儡。」我簡單回，然後快步跑下樓梯。我聽到地鐵來的聲音，我很快刷了一下票卡，衝到月台及時趕上。

「妳也不愛他。」莎迪的聲音跟在耳後，「不是真的愛。」

這次真的太過分了。我轉過身去拿出手機放在耳邊，「當然是真的！不然妳以為我這麼難過是假的嗎？我如果不愛他為什麼要跟他復合？」

「妳只是為了向身邊所有人證明妳是對的。」她交叉雙臂。

我吃了一驚，一時間無法反應。

「這只是……該死！妳懂個屁！這跟那件事沒關，我愛喬許，他愛我……」我發現周邊的乘客慢慢把注意力放在我身上，愈說愈小聲。

我換到角落的座位，莎迪跟在後面。趁她要開口說教前，我開始聽音樂，不一會，她的聲音完全被音樂蓋過。

太棒了！我早該想到這招。

為了要沖淡梅瑞在這裡的回憶，我跟喬許約在馬丁酒館。我把外套交給服務生時，看到他已經坐在裡面了，內心大石頭放下一半，忍不住跟莎迪回嘴。

「妳看吧。」我喃喃地對莎迪說，「他比約定的時間還早到，妳能說他不在乎我嗎？」

「他根本不知道自己在乎什麼。」她感到悲哀地搖搖頭，「他就像個傀儡，我叫他說什麼他就會說什麼。」

她真是有夠煩人。

「好，」我生氣地說，「妳沒有自己想像中那麼強大好嗎？順便告訴妳，喬許意志非常堅強。」

「親愛的，如果我要的話，我甚至可以讓他在桌子上跳舞，還一邊學羊叫！」她不以為意地說，「說不定我會！到時候妳就會明白了！」

跟她爭論沒有意義。我故意穿過她的身體，無視那尖叫般的抗議直奔喬許的桌子。喬許把椅子往後推，燈光照在他的頭髮上，那藍色眼睛就像以前一樣的柔和。我接近他時，胃裡似乎有什麼東西冒出來，也許是幸福、是愛，或者是勝利。

也許都有。

我伸出雙手擁抱他，他則輕輕地親吻我，些刻我心裡的感覺只有：爽！

一分鐘親密過後，他想回到座位，但我又熱情地把他拉回來，給了他一個充滿熱情的濕吻，我想讓莎迪看看熱戀中的人是什麼樣的。

一番難分難捨之後，各自回到座位。我舉起喬許幫我點的那杯白葡萄酒。

「所以，」我開口，差點缺氧，「歷經千辛萬苦，我們又在一起了。」

「我們又在一起了。」喬許點頭。

「敬我們！這是個美好的復合，不是嗎？回到我們相遇的地方，一想到這間餐廳我就想到你。」我還刻意補充，「沒有其他人摻和，永遠不會有。」

喬許有點不自在，「工作如何？」他很快轉移話題。

「還不錯。」我嘆了口氣，「老實講……不是真的那麼好。娜塔莉就這樣跑去印度的果阿，丟下我一個人處理公司大小事，真是場惡夢。」

「真的嗎？」喬許說，「太糟糕了。」他把菜單拿起來看，彷彿話題已結束。我覺得有點沮喪，希望他能夠多回應些什麼。雖然我知道喬許本來就是一個不怎麼回應的人，他很隨和，這也是我喜歡他的地方。我跟自己說：愜意就是他的天性，這很可愛，像這樣才不會壓力過大、也不會亂發脾氣，他人生座右銘就是：順其自然。非常理智的人生觀。

「哪天我們也應該去果阿看看！」我改變話題，喬許皺著的眉頭鬆開了。

「當然，一定會很棒，你知道的，我想請假很久了，半年前就有這念頭。」

「那我們可以一起！」我高興地說，「一起丟下工作，到處旅遊，出發到孟買……」

「不要一下子把事都計畫好，」他突然有點暴走，「不要一開始就把我算進去，老天！」

我震驚地盯著他看，「喬許？」

「對不起。」他似乎也被自己嚇到，「對不起。」

「出了什麼事嗎？」

「沒有，至少……」他兩手揉揉額頭，然後看著我，「我知道這很棒，妳跟我又復合，雖然是我提出來的，但有時候我總是忍不住在想：我們到底在幹什麼？」

「妳看吧。」莎迪聲音突然從桌子上方出現，我嚇一大跳。她像復仇天使一樣盤旋在我們頭上。

集中注意，不要往上看，假裝她只是個大燈罩。

「我……我覺得這很正常，」我堅定地看著喬許，「我們需要調適，這要一點時間。」

「這一點也不正常！」莎迪不耐大喊，「他並不是真的想來！我跟妳說過，他只是個傀儡！我要他做什麼，說什麼，他都會照做！你想跟勞拉結婚！」莎迪大聲在喬許耳邊大叫，「快跟她說！」

喬許困惑的表情更加明顯，「雖然……但我真的認為……有一天……也許我們應該……結婚。」

「在海灘上！」

「在海灘上。」他一字不漏地重複。

「生下六個孩子！」

「我希望有很多小孩。」他羞赧地說，「四……五……或是六個孩子。妳覺得呢？」

我惡狠狠地瞪著莎迪。她的小把戲把一切都搞砸了。

「先別亂想，喬許。」我盡可能保持心情愉快，「我先去上個廁所。」

我從來沒有在餐廳走那麼快過。一進到女廁，我砰地一聲甩上門，大聲對著莎迪說：「妳在幹什麼？」

「向妳證明啊，證明他沒有半點主張。」

「他有！」我生氣地說，「妳就算有辦法叫他說那句話，也不算證明他不愛我。他搞不好在內心深處真的想跟我結婚！也說不定他真的想生很多孩子！」

「妳真的那麼認為？」莎迪笑著說。

「是的！要是他內心沒有類似的想法，妳也沒辦法叫他說出口！」

「妳真這樣覺得？」莎迪頭一抬，眼睛閃爍奇怪的光芒，「非常好，這挑戰我接受了。」說完立刻奪門而出。

「什麼挑戰？」我感到害怕，「我沒有要挑戰妳！」

我趕快回到餐廳，但莎迪移動得比我還快。我已經看到她在喬許耳邊大吼大叫，喬許的眼睛睜得異常大。我卻被大概端了五個盤子的服務生擋在半路。莎迪到底跟他說了什麼？

莎迪又出現在我身邊。嘴唇抿得緊緊的，像在忍著笑意。

「妳做了什麼？」我劈頭就問。

「到時候就知道了，然後妳就會相信我。」看她得意的樣子，真想一把掐死她。

「離我遠一點好嗎？」我喃喃地說，「走開！」

「好！」她轉頭就走，「我會離開！但妳最後還是會發現我說得沒錯。」

她消失了，我緊張地走回桌子邊。喬許抬起頭來，臉上帶著醉意，我心都沉了。很明顯他已經被莎迪影響，但她到底說了什麼？

「好了！」我用爽朗的聲音起個頭，「看了那麼久，決定要吃什麼了嗎？」

喬許好像沒聽見我說話，仍然在恍神中。

「喬許！」我對他彈了一下手指，「喬許，醒醒！」

「抱歉，我想事情想得出神了。勞拉，我一直在想，」他把身子往前傾，緊張地看著我，「我想當一個發明家。」

「發明家？」我聽到下巴差點掉下來。

「而且我應該搬到瑞士。」喬許很認真地點頭，「我不知道這個想法從哪來的，但是太神奇了……突然洞察人生。我應該挑戰人生，一生就這麼一次機會。」

我要殺了她。

「喬許……」我試著保持冷靜，「你從事的是廣告業，你並不想要搬到瑞士，也不想成為一個發明家。」

「不，不。」他的眼睛閃閃發光，彷彿像朝聖者看到了聖母，「妳不明白，我走錯了路，但現在一切都明瞭；我想要到日內瓦重修天文學。」

「你又不是科學家！」我聲音非常尖銳，「你是要怎麼變成天文學家？」

「也許我就是當科學家的料，」他充滿熱情，「妳難道沒有聽過自己內在的聲音嗎？告訴妳應該改變人生？告訴妳，妳走錯路了？」

「有，但這個聲音你不應該聽！」我已經沒辦法再保持鎮定，「忽略掉這個聲音！跟我重複一遍：那是愚蠢的聲音！」

「妳怎麼能那麼說？」喬許有點吃驚，「勞拉，妳應該聽聽自己內心的聲音，而且這還是妳教我的啊。」

「但我的意思並不是……」

「我只是坐著，想著自己的工作，突然，靈感就跳出來。」他現在滿腔熱血，「就像神靈顯現、像是一種全新的意識，就像我意識到，應該要跟妳復合一樣。這是同一個聲音。」

他的話像尖銳的冰塊刺進我心裡，久久不能開口。

「真的……完全一樣？」我終於開口問。

「這當然嘍。」喬許看著我，「勞拉，別不高興。」他手越過桌子伸向我，「跟我一起去日內瓦吧，我們會在那裡開始新生活，妳知道我還有另外一個想法嗎？」他臉上洋溢著幸福，「我想開間動物園，妳覺得呢？」

我覺得我想哭，而且我真的會哭出來。

「喬許……」

「不，先聽我說完。」他手拍了一下桌子，「我們可以創辦一個動物慈善機構。保育瀕臨絕種的物種，我們可以聘請專家，可以籌備資金——」

他邊講，我眼眶的淚水慢慢流出。好，我內心憤怒地對莎迪說：我現在懂了，我懂了。

「喬許……」我打斷他，「你為什麼會想跟我復合？」

他突然住口，一陣沉默，眼裡仍有一種恍惚的神情。

「我不記得了。」他皺著眉頭，「有個聲音告訴我應該要這樣做。它告訴我我愛妳。」

「當你聽到那聲音之後。」我盡量不讓絕望之情流露在語氣中，「你以前對我的感情有回來嗎？就像一輛老爺車，不斷地轉動引擎，不斷地轉它，然後它就開始發動，有這種感覺嗎？」

喬許開始思考，好像我問了他一個謎語，「這個嘛……我就是聽到我腦子裡的聲音……」

「別管那聲音了！」我幾乎是用尖叫的，「除此之外呢？有沒有別的？」

喬許有點不悅地皺著眉頭，「哪還有什麼別的？」

「我們的照片！」我拚命抓著最後可能，「你手機裡的照片，你保留它一定有什麼原因。」

「喔，那個啊。」喬許豁然開朗，在我們第一次登上山頂時，他也是這樣的表情，「我喜歡那張照片。」他把手機拿出來看，「這裡是世界上我最喜歡的風景了。」

他最喜歡的風景。

「我懂了。」我開口。哽咽，忍著不哭出來。我想，我終於明白了。

好長一段時間我無法開口。手指在酒杯邊緣轉來轉去，沒辦法抬頭看他。以前我一直認為，只要他回來找我，就會發現我們是天生一對，就跟過去一樣。

但也許，一直以來，這只是我所想像出來的喬許。現實中的喬許跟想像出來的喬許幾乎一模一樣，只有一個小地方不同。

一個愛我；另一個不愛我。

我抬頭看他，好像是自己第一次看到他一樣。那英俊的臉，T恤上有某個樂團的標示，手上也總是戴著同樣的銀色手鍊，人仍然是同一個人，他沒有什麼問題；問題是……他是那支小提琴，而我卻不是他的琴弓。

「妳有去過日內瓦嗎？」喬許還在聊著，我的思緒拉回到了當下。

老天啊，日內瓦、動物園……莎迪是怎麼把這些混在一起？她把他腦袋搞壞了。真是太不負責任。

只能說謝天謝地，我覺得這樣想很殘酷，但她搞亂的只是我的愛情生活，並沒有去影響金融世界的領袖，或是其他之類……她想要的話，甚至有辦法讓全世界金融崩潰。

「喬許，聽著，」我終於開口，「我不覺得你應該搬到日內瓦或是去當天文學家、開動物園……」我吞了口口水，強忍著說出最後一句，「或是跟我復合。」

「什麼？」

「我想這一切都是個錯誤。」我手比了比四周，「還有……這都是我的錯，一直纏著你。喬許，我想你應該繼續你的生活，我不會再打擾你了。」

喬許看起來不知所措，但在剛才他談話的過程當中，他一直都這樣。

「妳確定嗎？」他小聲地說。

「非常確定。」服務生過來的時候，我闔上菜單，「我們沒有要點，請給我帳單。」

我從地鐵走回辦公室的路上，已經什麼感覺都沒了。我剛才把喬許甩了，告訴他我們不應該在一起，現在我還沒有辦法消化這樣的巨變。

我知道自己做出了正確的決定，也知道喬許並不愛我，我想像中的喬許非常美好，但也只能這樣，就算這事實很難接受。

尤其是現在可以輕鬆擁有他的情況，會更難接受。

「好了！」莎迪的聲音把我驚醒，她一直在等我，「我說對了嗎？可別跟我說你們已經分手了？」

「日內瓦？」我冷冷地說，「天文學家？」

莎迪咯咯地笑了，「太好玩了！」

她把這個當遊戲，我恨她。

「所以剛才發生什麼事了？」她得意洋洋地在旁邊晃來晃去，「他有說想開動物園嗎？」

她想知道自己是不是全部說中，想知道自己的超能力是不是讓這一切都結束了，難道不是嗎？好吧，雖然她的確都說中了，而且一切也都因為她的關係而結束了，但不能讓她太過得意，覺得自己大獲全勝。

「動物園？」我假裝不知道她在說什麼，「沒有，喬許沒有提到任何動物園的事。應該要有嗎？」

「喔。」莎迪停止雀躍。

「她有提到日內瓦，但只有一下下，然後很快就覺得這個想法有點荒謬，然後說一直聽到自己腦中有煩人的聲音，」我聳聳肩，「但很可惜的是，沒聽清楚，而最重要的是，他說他想跟我在一起，然後我們也同意先放慢步調，冷靜處理關係。」我大步走上前，避開莎迪的眼睛。

「妳是說，你們仍在交往？」莎迪很吃驚。

「我們當然在交往，」我做出妳在說什麼鬼話的表情，「妳明知道的，怎麼可能光是一個鬼魂在人類耳朵旁大吼大叫，就能破壞一段感情。」

莎迪完全搞迷糊了。

「妳是在開玩笑吧。」莎迪開口，「妳不是認真的。」

「我當然是認真的。」我吼回去，此時我的手機響了，一封簡訊寄來，我打開手機看一下，是艾德。

嘿，星期天妳要帶我去觀光嗎？艾

「是喬許，」我對著手機微笑，「我們禮拜天要見面。」

「結婚，然後生六個小孩？」莎迪很不服氣，講話酸溜溜地。

「妳明知道的，莎迪。」我和善地對她微笑，「妳也許能夠動搖一個人，但不能動搖他的心。」

哈哈。讓妳嚐嚐失敗的滋味，這個自以為是的臭鬼。

莎迪生氣地看著我，我知道她已無話可說。看到她不知所措，我心情好了點。我轉了個彎進到公司大樓的門。

「順便說一下，」莎迪跟在後面，「妳辦公室跑來一個女孩，我不喜歡這個人。」

「女孩？什麼女孩？」我趕緊上樓，想知道夏琳是不是跑過來了。我推開門，大步走去，進去後我嚇一大跳。

是娜塔莉。

她跑來幹什麼？

她在我面前，坐在我椅子上講電話，皮膚都曬黑了，身上穿著一件白色襯衫還有一條深藍色的窄裙，不知道在大笑什麼。她看到我的時候毫不驚訝，只是眨眨眼。

「喔，好的，謝謝妳，珍娜。很高興妳滿意我們的服務。」她充滿自信，不疾不徐地說，「妳說得沒錯，克萊兒．福蒂斯丘是匹黑馬，真是人不可貌相啊。她真是非常適合這份工作。我都要替她歡呼了……不，要謝謝妳才對，這是我分內之事，畢竟我可是有收費的……」她又再一次放聲大笑。

我驚訝地看了凱特一眼。她無奈地聳聳肩。

「保持聯絡。」娜塔莉還沒說完，「是的，我會跟勞拉說。她要學的事情還很多……沒有我在她什麼都搞不定，但她還是有些潛力，再給她一次機會。」她又對著我眨了眼，「好的，謝謝妳珍娜，下次我們一起吃午餐，保重。」我不可置信地盯著她，娜塔莉把電話掛上，轉過來懶洋洋對我微笑，「對了，近來可好？」

19

星期天早上，我仍然在生悶氣，氣我自己怎麼這麼孬種。

星期五的時候娜塔莉突然出現接管了一切，我非常震驚。我沒有跟她正面對質，甚至什麼都沒說，但我想說的話，像錄音機不斷在頭腦裡重複播放。

我知道自己想說的是什麼，我要說：妳不能假裝什麼事都沒發生就這樣回來，還有就是：妳把爛攤子丟下也沒道歉，都是我們在善後。以及：妳怎麼好意思把克萊兒・福蒂斯丘當成是妳的業績，還有更直接一點的：妳什麼時候打算告訴我，妳是被開除的。

但這些話我都沒說出口。我自己一個人氣得冒煙，只是虛弱無力地說：「娜塔莉！哇！妳怎麼回來……」

然後她開始侃侃而談，說在果阿認識的那傢伙，原來是一個劈腿的渣男，以及她是怎麼發現的；還說自己也才放個幾天假，就快鬧到發瘋了；還問我看到她回來後，有沒有覺得鬆了一口氣之類的。

「娜塔莉，」我開口，「妳走之後壓力真大……」

「歡迎來到大公司。」她對我眨眨眼，「公司愈大，壓力愈大。」

「但就這樣突然消失！一點預警都沒有！我們只能在妳身後擦屁股——」

「勞拉。」她伸一隻手阻止我講下去，好像要我冷靜點，「我知道這很不容易，但沒關係，不管這期間發生什麼事，我回來後都會把它搞定。喂，格林漢？」她轉過去又接電話，「我是娜塔莉．馬瑟。」

接下來一整個下午，她都是不斷地講電話，我一句話也插不進去。晚上離開的時候還在講手機，隨便對著我和凱特揮揮手就離開了。

就這樣。她回來了。一副她才是老闆的樣子。好像之前什麼事都沒發生，而我們還得感謝她的歸來。

她如果再向我眨眼，我應該掐死她。

我心情低落，隨便紮了個馬尾。今天我沒特別打扮，帶人觀光不需要穿什麼花俏的衣服。莎迪還以為我要跟喬許出去，所以沒有在一旁指揮我要怎麼穿。

我刷刷腮紅偷瞄莎迪，對她說謊有點過意不去；但誰叫她這麼討人厭。

「我不要妳跟過來，」我跟她說過不下一百萬次，「想都別想。」

「我也不想去！」她回嘴，好像跟我去有多委屈一樣，「以為我想跟在妳旁邊，看妳跟傀儡約會嗎？我要去看電視，現在要演佛雷．亞斯坦[52]的系列電影。我跟埃德娜會一起度過美好的一天。」

「很好，幫我向她致意。」我諷刺地說。

莎迪在幾條街之外找到了一個名叫埃德娜的老太太。她整天只會看黑白電影。所以莎迪大部分時間都會去找她；坐在埃德娜旁邊的沙發上一起看。她說唯一的麻煩，就是埃德娜喜歡邊看電影邊講電話，所以她只好在她耳邊大叫：「閉嘴！把電話掛上！」埃德娜因此變得非常混亂，有時候甚至話沒講完就把電話按掉。

可憐的埃德娜。

我上好妝，看著鏡子裡的自己。黑色緊身牛仔褲、銀色的娃娃鞋、T恤和皮夾克。標準現代妝容，怕艾德會認不出我。我應該在頭上插根羽毛。

一想到那模樣，我不禁笑了出來，莎迪疑惑地瞥了我一眼。

「有什麼好笑的？」她打量著我，「妳要穿這樣出去嗎？我沒看過這麼無聊的裝扮。喬許看到妳之後會無聊到死。當然前提是妳不要先被自己無聊死。」

噢，哈哈。她說得對，的確穿得太隨便了。

我找了一條二〇年代的復古項鍊戴在脖子上。銀黑相間的珠子，在走路的時候會敲得咔咔作響。這樣還滿好看的，更有魅力。

口紅顏色再塗深一點，更有二〇年代的風格，然後再拿一個復古銀色皮革信封包，回去重新照鏡子。

「好多了！」莎迪說，「要不要戴一頂可愛的小鐘形帽？」

「不，謝了。」我轉了轉眼珠子。

「如果是我，我就會戴那個帽子。」她堅持。

「好吧，我不想要自己看起來像妳。」我把頭髮往後一甩，回頭微笑地看她，「我希望看起

52 佛雷・亞斯坦：美國演員兼舞者。演藝生涯長達七十六年。

來更像自己。」

❖

我建議艾德從倫敦塔開始逛。我走出地鐵，一吸到新鮮空氣就感到興奮。別管娜塔莉、別管喬許、別管項鍊。看看眼前的景色，太棒了！古老的石頭城牆在藍天之下高聳了幾個世紀。倫敦塔的衛士穿著紅藍色相間制服在巡邏，自己好像身處在童話故事裡。身為一個土生土長的倫敦人，看到這會莫名地感到自豪。艾德怎麼會不想來呢？這可是世界奇觀！

但仔細想想，我不確定自己有沒有來過倫敦塔，我指的是，真正進入裡面參觀，但我跟艾德又不一樣，我就住在倫敦，沒有非進去不可。

「勞拉！在這裡！」

艾德已經在排隊買票了。他穿著牛仔褲和灰色T恤，他沒有刮鬍子的樣子，看起來很好玩，我本以為他在週末也會打扮得很體面。我過去的時候，他上下打量我，「原來妳還是會穿這世紀的衣服。」

「偶爾。」我笑了笑。

「我還以為會看到另一套二〇年代的服裝。說真的，我自己還帶了個能跟妳搭配的小東西。」他手伸進口袋，拿出一個長方形的銀色盒子，打開後裡面是一副撲克牌。

「酷！」這傢伙不錯，「你從哪弄來的？」

「在eBay上買的。」他聳聳肩，「我身上常會帶著牌，這副是一九二五年的。」他補充，還給我看了上面小小的標誌。

艾德特地為我這麼做，我十分感動。

「我喜歡。」等隊伍排到我們的時候，我抬頭對著售票處，「兩張全票，謝謝。這次我出錢。」我看到艾德想拿錢包後，堅持說，「我在這裡是地主。」

我除了買票外，還買了一本倫敦歷史書，然後領著艾德走到了倫敦塔前。

「好的，現在在你眼前的，就是倫敦塔，」我以一種導遊般博學的口吻解說，「這是我們最重要、最古老的古蹟之一。英國有許多數不清的歷史古蹟跟文物。一個人來到倫敦，卻沒有想要了解這裡驚人的文化遺產，這可是天理不容啊。」我嚴肅地看著艾德，「很沒有文化素養，你在美國可看不到類似的東西。」

「妳說得對。」他非常識趣地抬頭望著塔，「太漂亮了。」

「是不是很棒？」我驕傲地說。

有時候，身為一名英國人可是非常驕傲的，這些古堡就是其中一件值得驕傲的事。

「那麼，這是什麼時候建的？」艾德問。

「呃……」我趕快四處看看有沒有解說牌。沒有！該死，應該有個告示才對，他現在正盯著我看，我總不能直接把旅遊指南拿出來看吧。

「這是從……」我假裝轉過身，把話語糊成一團，「……世紀所建。」

「哪個世紀？」

「它可以追溯到……」我清清喉嚨，「都鐸……斯圖亞特王朝。」

「妳是說諾曼時期嗎？」他禮貌地給出暗示。

「噢，對，我就是要說這個。」我狐疑地看著他，他怎麼知道？是有偷做功課？

「那麼，我們往這邊走。」我自信地領著艾德，前往一個看起來像城牆的方向前進，但他拉住了我。

「其實……我想入口應該是這條路，沿著河邊走。」

我的天哪。他一定是那種控制欲很高的男人，說不定他從來不問路。

「聽好了，艾德，」我溫和的口吻，「你來自美國，這還是你第一次參觀，你會比我還了解嗎？」

就在此時，一名衛士從旁邊經過，停了下來友善地看著我們。我也報以微笑，正準備問他入口在什麼地方時，他卻先開口客氣地跟艾德打招呼。

「早安，哈里森先生。你好嗎？又回來了？」

什麼？

剛才發生了什麼事？艾德認識這裡的衛士？艾德怎麼會認識這裡的衛士？

我看著他們說不出話來，艾德跟衛士握手，「很高興見到你，雅各，這位是勞拉。」

「呃……哈囉。」我無力地回答。

接下來還會有什麼？女王跑來邀請我們共進下午茶？

「好吧。」等到那衛士離開後，我支支吾吾地問：「怎麼回事？」

艾德看了我一眼，突然大笑起來。

「快說！」沒聽到回答，他只舉起雙手表示抱歉。

「我老實招了。其實星期五我就來過了，為了建立工作團隊的人際關係，還跟這裡的衛士聊天，玩得很開心。」他停頓了一下，「所以我知道這裡建於一〇七八年，是威廉一世建造的，而且入口是往這邊走。」

「你怎麼不早說！」我瞪著他。

「對不起，妳看起來興致勃勃，而且覺得能跟妳一起來應該也滿好玩的，不然我們也可以去其他地方。這裡妳一定看過幾百萬次了。我們再重新規劃。」他翻開倫敦旅遊指南的目錄在研究。

我反覆翻著剛買來的票，還看到一群小學生在拍照留念。我不知道要不要換地方。他說得沒錯，既然他星期五就看過了，那又來這裡幹嘛呢？

可是換個角度想，票都買了，而且這個地方感覺很棒，我很想看看。

「我們可以直接去聖保羅大教堂。」艾德盯著地鐵站的地圖，「應該不會花太多時間……」

「我想看王權之物。」我小聲地說。

「妳說什麼？」他抬起頭來。

「我說我想看王權之物，反正我們來都來了。」

「妳是說，妳從來沒看過？」艾德冷冷地看著我，「妳沒看過王權之物？」

「我就住在倫敦！」我說，看到他的表情真的很不爽，「這不一樣！有機會的話我隨時都能來看，只是……那個機會一直沒來。」

「勞拉，妳不覺得這樣很沒有文化素養嗎？」我知道艾德現在非常得意，「對妳自己城市裡的文化遺產不感興趣？不覺得這樣很天理不容嗎？這些歷史——」

「閉嘴！」我的雙頰在發燙。

艾德心軟了，「來吧，我帶妳去看這個國家最精緻的王權之物。真是太棒了。我知道所有細節。妳知道裡面其中一顆最老的寶石，可以追溯到王政復辟時期？」

「真的嗎？」

「噢，是的。」他帶著我穿過人群，「皇冠上有一顆巨大的鑽石，那是從有名的非洲之星上切割出來的，那是世界上有史以來最大的鑽石。」

「哇喔。」我恰當地做出反應，看來艾德對寶石的介紹記得一清二楚。

「是的。」他點頭，「至少在一九九七年之前是這樣，直到有人發現那是一顆假鑽石。」

「真的嗎？」我突然呆住，「是假的？」

艾德嘴角忍不住抽搐，「騙妳的，只是看妳有沒有在聽。」

我們看到了珠寶、看到烏鴉、也看了白塔和血腥塔，所有塔都去看了。艾德一路上都拿著導覽書，讀裡面的內容，有些他是照唸，有些是他胡扯，還有一些……我分辨不出來，因為他的表情一直沒變化，最多只有眼睛閃爍著不明所以的光芒，真的很難分辨。

參加完御用侍從衛士對酷刑的導覽後，我腦子出現充滿各種對犯人刑求的畫面。我已經不想再聽到任何有關執行死刑失敗犯人半死不活的故事。路過中世紀的宮殿時，還有兩名穿著中古時期衣服的人，可能在那裡寫中古時期的文學，然後來到一座小城堡裡的房間，旁邊有一小扇窗戶，以及一座非常巨大的壁爐。

「好吧，萬事通。告訴我這個櫃子是幹嘛的。」我隨手指了一扇樣子奇特的小木門，「華特．雷利爵士[53]在那裡種馬鈴薯嗎？」

「讓我看看。」艾德查閱導遊手冊，「啊，是的。這個是馬馬杜公爵七世放假髮的地方。歷史上有很多他的故事，斬首了多位妻子、有的妻子還被他凍死，他還發明中世紀版本的爆米花跟爆米花機。」

「噢，真的嗎？」我一本正經地問。

艾德瞇著眼看著導覽手冊，「妳應該聽過，在一五八三年流行過爆米花。莎士比亞的喜劇《無事生非》，差點要叫《米花生非》。」

我們同時看著一扇小橡木門，一對老夫婦穿著防水外套也走了過來。

「這是放假髮的櫃子，」艾德對老太太說，馬上引起老太太的興趣，「製作假髮的人，被迫要跟假髮一起關在櫃子裡。」

「真的嗎？」老太太馬上露出悲傷的神情，「真是太可怕了！」

---

[53] 華特．雷利爵士：英國伊莉莎白時期的冒險家，曾說過：「誰控制了海洋，誰就控制了貿易。」間接開啟了英國海權時代，並從美洲帶回了馬鈴薯及菸草等作物，但因和女王侍女秘密結婚，惹怒女王，而被關進了倫敦塔。

「也沒那麼可怕，」艾德很認真地說，「因為製作假髮的人個子都很小。」他用手比劃了一下，「非常非常小，古代的假髮一詞來源，就是『迷你人』的意思。」

「真的嗎？」那可憐的老太太被搞糊塗了，我用手肘撞了一下艾德的肋骨。

「祝您觀賞愉快。」他迷人地說，然後我們繼續前進。

走到他們聽不到的地方時，我說：「你這個人心眼真壞！」艾德認真思考了一會，然後對著我微笑。

「也許是喔。尤其是在我很餓的時候。妳要吃午餐嗎？還是繼續看火器博物館？」

我有點猶豫，很難選擇。別誤會，沒有人比我對這些文化遺產更感興趣，但是觀光這回事久了之後，已經變成走馬看花，所有的古蹟都成了一堆蜿蜒的石階和城垛，還有幾根長矛插死人的故事。

「我們去吃午餐吧。」我不以為意地說，「你應該也看煩了。」

艾德的眼神又開始閃爍，不妙，他看出我心裡在想什麼，但是他仍不動聲色地說：「我有點不能集中注意力，畢竟我是個美國人，我們不如去吃點東西。」

我們找了一家小餐館，裡面有法式洋蔥湯和義式烤野豬之類的餐點，因為今天的票是我請他的，所以艾德堅持要付錢。我們找了一個靠窗的位子。

「你在倫敦還想要看什麼？」我興趣濃厚地說，「計畫的景點還有什麼地方？」

艾德神情黯淡，我後悔自己的口無遮攔，那旅行計畫一定是他的痛點。

「對不起，」我尷尬地說，「我不是故意要讓你——」

「不！我沒事。」他看著自己叉子上的食物，像在猶豫到底要不要吃一樣，「知道嗎，前幾天聽妳說的話，我覺得妳說得對。人生不如意事十常八九，但是不管怎樣還是得繼續。我喜歡妳爸爸電扶梯的比喻。我回去後有好好想一想，人生不是往前進就是往上走。」他把叉子放進嘴裡。

「真的嗎？」好感動，一定要跟爸講。

「嗯，嗯……嗯……」他正在咀嚼，有點疑惑地看著我，「那麼……妳說妳也分手了，是什麼時候的事啊？」

星期五。不到四十八小時。現在光是用想的就讓我心痛。

「這個……一陣子了。」我聳聳肩，「他叫喬許。」

「怎麼回事？不介意我問吧？」

「不，當然不介意，只是……突然發現……我們並不……」我重重地嘆了口氣，然後抬頭，「你有沒有曾經覺得自己一直以來都是個真的真的真的很笨的笨蛋？」

「沒有。」艾德搖搖頭，「我只會有時候覺得自己是真的真的真的很笨的笨蛋。」

我笑了出來。跟艾德講話讓很多事情有了新的觀點。我不是世界上唯一覺得自己是笨蛋的人。至少喬許並沒有背著我劈腿，我也沒有跑到一個陌生的國家過日子。

「嘿，我們去看不在你規劃內的地方吧。」我脫口而出，「去看你沒計劃要去的地方，有這樣的地方嗎？」

艾德撕了一小塊麵包放進嘴裡，細嚼慢嚥。

「蔻妮不想要去看倫敦眼。」他開口說，「怕高，而且還覺得倫敦眼很無聊。」

我就知道我不喜歡這個女人，怎麼會有人覺得倫敦眼很無聊？

「那就倫敦眼了。」我堅定地說，「要不要順便去看看老牌的星巴克咖啡？帶有傳統英國特色的星巴克，非常不一樣喲。」

我等著艾德發出笑聲，但他只是又吃一口麵包，然後不知道在想什麼地看著我，「星巴克。有意思。妳不想去靈頓咖啡？」

噢，對。看來他已經知道我是誰了。

「有時候會，要看情況。」我不置可否地聳肩，「所以……你知道我跟靈頓是……」

「我說過，有稍微調查一下妳。」

他對這件事表現得平淡無奇，沒有像其他人發現我跟我的叔叔是親戚時的反應：哇，太神奇了，他私底下是什麼樣的人？

也是，艾德是做大生意的，他一定在某些方面跟比爾叔叔有過交集。

「那你覺得我叔叔是個什麼樣的人？」我輕描淡寫地問。

「靈頓咖啡是一家非常成功的企業。」他回答，「盈利非常好，組織也非常有效率。」

他在迴避問題。「那比爾本人呢？」我追問，「你跟他有往來過嗎？」

「有。」他喝了一口酒，「而且很抱歉，我覺得他的《兩枚硬幣》是胡說八道。」

從來沒有人當著我的面對比爾叔叔這麼無禮，這反倒新鮮。

「不用抱歉。」我馬上說，「把你的想法告訴我，想什麼就說什麼。」

「我所想的是……妳叔叔的成功的確是萬中選一。我確信他成功有很多獨特的秘密，但是他並沒有把這些公開。他反而在販賣一個訊息：要變成像我一樣的億萬富翁是很容易的，一起來吧！」艾德的態度幾近憤慨，「會去參加讀書會的人，都在自我催眠。裡面唯一能賺錢的人只有妳叔叔，而且還是透過剝削這些絕望跟走投無路的人來發財——當然，這只是我個人意見。」

聽他這樣說，我也深感認同。我看過《兩枚硬幣》讀書會裡的人，有不少是千里迢迢跑來，看起來真的有點走投無路，而且參加這個讀書會並不便宜。

「我參加過一次。」我承認，「只是想看看他在幹嘛。」

「喔，真的嗎？那妳發財了嗎？」

「當然啦！沒看到外面的豪華轎車嗎？」

「噢，那是妳的啊。我以為妳是坐直升機來的。」

我們兩個都笑出來。我不敢相信我會叫艾德美國眉毛，他沒有那麼常皺眉，反而皺眉時都是在想一些笑話。他幫我倒紅酒，我靠在椅背上，期待著倫敦眼上面看下去的景色，享受著美酒帶來的暖意，以及未來的日子。

「對了，為什麼你隨身帶著卡牌？」這次我主動開啟話題，「無聊時玩新接龍嗎？」

「這是撲克牌。我會找人跟我一起玩，」他又補充一句，「妳也可以。」

「我不行！」我馬上拒絕，「我對賭博之類的東西……」我看到艾德搖頭，便沒繼續說下去。

「撲克不完全是賭博，而是看要怎麼樣讀懂人心。妳那神秘的東方讀心術也許能派上用場。」

「最好是。」我臉紅，「我的超能力現在已經棄我而去。」

艾德揚起眉毛，「妳不是在唬嚨我吧，靈頓小姐？」

「不！」我大笑，「它們真的棄我而去，我現在是個百分百的普通人。」

「那好吧。」他熟稔地洗牌，「妳只要猜出對方拿的都是好牌還是爛牌就好了，夠簡單吧？只要看著對手，然後問自己：現在是什麼情況？就這樣。」

「現在是什麼情況？」我重複他的話，這我怎麼會知道？

艾德發給自己三張牌，然後看了它們一眼，又抬頭望著我，「好牌還是爛牌？」

天哪，我不知道。艾德面無表情，我仔細看了他的抬頭紋、眼睛的魚尾紋，還有沒有刮乾淨的鬍碴，看看有沒有任何線索，我只看到他眼神在閃爍著什麼，但我不知道這到底代表什麼。

「我不知道。」我投降，「我猜是……好牌？」

艾德覺得有點好玩，「那東方神秘力量還真的棄妳而去了，真糟糕。」他把三張牌翻給我看，「現在換妳了。」他重新洗牌，然後發給我三張，看著我把它們翻起來看。

我有一張梅花三、紅心四還有一個黑桃A！一看完牌，馬上擺出我最難讀懂的表情抬起頭來。

「放輕鬆，」艾德說，「不要笑。」

聽到他這麼說後，才發現我嘴角已不自覺上揚。

「妳知道嗎，妳的撲克臉真難看。」艾德說。

「你在設陷阱！」我歪曲的嘴巴不小心笑了出來，然後馬上拉直嘴角，「好吧，猜猜我有什麼牌。」

艾德深棕色的眼睛盯著我看。我們彼此沉默不語。幾秒鐘過後，我胃裡有一種奇怪的翻騰感……一種怦然心動般的情緒。好像他已經看穿我一樣，雖然這是不可能的。我假裝咳嗽，把頭轉開喝一口酒，逃離這樣的感覺。頭轉回來後，發現艾德也在喝酒。

「妳有一張很好的牌，可能是A。」他像在唸報表般的口吻說道，「還有兩張小牌。」

「見鬼！」我把卡片翻開，「你怎麼知道的？」

「妳盯著那張A的時候，眼珠子都快瞪出來了。」艾德覺得我的反應很好笑，「這也太明顯了，好像在說：哇！這張牌很大喔！然後眼睛馬上飄向旁邊，一副深怕自己露餡的樣子。之後還用手摸著那張最大的牌，很凶地瞪了我一眼。」他笑出來，「我現在知道了，如果有什麼天大秘密絕對不要跟妳講，妳絕對會洩露出去。」

不會吧！我一直以為我很難被讀懂！

「但，說真的，」艾德開始洗牌，「妳的讀心術，不也是針對這些行為特徵在分析，不是嗎？」

「喔……是沒錯。」我立刻提高警覺。

「那樣的話，這能力不可能棄妳而去，知道就是知道。勞拉，發生什麼事了？」

他非常認真地把身子往前傾，在等我的答案。突然有點措手不及，我不習慣被這麼專注地問著。如果是喬許，我可以輕而易舉地把話題帶開。喬許很容易相信表面上的說詞，他會說「噢，是的，寶貝」，然後很容易就開啟下一個話題，不會再糾結，也不會再想這件事。

我發現，那是因為喬許從來沒有真的在意過我。

一想到這個，像有一盆冰水潑在我身上。真是一個令人心痛的頓悟。我們在一起這麼久，喬許從來沒有深究過我任何事，也沒有讓我難堪過，可是他也從來不記得我人生中的細節。我以為那是一種隨和以及隨遇而安的態度；還把它當成是優點，但我現在終於知道怎麼回事了。所謂的隨和，其實就是不在意。他根本沒在意過我。

我感覺我從自己的粉紅泡泡走出了一步。我竭盡所有努力盲目地在追尋他，從不懷疑、從沒有仔細去看自己所追尋的到底是什麼、沒有問過他是不是我要的那個男人，我真是個傻瓜。

我一抬頭，對上艾德深色的雙瞳，他那睿智的眼睛依然在打量著。我內心有一點莫名的興奮，這一位不怎麼認識的男人，居然會對我的事感興趣。從他的神情可以看得出來，他不是隨口問問，而是想知道真相。

唯一可惜的是，我不能跟他講真相。

「這個……很難解釋，非常複雜。」我一飲而盡，還把剩下的蛋糕一口吃光，然後敷衍著艾德，「走吧，我們去倫敦眼。」

❖

我們到了南岸區，星期天的下午這裡非常熱鬧，到處都是遊客、街頭藝人、在路邊賣二手書的人，還有假裝自己是雕像的表演者，我每次看到他們都覺得有點毛毛的。倫敦眼是一個巨大的摩天輪，底部座艙緩緩地往上爬升，透過透明地板可以看到裡面的人從上面往下看著我們，真是好玩。我以前有來過倫敦眼，但那是工作，陪著一群醉漢來旅遊。

有一組的爵士樂團在開放廣場空間演奏二〇年代的曲調。經過時情不自禁跟艾德互相對望了一眼。他跳了一小段查爾斯頓舞的舞步，我對他搖晃項鍊上的珠子。

「太棒了！」一位戴著帽子的鬍子男，拿著募捐箱向我們走來，「你也喜歡聽爵士樂嗎？」

「一點點。」我開始在包包裡面掏錢。

「我們喜歡的是二〇年代的曲子，」艾德說，並對我眨了眨眼，「是因為二〇年代的關係，對吧，勞拉？」

「下個禮拜我們會在銀禧花園表演戶外爵士。」那傢伙熱情地說，「要買票嗎？現在買的話我可以給你打九折。」

「好啊。」艾德瞥了我一眼後說，「有何不可。」

他拿了一些錢給鬍子男，取了兩張票，然後我們繼續前行。

「所以，」艾德過了一會才開口，「我們可以……一起去聽爵士，如果妳願意的話。」

「……好……酷。我喜歡。」

他拿一張票給我，我靜靜的收在包包裡。腦子裡還在想剛才那個算什麼？他是在約我嗎？這算是一部分的觀光行程或者是其他？我們這算是什麼？

我猜艾德一定也在想同樣的事情，因為我們排隊要上摩天輪時，他看著我的表情有點奇怪。

「嗨，勞拉，問妳一件事。」

「欸，好啊。」我變得緊張，他又要問我什麼神秘東方力量了。

「為什麼妳會突然闖進我的辦公室？」他揚起眉毛，激起了抬頭紋，「還說要跟我約會？」

這比神秘力量的問題更糟糕一百萬倍。我要怎麼回答？

「這真是一個好問題。」我敷衍，「那我也要問你一個問題——你為什麼答應？大可拒絕我！」

「我知道。」艾德也一頭霧水的，「妳想知道發生什麼事了嗎？這有點難以形容。我沒有辦法清楚說出我是怎麼想的。就一個奇怪的女孩跑來我辦公室，下一刻我跟她就開始在約會。」艾德重新把注意力拉回來，「說吧！妳一定有妳的原因，妳在附近看過我嗎？」

他興味盎然，好像很想知道我的回答一樣。我突然有很強烈的罪惡感。他還不知道自己是被擺布的。

「那是……我跟朋友在玩大冒險。」我視線落在他肩上，「我也不知道為什麼自己會這樣？」

「最好是，」他一派輕鬆地說，「原來我只是個隨機挑選的人。以後要跟子孫談這段往事的時候，我會說妳是外星人送我的禮物，而且在那之前還會跟他們講馬馬杜公爵七世的假髮。」

我知道他只是在開玩笑隨口講講，但我看他的表情，感覺他是不是真的愛上我了。不，更正：他是真的愛上我了，但這只是一種錯覺，全亂套了，只是另一個被操弄的傀儡；就跟喬許一樣是被莎迪操弄的。這一切都不是真的，沒有任何意義……

我莫名的沮喪起來。都是莎迪的錯，她到哪裡麻煩就跟到哪裡。艾德是非常非常好的人，而且他也夠倒楣的，現在腦袋又被莎迪搞亂，這對他也太不公平了。

「艾德。」我吞了一口口水。

「怎麼了？」

我的天，該怎麼跟他開口？要跟他說你其實不是在跟我約會，你在跟一個鬼魂約會，她會左右你的思考。就像一顆LSD，但又沒有LSD那麼強烈……

「你也許覺得自己喜歡上了我，但其實你沒有。」

「我是喔，」他笑著說，「我是挺喜歡妳的。」

「你沒有。」我還沒放棄，「不是你以為的那樣，我是說……這一切不是真的。」

「我感覺挺真實的。」

「我知道這感覺很真實，但是……你不了解……」我突然覺得好像怎麼說都沒用。我們彼此沉默一陣子，艾德的態度突然一百八十度轉變。

「噢，我懂了。」

「你懂了？」我懷疑。

「勞拉，妳不需要替我找藉口。」他的笑容變得苦澀，「如果妳覺得陪我很煩，可以直說，下午我一個人可以的。我也覺得一個人很有趣，我很感謝妳能抽出時間來，非常感謝。」

「不是的！」我洩氣地說，「夠了！我不是想找藉口離開！我也玩得很開心，而且我想到倫敦眼上面看看。」

艾德的雙眼像掃描器一樣把我從上到下，從左到右看了一遍，像個測謊儀。

「好吧，我也是。」他開口說道。

「那麼……好的。」

我們聊得太專注了，沒有注意到前面的人已經走了好遠，中間空出一大段空間。

「快往前！」後面的人突然推了我一下，「快點啊！」

「噢！」我突然回過神，「快點，到我們了！」

「好的，哈里森先生。」我又變成導遊的語氣，「現在你即將看到倫敦的全貌。」

太棒了，真的太棒了！

我們慢慢地從下往上升，整個城市在腳下慢慢地展開來，就像一張地圖突然活了過來，底下的人像小螞蟻一樣走來走去，紛紛進到了螞蟻轎車和螞蟻巴士。我清楚地指認出聖保羅大教堂、白金漢宮還有大笨鐘。我如實地把倫敦這裡的介紹講給他聽；除了倫敦眼的部分，因為這一部分是我瞎掰的，只是講得煞有介事。

「這個巨大的座艙，其實是用透明的鈦金屬製成，從熔化的眼鏡提煉出來。」我跟艾德這樣說，「如果掉到水裡面，每個座艙會自動變成潛水艇。」

「哇！好想看。」他點頭凝視著窗外。

「每個座艙的氧氣可以在水底下維持十三個小時……」我聲音愈來愈小，因為我發現他沒有在聽，「艾德？」

他轉過身來背對著玻璃窗。我們正在上升，後面的景色正緩慢地改變，此時剛好是落日，頭上天空有塊烏雲正在形成。

「妳想知道嗎，勞拉？」他稍微張望一下，看有沒有人在偷聽，但是座艙裡的其他人全部都擠在另一邊看泰晤士河上面的一艘警船。

「好啊。」我有點擔心地說，「如果你要講什麼不能洩露的秘密，最好還是不要跟我說。」

他呵呵地笑了兩聲，「妳不是問我為什麼答應跟妳約會嗎。」

「噢，這個啊，無所謂了。」我馬上反應，「沒有一定要說……」

「不，我想告訴妳。這過程……有點怪異。」他停頓一下，「好像我腦袋裡有個聲音，一直叫我要答應。我愈是抗拒，那聲音就愈大聲。妳知道怎麼回事嗎？」

「不知道。」我急忙地否認，「我也不知道為什麼。也許是……上帝。」

「也許吧。」他突然笑了笑，「所以我現在是新一代的摩西。」然後又遲疑了一下，「重點是，我從來沒有那麼強烈的衝動、聲音，或是其他什麼亂七八糟的，讓我無力招架。」他往前走一步並壓低音量，「不管那樣的直覺是出自於什麼……或是從什麼地方來的……它說的都沒錯。跟妳在一起是我最愉快的時間。我像從一場夢中醒來，或是離開迷霧中……我想要說，謝謝妳。」

「不需要！」我不加思索地回，「這是我的榮幸，不用客氣。」

「希望如此。」他這句話講得有點言不由衷，我在他的注視下感到侷促不安。

「所以……還想不想聽其他的旅遊資訊？」我快速翻開旅遊指南。

「好啊。」

「這個座艙是……嗯……」我快不知道自己在說什麼，心跳加速。所有事突然都變得十分敏感，連對自己的輕微舉動也一樣。

「摩天輪在轉動……然後就會繞一圈。」我開始在胡說八道。我闔上手冊，跟艾德的目光四目相接，想做出跟他一樣的表情，假裝自己不在意。

但其實我現在超在意的，在意我的臉為什麼在發燙，在意後頸的頭髮怎麼感覺刺刺的，還有艾德為什麼一副想要告白的樣子盯著我看。這讓我非常不安。

說真的，這樣會讓我渾身不對勁。

我不知道之前怎麼會覺得他長得不怎麼好看，那時我一定是瞎了眼了。

「怎麼了嗎？」艾德問。

「我……不知道？」我語無倫次，「我怎麼了嗎？」

他一隻手托在我下巴上，像在觀察地形一樣，然後身子往前傾，慢慢地把我的臉拉向他並吻了我。他的唇又溫暖又甜蜜，鬍碴在我皮膚上摩擦，但他沒太在意……天啊。這感覺好爽。剛才的不安全都變成一種興奮的衝動，突然好想要唱歌、想要跳舞。被他緊緊擁著，我腦子裡只有兩個念頭。

他跟喬許完全不同。

他太棒了。

除此之外沒有其他任何具體想法；與其稱之為想法，更像是飢渴的肉慾。

艾德終於結束，手還放在我的後頸。

「對了……不要誤會，這不是我今天的計畫。」他說，「怕妳胡思亂想。」

「這也不是我的計畫，」我仍喘息著，「完全沒這打算。」

他又吻了上來，我閉上眼睛用我的唇探索他的嘴，腦子裡在想不知道這摩天輪還要轉多久，艾德像讀懂我的心思一樣，放開了我。

「在摩天輪下去之前，」他笑著說，「應該再看一下風景。」

「我也這麼覺得。」我扯扯嘴角，「畢竟我們錢都付了。」

我們手勾著手，一起看著透明的窗外，我突然嚇得尖叫起來。

莎迪盤旋在外面半空中，一雙眼睛，像雷射光一樣瞪著座艙內。

她看到了，她看到我們接吻了。

該死，該死的。媽的！我心臟跳得像兔子一樣快。她穿過透明的窗戶進來，眼中燃燒著怒火，鼻孔還不斷翕張。我嚇得踹跚退後，像看到鬼一樣。

「勞拉？」艾德震驚地看著我，「勞拉，怎麼了？」

「妳竟敢如此？」莎迪被背叛的尖叫聲，貫穿著我的耳膜，「妳居然……」

「我……沒有……不是……」我嘴巴張得大大的，說不出一句話，我想跟她說：這不是我的計畫，事情也不是她想的那樣……

「我親眼看到了！」

她突然發出一聲嗚咽，轉身消失不見……

「莎迪！」我衝上前去，手扶著透明窗戶向外張望尋找莎迪的身影，看著雲朵，望向泰晤士河的流水，還有人群。

「勞拉！老天啊！發生什麼事了？」艾德嚇壞了。整個座艙的人，全都目不轉睛地看著我們。

「沒什麼！」我壓抑著情緒，「對不起，我只是……我是……」他想要抱著我，但是我的身體縮了一下，「艾德，對不起……我不能……」

艾德遲疑一下便把手抽回去，「好吧。」

我們已經從上面下來了，艾德攙扶著我踩到結實的地面。

「呃，」他故作輕鬆的語氣，但我知道他仍心有餘悸，「剛才怎麼了？」

「我沒辦法解釋。」我焦慮地說，視線不斷在掃視四周，想看看莎迪在哪。

「去老牌的星巴克會好一點嗎？勞拉？」

「對不起。」我停止四處張望，看著艾德的臉，「艾德，對不起。我沒辦法……今天很愉快，但是……」

「但是……不在計畫中？」他慢慢地說出口。

「不……不是那樣！」我揉著自己的臉，「這說來複雜，我需要自己整理一下。」

我抬頭看著他，希望他能理解，就算只理解一半也好，或至少不要覺得我是一個怪人。

「沒問題。」他點頭，「我明白了，有些事沒有那麼好懂。」他遲疑了一下，然後輕輕碰了一下我的手臂，「那麼今天就先這樣吧。今天很開心，謝謝妳，勞拉。感謝妳抽空出來陪我。」

他退回到紳士般彬彬有禮的態度。我們之間的熱絡和輕鬆一下消失不見，退到像點頭之交。

我發現這是他在保護自己，他又要回到自己的洞裡去了。

「艾德，我很希望還能再跟你見面。」我無助地說，「等事情都……解決了之後。」

「我很樂意。」雖然他是這麼講，但我知道他一個字都不信，「我幫妳叫計程車。」他看向大馬路，失望地皺眉。

「不了，我留在這裡就好。我想在這附近轉轉，把事情想清楚。」我勉為其難地擠出微笑，「謝謝你為我做的一切。」

他客氣地跟我揮揮手，像是在行禮致意，然後獨自消失在人群中。我看著他離開，感覺非常沮喪。我很喜歡他，真的真的很喜歡，但他現在很受傷、我也是，而且莎迪也是。

「原來妳背著我就在做這種事！」莎迪的聲音突然出現在耳邊，我嚇一大跳，緊緊抱著胸膛。她在這裡待很久了嗎？「妳這個說謊的騙子。妳這個背叛的小人。我特別跑來看看妳跟喬許的約會怎麼樣了！是跟喬許的！」

她在我眼前轉來轉去，像白熾燈一樣在發光。我不禁慢慢後退，「對不起……」我結結巴巴，「對不起，我騙了妳。我不想承認自己跟喬許分手，但我不是故意背叛妳！沒有要讓艾德吻我，我不是故意的，真的不是。」

「我不管妳是不是故意！」她尖叫，「不准碰他！」

「莎迪，我真的對不起……」

「是我先看上他！我要和他跳舞！他是我的！我的！我的！」

她說得理直氣壯，幾乎暴跳如雷，我的話完全聽不進去；我本來很內疚，但突然感到莫名其妙地生氣。

「他怎麼會是妳的？」我不甘示弱喊出聲，「妳已經死了！妳沒自覺嗎？妳死了！他根本不知道妳的存在！」

「他當然知道！」她把臉湊到我跟前，眼神凶狠，「他聽得見我！」

「那又怎樣？他又看不到妳，不是嗎？妳只是個鬼！鬼！」本來的沮喪全轉變成憤怒，瞬間爆發出來，「莎迪，妳只是在自欺欺人！妳一直叫我要往前！妳自己呢？妳有面對現實、有前進嗎？」

我後悔自己的口無遮攔，但說出去的話像潑出去的水。莎迪表情閃過震驚，好像我剛才打了她一巴掌一樣。

她該不會誤解我的意思……

喔，天啊。

「莎迪，我不是……我沒有……」我又開始結巴，不知道該說什麼。莎迪眼神空洞看向河面，好似我不存在一樣。

「妳說得對，」她開口，聲音一下子變得虛弱，「妳說得對，我已經死了。」

「不，妳沒有！」我拚命想補救，「我是說……好吧，也許妳是死了，但是……」

「我是死了。都結束了。妳不要我，他也不要我。一切有什麼意義？」

她走向滑鐵盧橋，從我的視線中消失。我內疚地追過去，她已經站在橋中央。我跑過去，她一動也不動地站著，凝望著聖保羅大教堂，灰白色的身影，似乎沒注意我的接近。

「莎迪，還沒結束！」我的話被風吹散傳不過去，「沒有結束！我隨便亂說的！我只是故意要氣妳，我在胡說八道。」

「不，妳說得對。」她說得很快，頭都沒回，「我跟妳一樣在自欺欺人。我以為自己能在這世上，享受最後的樂趣，我以為我可以有一段友誼，可以有點不一樣。」

「妳是不一樣！」我氣餒，「不要說這種話。回家吧，我會放音樂，我們來玩——」

「不要同情我！」她轉過身來，我看到她在發抖，「我知道妳真實的想法。妳並不關心我，沒有人關心我，我只是一個沒半點用處的老人。」

「莎迪，住口，那不是真的……」

「我在葬禮上都聽到了！」莎迪突然大聲說，我脊椎打了個冷顫，我有不好的感覺，她都聽到了嗎？

「妳在葬禮的話，我都聽到了。」她恢復了平常的自尊，「你們全家人的對話，我都聽到了，沒有人想來參加，沒有人想幫我哀悼，我只是一個『活了幾百萬年的路人甲』。」

當時的對話我都記得，真是羞愧難耐。我們如此無情冷血到讓人髮指。

莎迪緊繃下巴，看著我的肩膀，「妳堂妹說得對，我這輩子沒有什麼成就、沒有任何紀錄、沒有什麼特別的。我不知道為什麼要活那麼久，真的！」她笑得很勉強。

「莎迪，拜託，不要。」我吞了口口水。

「我沒有愛。」她不停說，「沒有事業、沒有孩子、沒有半點成就。沒什麼能讓人津津樂道的事。我唯一愛過的人……也忘了我。」她語氣開始顫抖，「我活了一百零五年，什麼都沒留下，一個都沒有，對任何人都沒意義，死後也一樣。」

「不，妳有，妳當然有。」我絕望地說，「莎迪，拜託……」

「我是個笨蛋，固執的傻瓜，給妳造成麻煩。」她眼中閃著淚光，我好難過。

「不！」我伸手想抓她手臂，什麼也抓不到。我都快哭了，「莎迪，我關心妳。我會補償妳。我們再跳一次查爾斯頓舞，我們一起玩，我會拚死幫妳找回那條項鍊。」

「那項鍊我不在乎了。」語氣依然顫抖，「要它幹嘛？它什麼都不是，我的人生也什麼都不是。」

她突然消失在滑鐵盧橋上，我嚇壞了。

「莎迪！」我大叫，「莎迪回來。莎……迪！」我絕望地看著橋下，那流個不停的渾濁河水。眼淚順著雙頰滑下，「這不是什麼都不是！莎迪，我求妳，妳聽得到嗎？」

「喔！天啊！」一個穿著格紋衫的女孩注意到我，緊張大喊，「有人跳進河裡了！救命！救命！」

「不，不是！」我抬起頭，但她沒聽到，正對著朋友招手。我還沒來得及反應，人們就圍在欄杆邊低頭看著橋下。

「有人跳下去了！」我聽到有人在傳，「快報警！」

「不！並沒有！」我說，但我的聲音被淹沒。一位穿著牛仔夾克的男子已經在用手機對著水面拍攝。右邊的男子正要脫掉外套，好像要跳下去似的，而他的女友在一旁崇拜地看著他。

「不！」我抓住他外套，「住手！」

「總有人要及時行動，」那男子用英雄般的語氣，瞥了一眼自己女友。

我的天啊。

「沒有人跳下去！」我揮舞雙手大喊，「這是個誤會！一切都很好！沒有人跳下去！再說一遍！沒有人跳！」

那人衣服脫到一半停下來，拿著手機的男子也把鏡頭轉來對著我拍攝。

「那妳在跟誰說話？」穿格子衫的女孩責怪地看我，好像我故意騙她一樣，「妳對著水裡大吼大叫！嚇我們一跳，妳在跟誰說話？」

「我在跟鬼說話。」我說完這句，扭頭就擠進人群裡，不理會後面的私語和抱怨。

我跟自己說：她會回來的。等她冷靜下來就會原諒我，然後就會回來。

20

但到了第二天早上，公寓裡還是靜悄悄的。平常我在泡茶的時候，莎迪都會坐在工作台上碎碎唸，評論著我的睡衣，還有說我連泡茶都不懂。

今天什麼都沒有。我把茶包從杯子裡撈出，環顧廚房。

「莎迪？莎迪，妳在嗎？」

一片死氣沉沉地沒有回應。

少了莎迪的嘮叨，準備上班的過程真的太安靜了，只好打開收音機來陪我。往好的一面想，至少沒人指使，我可以化自己想要的妝。於是我故意挑了一件她討厭的有褶邊的上衣，但又怕萬一她有在看我，所以還是上了濃濃的睫毛膏。

出門時，還不忘再多看幾眼。

「莎迪？妳在嗎？我要上班了，如果要找我說話，就到我辦公室。」

我拿著茶，在公寓裡再巡一次，邊巡邊喊，依然沒有回應。不知道她在哪裡、在做什麼，或是有什麼感覺……我想起她受傷的臉，內疚感油然而生，要是早知道在葬禮上她聽得到就好了。

但現在說這個也沒用。如果她想找我，她知道我在哪。

我九點半才到公司。娜塔莉已經坐在辦公桌前講電話，還一邊拍蓬自己的頭髮，「是的，我也是這樣跟他說的，寶貝。」她對我眨了眨眼，然後指著手腕上的錶，「現在才來，是不是有點晚了？我不在的期間養成的壞習慣？總之，寶貝……」她又回去講她的電話。

壞習慣？我？

我怒氣馬上起來，她以為她是誰？一聲不響跑去印度的人是她。她才是那不敬業的人。現在我變成了不專業的小妹？

「娜塔莉。」我在她放下電話後說，「我要跟妳談談。」

「我也要跟妳談談，」娜塔莉眼神閃過，「艾德．哈里森？」

「什麼？」我不懂。

「艾德．哈里森。」她不耐煩地又說了一遍，「妳打算把他藏多久？」

「妳說這話什麼意思？」我覺得不太對勁，「妳怎麼知道艾德的？」

「《商業名人》！」她把一本雜誌頁面轉過來對著我，裡面有一張我跟艾德的照片，「大帥哥喲！」

「我不……那是公事。」我急忙澄清。

「喔，我知道，凱特都跟我說了。妳跟喬許復合……之類的。」娜塔莉作勢打哈欠，充分表明了我的愛情生活多無趣，「我的重點是，艾德．哈里森是個難得的人才，妳有什麼計畫？」

「計畫？」

「安排他新工作！」娜塔莉身子向前傾，耐著性子說，「我們是獵頭公司，勞拉。我們替人介紹工作，然後拿酬庸，這是我們賺錢的方式。」

「喔！」我藏起內心的不安，「不，不，妳不明白。他不是那種人。他不想找新工作。」

「他以為自己不想。」娜塔莉修正我的話。

「不，真的，忘了吧，他討厭獵頭公司。」

「他以為自己討厭。」

「他是真的不喜歡。」

「之前是。」娜塔莉眨了眨眼，我很想衝上去打她。

「住口！他真的沒興趣！」

「每個人都有自己的價碼。相信我，要是我把合適的薪水放在他面前，情況就會不一樣。」

「不會的！不是所有事都跟錢有關，妳知道的。」

娜塔莉突然大笑，「我不在的時候發生了什麼事？我們現在轉型成德蕾莎修女基金會了嗎？我們要賺錢，勞拉，我們需要盈利。」

「我知道。」我說，「妳一個人跑去果阿的海灘上的時候，替公司拚命賺錢的人不是我嗎？」

「哦！」娜塔莉仰起頭大笑，「喵！」

她一點都不覺得自己不對，從來沒為任何事道過歉。我怎麼會把她當成是我最好的朋友？我現在覺得自己跟她一點都不熟。

「不要去煩艾德了。」我激動地說，「他沒要有跳槽。我認真的，不管怎樣他都不會接妳電話。」

「他已經接了。」她非常得意地往椅背上靠。

「什麼？」

「我今天早上打給他。這就是我跟妳的不同。我不浪費時間，會把工作做完。」

「但他不接獵頭公司的電話。」我一頭霧水，「妳是怎麼……」

娜塔莉高興地說，「喔，我一開始沒說我是誰。只說我是妳的朋友，是妳叫我打給他的，然後我們聊了一會兒，他好像對喬許的事一無所知，所以我全跟他講了。」她揚起眉毛，「真好玩，怎麼不把妳男朋友介紹給他認識？」

我感到晴天霹靂，「什麼……妳到底說了什麼？」

「喔，勞拉！」娜塔莉像看好戲一般的神情，「難不成，妳打算跟他搞點……我壞了妳的好事嗎？」她用手摀住嘴，「真是對不起！」

「閉嘴！」我終於失控，「閉嘴！」

我得跟艾德談談，立刻。我拿了手機衝出辦公室，路上碰到凱特，她端著咖啡，看到我眼睛睜得大大的，「勞拉！妳還好嗎？」

「娜塔莉。」我只講了這幾個字，她臉色就有點難看。

「我覺得她皮膚曬黑後更討厭。」她小聲說，我苦笑，「妳要進來嗎？」

「等我一下，我得打個電話……私人電話。」我走下樓梯，到外面街上，然後撥了艾德的號碼。天知道娜塔莉怎麼跟艾德說的，不知道他現在是怎麼看我的？

「這裡是艾德．哈里森的辦公室。」一名女士接起了電話。

「喂，」我希望自己聽起來沒那麼緊張，「我是勞拉．靈頓。請問艾德在嗎？」

在等待的同時，不禁想到了昨天的情景。我能清楚記得他手抱著我時的感覺、他身上的氣味，還有他的味道……然後想到他受到挫敗，退回自己的殼裡，我就感到畏懼。

「嗨，勞拉。需要什麼嗎？」他語氣是那種公事公辦的語調，沒有個人情誼。我心沉了下來，但仍試著輕快地跟他對話。

「艾德，我聽說我同事娜塔莉今天早上打給你了，我很抱歉。這件事不會再發生了，我想說……」我尷尬地停頓一下，「昨天以那種方式結束，我真的很抱歉。」

順帶一提，我沒有男朋友。我希望能回到倫敦眼，你能再吻我一次。這次不管發生什麼，我都不會離開，就算有鬼對著我吼叫也一樣。

「勞拉，請不要道歉。」艾德的聲音聽起來很陌生，「我應該意識到妳有更多的……商業上的顧忌，我想我可以這樣說它吧？所以妳才會斷然拒絕。不過我還是欣賞妳這小小的誠實。」

我脊椎發涼，他是這樣想的嗎？我是為了業績才接近他？

「艾德，不，」我急著解釋，「不是那樣。我真的很喜歡跟你在一起的時光。我知道事情有點怪，但……那是因為一些無法解釋的因素。」

「不需要同情我。」艾德打斷我，「妳跟妳同事顯然想出了一個小計畫。我雖不欣賞但某方面來講確實值得鼓掌。」

「不是這樣的！」我驚恐地說，「艾德，你不能相信娜塔莉說的任何一個字。你明知道她不可靠，我們沒有這樣的計畫，這太可笑了！」

「相信我。」他簡短地表明，「我對娜塔莉也做了點研究，我相信她很有計畫能力，不管那是多狡猾或是多愚蠢的念頭。我也不知道妳是真的無辜，還是也跟她一樣工於心計……」

「你完全弄錯了！」我絕望地說。

「老天，勞拉！」他像是一直在忍著不口出惡言，「不要否認，我知道妳有男朋友。我知道妳跟喬許復合了……說不定根本沒分手過。這整件事都是騙局，妳要是以為我還沒察覺，妳就是在侮辱我，從妳進到我辦公室開始我就該意識到了。說不定妳早就對我做了調查，知道我跟蔻妮的事，想說也許這方法可以釣得到我，誰知道妳背後做了哪些事，但不管妳們做過什麼我都不會意外。」

他的話那麼刺耳，充滿敵意，我好害怕。

「我不會這麼做的！永遠不會！」我聲音在抖，「艾德，我們發生的一切都是真的，我們跳舞、玩得很開心……這些你不能否認。」

「而我想妳八成也沒有男朋友。」他不帶起伏的口吻，像法庭上的律師。

「不！我當然沒有。」我又補充一下，「我是說，有，但我星期五和他分手了……」

「星期五啊！」艾德的乾笑毫無情緒，只有冰冷，「真巧啊。勞拉，我現在沒時間跟妳說了。」

「艾德，求你。」我淚水盈眶，「你一定要相信我……」

「再見，勞拉。」

電話掛了。我站在原地一動也不動。身體有種刺痛的感覺。解釋什麼都沒用，他永遠不會相信我，他覺得我是充滿心計的女人……或至少好一點，是被人操弄的蠢女人，但總之，我什麼也不能做。

不，我錯了，我還是能做點什麼。

我擦乾眼淚，轉身上樓。進到辦公室看到娜塔莉一邊修指甲一邊講電話，不時還放聲大笑。

我毫不猶豫地走到她辦公桌前把電話按掉。

「搞什麼？」娜塔莉轉過身來，「我在講電話！」

「好吧，現在它斷了。」我平靜地說，「現在換我說了，我受夠了。妳不能這樣子。」

「什麼？」她大笑。

「妳就這樣丟下一切，飛向果阿，我們在後面幫妳收拾爛攤子。妳有多自以為是啊，這很公平嗎？」

「說得好。」凱特插嘴，我們轉過頭去看她，她馬上摀住嘴巴。

「妳回來後，又把我找到的客戶當作是自己業績！我沒辦法忍受這點！我不會再被妳利用了！而且……我沒辦法再跟妳共事！」

我本來沒打算說最後一點的，但現在既然講都講了，才發現自己是認真的！我沒辦法再跟她一起工作，我連跟她相處片刻都難受，會被她害死。

「勞拉寶貝，妳壓力太大了。」娜塔莉打趣地轉著眼珠，「要不要乾脆請一天假——」

「我不需要請假！」我氣炸了，「我要妳老實說！妳騙我，妳之前是被開除了！」

「我沒有被開除。」娜塔莉苦惱地皺眉，「這是雙方的決定。他們是一群混蛋，從來沒發現我才能過……」她突然回到當下，「勞拉，來吧，妳跟我可以組一支完美的隊伍。」

「不會的！」我搖頭，「娜塔莉，我不喜歡妳！我看待工作的方式也跟妳不同！我希望讓人們做好工作，而不是把他們當成工具。這跟什麼薪水無關！」怒火一下子起來，我把她上面寫著薪水、薪水、薪水的便利貼撕下，但它沾黏在我手上，所以只好把它揉爛，「所有事都息息相關，人、公司……整個團隊。有適合的人，有適合的位置，如果這裡不行，就換一個地方。」

我仍抱著一絲希望，希望她能聽進去，但她懷疑的神情沒有絲毫改變。

「適合的人！」她突然大笑，「這可真是新聞。勞拉，這裡不是婚友社！」

她永遠都不會懂的；我也永遠沒辦法讓他明白。

「我要拆夥，」我縮緊下巴，「這一切都錯了，我要去找律師。」

「隨便。」她起身，雙手交疊抱胸靠在桌子邊，「妳休想從我這裡拿走任何一個客戶名單，這是我們協議好了的。所以不要以為妳有辦法扯我後腿。」

「我根本沒這麼想過。」我冷冷地說。

「那妳走吧。」娜塔莉聳聳肩，「收拾妳的桌子，該做什麼就做什麼。」

我看了凱特一眼。她驚訝地看著我們。

「對不起。」我用唇語回應她；她拿出手機發簡訊，不一會兒，我手機發出嗶嗶聲，我拿出來看。

我不怪妳，如果妳要開公司，我能過去嗎？凱我回傳：

當然，但我還不知道自己要幹什麼。

謝謝妳，凱特。勞

娜塔莉坐在桌子旁，無視我的存在開始對著電腦打字。

我站在辦公室的中央，一陣頭暈。我到底幹了什麼？早上時，我還有工作，未來也有希望。現在我什麼都沒了，我永遠不可能從娜塔莉那裡把我的錢要回來。我要怎麼跟爸媽開口？

不，現在別想這個了。

我從角落拿起一個紙箱，喉嚨有點緊緊的，我把裝影印紙的箱子清空，開始打包：打孔機、筆筒。

「妳如果覺得妳可以一個人做我所做到的事，那妳就錯了，」娜塔莉突然怒氣沖沖地轉過來，「妳沒有任何名單、沒有專業知識。妳那童話般的『讓人們得到理想工作』和『不是只有薪水』的東西，是做不成生意的。等妳流落街頭，可別指望我會給妳一份工作。」

「說不定勞拉不當人力仲介！」居然是凱特說的，她在房間的另一邊插話，「說不定她有別的想法！她有其他才能，妳知道的。」她興奮地對著我點頭，我不解地回頭看她，我有嗎？

「比如說什麼？」娜塔莉厲聲說。

「比如說讀心術！」凱特揮舞著《商業人士》，「勞拉，妳從來沒提過，八卦版裡有一整篇妳的文章！『勞拉．靈頓用她驚人的讀心術，在眾人面前表演了一個小時。各管理主管紛紛要求勞拉到公司表演。我從來沒見過這樣的東西。麥德韋影像公司的董事長約翰．克勞利表示，甚至可以安排個專有節目給勞拉．靈頓。』」

「讀心術？」娜塔莉吃了一驚。

「是……我正在研究的東西。」我聳聳肩。

「文章上說，妳一次讀了五個人的心思！」凱特還在興頭，「勞拉，妳應該去《英國達人秀》，妳有真材實料！」

「妳什麼時候會讀心術的？」娜塔莉瞇起眼不太相信。

「至少可以知道，有公司願意找我辦活動。」我挑釁地補充，「至少接得到生意，所以我應該不至於流落街頭，不用替我操心了，娜塔莉。」

「要是妳真那麼厲害，那讀一下我在想什麼。」娜塔莉挑釁地抬起下巴，「來啊。」

「不了，謝謝。」我笑笑地說，「我不想讀到髒東西。」

凱特噗哧一聲。娜塔莉今天第一次擺出臭臉。我不等她想好要怎麼回，就拿起箱子過去抱了一下凱特。

「再見，凱特。謝謝妳做的一切。妳太棒了。」

「勞拉，祝妳好運。」她緊緊地回報我，在我耳邊低聲說：「我會想妳的。」

我走到門口，回頭補一句：「再見，娜塔莉。」

推開門，沿著走廊往電梯走去，一隻手抱著箱子按下按鈕，內心感到有點麻痺。我現在要幹嘛。

「莎迪？」出於習慣還是喊了一下，但沒有回應，不意外。

我們大樓裡的電梯又舊又慢，還能聽到它微弱的嘎吱聲，此時我聽到身後傳來腳步，急忙轉身，原來是凱特，她氣喘吁吁的。

「勞拉，我想在妳離開之前先說一下，」她急切地說，「妳需要助手嗎？」

天啊，她真可愛，就像電影《征服情海》裡的那個女孩，帶著金魚想跟我一起走，只差我們沒有金魚。

「呃……好吧，我還不知道自己會不會開另一家公司或什麼的，但有的話一定通知妳……」

「不，是妳的讀心術。」她插嘴，「妳表演需要一個助手吧？我很樂意，我可以穿道具服，玩雜耍！」

「雜耍？」我不解地重複。

「是啊！我會丟沙包！可以幫妳做暖場表演！」

她很興奮，我不忍潑她冷水。不想說：我其實不會讀心術，那些都是假的。

我已經感到有點倦了，把事情憋著沒有人理解。希望能找個人，好好坐下來，跟對方說：你知道，其實是有一個鬼……

「我不確定這樣行不行。」我想辦法讓她別這麼興奮，「其實……我已經有助手了。」

「喔，真的？」凱特臉色通紅，「但，文章裡沒有提到什麼助手。上面說只有妳一個人啊。」

「她算是在……幕後。她不想被人看見。」

「她是誰？」

「她是……我的親戚。」我還是說了。

結果凱特臉色變得更差，「喔，好吧。既然是親戚的話，我想妳們默契一定很好。」

「我們的確互相了解。」我點點頭，咬著下唇，「我是說，我們一起經歷了很多事，在一起相處很多時間，吵了無數的架……我們是……朋友。」

說到這裡，我胸口一陣緊縮。也許我們曾是朋友，但現在不知道是什麼。心情突然跌到谷底。看看我，我讓莎迪、艾德、喬許日子都不好過，我自己也丟了工作，父母一定會發瘋，而我多餘的存款都花在買二〇年代風格的衣服上……

「好吧，要是她不想幹了……」凱特眼神又燃起希望，「或是她也想要個助手……」

「我不知道我們目前有什麼計畫……這有點……」我有點想哭，凱特這麼天真又善良，我覺得過意不去，不禁說出實情，「事實上……我們吵了一架。她消失了，從那之後，我就沒再看過她，也不知道她的消息。」

「妳在開玩笑吧！」凱特失望地說，「是吵什麼？」

「吵很多事，」我感到心痛，「我想主要是在吵……男人。」

「那妳知不知道她……」凱特遲疑了一會兒，「我是說，她沒事吧？」

「我不知道，我不知道她現在怎樣了。她可能跑去任何地方。我們平常整天都無話不談，但現在……不再講一句話。」淚水無預警地從我臉頰滑落。

「喔，勞拉！」凱特好像對我的悲傷感同身受一般，「都是娜塔莉害的。喬許能幫上忙嗎？」

她再次語調上揚，「他認識她嗎？他也許會——」

「我跟喬許已經沒在一起了！」我突然抽泣，「我們分手了！」

「分手了？」凱特倒抽一口氣，「天啊，我不知道！妳壓力一定很大！」

「說真的，這個禮拜過得很不順。」我擦了擦淚水，「今天也過得很差；此刻更是在谷底。」

「不過，妳做得很對：離開娜塔莉。」凱特把音量壓低，「妳知道嗎？大家都想跟妳合作，人們喜歡妳，他們討厭娜塔莉。」

「謝謝。」我擠出一點微笑。電梯來了，凱特幫我按著電梯門，我抱著箱子進去，把它靠在裡面的扶手保持平衡。

「妳那親戚有可能去哪些地方？」凱特看到我還是很焦慮的樣子，「妳能找得到她嗎？」

「不知道！」我無奈地聳聳肩，「她知道我在哪，也知道怎麼找到我……」

「說不定，她希望妳先去找她？」凱特試探性地問，「妳知道的，如果她很受傷的話，也許她在等妳先低頭。我是這樣覺得啦，」電梯門關上了，「我不是要干涉妳們……」

電梯下降時又發出嘎吱的聲響。我看著那噁心的絨布電梯內牆，突然愣了一下。凱特是天才，她抓到重點了。莎迪太高傲了，她從來沒有主動低頭過。她會在某個地方等我，等我去跟她道歉，但那會是在哪裡？

電梯下去的時間，感覺像過了幾個小時一樣，到一樓門開的時候，我仍一動不動，雖然這箱子很沉，重到我手有點拿不動了。我離職了，不知道未來要幹嘛，整個人生像送進了碎紙機，而且是切超碎的那種。

但我拒絕低潮、大哭，或是自哀自憐。

耳邊彷彿能聽到莎迪的聲音：親愛的，當日子過得不順的時候，更要抬起頭，露出迷人的笑容，然後幫自己點一杯雞尾酒。

「呀呼！」我對著那髒兮兮的鏡子大喊，在一樓工作的桑吉夫走進電梯。

「什麼？」他說。

我露出最迷人的笑容，至少我希望它是最迷人的，「我離職了，再見，桑吉夫，很高興認識你。」

「喔。」他驚訝地說，「好吧，祝妳好運。妳下一步要做什麼？」

我不加思索，「我現在要去抓鬼。」

「抓鬼？」他一臉不解，「這是……獵頭的另一種形式？」

「差不多。」我再次微笑，走出電梯。

21

她在哪裡？他媽的到底在哪裡？

這可不是開玩笑，我花了三天時間，去過每一家古董店，穿梭在貨架之間，嘴裡不時喚著：「莎迪？」我敲了敲同棟公寓所有人家的門，在門前說：「我在找我的朋友莎迪！」盡量大聲到她能聽得見。也去找了閃光舞廳，偷看舞池裡的每一位舞者，但都沒她的身影。

昨天還去了埃德娜家，編了一個貓咪走失的故事。結果我還繞著她房子兩圈，叫喊道：「莎迪？喵喵喵？」但是沒有回應。埃德娜也很可愛，她答應我要是附近有看到流浪的虎斑貓就跟我聯絡，但這其實不能真的幫到我。

就結果來看，要找一個丟失的鬼魂實在太難了。沒有人能看到聽到。不可能在樹上釘一張相片，寫著：協尋走失鬼。更不可能逢人就問：你有沒有看到我的鬼朋友？打扮得像飛來波的造型，喜歡到處尖叫……有印象嗎？

我現在到了英國電影協會，裡面正在播一部黑白片的老電影，我站在最後面。黑暗中掃視一排排的腦袋。這是個蠢主意，黑漆漆的什麼也看不清。

於是我蹲下，沿著路匍匐在走道，左張右望一個個檢查。

「莎迪？」我發出嘶嘶聲，盡可能地小聲。

「噓！」某個人說。

「莎迪，妳在嗎？」我又移動到下一排，「莎迪？」

「閉嘴！」

天啊，這要找到何年何月，好吧。我壯著膽子站直身子，深吸一口氣，高聲大喊：「莎迪！我是勞拉！」

「噓！」

「如果妳在這裡，拜託讓我知道！我知道妳很難過，對不起，我想跟妳當朋友，而且……」

「閉嘴！這人是誰？安靜點！」有個墨西哥人生氣地回頭，接著是大家憤怒的叫喊，但裡面沒有莎迪的聲音。

「不好意思？」一位引座員出現，「我得請妳離開。」

「好的。對不起，我會離開。」我跟著引座員往出口的方向走去，然後又突然回頭叫喚，「莎迪？莎……迪！」

「請安靜！」引座員生氣地說道，「這裡是觀影廳！」

我絕望地看著黑暗，但沒見到她那蒼白瘦弱的手臂，沒有珠子的敲擊聲，也沒有頭上的羽毛裝飾。

引座員帶著我離開電影協會，義正辭嚴地訓了我一番，留下我一人站在人行道上。感覺自己像小狗被趕出屋子那樣。

我垂頭喪氣地拖行著，抖抖肩把外套穿好。先找一家咖啡廳重振旗鼓，但說真的，我已經不知道還有什麼辦法。我沿著河邊走，看到倫敦眼在遠方轉動，好似什麼事都沒發生過一樣。我把頭撇過，不想看到它也不想想起那天的事，但倫敦眼那顯眼的地標，痛苦又尷尬的地方，到處都看得到。為什麼當初不選一個不起眼的偏僻小地方？這樣至少比較容易避開。

我走進一家咖啡廳，點了一杯雙份卡布奇諾，找好位置。失望之情慢慢出現，所有搜索都落了空。腎上腺素正在消退，要是我再也找不到她呢？

我不能有這樣的念頭，我必須往前。有一部分是不想承認失敗，另一部分是莎迪消失愈久我就愈擔心她，還有一個原因是我在逃避，我要是持續尋找莎迪，至少會感覺人生還在掌握中，不用去想自己失業的問題以及要怎麼跟爸媽講？在喬許的事情上，自己怎麼會這麼笨。

還有艾德。一想到就覺得難過，所以……不行。我必須專注尋找莎迪，這才是我最主要的重心。雖然這聽起來有點荒謬，但心裡總覺得，只要能找到她，其他事情都會水到渠成。

我很快地把搜尋莎迪清單攤開來，上面的地點大部分都被劃掉了。電影院是最有可能的，剩下的就是把全部其他的跳舞俱樂部都找一遍跟療養院。

我邊喝咖啡，邊思考療養院。莎迪一定不會回去，她討厭那裡，討厭到自己根本不敢面對。但去看看無妨。

我差點就要喬裝成別人去費爾塞療養院，我太緊張了。我指控裡面的人謀殺了我姨婆，結果現在又要去拜訪她們。

她們會知道是我嗎？心中一直忐忑不安，不知道警察有沒有跟她們說：「勞拉．靈頓說妳們殺人。」要是有的話，我就死定了。我會被一群護士圍起來踢，院民會用助行器毆打我，這也是我活該。

但當金妮幫我開門時，沒有任何跡象表明她知道我曾誣告過她們。她擠出溫暖的微笑，我更內疚了。

「勞拉！真是驚喜！要幫妳拿嗎？」

我手上抱著大紙箱和一大束花，有點吃力，快要從手中滑落。

「喔，謝謝。」我感激地說，把其中一個紙箱遞給她，「裡面有幾盒巧克力請大家吃。」

「哇喔！」

「這些花也是給工作人員的……」我在她帶領下，經過有蜂蠟味的大廳，把花放在桌子上，「我只是想來謝謝大家照顧我姨婆莎迪。」

而不是謀殺她，我絕對沒這個意思。

「真漂亮！大家會很感動的！」

「好。」我尷尬地說，「我代表我們家人感謝各位，也很遺憾沒有常來探望她。」

其實是從來沒探望過。

金妮打開巧克力，興奮地叫了出來。我躡手躡腳走到側邊樓梯往上看。

「莎迪？」我低聲說，「妳在嗎？」我掃視了樓梯間的平台，什麼都沒看到。

「這是什麼？」金妮看著另一個紙箱，「也是巧克力？」

「不，那些是CD和DVD。替這裡院民準備的。」

我打開拿出裡面的CD。查爾斯頓舞曲，佛雷・亞斯坦一九二〇到一九四〇年的精選集，

「我只是覺得，他們也許也會想聽年輕時的舞曲。」我試探性地說，「特別是比較資深的那些院民。也許聽到會很高興。」

「勞拉，妳真是太體貼了！我馬上播！」她走進大廳，裡面沙發和椅子上坐滿了老人。電視在播著日間脫口秀節目。我跟在她身後，在四周白髮中，找尋莎迪的身影。

「莎迪？」我一邊張望一邊小聲道，「莎迪，妳在嗎？」

沒有回，我就知道這不是什麼好主意，該離開了。

「好了！」金妮從CD播放器旁邊站起身，「馬上就要開始了。」她關掉雷視，我們一動不動地站在那聽著音樂響起。不一會兒，一九二〇年代輕快的爵士樂，伴隨著錄音品質不佳的沙沙聲放了出來。聲音有點小，金妮又跑去把它調大聲了點。

房間另一角落，有位蓋著格子毛毯的老人還戴著氧氣罩。他把頭轉向這裡，看來他認出了這曲子。也有人開始用顫抖的聲音跟著哼；甚至還有位老太太輕輕拍著手，整個人被喜悅包圍。

「他們很愛！」金妮對我說，「這主意真不錯！我們怎麼從來沒想過！」

看著他們我一陣哽咽。裡面的每一位，他們都是莎迪，不是嗎？都有著年輕的靈魂，只是被白髮和皺紋覆蓋。那位戴著氧氣罩的老人，也許年輕時也曾迷倒萬千少女。那位目光呆滯的老太太曾經也是俏皮的女孩，跟著朋友有說有笑。他們都曾年輕過，有朋友、談過戀愛、一起玩樂，在他們的前面還有著無盡的時光……

當我站在那裡時，神奇的事發生了。我真的看到他們年輕的樣子，充滿活力的自我從他們的皮囊中站了起來，開始隨著音樂跳舞。他們都在跳查爾斯頓舞，腳跟輕快地踢著，一頭茂密的黑髮，四肢輕柔擺盪，大聲歡笑，他們握著彼此的手，仰頭陶醉。

我眨眨眼，幻覺消失了。變回了坐在椅子上一動不動的老人。

我敏銳地瞥了金妮一眼，她只是站在那裡，愉快地笑著，哼著不成調的曲子。

音樂仍在屋子其他地方迴盪。莎迪不在這裡，要是她聽到音樂，一定會跑來看看怎麼回事。這條線索又無望了。

「我有事情想問妳！」金妮突然轉過頭來，「妳找到莎迪的項鍊了嗎？妳之前在找的那個？」

項鍊。不知怎地，莎迪一消失，這好像一點也不重要了。

「沒有，沒找到過。」我勉強擠出微笑，「它在巴黎一個女孩那邊，本來她要把它寄給我的，但……我還在等。」

「喔，那，好吧，就祈禱吧！」金妮說。

「祈禱吧。」我點頭，「我想，我也該走了，我只是來打個招呼。」

「很高興見到妳，我帶妳出去。」

我們穿過大廳，腦海裡仍在想剛才看到老人們跳舞的景象，又年輕又快樂，我沒辦法不去想。

「金妮。」在她把門打開前，我忍不住想問，「妳一定見過很多老人……離世。」

「是的，的確。」她說，「這是這工作難免會碰到的。」

「那妳相信……」我咳了一下，覺得有點丟臉，「人死後，靈魂會回來嗎？」

我口袋裡的手機在這個時候突然響起，金妮還來不及回答，便用頭指了指我口袋，「沒關係，接吧。」

我拿出手機，是老爸打來的。

天啊，他為什麼會打來？他一定是知道我離職的事，然後會緊張兮兮地問我下一步打算怎麼辦。在金妮的注視下，我甚至沒辦法假裝沒聽到。

「嘿，爸！」我不給他說話機會，「我現在正在忙，能等我一下嗎？」把電話按掉，抬頭看了看金妮。

「所以，妳是要問，我相信鬼魂嗎？」她笑著說。

「呃……我想是的。」

「百分百說實話？不，我不信。那都是人幻想出來的，勞拉。是因為人們想要相信才幻想出來的，但我能理解，對失去親人的人來講，那是不小的安慰。」

「是。」我點點頭，思索著這一切，「好吧……再見。謝謝妳。」

門關上了，我走到一半才想起爸爸，他還在等我回電。我拿起手機按了按，「喂，爸！剛才不好意思。」

「一點也不，親愛的！很抱歉在妳工作時打給妳。」

工作？所以他還不知道。

「喔，對！」我在身後交叉手指，「工作，對，當然了，工作！我不在上班我還能幹嘛？」

我放聲大笑，「不過，剛巧有一些事，我現在人不在辦公室……」

「啊。那，也許這正是時候。」爸遲疑了一下，「我知道這聽起來很怪，但我有件事想跟妳談談，能見個面嗎？」

22

有點奇怪，我不知道會是什麼事。

我們約好在牛津街的靈頓咖啡見面，因為那裡是市中心。每次我們要約見面時，爸都會建議約在靈頓咖啡。他對比爾叔叔真是忠心耿耿，而且他有一張靈頓金卡，有這張卡可以在靈頓連鎖店裡索取免費的飲料和食物，但我自己沒有，家人和朋友的身分只能打五折，順帶一提，我沒有抱怨的意思。

來到熟悉的巧克力棕搭配白色的店面，我開始擔心。搞不好會是個壞消息，像是媽生病或是他生病什麼的。

就算都不是，我又該怎麼提跟娜塔莉拆夥的事？他還記得自己女兒拿了一大筆錢砸在創業上，現在卻一心想離開，他知道後會作何反應？想到他失望的臉縮在一起的表情……我就沒辦法。他會很傷心，我不能跟他說實話，至少不是現在；直到我有具體的計畫後。

我把門推開，吸了一口熟悉的咖啡味、肉桂，和烤羊角麵包的香味。棕色的天鵝絨椅以及拋光的木頭桌，其他的靈頓咖啡也一樣。櫃檯後面一張叔叔的大海報對著下面的人微笑。從靈頓馬克杯、咖啡壺到磨豆機……全是巧克力棕搭配白色。這是店裡的招牌配色，其他人不能亂用，那是比爾叔叔專屬的配色。

「勞拉！」爸從隊伍的前端揮手，「來得正是時候，妳想點什麼？」

喔，他看起來滿高興的，看來他沒生病。

「嗨。」我擁抱他，「我要一杯靈頓奇諾，再一個烤鮪魚起司三明治。」在這裡沒有卡布奇諾，這裡的卡布奇諾改叫靈頓奇諾。

爸點完咖啡和食物，拿出貴賓金卡。

「這是什麼？」收銀台後面的人有點疑惑，「我沒看過這東西。」

「你掃一下就知道。」爸說。

「哇喔。」螢幕上發出嗶的一聲，那傢伙眼睛睜得大大的。他有點吃驚地抬頭看著，「全部……免費。」

「每次用這張卡，我都會有點內疚。」爸承認，我們拿著餐點，走到一張桌子旁，「我總覺得我在吃霸王餐。可憐的比爾。」

可憐的比爾？這句話真是刺痛，爸爸人真好，他替每一個人著想就是不替自己想。

「我想這點錢他還請得起。」我挖苦地看了杯子上比爾叔叔的臉。

「大概吧。」爸微笑地看著我的牛仔褲，「妳今天穿得很隨興！妳們辦公室都這樣穿嗎？」

該死。我沒想到自己的穿著。

「其實……我剛參加完一個研討會，」我臨機應變，「他們要求穿便服。有點像角色扮演之類的。」

「真不錯！」爸開心地說，我因說謊更內疚，臉都紅了。他打開糖包倒進咖啡裡攪拌，「勞拉，我想問妳一個問題。」

「當然，問吧。」我真誠地點頭。

「妳最近工作怎麼樣？真實的狀況？」

我的天啊，哪壺不開提哪壺。

「嗯……你懂的……很不錯。」我語調提高了兩個音階，「一切順利！我們有一些很好的客戶，最近也完成鉅硬公司的案子，娜塔莉也回來了……」

「回來？」爸爸覺得有趣，「難道她之前走了嗎？」

要對父母說謊，千萬記得做好筆記。

「她只離開了一下下，」我笑容僵硬，「沒什麼大事。」

「妳覺得妳現在的決定是正確的嗎？」爸說得好像這問題很重要一樣，「妳喜歡現在的工作嗎？」

「是啊。」我痛苦地答，「我很樂在其中。」

「妳看不看好這工作未來的前景？」

「當然了，前景一片光明。」我盯著桌面，有時候我真希望可以不用對父母說謊，有時候真想飆著淚水對他說：爸，這一切都變質了！我該怎麼辦？

「所以，你找我出來是想談什麼？」我扯開話題。

「沒事，」爸充滿歡喜地看著我，「妳已經回答我的問題了。妳工作很順利，妳也很滿意，我只要知道這些就夠了。」

「什麼意思？」我不解地看他。

爸搖搖頭，微笑道：「其實是有個工作機會想跟妳說，但我不想打亂妳目前的步調，不然之前的努力都會付諸流水。妳在做妳喜歡的事，而且做得很好。不需要這個機會。」

工作機會？

我心跳突然加速，但我不能把自己的興奮表現在外。

「為什麼不說說看呢？」我假裝隨口問問，「說不定會有興趣。」

「親愛的，」爸笑了，「不用客氣了。」

「我沒有在客氣，」我馬上接話，「我想知道。」

「我不想侮辱妳，親愛的，我為妳有今天的成就感到驕傲。」爸和善地說，「新工作，意味著妳要放棄眼前的一切，這不值得。」

「也許值得！快告訴我！」該死，我好像表現得太明顯了。我馬上重新調整態度，「我是說，幹嘛拐彎抹角，直接說也不會有什麼損失不是嗎？」

「好吧，這樣講也沒錯。」爸喝了一口咖啡，然後直視我的眼睛，「比爾昨天打給我，真是出乎意料。」

「比爾叔叔？」我大吃一驚。

「他說妳最近有去拜訪他？」

「喔。」我清清嗓子，「是，我是有找他聊天，本來想跟你說一聲的……」才怪。

「嗯，他對妳印象深刻，我想想他是怎麼形容妳的……」爸饒富興味地歪了嘴角，「喔，對了，『不屈不撓』。總之……情況是……這個。」

他從口袋裡拿出信封滑過桌面給我。我不可置信地打開。那信封印著靈頓的字樣。裡面說我可以到靈頓人力資源部門上班，有六位數字的薪水。

眼前天旋地轉。抬頭一看爸爸，他容光煥發，雖然想表現得不在意，但嘴角藏不住內心的喜悅。

「比爾把信拿來之前，還在電話裡大聲讀過一遍。真不錯，不是嗎？」

「我不懂。」我揉揉眉毛感到困惑，「他為什麼要把信拿給你，不是直接找我？」

「比爾覺得這是一個不錯的聯絡機會。」

「喔，是啊。」

「笑吧，親愛的！」爸笑了，「不管妳是否要接這工作，這都是一種巨大的讚美。」

「對。」我又說，但我笑不出來，有什麼事情不對勁。

「這是對妳的肯定。」爸爸說，「想想看，比爾並不欠我們什麼。他會這樣說，純粹是欣賞妳的才華，他是真心讚美。」

好吧，這就是問題所在：爸直接把它點明了。我不相信比爾叔叔會欣賞我的才華，也不覺得他有什麼真心。

我再次看向那封信，白紙黑字的六位數薪水。不信任的感覺像蜘蛛一樣在我身上爬開來。

他想收買我。

好吧，這樣講太重了；他想讓我跟他站在同一陣線。自從我提到莎迪的項鍊，我就成了比爾叔叔的眼中釘。那一瞬間，我從他眼神裡看到了：從震驚轉變成警戒。然後突然給我一份工作。

「但我不想讓這個影響妳，」爸爸說，「勞拉，媽和我都替妳感到驕傲，如果妳想繼續妳的事業，我們百分之百支持。選擇權在妳，不管怎樣都好。」

說是這樣說，但他眼中閃爍的期望已透露內心的想法。他希望我能在一家跨國企業裡有個穩定的工作，而且不只是跨國，同時還是家族企業。

比爾叔叔也懂他，不然為什麼要透過爸爸把這信交給我？他想一次操控我們兩個。

「比爾叔叔在喪禮上拒絕了妳，我覺得他心裡也難過。」爸又繼續說，「但妳的堅持讓他留下深刻印象，我也是！我不知道妳又去找他！」

「但我不是去找他要工作！我是去問他……」不行，我不能提那項鍊，也不能提莎迪，不可以。

「說真的，」爸壓低聲音，斜靠在小桌子上，「我想比爾和蒂亞曼媞之間有點摩擦，他後悔從小就……太慣著她了。我們稍微聊了一下，妳懂他的意思吧？」爸很得意，「他說他需要妳這種獨立創業的年輕人來當蒂亞曼媞的榜樣。」

他才不這麼想！我好想大喊：你搞不懂情況！他只是希望我別再找那項鍊！

我絕望地把臉埋在掌心，這說法太荒謬了，怎麼聽都不可能，但現在項鍊不見了，莎迪也不見了，我不知道自己該怎麼辦……或要怎麼做。

「勞拉！」爸在叫喚，「親愛的！妳還好嗎？」

「我很好。」我抬頭，「對不起，這一切來得太突然，有點壓力。」

「是我的錯，」爸說，臉上笑容淡去，「是我把它說出來的。我不該提起，妳事業明明很順利。」

喔，天啊。我不能再這樣瞞下去。

「爸。」我打斷他，「我工作並不順利。」

「什麼？」

「一點也不好。我騙你的，只是不想讓你知道。」我手指在揉碎糖包的紙袋，不敢看爸的眼睛，「但實話是……這是一場災難。娜塔莉讓我陷入困境，我們大吵一架，我跟她分道揚鑣，而且我跟喬許又分手了，永遠分手。」我吞了口口水，強逼自己講完，「我終於發現自己從以前就錯了，他從來沒愛過我，我只是真的很希望他愛我。」

「原來是這樣。」爸爸有點嚇到，「天啊，」等他沉默消化一下，「嗯……也許這個機會來得正是時候。」他再次開口。

「也許。」我咕噥著，眼睛仍看著桌面。

「怎麼了？」爸輕聲問，「親愛的，妳為什麼要考慮？妳不是很想替比爾叔叔工作？」

「我知道，但……事情很複雜。」

「勞拉，我能給個建議嗎？」爸等我抬頭後才又開口，「不要對自己太嚴格，放輕鬆，也許沒有真的那麼複雜。」

我看著爸，那耿直的臉，誠懇的眼神，要是我跟他說實話，他一定不會相信，會覺得我在妄想，不然就是嗑藥了……也或者兩個都有。

「比爾叔叔有提到項鍊的事嗎？」我還是想問一下。

「項鍊？」爸一臉疑惑的表情，「沒有，什麼項鍊？」

「沒……沒什麼。」我嘆了口氣，喝了一口靈頓奇諾，抬頭看他時，他正對著我笑，但我知道他腦子裡仍在擔心。

「親愛的，妳現在有很好的機會。」他指了那信封，「一個讓妳生活回到正軌的機會，也許妳應該接受。別想太多，不要自尋煩惱，抓住妳的機會。」

他不懂，他怎麼可能會懂？莎迪的存在不是自尋煩惱。她確實存在，她是真的。她有自己的想法，而且她是我朋友……

那她在哪？突如其來的念頭刺進我腦袋，像一把利刃捅出一個洞。要是她真的存在，那她在哪裡？

我嚇了一跳，這質疑是從哪來的？我不能有懷疑……我不能這樣想……我不能……

我突然感到毛骨悚然，莎迪當然是真的！當然是了！別傻了！不要再想了！

此時，金妮的話在我心中迴盪，是因為人們想要相信才幻想出來的，勞拉，人們想要相信。

不，不會的，不可能……不。

我有點頭暈。喝了一大口咖啡。環顧咖啡店四周，試圖讓自己回到現實。靈頓咖啡是真的，爸爸是真的，這工作機會是真的，莎迪是真的。我知道她是，我不只看到也聽到了。我們一起聊天，天啊，還一起跳過舞。

不管怎樣，我怎麼可能憑空想像出來？我又不知道她，我怎麼可能知道她有項鍊的事？我從沒見過她！

「爸。」我睜開眼，「我們從來沒拜訪過莎迪姨婆是嗎？只有以前我還是嬰兒時。」

「其實，不完全正確。」爸謹慎地看我，「我和媽媽在喪禮上有聊過，我們在妳六歲時有帶妳去看過她。」

「六歲。」我吞了口口水，「那她是不是……有戴著項鍊？」

「可能有喔。」爸聳聳肩。

我六歲就看過莎迪姨婆。所以我有機會看到項鍊。也許在記憶中有印象……但沒辦法主動想起來。

我覺得自己像自由落體突然沒了個底。內心一陣寒意，所有事情開始往全然相反的方向發展，我第一次看到其他可能的解釋。

我可能因為心底的期望在腦袋裡編出了整套故事。可能是我們從來沒好好認識過她，所以內心有愧疚感，潛意識裡創造她出來。我第一次看到的時候不也覺得她是幻覺嗎？

「勞拉？」爸看著我，「妳沒事吧？親愛的？」

我想對他微笑，但我思考得太專心了。有兩種全然對立的聲音在腦海裡爭論。一個在大喊：莎迪是真的，妳知道她是真的！她在外面某個地方！她是妳朋友，她很受傷，妳必須找到她！第二個則很平靜地說：她不存在，從來就沒有過，妳已經浪費太多時間。該回到現實生活中了。

我呼吸困難，想讓思考及心裡的衝突平靜，但我不知道要相信哪個，我不再相信自己，也許我真的瘋了。

「爸，你覺得我瘋了嗎？」我無助地問，「說真的，我該去看醫生什麼的嗎？」

爸突然爆出笑聲，「不！親愛的，當然沒有！」他放下咖啡杯，身子往前傾，「我覺得妳情緒很激動，想像力也很豐富。這是遺傳自妳媽的，有時候它們會左右妳，但妳沒有瘋。無論如何，至少沒妳媽那麼瘋。」

「是，」我吞了口口水，「好的。」

說真的，這安慰不到什麼。

我笨手笨腳地拿起比爾叔叔的信，又讀了一遍。如果用一種全然不同的角度來看，那它就沒那麼邪惡，沒什麼問題，他只是個有錢人，想幫自己的姪女。我可以接受這份工作，我就是靈頓咖啡的勞拉．靈頓。我眼前就是美好的未來：高薪、汽車、遠景。大家都會很高興，事情會容易很多。我對莎迪的記憶會消失，生活會恢復正常。

那一切就太輕鬆了。

「妳有一陣子沒回家了。」爸和藹地說，「週末怎麼不回來一下？媽很想妳呢。」

「是，」我停頓一下，「好啊，好久沒回去了。」

「它會恢復妳活力。」爸可愛地歪嘴一笑，「如果生活面臨緊要關頭，需要思考一些事情，沒什麼比家更適合的了。」

「沒什麼比家更適合。」我微微一笑。

「……桃樂西說得對。快吃吧。」他指著我的三明治，但我沒在聽他說什麼。

家。這個字吸引了我，我怎麼沒想過。

她可能回家了。

她以前的老房子，以前的家。畢竟，那是她早年記憶的地方。她在那裡有過一段戀情。在她有生之年拒絕回去……但說不定她不再堅持了？她會不會就在那裡呢？

我想得出神，不停攪拌靈頓奇諾。我知道最聰明的辦法是把她從我腦中抹去，接受比爾叔叔的工作，買瓶香檳跟爸媽一起慶祝，我明知道的。

但……我沒辦法，我內心深處不願相信她是幻覺，都已經走了這麼遠的路，用盡全力在找她，我想試最後一次。

要是她不在，我就放棄，永遠放棄。

「所以，」爸用那巧克力棕的餐巾紙擦嘴，「妳現在看起來心情比較好了，親愛的。」他把頭轉向那封信，「妳已經決定好要怎麼做了嗎？」

「是的。」我堅定地點頭，「我要去聖潘克拉斯車站。」

23

好吧，這是我要找的最後一個地方，也是最後機會，我希望她會感激我做的努力。

我花了一個小時到達聖奧爾本斯，又花了二十分鐘搭計程車到阿奇伯瑞。我現在人就在這裡，站在一個小鄉村的廣場，那裡有一間酒吧和一個公車站，以及一座很不搭的現代化教堂。這裡卡車以每小時一百萬英里在飆車，三個幾十歲的男孩在公車站吵架……去掉這些因素，這裡應該會很美；我本以為鄉下會很安靜的。

我很快移動到草坪上，不想看到其中一個男孩從懷裡掏出手槍或什麼的。那裡有片大木板畫了村莊的地圖，我很快就找到了阿奇伯瑞樓以前的舊址，阿奇伯瑞樓已經被大火燒掉，現在這個才是它的模樣。要是莎迪回家，那她會在那裡。

幾分鐘後，我看到前面的大門，上面鐵條彎曲成字母，寫著阿奇伯瑞大院，裡面有六間紅磚房，每一間都有小車庫和私家車道。很難想像這裡曾是一幢又大又豪華的房子，而且還有花園。

我覺得自己有點顯眼。我開始四處遊蕩，嘎吱嘎吱地踩著碎石，偷看窗戶裡，並小聲喊道：「莎迪？」

我應該先問一下莎迪住在家裡時的情況，也許她有最喜歡的一棵樹什麼的，或是花園裡某個她最喜歡的角落，說不定現在已經變成工具間了。

周圍好像沒有人，過了一會，我乾脆提高嗓門，「莎迪？妳在嗎？莎……迪？」

「不好意思？」背後有人叫，我嚇了一跳。轉過身來，看到一位白髮蒼蒼的女人，她穿著花襯衫、褐色休閒褲跟橡膠鞋，有點狐疑地看著我。

「我就是莎迪，請問妳是？」

「呃……」

「妳是來清理排水的嗎？」她又補了一句。

「嗯……不是。」我說，「我在找另一個莎迪。」

「哪個莎迪？」她瞇起眼，「我是這附近唯一的莎迪。莎迪．威廉斯，住四號。」

「是，我要找的莎迪……其實……是一隻狗。」我開始瞎編，「牠逃出來了，我在找牠，但我想牠應該跑去別的地方。抱歉打擾了……」

我正要離開，但莎迪．威廉斯拉住了我肩膀，她手也太強壯了吧，「逃出來，妳不知道我們社區禁止養狗嗎？」

「呃……抱歉，我不知道，總之，我想牠一定跑去別的地方了。」我試著掙脫。

「她搞不好在灌木叢裡遊蕩，可能會跳出來攻擊人！」莎迪．威廉斯怒瞪著我，「狗是危險的野獸！妳不知道我們這裡可是有小孩的！妳太不負責任了！」

「我沒有不負責任！」我得維護我的自尊，忍不住生氣地回嘴，「牠是非常好的一隻狗。我不會讓危險的狗跑出去的。」

「所有的狗都很危險。」

「不，牠才沒有。」

勞拉，夠了，反正那隻狗根本不存在。

「總之，」我終於掙脫那女人的手，「我確定牠不在這裡，因為只要我叫牠，牠一定會出現。牠很聽話，而且，牠贏過克魯夫茨狗展[54]，」我還補充了一下，「所以我最好快點找到牠。」

在莎迪‧威廉斯抓住我之前，我快步走向大門。莎迪不可能在這裡，不然一定會出來看熱鬧。

「那牠是什麼品種？」莎迪‧威廉斯不高興地說，「要找哪一種？」

天啊，我還是忍不住。

「鬥牛犬。」我扭回頭大喊，「我說過，牠很乖。」

我頭也不回地走出大門，沿著大路回到小廣場。跑到這裡來的點子真他媽的好啊，浪費時間。

我走向綠色長凳，低頭拿出一根巧克力棒凝視著前方。跑來這裡真是蠢，吃完這個，我就要叫車回倫敦，不要再想莎迪了，更別說要去找她。我沒多少人生可浪費的；況且，我為什麼要想她？我賭她根本沒想過我。

吃完巧克力，準備打電話叫車。該走了，是該拋開的時候，要開始一種新的、理性、沒有鬼魂的日子。

除非……

我一直想到滑鐵盧橋上莎迪那張受傷的臉，聽到她講的話：妳並不關心我……沒有人關心我……

如果我才三天就放棄，豈不是證明她說的是對的？

真讓人氣餒……對她、對我自己、對整個情況。我煩躁地把巧克力糖紙揉成一團，扔進垃圾桶。想想看，這時候我該怎麼辦？我到處都找過了。要是我一叫她她就出現……要是她肯聽我解釋，要是她沒那麼固執……

等等。我突然想到，我是個靈媒不是嗎？說不定我能夠用我的超能力把她從另一個世界召喚出來，也可能是從哈洛德百貨……管她在哪。

好，這是我最後一次嘗試，我認真的。

我站起來，走到綠色的小池塘。我相信池塘是充滿靈氣的地方，再怎樣也比長椅有靈氣。中間還有一座長滿青苔的石製噴泉，我想像多年前莎迪在噴泉裡跳舞，水花四濺、尖嘯四起，有個警察想把她從裡面拖出來。

「靈界。」我小心翼翼地伸出雙臂，水面出現漣漪，但可能只是剛好有風。

我不知道要怎麼做，只好裝模作樣，邊做邊摸索。

「這裡是勞拉。」我用低沉的嗓音吟誦，「靈魂之友……至少是一個靈魂的朋友。」我趕快修正。

我不希望亨利八世跑出來。

「我尋找……莎迪．蘭卡斯特。」我用非常重的口吻說道。

但除了一隻鴨子在水面上呱呱叫外，什麼聲音也沒有。也許尋找這字眼不夠強大。

---

54 克魯夫茨狗展：在英國舉辦的國際狗展，也是世界最大的狗展。

「吾在此召喚，莎迪．蘭卡斯特。」我用命令的口吻吟誦，「從靈界的深處，呼喚。吾，勞拉．靈頓，一介靈媒。請聽吾輩聲音，接受召喚。靈界，懇求汝。」然後我劇烈地揮舞雙臂，「若爾輩知悉莎迪，請將之送來，傳送到此，現在。」

什麼都沒有，沒有聲音，沒有光線，連個影子都沒。

「好！」我放下手臂，「別召喚了。」我對著天空大喊，萬一她聽得到，「我不在乎，我今天還有比跟靈界溝通更重要的事，就這樣了。」

我回到長凳上，從包包裡拿出手機，打給計程車公司，要他們派一輛車過來。

真是夠了，我要走了。

計程車司機告訴我，十分鐘後會在教堂前等我，所以我就去教堂裡，說不定他們大廳裡有咖啡機，但卻發現整個地方都被鎖起來了。我往回走，正要拿手機確定時間，突然被某個東西吸引，有個牌子上面寫著：舊牧師宿舍。

舊牧師宿舍？那是以前牧師住的地方。也就是說……史蒂芬以前住在那裡。他是牧師的兒子，對吧？

我好奇地看著木門。那是一座灰色的大房子，有一條碎石路的車道，旁邊停了幾輛車。大約有六個人從前門進來。所以不管是誰住在這裡，屋主一定在家。

花園裡長滿了杜鵑花和樹木，還有一條小路環繞房子。我瞥見遠處有一個舊棚子，不知道史蒂芬以前是不是在那裡畫畫。我想像莎迪用一隻手拎著鞋子，眼睛反射月光，躡手躡腳地沿著那條小路前進。

這地方很有氣氛，茂密的草地，古老的石牆，花園裡有成片的樹蔭。沒有半點現代化的元素，這裡好有歷史感。不知道……

不，停止。我已經放棄了，我不會到裡面找。

但是說不定……

不，她不會在這裡的。不可能，她自尊心那麼強，而且她也說過自己不會糾纏舊戀情。再過一百萬年她也不可能跑到以前男朋友家裡晃，更別說這一個曾經傷透了她的心，一封信也沒回。怎麼可能在這裡找到她。

但我手已經對著門伸出去了。

這真是最後、最後一個要找的地方。

我踩在碎石上，發出嘎吱響，還在想自己來這裡的藉口。不要再編找狗的理由，不如說我在做研究，研究牧師的宿舍？我可以說我是建築系的學生？沒錯，我要寫論文，《宗教建築：古代居住院舍》，倫敦大學伯貝克學院的學生。

不不不，是哈佛的學生。

我站在門口本來正要按那舊式門鈴的時候，發現門閂沒有閂上。也許我可以偷溜進去不被發現。我小心翼翼地把門推開，進去後裡面是鑲板牆，拼花地板。棕灰色鮑伯頭的女人在一張桌子後面，身穿著費爾島圖紋毛衣[55]，桌上放滿了書和傳單，我嚇了一跳。

「哈囉。」她笑了笑，好像看到我一點也不驚訝似的，「妳是來參觀的嗎？」

[55] 費爾島圖紋毛衣：費爾島在英國的最北部。島上毛衣有其特有的織紋。

參觀？

正好！這樣更能四處晃晃，連故事都不用編。我不知道這年頭牧師也開始賺觀光費，但我想一定有它的道理。

「呃……是的。要多少錢？」

「五英鎊。」

五英鎊？參觀宿舍要這麼貴！見鬼！

「這是導覽手冊。」她拿給我一份傳單，但我沒看。我對這房子不怎麼感興趣。我很快離開那女人走進一個客廳，裡面都是老式的沙發和地毯，然後我看看四周。

「莎迪？」我小聲說，「莎迪，妳在嗎？」

「馬洛禮晚上時常待在這裡。」那女人的聲音讓我嚇一跳，她什麼時候跟在後面的。

「喔。是。」我不知道她在說什麼，「真好，這裡我看完了……」我走到隔壁的餐廳，這裡好像被佈置成能演戲的地方，「莎迪？」

「當然了，這裡曾是以前的餐廳……」

我的天。在參觀牧師家的時候能不能不要一直跟著。我走到窗前看向花園，剛才看到的六個人就在那裡散步，這次我沒有低聲叫喚莎迪。

這是個蠢主意。她不在這裡，不管怎麼說，她怎麼可能在這個讓她心碎男人的家裡晃蕩？我轉身離去，差點撞到那女人。

「我想妳應該是他作品的愛好者吧？」她笑著說。

作品？誰的作品？

「呃……是啊。」我隨口亂回，「當然，超級粉絲，超級大粉絲。」我頭一次低頭看一下給我的手冊，上面標題寫著：歡迎來到賽西爾．馬洛禮的故居，下方畫了一幅懸崖的風景畫。

賽西爾．馬洛禮。他是有名的藝術家，對吧？我的意思是，雖然不像畢卡索那樣，但我好像有聽過這個人，我突然有點興趣。

「所以……這裡是賽西爾．馬洛禮以前住過的地方嗎？還是什麼？」

她被這問題嚇一跳，「當然啦！所以這房子會被整修成原貌，成為博物館。一九二七年以前他都住在這裡。」

一九二七？現在我更感興趣了。如果他一九二七年之前都住這的話，莎迪肯定認識他。說不定還一起出去玩過。

「他是牧師兒子的朋友嗎？他叫史蒂芬．內特頓。」

「親愛的……」那女人覺得奇怪，「妳應該知道史蒂芬．內特頓就是賽西爾．馬洛禮。他在作品上的簽名從來不用家族名。」

史蒂芬．內特頓就是賽西爾．馬洛禮？

史蒂芬是……賽西爾．馬洛禮？

我驚訝得說不出話來。

她接著說：「他到法國後，正式改了名，有人認為這是他對家族的反抗……」

後面她講了什麼我沒怎麼在聽。腦袋裡亂七八糟的。史蒂芬變成了知名畫家。這沒道理啊。莎迪從來沒跟我說他是有名畫家，不然她會一直誇耀這件事，難道她不知道嗎？

「……之後他英年早逝，到死前都沒和家人和解。」那女人以莊嚴的語調作結，然後微笑道：「要不要看他的臥室？」

「不不。我是說……對不起。」我揉揉額頭，「我有點難消化。史蒂芬……我是說賽西爾．馬洛禮……曾是我姨婆的一個朋友，妳懂吧。她住在這村子裡。她認識他，但我不知道為什麼她會不知道他是名人。」

「啊。」這女人一點也不意外地點頭，「那當然了，他成名是在死後。那時人們才對他的繪畫產生興趣，先從法國開始流行，然後才是他的祖國。當然了，他這麼年輕就去世，留下來的作品也很有限，所以他的畫這麼珍貴。二十世紀八〇年代，一幅畫的價值更是飆升。那才是他揚名四海的時候。」

上個世紀八〇年代。莎迪一九八一年中風被送去療養院。沒有人跟她說，她當然不知道外面的事情。

我從沉思中回過神來，那女人用奇怪的眼神看我。我看她八成想把那五英鎊還我，要我趕快離開。

「呃……對不起，我在想事情。他的畫室是在花園的棚子裡嗎？」

「是啊。」那女人一下高興起來，「妳有興趣的話，我們也有賣不少馬洛禮的相關書籍……」她急忙拿出一本精裝書，「裡面有記載他早年生活的小事，但只有大略輪廓，因為戰爭的關係很多畫作都丟失了；同時代的人也都去世，要研究他生平沒那麼容易，不過他在法國的時候留下不少資料，他的風景畫才是成名原因……」她把那本書拿給我，封面畫了一片海景。

「謝謝。」我接過那本書，開始翻閱。不經意看到一張黑白照片，裡面有一個人在懸崖邊作畫。照片的標題是：少數僅有的照片：賽西爾．馬洛禮作畫，我當下就知道為什麼莎迪會愛上他。強壯高大，膚色有點黑，眼睛也是，身上穿著一件破舊的襯衫。

王八蛋。

他大概以為自己是天才，就覺得對一般人的戀情根本看不上眼。就算他英年早逝，我還是忍不住對著他大罵。他怎麼可以這樣對莎迪？怎麼可以到了法國就忘了她？

「他是個很有天賦的人。」那女人順著我的目光也看到那張照片，「他的英年早逝時可說是二十世紀的悲劇。」

「是啊，說不定他活該。」我看著那女人的眼神有點不太友善，「他就沒想過對自己女朋友好一點嗎？」

那女人表情十分困惑，嘴巴張著本想說什麼，但是又閉上。

我翻了翻，很多都是大海跟懸崖的照片，還有一隻母雞的素描……然後我突然愣住。有隻眼睛正從書裡面看著我，那是一張畫的局部放大。只有一隻眼睛，長長的睫毛具有挑逗意味的眼神。

我馬上認出那隻眼睛。

「不好意思。」我差點語塞，「這是什麼？」戳著那本書，「這是誰？從哪裡來的？」

「親愛的……」那女人正耐心解釋，「妳應該知道的。這是他最有名畫作的細節放大。我們圖書館有那幅畫，如果妳想看的話。」

「當然，」我已經開始在走動了，「我要看，麻煩妳了。」

她領著我經過一條走廊，腳底下的木板嘎吱作響。來到了一間鋪著地毯的昏暗房間，每面牆上都有書架，陳設著舊式的皮革椅，壁爐的上方掛著一幅巨大的畫作。

「我們到了，」她充滿熱情地說，「這是我們最自豪的東西。」

我沒辦法回應，喉頭哽咽，一動也不動地站著直盯著那幅畫，目光久久無法移開。

這是她。從華麗的鍍金畫框向外看，彷彿擁有了整個世界，這就是莎迪。

我從來沒有看過她像這幅畫裡的一樣，如此容光煥發，也沒看過她這麼愜意、這麼開心、如此美麗。那巨大深邃的雙眼中，充滿了愛。

她全裸躺在躺椅上，全身上下只有披在肩膀和臀部的薄紗，微微遮住重點部位。一頭短髮襯托露出優雅的脖子，耳上有著閃閃發亮的耳環。那條蜻蜓項鍊，就從脖子垂下，圍繞蒼白被薄紗覆蓋的雙乳之間，手指纏繞項鍊的珠子，發出閃光。

我耳邊彷彿能聽到她的聲音：當我戴著那項鍊的時候……覺得自己……像女神一樣……

一切都說得通了，這就是為什麼她想要拿回項鍊的原因，這也意味著，在她生命那個時刻，她很快樂，不管在那之前或之後發生了什麼，之後的她是否心碎，但是在那一刻一切都是完美的。

「太驚人了。」我擦了擦眼淚。

「是不是很棒？」那女人高興地看了我一眼，看來我終於表現得像藝術愛好者了，「每一個細節還有筆觸都出自愛。項鍊上的每一個珠子都是小小的傑作。」她深情地看著畫像，「當然了，更特別的是，這是唯一的一幅。」

「什麼意思？」我困惑地說，「賽西爾．馬洛禮畫了很多作品不是嗎？」

「確實如此，但肖像畫只有這一幅。他的後半輩子都拒絕作畫。隨著他在法國的名聲愈來愈響亮，也愈來愈多人想請他畫，但他總是回答J'ai peint celui que J'ai voulu peindre。」她的停頓充滿詩意，然後又開口，「我想畫的已經畫出來了。」

我睜大眼睛看著她，下巴差點掉下來。我把她的話消化一遍，腦袋閃著火花，他只畫過莎迪？他這一生？想畫的已經畫出來了？

「而在這一顆珠子裡……」女人帶著會心的微笑走向那幅畫，「就是這顆珠子，有一個小小的驚喜，一個小秘密，妳應該會喜歡。」她對著我招招手要我過去，「有看到嗎？」

我把注意力都放在那個珠子上，但珠子還是珠子啊。

「光這樣看幾乎看不到，除非用放大鏡……來，這裡。」她拿出一張霧面的印刷紙，上面印著那個放大了數倍的珠子。我凝視它時，驚訝地發現裡面有一張男人的臉。

「那是？」我抬起頭。

「馬洛禮。」她點頭，高興地說，「那是他自己在項鍊上的倒影。他把自己也畫進去了，非常迷你，隱藏起來的肖像畫。那是十年前才發現的，像個機密一樣。」

「我能看一下嗎？」

我從她手上接過，手還抖了一下。我盯著那畫看，這就是他，在畫作裡，在珠子中，是那項鍊的一部分，也是莎迪的一部分。從此之後，他再也沒畫過肖像畫，他想畫的已經畫出來了。

他是真心愛著莎迪。我知道的。

我又抬頭看著那幅畫，淚水已模糊了我的眼睛。那女人說得對，每一筆都出自愛，從筆觸中就能看出來。

「真是……太驚人了。」我吞了口口水，「還有……嗯……還有更多他的書嗎？」我想把這女人支開，一直等到她腳步聲從走廊上遠去，我才抬頭張望。

「莎迪！」我拚命呼喊，「莎迪，妳聽得到我說話嗎？我找到那幅畫了！很漂亮。妳真的很漂亮，妳被放在博物館裡了！妳知道嗎？史蒂芬除了妳，沒有再畫過別人，只有妳一個，他把自己畫在項鍊裡。他是愛妳的。莎迪，我知道他愛妳。我希望妳也能看到這個……」

我屏住氣等著，但屋內一片死寂。不知道她在哪裡，但看來是聽不到我說話，然後我聽到腳步聲，便急忙轉身微笑。那女人拿了一疊書過來。

「這裡是我們所有的存貨。妳是藝術史的學生嗎？還是僅是對馬洛禮感興趣？」

「我只對這幅畫感興趣。」我坦白地說，「我在想，妳……或是專家們……知道這是什麼？這幅畫的名稱？」

「這幅叫《項鍊女孩》。當然了，大家都對裡面的模特兒是誰很感興趣。」這些內容，她應該背過多遍了，「許多人都在研究她的身分，但不幸的是，目前為止除了她的名字外，沒有人知道她是誰。」她戲劇性地停頓一下，「她名字叫瑪佩爾。」

「瑪佩爾？」我吃驚又不悅地看著她，「她不叫瑪佩爾！」

「親愛的！」那女人咂嘴，「我知道以現代人的觀點來看，這名字很奇怪，但相信我，瑪佩爾在當時是很普遍的名字。這幅畫的背後有獻詞，是馬洛禮親手寫下的：我的瑪佩爾。」

我的老天。

「那只是個綽號！他們私底下叫著玩的！她的名字叫莎迪好嗎！莎迪．蘭卡斯特。我要把它寫下，我之所以會知道是因為……」我停頓一下，「她是我姨婆。」

我在等她大吃一驚什麼的；但她只是質疑地看著我，「天哪，親愛的。為什麼妳會宣稱裡面的人是妳姨婆？」

「我不是宣稱，我知道她就是。她住在阿奇伯瑞，也認識史蒂……我是說賽西爾．馬洛禮。他們在交往，這就是她。」

「妳有證據嗎？她年輕時的照片？或是正式文件能證明？」

「嗯……沒有。」我洩氣地說，「但我知道那就是她，毫無疑問。我會證明給妳看，到時候妳要放她名字的牌子在那裡，別再叫她瑪佩爾……」我話沒講下去，突然想到了什麼，「等一下，這畫是莎迪的！他送給莎迪的！它已經不見好幾年了，現在所有權應該是我爸或是比爾叔叔的？那為什麼它會在這裡？」

「妳說什麼？」那女人一臉不解，我不耐煩地嘆了口氣。

「這幅畫是我姨婆的，但很多年前就不見了。老家被燒毀，沒人能找到它。怎麼現在它會在這牆上？」我帶有指責的口吻，她有點不知如何回應。

「恐怕我也不知道，我在這裡工作十年了，那時候就在這裡了。」

「好。」我開啟生意模式，「如果是這樣的話，我能和博物館的館長，或是這幅畫的負責人談談嗎？現在方便嗎？」

那女人小心地審視我，困惑地說：「親愛的，妳該不會不知道這幅只是複製品吧？」

「什麼？」我猝不及防，「妳這話什麼意思？」

「原作的尺寸是這幅的四倍，而且我敢說，一定會更驚人。」

「但……」我又不解地看了那幅畫，就我看來它不就是原作嗎？「那麼原作品呢？是鎖在保險箱什麼的嗎？」

「不，親愛的。」她耐著性子，「它就在倫敦的國家肖像館裡。」

24

好大一幅，十分驚人，那震撼的程度比小屋裡的強一百萬倍。

我在國家肖像館裡在莎迪的畫像前坐了兩個小時了，我離不開它。她在畫裡面凝視肖像館外，秀麗的眉毛，清澈又柔和的墨綠色眼睛，比所有我見過的女神都還要美。賽西爾．馬洛禮運用光影呈現在她皮膚上的畫作技巧無人能及。我會知道是因為半個小時前一位美術老師帶著學生參觀順便講解，還走上前去，看有沒有人能看出項鍊上的小肖像。

我在這裡至少看過有一百名參觀者來這裡看她。個個都驚嘆萬分，彼此相視微笑，抑或只是坐下來靜靜欣賞。

「她是不是很美？」一位穿著防水外套的黑髮女士，在我旁邊長凳上對我微笑，「這是整個肖像館裡我最喜歡的一幅。」

「我也是。」我點點頭。

「不知道畫裡的人在想什麼？」女人沉思著。

「我想她戀愛了。」我又看了一眼莎迪發光的眼神，自己不禁臉紅，「我覺得她很開心。」

「妳可能說對了。」

有好一會兒，我們只是坐在那裡靜靜地欣賞。

「真讓人賞心悅目，不是嗎？」那女人說，「午餐時候我常常來看，看了之後會覺得自己充滿精神。我家裡也有她的海報，我女兒買給我的，但不管怎樣，都比不上原版的，不是嗎？」

我不禁哽咽，但這是勉強笑了，「對，沒有東西比得上真正的始祖。」

我們交談的當下，來自日本的一家人，走近這幅畫。我看到母親指著項鍊給女兒看，她們紛紛讚嘆，一起交叉著雙臂，側著頭欣賞這幅畫。

這些人都愛慕莎迪，幾十、幾百、幾萬的群眾，而她卻毫不知情。

我之前呼喚她到嗓子都啞了，一遍又一遍，對著窗外、街頭巷尾，但她都沒聽見，或是不想聽。我起身，看了看手錶。無論如何該起身了。現在是五點。我跟收藏品的經理馬爾康·葛萊德希爾約好了時間。

我回到門廳，跟接待員說了我的名字，之後一群法國學生蜂擁而至，我在人群中等待，直到後面有人叫我，「請問是靈頓小姐嗎？」我轉身看到一位穿著紫色襯衫蓄有栗色鬍子的男子，耳朵那裡還有一簇毛髮，他兩眼炯炯有神地對我微笑。鬍子還沒變白，就已經有點聖誕老人的感覺，讓人覺得親近。

「嗨，是的，我是勞拉。」

「我是馬爾康·葛萊德希爾。請跟我來。」他帶著我穿過接待桌後面一道暗門，上了幾級階梯，來到角落的辦公室，那裡的視野可以俯瞰泰晤士河。牆上、門上、書本上，到處貼滿了明信片和畫作的複製品，連他的電腦上都有。

「那麼。」他拿了一杯茶給我，然後坐下，「妳是為了《項鍊女孩》而來的嗎？」他謹慎地看著我，「我不太確定妳來訪的內容是什麼，但……好像很緊急？」

好吧，我可能說得有點誇張了。我不想把整件事跟一個不知名的接待員講，所以我只大略說是跟《項鍊女孩》有關，而且事關重大，攸關生死、國家存亡，還有國安問題。

好吧，我想這件事對藝術界來講，應該是有這麼重要。

「是很急迫。」我點頭，「首先，我想先說，這不是一位女孩，她是我姨婆。看這個。」

我手伸進包包裡，拿出在療養院拍的莎迪照片，她還戴著那項鍊。

「看這個項鍊。」我交到他手上時又補了一句。

我就知道馬爾康．葛萊德希爾是個好人，他的反應完全如我預期的那樣。他瞪大了眼，激動得兩頰發紅。抬起頭來認真地看了看我，又低頭看莎迪脖子上的項鍊，然後又怕自己是不是表現得太明顯，趕緊咳嗽。

「妳是說，」他開口，「這就是畫中的瑪佩爾嗎？」

我真的該阻止人們再這樣叫她。

「她不叫瑪佩爾。她討厭瑪佩爾這個名字。她叫莎迪。莎迪．蘭卡斯特，住在阿奇伯瑞。是史蒂芬．內特頓的女朋友，也正是因為這段關係，他才被強制送到法國。」

他沒有說話，只有重重的呼氣聲，兩個鼓鼓的臉頰，像洩了氣的皮球一樣消了下去。

「妳有什麼證據嗎？」過了一會兒他開口，「有什麼文件、或是舊照片？」

「她不是戴著項鍊嗎？」怎麼又來了，「她一輩子都留著那項鍊，這還需要證據嗎？」

「那項鍊還在嗎？」他的眼睛又凸了出來，「有嗎？或是她還活著嗎？」他想到這可能性時，眼珠子都瞪得快掉出來了，「要是這樣的話，那真的是……」

「恐怕，她已經不在人世了。」趁他太激動前，我先打斷了他，「我現在也沒項鍊，正在努力把它找回來。」

「好吧。」馬爾康．葛萊德希爾拿出有變形蟲花紋的手帕，擦了擦額頭上的汗，「看來，在得出任何結論之前，我們都需要嚴謹地考證一番……」

「那就是她。」我說得很篤定。

「如果妳不介意的話，我可以把妳介紹給我們的研究小組，他們會很仔細聽妳所宣稱的內容，進行研究並得出結論。」

他開始打官腔了，我理解。

「我很樂意跟他們談談，」我客氣地說，「而且我知道他們會同意我的說詞，畫中人就是她。」

我此刻發現他的電腦上，有張用美工黏土黏著的《項鍊女孩》的明信片。我把它拿下來，放在莎迪療養院的照片旁。我們倆靜靜地看著它們好一會兒。一張是驕傲的眼神，另一張的眼神經過歲月洗禮，但那不曾改變的項鍊仍守護著她，同時也把兩張圖的人聯繫在一起。

「妳姨婆是什麼時候離世的？」馬爾康．葛萊德希爾先開口，語氣甚是柔和。

「幾個禮拜前，但她在上個世紀八〇年代就待在療養院，對外界了解不多，從來不知道史蒂芬．內特頓變成名人，也不知道自己也成名了，她以為自己只是沒沒無聞的平凡人。所以我希望全世界能知道她的名字。」

馬爾康．葛萊德希爾點頭，「好吧，如果研究小組得出的結論證明她就是畫中人……相信我，全世界都會知道她的名字。我們市場行銷部門最近有做研究，《項鍊女孩》是我們館內最受歡迎的作品。他們打算大力推廣，這是我們非常寶貴的資產。」

「真的？」我感到驕傲，「她知道的話一定會很開心。」

「我可以請我大學的同事來看這張照片嗎？」他眼睛一亮，「他對馬洛禮有研究，我知道他會對妳所宣稱的事很感興趣。」

「等等。」我舉起一隻手，「在你找其他人之前，我有件事要跟你談談，私人事情。我想知道當初你是怎麼取得這幅畫的？它本來是莎迪的，是屬於她的，你是怎麼拿到的？」

馬爾康．葛萊德希爾表情略顯僵硬。

「我想這個問題有可能會被提出。」他說，「在妳來電後，我調來了一些檔案，確認當初取得收藏的細節。」桌上一直放了個檔案，他打開後從中拿出一張很舊的紙，「這幅畫是八〇年代有人售出的。」

出售？怎麼可能被出售？

「但，它在火災後就不見了。沒有人知道它在哪，是誰賣給你的？」

「恐怕……」馬爾康．葛萊德希爾停頓一下，「賣家當初有要求，收購細節全部視為機密。」

「機密？」我生氣地瞪他，「那幅畫是莎迪的，是史蒂芬給她的。不管是誰拿到，都無權出售，你應該要確認一下。」

「我們有確認過。」史蒂芬．內特頓有點在替自己辯護，「收藏品的來源被認定是合法的。本館也用了充分的時間來確定是該收藏品的所有人要賣出。賣家也確實在合約上具名擔保。我只能透露到此。」

他眼睛一直盯著手裡的紙，他一定在看賣家的名字。真讓人抓狂。

「好吧，不管那個人跟你說了什麼，他是在說謊！」我瞪著他，「你知道嗎？我可是納稅人，你的薪水都是從納稅人來的，某種程度上，我也算是你老闆。我想知道是誰賣給你的，現在就讓我知道。」

「恐怕妳弄錯了。」馬爾康．葛萊德希爾溫和地說，「我們不是公有機構，妳也不是我老闆。相信我，我跟妳一樣想弄清楚事情原委，但我有保密協議在身，怕是無能為力。」

「要是我帶著警察和律師來呢？」我手扠著腰，「報警說這件作品是贓物，要求你透露賣家姓名呢？」

馬爾康．葛萊德希爾揚起他那濃厚的眉毛，「當然，要是有警方介入，我們會完全配合調查。」

「好，那好，會有的。你知道嗎，我在警局有認識的朋友，」我語帶威脅地說，「詹姆士警探，我想他對這故事會很感興趣。那幅畫是莎迪的，現在屬於我爸爸和我叔叔。我們不會就這樣算了。」

讓人火大，我要弄清楚真相，這幅畫不會憑空出現。

「我能理解妳的擔憂。」馬爾康．葛萊德希爾猶豫了一下，「相信我，我們對館藏合法性來源非常重視。」

他沒有看我的眼睛，一直盯著手上那張紙，上面有寫賣家的名字。我知道要是我跳到桌子對面，把他摔到在地，然後……

不。

「好的。謝謝你抽空。」我也打著官腔，「我會再跟你聯絡。」

「當然。」馬爾康．葛萊德希爾正在把文件闔上，「在妳離開之前，我能不能先打給我同事，傑瑞米．莫斯托？我相信他會很想看看妳姨婆的照片……」

幾分鐘後，一個瘦骨嶙峋的男人前來，袖口磨損和喉結還特別突出。他反覆看著莎迪的照片，重複說著：「了不起。」

「要找到跟那幅畫有關的資料實在太難了。」傑瑞米．莫斯托說，又看了一眼照片，「研究員到村莊探訪時，已經過了好幾個世代，大家對那時的事都沒什麼印象。當然，確實有人知道曾有位保姆名叫瑪佩爾……」他皺著眉，「我記得九〇年代有一篇論文，推測馬洛禮小時候家裡有請了一名保姆來照顧他，後來因為他們階級不同的問題，反對他們交往，這也是為什麼他會被送去法國。」

哭笑不得。有人編了一個完全錯誤的故事，還稱之為研究？

「是有一位叫瑪佩爾的。」我耐心地解釋，「但她不是保姆。史蒂芬叫莎迪瑪佩爾是故意要逗她生氣。他們是情侶。」我又說，「他是因為她，才被送去法國的。」

「真的嗎？」傑瑞米．莫斯托抬起頭來，很感興趣地說，「那麼……妳姨婆，也會是信中的瑪佩爾嗎？」

「對了，信！」馬爾康．葛萊德希爾突然大叫，「對啊！我都忘了它們，好久沒翻出來過了。」

「信？」我不解地看著他們，「什麼信？」

「我們收藏的資料裡，有一捆馬洛禮寫的信。」傑瑞米．莫斯托解釋道，「他去世後少數遺留下來的文獻。目前還不清楚是否全部都有寄出去，但確定有一封寄出後被退回了。可惜，地址的墨水因年代久遠的關係已經糊了。就算有最先進的技術，我們也沒辦法——」

「對不起，打斷一下。」我打斷他的話，克制住激動，「我能看看這些信嗎？」

一個小時後，我走出肖像館，腦袋轉個不停。一閉上眼就看到那小小張的信紙上面褪色模糊不清的文字。

我沒有把所有信都看完，我覺得這太私人，反正我也只有幾分鐘的時間看，但也看得夠多了。他愛她，就算到了法國，就算他知悉她要跟別人結婚，對她的愛也沒變過。

莎迪一輩子都在等一個答案。現在我知道原來他也是。已經過了七十多年，史蒂芬已經死了，莎迪也不在世，現在誰也沒有辦法。我走在人行道上，內心仍感悲痛，這太不公平了，一切都錯了，他們應該在一起的。很明顯這些信在莎迪看到前就被人截獲了。可能是她那邪惡壞心的維多利亞傳統父母。

所以她才會等不到真相。以為自己被利用，加上自己自尊心太強，不願追過去親自查證。所以接受另一個人的求婚，把它當成是報復性婚姻。也許她內心希望史蒂芬能在婚禮進行的時候出現在教堂阻止。她一定這樣期望過，但他讓她失望了。

我受不了，好想回到過去，把所有事都糾正回來。要是莎迪沒有結婚就好了；要是史蒂芬沒有去法國就好了；要是他們父母沒有抓到他們就好了；要是……

不，停止。別再要是……這沒有意義。他早就死了，而她也死了，故事已經結束。

走去滑鐵盧站的路上，一群人從我身邊經過。我還不想回到自己的公寓。我需要呼吸點新鮮空氣，需要整理腦袋。我從遊客身邊擠過，走上了滑鐵盧橋。上次我在這裡的時候，雲層低矮昏暗，莎迪站在欄杆邊，我拚命對著空中大喊。

但今晚氣候和緩，藍色的泰晤士河上只有一點白色的泡沫在水面翻動，一艘遊船緩緩行駛而過，上面有人對著倫敦眼揮手致意。

我站在同樣的地方，望著大笨鐘，沒有真的在看什麼，思緒回到了過去，只看到史蒂芬那個年代，潦草的字跡，聽到他說著古老的英文用語。我想像著他坐在法國的懸崖邊寫信給莎迪，連耳邊都能聽到查爾斯頓的樂曲，彷彿有支樂隊正在演奏二〇年代的樂曲……

等一下。

真的有支樂隊在演奏二〇年代的樂曲。

我突然把注意力轉移到下面的景象。幾百公尺外的銀禧花園，人群聚集在一大片的草地上。上面搭起了表演舞台，樂隊在演湊爵士舞曲，人們都在跳舞。對了，這是爵士音樂節。我跟艾德來這裡的時候，他們還在發傳單，我還有一張票折放在錢包裡。

我站在橋上看了一會兒，樂隊正在演奏查爾斯頓的舞曲。裝扮成二〇年代風的年輕女孩在舞台上跳舞，流蘇和珠子跟著舞動。看到一雙雙明亮的眼睛和靈活的雙腳，頭上還有羽毛。突然，在人群裡，我看到……我想我是看到了……

不會吧。

有一瞬間，我斷線了，沒有讓大腦繼續去想它以為的事情，不想再讓自己有希望落空的可能，只是轉身沿著橋走，平靜地走下台階。沒有匆匆奔跑，而是很平穩地往音樂的方向走去，重重地呼吸，雙手緊握。

樂隊的台上有一個橫幅的招牌，還有一捆捆銀色的氣球，一位穿著亮片背心的小號手正在獨奏，展現他獨特的技巧。四周聚集了人群，觀看舞台上面的舞者跳著查爾斯頓舞，底下草地上也鋪了木頭地板，人們也在上面跳舞……有的穿著牛仔褲，也有的打扮成二〇年代的樣子。許多人都對這樣的打扮表現出欣賞和羨慕讚賞；但對我來講，根本是垃圾，每個飛來波女孩她們都只是模仿，假的羽毛、塑膠珠子，有著現代化的鞋子和二十一世紀的妝容，真的一點都不像，不像真正的二〇年代。不像……

我突然僵住，心臟快從喉嚨跳出來，這次是真的。

她就站在樂隊舞台邊，竭盡全力在跳舞。穿著淡黃色的洋裝，搭配頭帶和深色頭髮。現在的她比之前更像個鬼影。她閉著眼睛，頭往後甩，那專注的神情，好像整個世界都與她無關。四周的人在她身邊跳舞，穿過她的身體，踩在她的腳上，手肘推擠著她，但她好像根本沒發覺一樣。

天知道她這幾天在做什麼。

我呆呆地看著，然後消失在兩位穿著牛仔夾克大笑的女孩身後，我突然嚇一跳，我不能再失去她，特別是經歷了這一切之後。

「莎迪！」我往人群中擠過去，「莎迪！是我，勞拉！」

我又看到她了，她眼睛睜得大大的，四處在看，她聽到我了。

「莎迪！在這裡！」我瘋狂地大喊，有幾個人轉頭看我在叫誰。

她看到了，全身一動也不動。我看不出她的表情，我靠近她的時候，突然多了層擔憂。畢竟，這幾天下來，我對莎迪的了解讓我對她改觀。她不再只是個女孩，也不像以往那樣只是我姨婆。她是藝術史的一部分，非常有名，但她自己卻不知道。

「莎迪……」我不知道該怎麼辦，要怎麼開場，「我很抱歉，我一直在找妳……」

「好吧，妳找得也沒多努力！」她正忙著掃視樂隊，對我的出現不怎麼感興趣。又一次被她的態度激到。

「我有！妳如果真的想知道的話，我可是花了好幾天在找妳！到處大吼大叫，四處在找……妳不知道我這幾天發生了什麼！」

「事實上，我知道，我看到妳被趕出電影院。」她笑著說，「好好玩。」

「妳在那裡？」我盯著她，「妳怎麼沒回應？」

「我還是很難過。」她下巴縮緊了一下，「我也沒有非要回應妳的理由。」

老樣子。我早該知道她會氣很久的。

「我四處找妳。發現很多事情，我需要跟妳說說。」我得想一個比較適合的表達方式，能把話題切到有關阿奇伯瑞、史蒂芬，還有那幅畫的事；但是莎迪卻突然抬起頭，不情願地聳聳肩，

「我想妳了。」

我大吃一驚，這無預警地鼻酸，尷尬地搓了搓鼻子。

「嗯……我也是。我也很想妳。」我本能地伸出雙臂想給她個擁抱……但馬上意識到這多蠢後又放下，「莎迪，聽好，我有事要跟妳說。」

「我也有事要跟妳說！」她得意地打斷我的話，「我就知道妳今晚會來，我在這裡等妳。」

不是吧。她真以為自己是全能的神？

「妳不可能會知道。」我好聲好氣地說，「妳連我要去哪都不知道。我只是碰巧來到了這裡，是聽到了音樂，然後就來看看……」

「我當然知道。」她堅持，「而且要是妳不來，我會想辦法要妳來。妳知道為什麼嗎？」她眼睛開始閃閃發亮，在人群中來回張望。

「莎迪。」我希望她專心點，「算我拜託，請聽我說，我有非常非常重要的事要告訴妳。我們去一個安靜的地方，妳需要好好聽聽，這事情會讓妳嚇一跳。」

「那麼，我也有非常重要的事要讓妳知道！」她根本沒聽我說話，「那裡！」她突然得意地指了個方向，「在那裡！快看！」

我順著她的目光，試圖弄清她在說什麼……然後我心情一下跌到谷底。

艾德。

他站在舞池邊，拿著一個塑膠杯看著樂隊，不時走動一下，好像自己不得不做點什麼一樣。他一副被迫參加的樣子真好笑，但我此刻只想要躲起來。

「莎迪。」我抱著頭，「妳在幹什麼？」

「去跟他聊天！」她不斷打著手勢。

「不，」我害怕地說，「別傻了！」

「去啊！」

「我不能跟他聊天，他恨我。」在艾德發現我之前我立刻轉身，先躲在一群跳舞的人後面。光是看到他，就讓我回想起我想忘掉的一切，「妳為什麼把他弄來？」我對莎迪嘀咕，「妳目的是什麼？」

「我有點罪惡感。」她用責備的眼光看我，好像是我的錯一樣，「我不喜歡有罪惡感，所以我決定做點什麼。」

「妳又跑去對他大吼大叫。」我搖搖頭，真不敢相信。

真是太棒了。她八成又是用威脅的方式把他弄來。他搞不好正打算晚上一個人靜一靜，然後不知道怎麼回事，就站在一個愚蠢的爵士樂音節舞台旁，每個人都有成雙成對在放閃，就他一個人孤伶伶的。這可能是他人生中最糟糕的夜晚，但現在莎迪卻要我跟他聊天。

「他不是妳的嗎？我不是把事情搞砸了？現在是怎麼回事？」

莎迪心虛地縮了一下，但頭仍抬得高高的。她望著人群裡的艾德。我看得出她眼神中有一絲渴望和溫柔，然後把頭扭開。

「畢竟，不是我的菜。」她直率地說，「他太……活生生了。妳也是，所以妳跟他比較配。快去！請他跳舞。」她又試著想把我推向艾德。

「莎迪。」我搖頭，「我很感謝妳這麼努力幫我，但我不能就這麼跟他和好。時間地點都不對。好了，我們現在能找個地方好好談談嗎？」

「時間地點當然對了！」莎迪覺得我莫名其妙，「不然他來這裡幹嘛？妳又來這裡幹嘛？」

「這不是我來這裡的原因！」我開始不爽了，恨不得能抓著她的肩膀大力搖晃，「莎迪，妳不懂嗎？我要跟妳談談！我有事情要跟妳說！妳得專心聽我說，妳非聽不可。不要管艾德跟我了。是和妳有關的事！還有史蒂芬！妳的過去！我知道過去發生了什麼事！我找到那幅畫了！」

來不及了。爵士樂已經停止演奏。所有人都停止跳舞，舞台上有個人正在講話，不然就是準備要開始講話，但現在觀眾都轉過來看我，我像個瘋子一樣對著一塊空地大吼大叫。

「對不起。」我嚥了口口水，「我……不是故意打斷你們。」

「請繼續。」我幾乎不敢看向艾德的方向，祈求他最好已經無聊到回家了，但我運氣沒那麼好，他還站在那裡，跟其他人一樣盯著我看。

我想找個地洞鑽下去。他穿過舞池往我這裡走來，我羞得無地自容，皮膚整個發麻。他沒有在笑，他剛才有聽到我提到他名字了嗎？

「妳找到那幅畫了？」莎迪驚訝地只用氣音在說，兩眼呆呆地望著我，「妳找到史蒂芬的畫了？」

「是的。」我小聲說，一隻手摀著嘴，「妳一定要去看，太驚人了……」

「勞拉。」艾德來了。我看到他就想起那天倫敦眼的事，各種奇怪的感覺從體內往外蔓延。

「喔，嗯，嗨。」我尷尬地打了招呼，胸口悶悶的。

「在哪裡？」莎迪想拉我的手臂，「在哪裡？」

艾德跟我一樣不自在，他手插在口袋，像以前那樣深鎖眉頭，「妳來了。」他跟我短暫目光接觸後又移開了，「我不確定妳會不會來。」

「呃……這個……」我清了清嗓子，「我只是想……你知道的……」

我想試著表現正常點，但是莎迪一直在附近晃來晃去叫喚著我，我沒辦法專心。

「妳發現了什麼？」現在她就在我面前，急躁地大喊。好像她突然認清什麼對她來講才是重要的，「快告訴我！」

「我會告訴妳，妳等一下。」我本來是要壓低聲音，但艾德耳朵太好了。他一字不漏地聽進去。

「告訴我什麼？」他看著我的臉。

「呃……」

「快告訴我！」莎迪大喊。

好吧，我沒辦法同時應付。莎迪和艾德都站在我面前，都在等我開口。我視線不斷在兩人之間來回看著，艾德隨時會認為我是個瘋子。

「勞拉？」艾德往前走了一步，「妳沒事吧？」

「是，我是說，不……不對……」我吸一口氣，「我是想告訴你，我很抱歉昨天這麼匆忙結束。很抱歉我讓你以為我在想辦法挖角你，但我沒有，我真的沒有。我希望你能相信我。」

「別跟他說話！」莎迪生氣地打斷，而我全身上下一動也不動。艾德認真地盯著我看，我無法把目光移開。

「我相信妳。」他說，「我也要道歉，我反應過度了。我沒有給妳機會解釋。後來我後悔了，我覺得我丟棄了一些東西……一些……友誼……一些……」

「什麼？」我嘴裡迸出。

「……很好的相處。」他臉上露出狐疑的表情，「我們不是處得還不錯嗎？」

此刻我應該要點頭說是，但我不想就這樣，我要的不是友誼。我要那種感覺回來，在他摟著我吻我的時候的感覺，事實上，我想要他。

「你只想要我……做你的朋友？」有點難以啟齒，但還是說出來了，而艾德的表情馬上發生變化。

「停下來！跟我說話！」莎迪說完轉身面對艾德，開始在他耳邊尖叫，「不要跟勞拉說話！走開！」他眼神有一瞬間變得空洞，我知道他有聽到莎迪的聲音，但他一動也不動，眼睛瞇了一下，給了我一個暖心的微笑。

「妳真的想要聽實話？我覺得妳是我的守護天使！」

「什麼？」我有點笑不出來，感覺怪怪的。

「妳知道有人無預警闖入妳生活是什麼感覺嗎？」艾德邊搖頭邊回想，「妳來到我辦公室的時候，我心裡只覺得這他媽的是誰啊？但妳讓我清醒，妳把我從人生的困境中拉出來，我需要妳。」他停頓一下，「我需要妳。」他聲音變得低沉；那眼神中有些什麼讓我渾身發麻。

「好吧，我也需要你。」我聲音很乾扁，「這樣就互不相欠了。」

「不，沒有。」他苦笑，「妳一個人也很好。」

「好吧。」我遲疑了一下，「也許我並不需要你，但……我要你。」

過了一會兒，我們倆都沒開口。他盯著我看，內心怦怦地直跳，我覺得搞不好他聽得到我心跳。

「走開，艾德！」莎迪突然又在他耳畔尖叫，「之後再談！」

我看得出來，艾德聽到她聲音後身子縮了一下，有種似曾相識的感覺。要是莎迪又來搞破壞，我會……我會……

「走開！」莎迪不停對他尖叫，「跟她說你會再打給她！現在離開！回家去！」

她怎麼這樣！我很想叫她住手！不要煩他！但我其實一點辦法也沒有。只能在莎迪大吼大叫時，看著艾德的眼神。在喬許身上發生的事又要再來一遍，她會毀了一切。

「妳知道嗎，有時候妳心裡會有聲音在跟妳說話。」艾德突然開口，「就像……一種本能。」

「我知道。」我難過地說，「你心裡現在就有一個聲音，有明確的內容，它叫你走開。我了解。」

「正好相反。」艾德往前走了一步，緊緊抓著我肩膀，「它告訴我不要讓妳離開。它跟我說妳是我碰到最好的人，我最好不要再搞砸。」

我還沒來得及驚訝，他就俯身親我，雙臂環繞著我，堅強有力，牢牢地把我抱住。

真不敢相信，他沒有走開。他沒受莎迪影響，不管他內心聽到了什麼聲音……都不是莎迪的。

他抽身後，對我笑了笑用手撥開我臉上的一縷頭髮。我屏息對著他笑，好想再吻一次。

「二〇年代女孩，願共舞一曲嗎？」他說，

我想跳，但我不只想跳舞，我還想跟他共度今宵。

我偷偷瞥了一眼莎迪，她挪開了幾英尺，低頭看自己的鞋，駝著背雙手揪在一起，然後抬起頭來，聳了聳肩，悲傷地笑一笑。

「跟他跳吧。」她說，「沒關係，我會等妳。」

她為了史蒂芬的事，等了這麼多年。現在她願意再多等一會兒讓我跟艾德跳舞。

內心一陣掙扎。如果可以，真想抱抱她。

「不。」我堅定地搖搖頭，「換你了，艾德……」我做了個深呼吸，「我得跟你說我姨婆的事，她最近去世了。」

「喔，好，當然。」他有點不知道怎麼回事，「吃晚飯的時候講嗎？」

「不，我現在就要說。」我拉著他到舞池邊緣，遠離樂隊，「這事情很重要，她叫莎迪。在二〇年代時她愛上了一位叫史蒂芬的男人，但後來她以為他是個混蛋，只是隨便跟她玩玩，但其實他是愛她的，我知道他是，就算他後來去了法國，此心也不變。」

我滔滔不絕地說。直接看著莎迪，把要跟她說的話說出口，想讓她相信我的話。

「妳怎麼知道？」她下巴一如以往地上揚，就像她的自尊心一樣，但語氣已開始顫抖，「妳在說什麼？」

「我會知道，是因為他到法國後有寫信給她。」我對莎迪說，「他還把自己也畫在項鍊裡，從此後他再也沒畫過任何肖像畫，這一輩子都沒有。就算別人求他，他也只是說 J'ai peint celui que j'ai voulu peindre——我想畫的已經畫出來了。妳如果看到那幅畫，就會明白為什麼。有了那幅畫，何必再畫別人？」我有點哽咽，「那會是妳見過最美麗的事物。戴上那項鍊的她是如此閃耀……當妳看到畫中的項鍊時，一切都會明瞭。他愛著她。雖然她終其一生都不知道，就算活到一百零五歲，也沒等到答案。」我擦擦頰上不小心流下的淚水。

艾德慌了手腳，這不怪他。前一秒我們還打得火熱，後一秒我就開始跟他講我的家族史。

「妳在哪裡看到那幅畫的？它在哪裡？」莎迪往我這裡走了一步，臉色蒼白，全身忍不住顫抖，「它不是不見了嗎，被火燒了？」

「所以，妳跟妳姨婆很親嘍？」艾德同時開口。

「她活著的時候，我不認識她，但她去世後，我去了阿奇伯瑞，那是她以前住的地方，而且史蒂芬在那裡很有名。」我又轉向莎迪，「史蒂芬成名了。」

「成名？」莎迪疑惑地說。

「那裡有人還為他成立了一座博物館。大家叫他賽西爾．馬洛禮。他的才華在死後才被肯定。那幅畫也很有名，被保存下來，放在肖像館裡，大家都很喜歡它……妳一定要去看看，一定要看到它。」

「現在。」莎迪聲音很小，「拜託，我要去。」

「聽起來很棒。」艾德禮貌地說，「我們找一天去看。逛逛肖像館，然後一起吃個午餐。」

「不，現在就去。」我握住他的手，「現在。」接著瞥了莎迪一眼，「來吧。」

我們三個排成一排坐在皮革長凳上，靜靜地坐著，莎迪在我旁邊，再來是艾德。莎迪自從進到肖像館後一句話也沒說。她第一眼看到畫時，我還在想她會不會暈倒，而她只是微微擺動，靜靜地看著，然後終於呼出一口氣，好像已經憋了一個小時的氣一樣。

「好漂亮的眼睛。」艾德開口，他一直很小心地看著我，不太知道應該如何反應。

「太棒了。」我點頭，但我沒辦法顧到他。「妳還好吧？」我擔心地看了莎迪一眼，「我知道對妳來講有點衝擊。」

「我很好。」艾德有點困惑，「謝謝妳帶我來。」

「我沒事。」莎迪臉色蒼白地對我微笑，然後又繼續看著那幅畫。她往前靠近，看到項鍊裡藏著史蒂芬的自畫像，一時之間表情因愛而悲傷扭曲。我轉過身去，讓她有一點穩私。

「肖像館有做市調。」我對艾德說，「她是這裡最受歡迎的一幅。肖像館打算把她印在周邊產品上，像是海報、咖啡杯。大家都會認識她！」

「咖啡杯。」莎迪搖頭，「品味也太低俗了。」她眼裡又透露出高傲，「還有什麼？」

「還有茶巾、拼圖……」我說，像是在告知艾德，「所有能想到的，這樣她就不用擔心自己沒在這世上留下任何東西……」我讓話音懸在半空中。

「妳親戚真有名。」艾德揚起眉毛，「你們家人一定很自豪。」

「還沒有。」我停頓一下，「但他們有一天會的。」

「瑪佩爾。」艾德堅持要買入口處賣的導覽指南，他看著上面的文字說道，「上面這裡寫著，畫裡面的人叫瑪佩爾！」

「那是他們搞錯了。」我頭點了一下，「因為這幅畫的背面寫著我的瑪佩爾。」

「瑪佩爾？」莎迪嚇到轉回頭看，我忍不住笑了出來。

「我跟他們說，這只是她跟賽西爾．馬洛禮之間的一個玩笑。」我很快解釋，「那只是小名，但大家都信以為真。」

「我看起來像瑪佩爾嗎？」

突然有個什麼吸引了我的注意力，定神一看。居然是馬爾康．葛萊德希爾，他正在進到展覽廳。他看到我時，不好意思地笑了笑，把公事包換另一隻手拿。

「靈頓小姐，妳好。我們今天才談過，所以突然想來這裡看看這幅畫。」

「我也是。」我點頭，「讓我介紹一下……」我差點就要把莎迪介紹給他，「艾德。」我急忙把手轉到另一個方向，「這位是艾德．哈里森。這是馬爾康．葛萊德希爾，收藏品負責人。」

馬爾康跟我們三個一起坐在長凳上，一起看了這幅畫好一會兒。

「……所以，一九八二年它就收藏在肖像館裡了。」艾德還在看導覽手冊，「真奇怪，為什麼這家族的人會想把它賣掉。」

「問得好。」莎迪突然醒了過來，「它是我的，沒人有權出售它。」

「問得好。」我堅定地重複，「它屬於莎迪的，沒人有權出售它。」

「我想知道是誰賣的？」莎迪補充。

「是誰賣的？」我附和。

「是誰賣的？」艾德又重複一遍。

馬爾康・葛萊德希爾在座位上，不安地調整了坐姿，「就像我今天所說的，靈頓小姐，這交易是秘密進行的。除非有正式的法令要求，肖像館不能——」

「好好，」我打斷他的話，「我明白，你不能講，但我會知道。這幅畫是我們家的，我們有權知道。」

「所以，我就直說了吧。」艾德開始對這事情感興趣了，「這畫被人偷了？」

「不知道。」我聳聳肩，「它不見好幾年了，我後來在這裡找到。我只知道這樣。它是在一九八〇年代賣給肖像館，但我不知道是誰賣的。」

「那你知道嗎？」艾德轉向馬爾康・葛萊德希爾。

「我知道。」他不情願地點頭。

「但你不能跟她講？」

「這……這個嘛……不行。」

「這是什麼國家機密嗎？」艾德逼問，「涉及大規模殺傷性武器嗎？會危害國家安全嗎？」

「別說了。」馬爾康・葛萊德希爾十分慌張，「協議裡有一條保密條款……」

「好。」艾德突然切換成公司顧問的口吻，很快了解當下情況，「我明天早上請我律師來處理，這太荒謬了。」

「沒錯，太荒謬了。」我插嘴，艾德的態度給我勇氣，「我們不會這樣算了，你知道我叔叔是比爾・靈頓嗎？我知道他會用各種手段來處理……這荒謬的條款。這畫是我們的。」

馬爾康・葛萊德希爾被包圍了。

「協議裡清楚寫了……」他支支吾吾，我看到他的眼神轉過去看公事包。

「協議在包包裡嗎？」我突然有個想法。

「剛好在裡面。」馬爾康．葛萊德希爾謹慎地說，「確實，我要帶回家研究一下，當然了，這只是拷貝。」

「那你就把協議拿給我們看。」艾德小聲說，「我們不會說出去的。」

「我什麼都不能拿給你們看！」馬爾康．葛萊德希爾嚇得差點從凳子上摔下來，「我重複很多遍了，這是機密文件……」

「是是，當然了。」我用一種安慰的語氣，「我們能理解，但也許你能幫我一個小忙，查看一下收購日期，這應該不是機密了吧？」

艾德不解地看了我一眼，但我假裝沒發現。我想到一個計畫，艾德不會懂的。

「我記得是在一九八二年的六月。」馬爾康．葛萊德希爾說。

「那確切日期呢？能不能請你確認一下協議？」我睜大我無辜的雙眼，「拜託？這對我很重要。」

馬爾康．葛萊德希爾懷疑地看了我一眼，但想不出有什麼理由可以拒絕。他彎下腰打開公事包，抽出一疊資料。

我對上莎迪的眼睛，頭偷偷地對著馬爾康快速抽動了一下。

「什麼？」她說。

老天，她還好意思嫌我笨。

我又對著馬爾康抽動了一下頭，他正在整理一疊文件。

「什麼啦？」她不耐煩地說，「妳想說什麼？」

「找到了……」他戴上一副眼鏡，「我來看看上面的日期……」

我要是再抽動我的頭，脖子可能要抽搐了。我真的會被她急死。我們想知道的東西就攤在這裡，只有不會被人發現的幽靈有辦法到後面去看，但莎迪卻只盯著我看。

「快看！」我嘴角咕噥著，「快去看！快去看！」

「喔！」她突然意會到。不用一秒的時間，她就站在馬爾康．葛萊德希爾身後，越過他肩膀在偷看。

「看什麼？」

艾德不解，但我幾乎聽不到他在說什麼，只是專注在莎迪身上，她皺眉，嘆口氣，然後抬起頭來。

「威廉．靈頓，以五十萬英鎊出售此畫。」

「威廉．靈頓？」我呆住，「妳是說……比爾叔叔？」

馬爾康．葛萊德希爾聽到我的話。他猛地把文件抱在胸口，臉色由白轉紅，再把信翻開看了一眼，又緊緊把它蓋好，「什麼……妳剛才說什麼？」

我自己也很難接受。

「威廉．靈頓把畫賣給了肖像館。」我鎮定自己的情緒，但我聲音仍有些虛弱，「協議書上的名字就是他。」

「他媽的是開玩笑吧？」艾德眼神一閃，「妳自己的叔叔？」

「賣了五十萬英鎊。」

馬爾康．葛萊德希爾好像快哭了，「我不知道這些資訊妳是從哪得來的。」他轉向艾德，「你要當我的證人，我沒有向靈頓小姐透露任何資訊。」

「所以她說對了？」艾德揚起眉毛，但這只是讓馬爾康．葛萊德希爾更加恐慌。

「我不能說……是否……」他停下來，擦擦額頭，「我視線沒有離開過文件，也沒讓它有機會被看到……」

「不必那麼麻煩，」艾德安慰他，「她有超能力。」

我的驚訝仍未恢復，想把事情重新梳理清楚，腦子不斷在轉。比爾叔叔有了這幅畫，然後把它賣了，此時爸的聲音在我耳邊響起：這些東西被放在出租倉庫很多年了……沒有人想去整理……被比爾叔叔拿出來……他那時候很閒……

看來，他是在那時候發現這幅畫，而且發現它很值錢，於是就偷偷把它賣給倫敦肖像館。

「妳沒事吧？」艾德扶著我手臂，「勞拉？」

但我一動不動。我在想更多東西。想更遠的事。線索湊在一起，把整個故事拼出來。

比爾在一九八二年創辦靈頓咖啡。

也正是同一年，他偷偷把莎迪的畫以五十萬英鎊的價錢賣出。

終於，一切都說得通了。誰都不知道他一開始就有五十萬英鎊，他也從來沒提過，不管是採訪、研討會，或是在書中都隻字不提。

我覺得好暈。慢慢意識到這件事有多嚴重。整件事都是謊言，全世界都認為他是商業天才，從兩枚硬幣開始創業，但事實是他一開始就有五十萬英鎊。

他把真相掩蓋起來，不讓人發現。他看到這幅畫的當下就知道裡面的人是莎迪，他一定知道這幅畫是她的，但他讓全世界以為畫中人是一名叫瑪佩爾的家僕。這說法搞不好是他編的。這樣就不會有人注意到靈頓家，跑來問畫中人是誰了。

「勞拉？」艾德在我眼前揮手，「說話啊，怎麼回事？」

「一九八二年。」我茫然地抬頭，「有沒有很熟悉？比爾叔叔就是那時候創辦靈頓咖啡的，知道吧？就是他有名的《兩枚硬幣》。」我兩手還特別比了引號的手勢，「但也許是從五十萬英鎊開始的？但基於某些原因，他總是不提，或許是因為這些錢一開始並不是他的？」

沉默了一會兒，我看得出來艾德正在思考。

「我的老天。」他終於開口，抬頭看我，「這事情非同小可。」

「我知道。」我嚥了口口水，「大事情。」

「所以《兩枚硬幣》的故事、讀書會、書、DVD、電影……」

「全是狗屎。」

「我要是皮爾斯．布洛斯南，我會立刻打給我的經紀人。」艾德逗趣地揚起眉毛。

但我沒這心情搞笑，我為比爾叔叔的所作所為感到難過、憤怒，甚至噁心。

那是莎迪的畫。是她決定要賣還是要留。他把它拿走，利用，然後隻字不提，他怎麼可以這樣？他怎麼敢這樣？

我清楚地看到另一種可能，要是被我爸爸這樣正派的人發現，做了正確的決定。那莎迪就會在養老院裡，戴著她的項鍊，在晚年時欣賞著那美麗的畫作，直到生命結束。

也或者賣掉它。她本來就有權利賣，那是屬於她的光榮。我可以想像她會被人從療養院裡推出來，帶她去看肖像館裡的畫，她會很快樂，甚至會有人把史蒂芬寫給她的信讀給她聽。

比爾叔叔剝奪了她多年的幸福，我永遠不會原諒他。

「她有權知道。」我再也控制不住自己的憤怒，「莎迪應該要知道自己的畫被掛在這裡。結果她到死了都不知道，這是錯的，天大錯誤。」

我看了莎迪一眼。她好像對這話題不感興趣，只是聳聳肩，好像這樣就能把我的焦慮和憤怒一掃而空。

「親愛的，別抱怨了。真無聊，至少我現在知道了，還好它沒有被燒掉，而且我看起來沒印象中那樣胖。」她突然激動地補充，「就說我手臂很漂亮，不是嗎？我有雙漂亮的雙手。」

「對我而言，太瘦了，像雞腳。」我忍不住回嘴。

「雞腳也比妳那枕頭好。」

莎迪跟我交換了眼神相視而笑，但她騙不過我，她臉色蒼白，身影忽明忽暗。我知道這對她打擊不小，但她依然高抬下巴，如同以往那樣自豪。

馬爾康．葛萊德希爾也很不舒服，「要是我們知道她還活著，如果當時有人告訴我們……」

「你不可能會知道的。」我說，憤怒稍微減輕了一點，「連我們自己都不知道。」

因為比爾叔叔絕口不提。他用匿名交易隱藏了整件事。難怪他這麼想要那項鍊，那是唯一一件能把她跟肖像畫關聯起來的東西，也是唯一能揭開他巨大謊言的東西。這幅畫對他來講就像是個不定時炸戰，這些年來悄悄在倒數。現在，砰，炸開了。我還不知道要怎麼做，但我要替莎迪報仇。好好地報這個大仇。

我們四人默默地又轉身面對這幅畫。坐在這肖像館裡，很難不去盯著它看。

「我就說吧，這是這肖像館裡最受歡迎的畫。」馬爾康．葛萊德希爾說，「我今天和行銷部談過了，他們打算把這畫變成形象代言，每一個展出都會有它。」

「我想印在口紅上。」莎迪突然很篤定地表示，「可愛的口紅。」

「她想被印在口紅上。」我也很篤定地對馬爾康．葛萊德希爾說，「你應該幫她正名，這是她想要的。」

「我再看看我們能怎麼做。」他有點慌，「這不是我能決定的……」

「我會跟你說她怎麼希望。」我對莎迪眨眼，「現在起，我就是她非官方的代言人。」

「不知道她當時在想什麼。」艾德仍然在看著畫，「這表情很有意思。」

「我也常這樣想。」馬爾康．葛萊德希爾說，「我常會有這疑問。她看起來是這麼神聖、幸福……很明顯看得出來她跟馬洛禮之間有深厚的情感關係，我常在想，他是不是一邊作畫一邊讀詩……」

「這男人是白痴。」莎迪在我耳邊尖叫，「我想得還不夠明顯嗎？我那時看著史蒂芬，心裡想的是：我等下要跟他啪啪啪。」

「她想跟他上床。」我對馬爾康．葛萊德希爾說，艾德難以置信地看了我一眼，然後大笑。

「我想我該走了……」看來馬爾康．葛萊德希爾已經受夠我們。他拿起公事包，對我們點點頭，迅速離開。幾秒後，他在大理石階梯奔跑的腳步聲就傳過來。

我和艾德互望一眼後，笑了出來，「不好意思，突然把你抓來。」

「沒關係。」他疑惑地看了我一眼，「那麼……今晚還想揭露哪位大師的內幕？遺失已久的家族雕塑？還是通靈啟示？或是一起去吃個晚飯？」

「晚飯。」我起身，看看莎迪，她仍坐著不動，雙腳放在長凳上，黃色的裙襬在身邊飄蕩。看著二十三歲時的自己，彷彿醉了。「走了嗎？」我輕聲說。

「當然。」艾德說。

「還沒。」莎迪說，頭也不轉，「妳先去吧，我待會兒去找妳。」

我跟著艾德走到出口，臨走前最後一次轉身，擔心地看著莎迪。我只是想確定她沒事，但她仍愣在那裡根本沒注意我，像是打算整晚坐在這裡，彌補自己失去的時光。

就像，她終於找到她想要的東西了。

25

我從來沒有幫人報仇過。我發現這遠比我想像的要複雜多了。比爾叔叔在國外，沒有人能找得到他。好吧，真的要聯絡到還是可以，但他的手下不可能告訴他的神經病姪女細節；我又不想寫信或打電話，這必須要面對面進行，但就目前來講，不太可能。

不管莎迪再怎麼道德上勸說都沒用，她說沉溺過去沒什麼意義，發生了的事就是發生了，她跟我說：「親愛的，別再抱怨了。」

但我不在意她怎麼想的。是我自己要報仇，比爾叔叔做的事讓我愈想愈氣。恨不得打電話給爸爸，把一切都抖出來，但我最後還是忍住了。不要急，大家都知道復仇要等在最後一刻，等所有怒氣和罵人的話累積到一定程度再爆出來，那感覺會更甜美。再說，這個證據也不會長腳跑了，它不太可能從肖像館裡消失，比爾叔叔簽下的保密文件也會留得好好的。艾德已經幫我找了律師，只要我一聲令下，馬上會向對方索賠，而我真正想要的，是看到比爾叔叔痛苦的樣子，這才是我的目標。當然，要是他下跪道歉更好，但這點我不奢求。

我嘆了口氣，揉爛手邊的紙丟進垃圾桶。我現在就想看到他痛苦，我已經備好了罵人的草稿還有其他所有該準備的。

為了不讓自己鑽牛角尖，我往後靠在床頭板上，輕拍床柱。其實房間就是不錯的辦公室，不用通勤，也不花一毛錢，而且還有床，但凱特就得縮在我梳妝台前工作，她腳一直擠在下面。

我新成立的獵頭公司叫魔法尋才，已經成立三個星期，也已經開張了！多虧了珍娜・格雷迪（我的新閨密），她把我們介紹給一家製藥公司。她不是笨蛋，珍娜知道所有事都我在忙，娜塔莉什麼也沒幹。當然，主要是因為我在電話裡跟她講了。我投了案子，前天聽說我們被選中！對方要求我們提供市場總監的候選名單，這個職位需要具備製藥方面的專業知識。我跟他們人力資源部門拍了胸脯保證沒問題，說我剛巧有認識的人對製藥方面相當在行。

好吧，嚴格來講，並不完全是這樣。

莎迪學習力很強，有各種古靈精怪的點子。這是為什麼她才是魔法尋才的核心成員。

「哈囉！」她高調的聲音把我從白日夢中驚醒，頭一抬就看到她坐在我床頭，「我剛去了葛蘭克素・威爾康，拿到兩名資深行銷總監的電話，快，在我忘記之前快點……」

她親口背出了名字和電話號碼。是私人直撥的號碼，這對獵頭公司來講就像是金沙一樣。

「第二個剛生過小孩。」她補充，「所以可能不會想換工作，但瑞克・楊就有可能。他在開會時看起來十分無聊。我等下再去查查看他薪水多少。」

莎迪。我在電話號碼下面寫下：妳真是救星，萬分感謝。

「沒什麼。」她爽快地說，「太容易了。下一步呢？我們也可以考慮一下歐洲吧。瑞士和法國一定有大量人才。」

好主意。我把它寫下來，然後轉頭，「凱特，妳能幫我列出歐洲所有大型的製藥公司名單嗎？我想我們可以把觸角伸得更遠一點。」

「好主意，勞拉。」凱特非常興奮，「我馬上處理。」

莎迪對我眨眨眼，我咧嘴笑了。這工作真適合她。這些日子她比我剛認識時更有活力也更快樂。我還給了她一個頭銜：獵頭總監。畢竟，她才是真正在獵頭的人。

她還幫我們找了間辦公室，在基爾伯恩高路那裡一座破舊的大樓，下禮拜就能搬進去，一切都就緒了。

凱特回家後的每天晚上，莎迪跟我會坐在床上聊天。更精確點來講，其實都是她在說，我只是告訴她想多了解她的事，所有她能記得的事，不管是大事、小事，瑣碎的事……所有事。於是她就坐著，手撥弄著珠子，邊回憶邊說。她講得很隨興，我有點跟不太上，但慢慢地，我對她生活的想像一點一點拼起來。她說去香港的時候戴了頂毛線帽，然後大戰爆發後就不見了，和裝著所有行李的皮革箱一起丟失，還搭船跑到美國，在芝加哥被人持槍搶劫，但項鍊是保住了。某個晚上跟她共舞的男人後來還當上了總統。

我坐在那裡，全神貫注地聽。我從沒聽過這樣的故事。她有著最美妙，最豐富的生活。有趣的、刺激的、絕望的、驚人的。我無法想像有別人能有這樣的經歷，只有莎迪。

我也說了一點自己的事。我跟她說小時候和爸媽一起相處的事；還有譚雅的騎馬課，以及我曾迷上花式泳游。我跟她說媽很愛操心，我一直希望她能放鬆一點，享受生活。也跟她說，我們家一輩子都活在比爾叔叔的陰影下。

我們不評論對方的故事，只是認真聽著。

最後我要睡覺時，莎迪會跑去肖像館，一個人在那裡坐一夜，看著那幅畫，但這不是她親口告訴我的。

但我就是知道，她悄無聲息消失，眼神像回到了如夢似幻的回憶裡。她回來後仍然陷落在回憶中，談論她的童年、史蒂芬和阿奇伯瑞。我很高興她去了那裡。那幅畫對她意義重大，她應該多花時間在那裡，不被打擾。

巧的是，她晚上不在家，這對我來講也很方便……就各種方面上來說。也不是很特別的理由。

好吧，是有一個具體的原因——艾德時不時會來我家過夜。

我是說……拜託，妳能想像，在妳跟男朋友親熱的時候，有個鬼在一旁偷看？還有什麼比這個更糟的了？我沒辦法想像我們在親熱時莎迪還在一旁評分會是什麼情況。她根本沒有羞恥心。我知道她很可能邊看還邊用手在那裡比一到十的分數，不然就是碎唸著她那個年代玩的花招更好玩，或是突然跑到艾德耳邊大叫：「快加速！」

某天早上，我剛好跟艾德一起洗澡，我就抓到她跑進來看。我尖叫著想把她推出去，手肘不小心撞到了艾德的臉。我大概花了一個小時才鎮定下來。結果莎迪完全不以為意，還說我反應過度，她只是想來陪陪我們。陪我們？

從此之後，艾德不斷會偷瞄我，覺得我怪怪的，但就算這樣他也不可能猜到真相，那是不可能的，但他觀察力很強，知道我生活中有點奇怪。

電話響了，凱特接起電話，「你好，魔法尋才，有什麼可為您服務的？哦，是的，當然，我立刻幫您轉接。」她按下了等候鍵，回頭跟我說：「是比爾．靈頓旅行辦公室的山姆，妳之前是不是有打給他們？」

「喔，是啊，謝謝妳，凱特。」

我做了個深呼吸拿起話筒，這是我最近一次的行動。

「哈囉，山姆。」我輕快地說，「謝謝你回電，我打過去是為了……我想替叔叔安排一個有趣的驚喜。我知道他現在不在國內，我想你能不能跟我說他的航班細節？放心，我不會告訴別人的！」我補充完最後一句後，又不經意地笑了笑。

這完全是在唬他。我連他會從哪裡飛回來都不知道，說不定他正在伊莉莎白女王二號[56]，或是某艘訂製的潛水艇裡旅行，這些都沒什麼好奇怪的。

「勞拉。」山姆嘆了口氣，「我剛才跟莎拉談過。她說妳一直很想找到比爾，她還告訴我，妳被禁止進入他家。」

「被禁止？」我假裝很驚訝，「你認真的嗎？我怎麼不知道。我只是想給叔叔小小的生日驚喜……」

「他生日是上個月。」

「所以……我有點遲了。」

「勞拉，我不能洩露航班資訊。」山姆平靜地說，「或任何資訊。對不起，祝妳今天愉快。」

「對，好……謝謝。」我把話筒砸回座台，可惡。

「還好嗎？」凱特焦急地抬頭看我。

[56] 伊利莎白女王二號：曾是遠洋郵輪，二〇〇八年退役後，被改造成海上酒店營業。

「很好。」我微笑，但是我一走到廚房，呼吸就開始急促，血液也快速流動，體內有一種挫敗感。我想這對我的健康會有負面影響，這筆帳也要算在比爾叔叔頭上。我打開水壺，往後靠在櫃檯，做幾次深呼吸讓自己平靜下來。

嘿啦啦……復仇的果實是我的……嘿啦啦……只需要點耐心。

但問題是，我已經沒耐心了。我拿出茶匙，又砰一聲把抽屜關上。

「老天！」莎迪出現，坐在爐子上，「怎麼了？」

「妳明知道怎麼了。」我粗暴地把茶包拿出來，把不要的包裝紙丟進垃圾桶，「我想抓到他。」

莎迪瞪大了眼，「我沒想到妳居然會氣到現在。」

「我不是氣到現在，但我現在是很氣沒錯。我受夠了。」我把牛奶倒進茶裡，然後隨便把牛奶紙盒丟回冰箱，「我知道妳寬宏大量，但我不行。我想……扁他一頓。每次一經過靈頓咖啡，上面的貨架上都會放著《兩枚硬幣》在賣。我就很想衝進去，對著大家大喊，才不是兩枚硬幣，是我姨婆的遺產！」我嘆了口氣，喝口茶。好奇地抬頭看著莎迪，「奇怪，妳都不會想報仇嗎？妳一定是十足的聖人。」

「聖人我可擔當不起……」她順順頭髮。

「就算不是，妳也太了不起了。」我搖晃杯子，「保持前進，不執著過去，總是看得更遠。」

「保持前進。」她簡單地說，「那只是我一貫的作風。」

「好吧，我真佩服妳。要是我……我會要他身敗名裂。」

「我是可以讓他身敗名裂。」她聳聳肩，「我可以去法國南部，讓他的生活變得很悲慘，但我就會變好嗎？」她拍了拍自己的平胸，「我內心會因此好受嗎？」

「法國南部？」我疑惑地看著她，「什麼意思？法國南部？」

莎迪作賊心虛的樣子，「我猜的，那很像是他會去的地方，有錢人不是常去那裡。」她幹嘛不敢看我眼睛。

「喔，我的天！」我驚呼，我懂了，「妳知道他在哪裡，對吧？莎迪！」她慢慢變透明，「不准給我消失！」

「好吧。」她又回到我視線中，有點不爽，「是，我是知道他在哪，也去了他辦公室，還滿好找的。」

「那妳為什麼不跟我講？」

「因為……」她不以為意地聳聳肩。

「因為妳不想要承認自己跟我一樣心胸狹窄，想要報仇！所以，來吧，妳對他做了什麼？現在趕快告訴我。」

「我什麼都沒做！」她高傲地說，「至少沒有做太多，我只是想去看看。他是不是很有錢？」

「有錢得不得了。」我點頭，「怎麼了？」

「整個海灘都好像是他的，我就是在那裡找到他的，躺在床上曬太陽，全身都是防曬油，旁邊還有好幾個僕人在幫他做飯，非常自滿。」莎迪臉上掠過一絲厭惡的表情。

「妳不想對他大吼大叫嗎？不想好好罵他一頓嗎？」

「事實上……我的確有對他大吼大叫。」她停頓了一下然後繼續說：「我忍不住。我還是有點生氣。」

「太好了！妳是該對他大叫，所以妳叫了些什麼？」

我現在非常渴望想知道，我不敢相信莎迪一個人跑到比爾的私人海灘去找他。說真的，沒有找我一起去讓我有點難過，但我想她有權用任何方式復仇。我也很高興她做了。真希望聽到吼叫的每一個字。

「來吧，妳說了些什麼？」我堅持，「一字不漏地跟我講。」

「我跟他說他很胖。」莎迪滿意的表情。

我是不是聽錯了。

「妳跟他講他很胖？」我不可置信地看著她，「這就是妳的復仇？」

「這是完美的復仇！」莎迪回應，「妳知道嗎，他看起來超不開心的，他這個人這麼自負。」

「嗯，我想我們還可以做得更好。」我放下杯子，打定主意，「好，就這麼計畫了。我去訂機票，明天早上的飛機，妳告訴我他在哪裡，我們去找他。好嗎？」

「好。」她眼睛突然亮起來，「感覺好像度假。」

莎迪真的把它當度假。要我說的話，這假也度得太認真了。為了這趟行程，她穿了件裸背的橙色絲綢洋裝，她說這個是海灘主題睡衣。頭上戴了頂大草帽，手上拎著籐編籃子跟陽傘，口裡不停哼著要去海灘，心情好得不得了。我很想跟她說我們是要去辦很嚴肅的事，能不能不要再玩帽子上面的絲帶了？但這事對她來講已經完結了，她見過比爾叔叔，也對他大吼大叫，釋放了自己的怒氣，但我的還沒有，它仍盤繞在我體內，無處爆發，還早得很，我要他付出代價，我要他難過，我還要……

「還要來點香檳嗎？」一位空姐微笑出現在我身邊。

「喔。」我遲疑一下，然後拿出杯子，「呃……好，謝謝。」

跟莎迪一起旅行的體驗很不一樣。她在機場對著旅客尖叫，然後我們不知不覺就排到了隊伍最前面，她又對著報到台的小姐大叫，然後我座艙就升等了。現在有位空姐幫我倒香檳！我不確定是因為莎迪有對她大叫的關係，還是這裡的服務本來就這麼好。

「這不是很好玩嗎？」莎迪滑到我旁邊的座位上，看著我的香檳很想喝的樣子。

「是啊，太棒了。」我小聲說，假裝是在對錄音機說。

「艾德如何？」短短幾個字，藏了許多言下之意。

「很好，謝謝。」我輕聲說，「他以為我要去見一個老同學。」

「妳知道他把妳的事告訴他媽媽了嗎？」

「什麼？」我轉頭看她，「妳怎麼知道？」

「我那天晚上，不小心經過他辦公室，」莎迪避重就輕地說，「想說乾脆進去看看，他正在講電話，我剛好聽到了一些。」

「莎迪。」我嘶嘶道，「妳在監視他？」

「他說倫敦這裡情況很好。」莎迪沒理會我的問題，「然後說他遇到了一個人，而且很慶幸蔻妮做出了她自己的選擇。他說自己也沒想過，也沒特別找……但事情就這樣發生了。他母親說她現在很興奮，迫不及待想見妳，但他跟他媽說不用急，而且邊說邊笑。」

「喔，那……他說得沒錯。我們不急於一時。」我想說些不著邊際的話，但心裡在沾沾自喜，艾德跟他媽媽提到我了。

「妳不覺得還好自己沒跟喬許在一起嗎？」莎迪突然問，「不覺得多虧了我，妳才能從那悲慘的命運中得救嗎？」

我啜了一小口香檳，避開她的眼神，內心有點掙扎。說真的，從喬許到艾德，那感覺就像是從機械做的白土司換成御廚手工超級香濃五穀麵包。我不是故意這樣說喬許，只是當時沒發現……他確實只是片白土司。

所以我應該老實地承認：是的，莎迪，我很高興妳點醒了我，把我從可悲的命運中救出來，但一想到她得意的樣子我就無法忍受。

「人生只是不同道路的選擇，」我故作神秘地說，「不需要比較或批評，只要相互尊重和接受。」

「胡說八道。」她輕蔑地說，「我知道是我救了妳，妳這個不知感恩的……」她突然被窗外的景色吸引，「看！快到了！」

果然，不一會兒，安全帶的號誌燈亮了，大家都繫好安全帶，只有莎迪在機艙內飄浮。

「妳知道嗎，他媽媽很時髦。」她又想要聊天。

「誰媽媽？」我沒注意聽。

「當然是艾德啊，我想妳跟她會合得來。」

「妳怎麼知道？」我問。

「當然是跑去看她啊。」她又漫不經心地說，「他們家住在波士頓的郊外，房子非常漂亮。那時候她正在洗澡，以她這個年紀來講，身材算非常好。」

「莎迪，夠嘍！」簡直不敢相信，「妳不可以這樣！不要監視我身邊的每一個人！」

「當然可以這樣。」她睜大眼，一副理所當然，「我是妳的守護天使，這是為了照顧妳。」

我無言地看著她。飛機開始下降，引擎發出轟鳴聲，耳朵感覺脹脹的，胃也略微上升。

「我討厭這個。」莎迪皺著鼻頭，「再見。」我還來不及說什麼，她就消失不見。

從尼斯機場到比爾叔叔的公寓車程很久，我們叫了計程車，中途還在一家餐廳買了氣泡橘子飲料。用我中學學過的法文和老闆溝通，逗得莎迪哈哈大笑，然後回到車上，駛完最後一段路。那地方可以說是比爾叔叔的公寓、小村落，或是複合式別墅……之類的。反正就是一棟大大的白色房子，然後四周又有零星幾棟小房子，還有迷你葡萄園跟直升機停機坪。

在這裡工作的人也相當多，但身邊跟著一個懂法語的鬼魂，一切都難不倒我。我們所經之處，所有人都停下手邊工作直盯著我看。我們一路穿越花園也沒被人攔下，莎迪引著我到一處懸崖上，那裡是階梯的盡頭，旁邊還有欄杆。階梯往下直達沙灘，沙灘後面就是一望無際的地中海。

所以，這就是靈頓咖啡的老闆所得到的東西：有自己的海灘、獨享的海景，甚至還擁有一大片大海。我突然明白擁有鉅額財富的意義為何。

我站在原地好一會兒，用手遮著陽光，看看比爾叔叔在哪裡。我幻想他悠閒地做著日光浴，一邊審視自己的帝國，一隻邪惡的手一邊在撫摸一隻白貓。結果他沒有審視任何東西，也不悠閒。說真的，跟我想像的相差十萬八千里，他跟一名私人教練在一起，在做仰臥起坐，滿身大汗。我下巴看到掉下來，驚訝地看著他一個接著一個做，痛苦地發出哀號，然後倒在運動墊上。

「我……我……休息一下。」他喘著氣，「然後……再做一百個。」

他太專注了，沒發現我已經在懸崖階梯的一半，莎迪也跟在我身旁。

「應該差不多了吧？」教練在一邊看著比爾叔叔，擔心地說，「你已經做夠多了。」

「我還需要再鍛鍊我的腹肌，」比爾叔叔冷冷地說，不滿地抓了抓自己腹部的肉，「還得再減掉一些脂肪。」

「靈頓先生。」教練為難地說，「你沒多少脂肪可減，要我說多少次？」

「是，你有！」我嚇一跳，莎迪突然飛到比爾叔叔身邊，「你這個胖子！」她在他耳邊尖叫，「油膩、噁心、肥！」

比爾叔叔表情驚恐，臉部抽搐。他看起來嚇壞了，又躺回墊子上，邊哀號著做更多的仰臥起坐。

「很好。」莎迪在他頭上飛來飛去，不屑地往下看，「受苦吧，你活該。」

我忍不住笑了出來，很想向莎迪致敬。這真是一個絕妙的復仇。我們看著他痛苦地做了一會，然後莎迪又再度往前。

「現在，叫你的僕人下去！」她在他耳邊大叫，比爾叔叔停下動作。

「你可以回去了，讓・米榭。」他喘著粗氣，「晚上見。」

「好的。」讓・米榭把所有器具收好，拍了拍上面的沙子，「我們六點見。」

他爬上懸崖的樓梯，經過我身邊時還禮貌地點頭，往大房子那走去。

好的，現在輪到我了。我深吸一口地中海的空氣，沿著階梯走下去，踩到沙灘時，掌心已經緊張到濕了。我在炎熱的沙灘上走了幾步，然後靜靜地站著，等他發現我。

「是誰……」他瞥見後，從墊子上坐起，一臉糊塗，十分憔悴。當然，做了五萬九千個仰臥起坐當然會這樣，「是……勞拉？妳在這裡幹什麼？妳是怎麼來的？」

他看起來精疲力盡一臉茫然，我都替他心疼，但我不會真的心軟，也不會被他扯開話題，我已經準備好了我的台詞，我一定會唸出來。

「是的，是我。」我用我最冰冷，最嚴肅的語氣說，「勞拉・亞力山卓・靈頓。遭人背叛之人的女兒、遭人背叛之人的姨甥孫女、以及邪惡背叛者的姪女，致我那說謊的叔叔：我是來復仇的。」這句說得太讚了，我想再說一遍，「我是來復仇的。」

天哪，我應該去演電影的。

「勞拉。」比爾叔叔已經喘完氣了，恢復了神情，他從腰間拿出毛巾擦了擦臉，然後轉過身，又擺出他那自命不凡的姿態對我微笑，「說得太好了，但我不太懂妳在說什麼，妳是怎麼通過我的警衛的？」

「你知道我在說什麼，」我厲聲說，「你知道的。」

「我不知道。」

沉默。只有海浪沖到沙灘上的聲音，太陽好像又更熱了，而我們倆一動也不動。

他覺得我在虛張聲勢對吧。他一定覺得自己很安全，覺得那保密協議完美地保護了他，不會有人發現真相。

「是跟項鍊有關嗎？」比爾叔叔突然開口，好像突然想到什麼一樣，「那東西很漂亮，我能理解妳為什麼會喜歡，但我不知道它在哪，相信我，我真的不知道。妳爸有跟妳說我打算雇妳來我公司嗎？妳是因為這件事來的嗎？妳鍥而不捨的精神的確打動了我，年輕的小姐。」

他對我閃著他雪白的牙齒，然後去穿人字拖。他正在主導局勢。現在他隨時會問我要不要喝點什麼，假裝這次會面是約好了的一樣。再來就是想收買我，分散我的注意力，照他的劇本走，多年來一直都這樣。

「我不是為了項鍊，也不是為了工作。」我打斷他，「我是為了莎迪姨婆而來。」

比爾惱怒地抬頭仰天一望，「老天，勞拉，妳就不能停一停嗎？親愛的，她沒有被謀殺，也沒有特別——」

「也為了那幅被你找到的畫。」我冷靜地繼續說，「賽西爾・馬洛禮。一九八二年，你跟倫敦肖像館做的匿名交易，還有你那五十萬英鎊，還有所有你說的謊言，你的所作所為，這是我來找你的原因。」

我從來沒看到叔叔那樣的表情，像是太陽下融化的奶油那樣垮掉，我十分滿意。

26

這真是大新聞。佔據各大報頭條，每家都有報。每、一、家。

《兩枚硬幣》的比爾．靈頓「澄清」了他的故事。《每日郵報》刊出一對一獨家專訪，然後所有報紙都跟進了。

他坦承以五十萬英鎊創業，當然了，比爾叔叔仍然不改本色，他堅稱這筆錢只是故事的一部分，他的經營原則仍可以應用在只有兩枚硬幣就開始創業的人；他還說，就某些意義上，五十萬英鎊和兩枚硬幣的本質一樣，只是數量不同而已。不過當他發現沒人買帳時，他又讓步了，但講出去的話已經覆水難收。

對我來說錢不是重點，經過這些事後，比爾叔叔公開承認這一切源自莎迪，這才是我最在乎的事。比爾叔叔向全世界介紹莎迪，不再否認，也不再把她藏起來。大部分報紙所引用的字句是：如果不是我美麗的姨媽，莎迪．蘭卡斯特，我不會有今天的成就，我永遠感激她。這句話是我要他一字不漏地照說的。

莎迪的肖像出現在每一份報紙上。倫敦肖像館被群眾擠滿。她就像新一代的蒙娜麗莎，但她的畫更好，因為尺寸更大，展覽空間也更寬敞，能讓更多人一睹莎迪的風采。偷偷說，其實我覺得她的肖像更美。我們後來又去過那裡幾次，主要是為了看看慕名而來的人們，聽聽他們的讚美，甚至還有粉絲幫莎迪架了網站。

至於比爾叔叔的書，不管他再怎麼解釋經營原則也沒用。《兩枚硬幣》成了從千禧巨蛋[57]以來最新的嘲諷對象，所有小報都引以為樂，嘲弄那故事，甚至被電視上的喜劇演員當作笑點。出版商就尷尬了，他們願意讓人退書，但只有兩成的人真的辦理退貨，我猜其他人大概是想留下來當紀念，或是放在壁爐架上三不五時笑笑什麼的。

我正在看《每日郵報》裡有關比爾的社論，這時手機發出收到簡訊的聲音：

嗨，我在外面。艾德

這是艾德的優點之一，他從不遲到。我高興地抓起包包，砰一聲關上門，走向樓梯。凱特和我今天要搬到新辦公室，艾德答應在他上班前陪我一起去看看。我走出大樓，立刻就見到他捧著一大束紅玫瑰。

「恭賀喬遷。」他吻了我一下。

「謝謝！」我對他微笑，「不過，拿這個上地鐵會不會太招搖——」艾德突然按住我肩膀。

「今天坐我的車過去。」他說。

「你的車？」

「嗯哼。」他轉頭比向附近一輛黑色的奧斯頓．馬丁。

「那是你的車？」我目瞪口呆，「但……但……怎麼會？」

「買的啊。走進展示中心……不小心就掏出信用卡……再來是交車流程……總之我想，最好還是買英國貨。」他苦笑地補充。

艾德買了輛超豪華的奧斯頓．馬丁？這樣就買了？

「但你沒開過方向盤在右邊的車吧。」我覺得有點不安全，「你開過這輛車嗎？」

「放心。我上週考照過了。說真的，這裡的規則真是亂七八糟。」

「亂講，才沒有。」我回嘴。

「手排根本是地獄，更別說這裡的右轉規定。」

真不敢相信！這人還真是保密到家，艾德從來沒提過車，也沒提過駕照……什麼風聲都沒有。

「可是……為什麼？」我忍不住問。

「曾經有人告訴我，」他想了一下，「不管要在哪裡待多久，你都要融入其中。說到融入，還有什麼比在倫敦學開車更好的方法？總之，重點是，妳到底要不要上車？」

他風度翩翩地打開車門。剛才驚訝的後座力仍在，我滑進了副駕駛座，這是一輛很棒的車，我不敢把花放下，就怕刮傷皮革。

「我還學會了在地用語。」艾德邊開車邊說，「開快點，你這龜速佬！」他用倫敦腔說，我忍不住笑了。

「很好。」我點頭，「那你會不會這個——你駕照是用雞腿換的嗎！」

57 千禧巨蛋：英國為慶祝千禧年而耗資八千萬英鎊興建，建成後政府和民間對其各有微詞。曾被票選世界十大最醜建築榜首。

「可是我聽到的是你駕照是雞腿嗎？」艾德說，「還是我弄錯了？」

「沒有，那句也行，但你口音還得加強一下。」我看著他流暢換檔，一下就超過一輛紅色巴士，「可是，這車不便宜，等你——」說到這裡，我趕快假咳，就此打住。

「妳說什麼？」雖然艾德正在開車，但依然十分敏銳。

「沒什麼。」我低下頭，把臉埋進花裡，「沒事。」

我本來要說等你回美國時，車要怎麼辦？但我們從不討論這話題。

一陣沉默後，艾德若有所思地看了我一眼，「船到橋頭自然直。」

參觀辦公室不需要花多少時間，大概九點五分就差不多看完了。所有東西艾德都檢查了兩遍，他全都很滿意，還給了我一份聯絡清單，說我可能用得著，然後才去上班。一個小時後，爸媽也來了，就在我手肘頂著玫瑰花莖，沾著水，還抱著臨時買來的花瓶時。他們也帶了花，還有一瓶香檳跟一盒新的迴紋針，最後那個是爸開的小玩笑。

雖然才帶著艾德參觀過，但我依然很樂意再導覽一次。其實只是個小房間、一扇窗、一塊告示板，以及兩扇門和兩張桌子……但當爸媽東看西看的時候，我心裡一直有個揮不去的聲音：這是我的，我的空間，我的公司。

「很簡約。」媽看向窗外景色，「但，親愛的，妳確定負擔得起嗎？跟娜塔莉一起會不會比較好？」

說真的，到底要重複說自己以前最好的朋友其實是個讓人生厭、無恥、不可靠的混蛋多少遍，父母才聽得進去？

「媽，真的，我一個人更好。你們看，這是我公司的發展企劃書。」

我把一大疊已裝訂好並附有頁碼的企劃書交給他們，看起來很專業，真不敢相信自己做到了，我看著手上的成果，感到強烈的興奮和期盼——如果我能讓魔法尋才成功運作，那人生就完美了！

今天早上在報紙上看到更多莎迪的報導時，我也這樣告訴她。沒想到她沉默了，她的眼裡閃著奇怪的光芒，接著起身，「我是妳的守護天使！我會讓它成功的！」然後她就消失了，不知道她是不是又偷偷摸摸在進行什麼，總之只要不是在替我物色男人就無所謂。

「太厲害了。」爸爸翻過一遍企劃書後說道。

「艾德有給我一些建議。」我承認，「比爾叔叔的事他也幫了很多忙，那些聲明都是他寫的，也是他提議請個公關來應付媒體。對了，你們有看到今天的《每日郵報》嗎？」

「喔，有啊。」爸跟媽互看一眼後，淡淡地答道，「我們都看了。」

如果用瞠目結舌來形容爸媽對最近的事的反應，根本太客氣了。我從來沒看過他們震驚到那種地步。那天我進了家門，告訴他們比爾叔叔有話要說，然後轉身看向豪華轎車，比比大拇指叫他進去，他沉默地下車，順從地照我要求的說明清楚。

爸媽後來完全啞口無言，就像看到我頭頂長出香腸般驚訝。等比爾叔叔離開後，我問還有沒有問題，他們仍舊沒吭聲，只是坐在沙發上，敬畏地望著我。雖然現在已經正常多了，他們震驚的情緒也消化得差不多，但那樣的目光仍在。

好吧，有何不可？不是我在說，我本來就很了不起。在艾德幫助下，我主導策劃讓事件曝光，一切順利，至少在我看來是完美的，但也許對比爾叔叔和特魯迪嬸嬸就不是了。新聞一刊登出來，特魯迪嬸嬸馬上飛到亞利桑那州一家SPA度假中心長住，天知道我們還有沒有機會見到她。

另一方面，蒂亞曼媞倒是因此大賺一票。她現在和《閒談者》[58]合作，用莎迪的肖像合成各種圖，還用莎迪的故事替她的品牌行銷。這真的真的很狡猾，但也很聰明，我其實還滿佩服她的厚臉皮，真的！真正做錯事的人並不是她，而是她老爸，不是嗎？

我暗自希望莎迪和蒂亞曼媞能夠見面，我想她們會合得來，畢竟有不少共同點，但也許她們完全不這麼想。

「勞拉。」我抬頭看到爸往我這裡走來，有點尷尬的樣子，不時還瞥向媽那裡，「我們想跟妳談談，莎迪姨婆的……」他咳了兩聲。

「的什麼？」

「葬禮。」媽很謹慎地說。

「沒錯。」爸點頭，「我們一直想跟妳談談這件事，既然警方確定她不是被……」

「謀殺。」媽補充道。

「對。警方結案後，他們就沒理由繼續保留她的……」

「遺體。」媽低聲說。

「不會已經辦完了吧？」我感到驚恐，「拜託不要跟我說已經辦了。」

「不不，這個星期五才要辦，這是暫定的，我們一直想跟妳說……」他閃爍其詞。對，最好是。

「總之，」媽很快接話，「之前是這麼打算的。」

「對，是之前。現在情況當然不一樣，」爸繼續說，「想說妳可能會想參與……」

「那當然！我當然要。」我激動地說，「而且這事我會全權負責。」

「好。」爸看了媽一眼，「嗯，當然了，我也這麼覺得，畢竟……妳對她生平做了不少研究。」

「我們覺得妳真的太了不起了，勞拉。」媽突然熱情起來，「竟然能把這些事都翻出來，除了妳沒人能辦得到，這故事可能永遠被埋葬！我們到死都不會知道真相。」

媽講話還是堅持非死不可。

「親愛的，這是業者的資料。」爸遞給我一張單子，就在此時門鈴響了，我匆匆把單子塞進口袋。我走向對講機，那畫面差到不行的黑白螢幕顯示門口應該有個男人……或是一隻大象。

「哈囉？」

「我是快樂印刷公司的加瑞斯．伯奇。」那男人說，「我送名片過來。」

「太好了，麻煩你拿上來！」

就是這樣！現在我有自己的公司，當然也有自己的名片！

58《閒談者》：英國雜誌，著重在時尚生活、政治及上流社會的報導。

我請加瑞斯．伯奇進到辦公室，興奮地把盒子打開，發給每個人。名片上面印著：勞拉．靈頓　魔法尋才，還有根打凸印刷的小小魔杖。

「你怎麼會親自送來？」我在貨單上簽收，「太貼心了，印刷廠不是在哈克尼嗎，怎麼不用寄的？」

「這點小事不算什麼。」加瑞斯．伯奇悶悶地看了我一眼，「我們非常重視您的訂單，這只是一點小小心意。」

「啊？」我不解地看著他。

「我們非常重視您的訂單，」他像機械人一樣重複，「這只是一點小小心意。」

喔天哪，是莎迪。她又幹了什麼好事。

「呃……謝謝你專程跑一趟。」我有點尷尬，「謝謝，我會跟所有朋友推薦你。」

加瑞斯．伯奇離開後，我連忙把盒子裡其他名片拿出來，爸媽則是有點激動地看著我。

「他真的親自專程從哈克尼送來？」爸忍不住開口問。

「似乎是。」我盡可能輕描淡寫，假裝稀鬆平常。好在，他們還來不及追問電話就響了，我連忙接起。

「你好，魔法尋才。」

「請問勞拉．靈頓小姐在嗎？」一位我不認識的女人。

「我就是，請說。」我在新的旋轉椅坐下，希望塑膠套的嘎吱聲沒傳到話筒裡，「有什麼可為您效勞的地方？」

「我是寶琳．瑞德，惠勒食品的人力資源主管。不知道妳有沒有時間過來聊聊？聽說你們評價不錯。」

「喔，太好了！」我對著電話微笑，「方便問一下，您是聽誰提過我們呢？珍娜．格雷迪？」沒有回應。等她再次開口時，有點猶豫。

「其實我不太記得是誰了，但有印象妳在這方面的風評不錯，我想跟妳見個面。直覺告訴我，妳會對我們公司有幫助。」

「好的，」我讓腦筋轉一轉，「我確認一下行程安排……」我打開行事曆，排定會議。電話是莎迪。

掛上後，爸媽用閃閃發亮的眼神看著我。

「親愛的，是好消息？」爸說。

「沒什麼，只是惠勒食品的人力資源主管，」我忍不住想說，「她想跟我聊聊。」

「專門做早餐燕麥的那家惠勒食品？」媽激動地說。

「是啊。」我高興地笑了，「看來守護天使在照看我。」

「哈囉！」凱特抱著一大束花進門，爽朗的招呼聲插了進來，「看看我們收到什麼。喔，靈頓先生、靈頓太太，你們好。」她有禮地打招呼，「喜歡我們的新辦公室嗎？很不錯吧？」

我從凱特手中接過花，並打開花上的小卡。

「致魔法尋才，」我大聲讀出來，「由衷希望能和貴公司建立良好互動，期待當面聊。德懷鄧巴全球人力部主管，布萊恩．查爾摩斯。他還附上了他的私人專線。」

「太神奇了。」凱特眼睛睜得又大又圓，「妳認識他嗎？」

「不。」

「那妳有認識的人在德懷鄧巴嗎？」

「呃……沒有。」

爸媽驚訝地說不出話來。我想最好在其他更瘋狂的事發生前，趕快離開。

「我們中午要去吃披薩。」我跟凱特說，「要不要一起來？」

「好，我隨後到。」她高興地點頭，「這裡有些事要先處理一下。」

我帶著爸媽走出辦公室，下樓梯，一路到街上。一位年長的牧師站在外面，好像是迷路了，我上前關心。

「嗨，你在找什麼地方嗎？需要幫忙嗎？」

「呃……是的，我對這裡不太熟。」他茫然地看我一眼，「我在找五十九號。」

「就是這一棟，你看。」我指了指門廳，玻璃上有五十九的數字浮雕。

「啊，是了，原來在那！」他眼睛一亮，走近門口，但讓我驚訝的是他並沒有進去，而是舉起手劃了十字。

「親愛的主，請求祢賜福在這裡工作的人。」他聲音有點抖，「祝福所有努力打拚工作的人們，特別是裡面的魔法……」

不會吧！

「好！」我趕緊抓住爸媽，「我們快去吃披薩吧。」

「勞拉。」爸聲音虛弱地問，我幾乎是扯著他的手臂在走，「我是不是瘋了？那位牧師他在——」

「我想要點四季披薩。」我明亮的聲音把爸的話蓋過去，「再來一些義式麵包球，你們呢？」

我想爸跟媽應該放棄了，決定順其自然，幾杯瓦爾波利切拉紅酒後，大家都笑得開懷，不再追究難以回答的問題。我們點了各自的披薩，還有塞滿熱呼呼餡料的蒜味麵包球，超開心。

就算譚雅會來，我也不會有壓力。是爸媽找她來的，事實上，就算她快把我逼瘋了，我們畢竟還是一家人，我漸漸開始明白家人的意義。

「喔，我的天啊！」她那刺耳的叫囂響遍餐廳，大概有二十幾個人轉頭過來看，「喔，老天啊，你們能相信比爾叔叔的事嗎？」

她來到桌邊，顯然期待我們的反應跟她一樣。

「嗨，譚雅。孩子們好嗎？」

「真是難以置信，」她又重複一遍，不滿地看著我們，「看過報紙了吧？這怎麼可能。這些八卦垃圾，一定有人在背地裡耍陰謀。」

「這些都是真的。」爸溫和地反駁，「他自己都承認了。」

「但你們有看到那些報導是怎麼寫他的嗎？」

「有啊。」媽伸手去拿紅酒，「我們都看了。親愛的，要來點酒嗎？」

「可是……」譚雅一屁股坐下，委屈又不解地看著我們，臉很臭地撕開麵包球，塞進餡料，顯然她覺得我們應該挺身為比爾叔叔而戰。

「來，給妳。」媽把酒杯從桌上滑給她，「我讓服務生再拿一份菜單。」

譚雅把外套解開，掛到椅子上。她正在重新評估情勢，要是沒有人想支持比爾叔叔，那她也不會。

「所以說，這些事到底是誰發現的？」她喝了一大口酒，然後開口，「某個八卦狗仔？」

「是勞拉。」爸笑著說。

「勞拉？」她生氣地表示，「這什麼意思，勞拉？」

「是我發現了莎迪姨婆和肖像的事，」我解釋，「我調查後把所有事拼在一起，對，是我。」

「但……」譚雅鼓著臉，不願相信，「報紙上沒提到妳啊。」

「我喜歡保持低調。」我神秘兮兮地說，就像超級英雄隱身黑暗，行俠仗義不求回報。

說是這樣說，但我還是很樂意報紙上提到我，只是沒人來採訪。虧我為了以防萬一還特地燙了離子燙，但那些報紙都只有說：由家族成員揭發。

家族成員，啊？

「但我不懂，」譚雅的藍眼睛不懷好意地盯著我，「妳為什麼一開始就想要調查？」

「只是一種直覺，莎迪姨婆的事我覺得有地方不對勁，但沒人聽我的。」我忍不住加了幾句，「喪禮上，大家都覺得我是神經病。」

「那是因為妳說她是被謀殺的。」譚雅反駁，「但她不是啊。」

「直覺告訴我有問題。」我嚴肅地說，「所以我選擇相信自己。經過一番調查後，證明我沒錯。」大家像在聽大學講師上課一樣，認真看著我，「然後我去找倫敦肖像館的人，他們也證實了我的想法。」

「確實如此。」爸對著我微笑。

「結果妳猜怎麼了？」我驕傲地補充，「他們要重新估價那幅畫，比爾叔叔會給爸一半的錢！」

「不會吧。」譚雅搗著嘴，「是多少錢？」

「至少有幾百萬。」爸不自在地說，「比爾叔叔堅持要給。」

「這是你應得的，爸。」我已經跟他說了不下百萬次，「是他偷了你的錢，他是小偷！」

譚雅說不出話來，咬下一塊麵包球。

「看過《泰晤士報》上面的社論了嗎？」她過了一會又開口，「真狠。」

「的確有點狠。」爸退縮了，「我們也很同情比爾，雖然——」

「不，才沒有！」媽打斷，「多替你自己想想吧。」

「老婆！」爸很吃驚地看著媽。

「我一點都不喜歡他。」她毫不畏縮地看著整桌的人，「我覺得——火大。對，火大。」

我驚訝地看著媽，我這輩子都沒看過媽生氣。坐在對面的譚雅也目瞪口呆。她揚起眉毛望向我，我只是聳聳肩。

「他的所作所為根本不值得原諒，而且無恥。」媽繼續說，「妳爸總是只看別人好的一面，幫別人找理由，但有的人從頭到尾就是個混帳。」

我從沒看過媽這麼激動。她臉都紅了，緊緊抓著酒杯，像要用酒杯攻擊什麼。

「媽說得好！」我大呼。

「如果妳爸再幫他說話——」

「我不是幫他說話！」爸馬上說，「但他是我弟，我們是一家人，這很難……」

他重重地嘆了口氣，眼周細紋裡藏著失望。爸總是只看人好的一面，這是他待人處事的習慣。

「你弟讓我們一家人都活在他的陰影下。」媽氣得聲音發抖，「對我們都有不同的影響。現在我們該擺脫他了，劃清界線。」

「我還把比爾叔叔的書推薦給我的讀書俱樂部。」譚雅突然說，「幫他賣了八本書！」似乎這件事最讓她生氣，「結果呢，最後這些全是謊言，他真的很不要臉！」她突然轉向爸，「爸，如果你還無所謂，那你就太蠢了！」

我好想歡呼。有時候就是需要譚雅這種口無遮攔、出口傷人的直腸子。

「我是很生氣。」爸終於承認，「當然生氣。我只是在調適。我當然意識到自己弟弟是個自私自私，沒有原則的……狗屎。」他重重地吁了口氣，「但，這又代表什麼？」

「這代表我們該忘了他。」媽堅定地說，「繼續我們的生活，有尊嚴地過日子，不再覺得自己輸人一等。」

媽說的話比這些年來都順耳！繼續吧，媽！

「話說回來，這些事都是誰負責處理？」譚雅皺眉，「不會很棘手嗎？」

「全部都是勞拉的功勞。」媽驕傲地說，「她跟比爾談，跟肖像館談，把一切處理得井井有條……而且還自己創業！她是我們家的重要支柱。」

「太棒了！」譚雅笑得很燦爛，但我看得出來，她骨子裡很不高興，「幹得好，勞拉。」她啜了一口酒，在口中咕嘟著。我知道她正想找出我脆弱的地方，好讓她能重佔上風……

「對了，妳跟喬許怎樣了？」她裝出可憐我的樣子，「爸跟我說，你們復合了一陣子，後來又正式分手。妳一定很難過，這打擊太大了。」

「還好。」我聳聳肩，「我往前進了。」

「但妳一定很受傷。」譚雅不放棄，那雙眼像牛眼一樣瞪著我，「妳自信心一定很受打擊吧。不過這並不代表妳沒有吸引力，不是嗎？」她轉向爸媽尋求認可，「世界上還有很多男人——」

「新男友讓我重新振作，」我爽快地說，「沒什麼好擔心的。」

「新男友？」她咂嘴，「也太快了吧？」

她大可不必那麼驚訝。

「艾德是從美國來支援的商業顧問。」

「非常帥喲。」爸認可了他。

「上星期還帶我們去吃飯。」媽補充。

「好吧。」譚雅一臉挫敗，「很好，但他回美國的話，不是很難過嗎？」她又高興起來，「遠距離戀愛很容易分手。只能靠長途電話，兩邊還有時差……」

「到時候誰知道呢？」我甜甜地笑。

「我可以讓他留下來！」莎迪在我耳邊低沉地說，嚇了我一跳。一轉身就看到她在我旁邊，一臉堅定，「我是妳的守護天使，我要讓艾德繼續留在英國！」

「失陪一下，」我對著大家說，「我要發個簡訊。」

拿出手機，切到簡訊畫面，確定莎迪看得見螢幕。

沒關係，妳不用讓他留下。妳跑哪去了？

「或是我讓他跟妳求婚！」她大聲說，無視我的問題，「太好玩了！我會告訴他要求婚，要他選一枚漂亮的戒指，籌劃婚禮的時候一定會很好玩……」

不不不！我急忙輸入，莎迪，住手！不要逼艾德做任何事，我要他自己決定，我要他聽自己內心的聲音。

莎迪看了我的字後有點掃興，「我覺得我的聲音更好玩。」她說完，我忍不住笑了。

「傳簡訊給妳男朋友？」譚雅盯著我問。

「不是。」我懶得理會，「只是一個朋友，一個好朋友。」我又轉回來，謝謝妳幫了我這麼多，妳大可不必這樣的。

「是我自願！」莎迪，「很好玩！妳喝到香檳了嗎？」

還沒。我回應，莎迪，妳是有史以來最好的守護天使。

「嗯，我也這麼覺得。」她洋洋得意，「好了，我的位置在哪？」

她飄過桌子，找了張空椅坐下。凱特在這時走來，興奮得臉都紅了。

「噹噹噹！」凱特說，「轉角那家零售酒商送了一瓶香檳來！老闆說是歡迎我們的禮物！勞拉，有好多電話找妳，我把號碼都記下來了……還有從妳公寓轉寄過來的信件，我沒有全部帶來，但有一個包裹我覺得可能很重要，上面說是從巴黎寄來的……」她遞給我一個有防撞保護的信封，然後拉開椅子對我們微笑，「大家都點菜了嗎？我餓死了！嗨，妳好，我們還沒見過，我是凱特……」

凱特向譚雅自我介紹，爸倒了更多酒，我則是低頭看著那信封，有種喘不過氣來的恐懼。從巴黎寄來的，字跡是少女的字。我壓了壓它，裡面的東西硬硬的，形狀不規則，感覺像是項鍊。

我慢慢地抬起頭，莎迪在對面十分專注地看著我，我知道她想的事跟我一樣。

「繼續。」她點頭。

我用顫抖的手撕開它，還有一層薄薄的紙。紙掀開一角，出現一道淡黃色的閃光。我抬頭看著莎迪。

「是我的項鍊，對吧？」她臉色變白，「拿到了。」

我只點了一次頭，下意識地把椅子往後推。

「我……我得打個電話。」我聲音有點模糊，「我離開一下，很快回來……」

我穿過重重桌椅，到了後方一個不起眼的小空地，推開防火門，找個角落打開信封，輕柔地攤開薄紙。

經過這麼多事，這麼長的時間，我拿到它了。

項鍊的觸感比想像中還要暖。不知怎地，感覺它好沉重。陽光折射在水鑽萊茵石上，發出閃耀的光芒。太漂亮了，有種想戴上它的衝動。我抬頭看著莎迪，她不發一語地看我。

「給妳。」我反射性地想把它戴在莎迪脖子上，像在頒發奧運獎牌，但手卻直接從她身上穿過，我試了一次又一次，只是徒勞。

「我不知道該怎麼辦！」我半哭半笑，「它是妳的！妳應該要戴上！我們需要一串幽靈版的……」

「住手！」莎迪語氣變得緊張，「別……」她突然停住，從我身邊退開，看著天井的地磚，「妳知道該怎麼做。」

不遠處主幹道上車水馬龍，只聽到汽車引擎呼嘯。我沒辦法看莎迪，只能拿著項鍊站在原地。我知道這是我們一直在找尋的東西。現在終於到手……但我卻不希望它出現，至少還不是現在。這項鍊是莎迪一直纏著我的理由，當她拿回項鍊後……

不行，不要去想。我不願去想任何事。

一陣微風吹過，地上落葉沙沙作響，莎迪臉色蒼白地抬頭，態度十分堅決，「給我一點時間。」

「好。」我嚥了口口水，「當然。」我把項鍊塞進包包，回到餐廳時莎迪已經消失無蹤。

我沒有胃口吃披薩，也無心聊天。回到辦公室後，雖然有超過六通從大型企業人力資源經理打來約開會的電話，但我仍沒辦法專心。那個信封在我腿上；我手裡緊緊握著項鍊，沒辦法張開。

我發了個簡訊給艾德，說我頭痛，想一個人待著。回到家後，不意外，莎迪不在。我做了晚餐但還是沒胃口。之後坐在床上，戴上項鍊，玩著珠子，看經典老電影看到很晚。清晨五點半我就起床了，穿上衣服出門。天色仍漾著灰，一抹略帶粉紅的日光自天際一角浮現。我靜靜站著欣賞，看著朝霞一點一點擴散到整個天空，整個情緒也被鼓舞。我到餐廳買了杯咖啡，搭公車到滑鐵盧站。隨著車子疾馳前進，我茫然地看著車窗外。到站時已經快六點半。橋上、街上漸漸出現人群，然後，倫敦肖像館還沒開門，大門深鎖。一般人可能會覺得裡面連個鬼影都沒，但我知道不是。

我在牆角坐下，喝著咖啡，有點冷掉，但對空腹的我來說已經很美味了。我準備坐在這裡一整天。附近教堂傳來八次鐘響，莎迪就出現在台階上，她看起來若有所思。莎迪穿著一件漂亮的洋裝，珍珠灰色，薄紗的裙子像花瓣似的，頭上戴著一頂灰色鐘形帽，眼睛看向地面。我不想驚擾她，等到莎迪發現我時，她嚇了一跳。

「勞拉。」

「嗨。」我舉起一隻手，「我想妳應該會在這裡。」

「我的項鍊呢？」她警覺地說，「不見了嗎？」

「沒有！別擔心，項鍊還在我這。沒事的，就在這裡，妳看。」

周圍沒人，不過我還是小心地張望一番，以防萬一，然後我拿出項鍊，在清晨的陽光下，此時它比任何時候都要好看。我用手輕輕揉著珠子讓它們發出聲響。莎迪深情地望著項鍊，伸手好像要拿起似的。

「真希望能摸摸它。」她喃喃道。

「我知道。」我無可奈何地捧著項鍊，像獻上一份禮物。我想幫她戴上，想物歸原主。

「我想拿回來。」她平靜地說，「希望妳把它還給我。」

「什麼時候？今天？」

莎迪望著我，「現在。」

我突然有些哽咽，有千言萬語但說不出口，但我想講的，莎迪應該都懂。

「我想拿回來。」她又重複一遍，小聲但堅決，「我失去它太久太久了。」

「好。」我點了幾次頭，手指緊緊握著項鍊，說不定已經在上面多留了幾道輕微的刮痕，「好的，妳需要它。」

這段路太短太短了。計程車順暢地駛過清晨的街道，我很想叫司機開慢點，希望時間能暫停，最好能塞車塞上六小時……但很快地，我們在郊區的街道旁停下，已經到了。

「哇，還真快呀！」莎迪的聲音刻意高了幾分。

「是啊！」我強顏歡笑，「也太迅速。」

下車時，擔心害怕的心情，像沉重的鐵塊壓在胸口。我手緊緊握著項鍊，手指都抽筋了，但我沒辦法把手鬆開，只好用另一隻手掏錢給司機。

計程車揚長而去，我跟莎迪對望了一眼。對面有一排的商店，其中一家是葬儀社。

「在那裡。」我指著一個小門牌，上面寫著安息堂，「好像還沒開。」

莎迪飄到緊鎖的門前，從窗戶往裡面看，「我們最好等一等。」她聳聳肩，轉來我身邊，「就坐在這裡等吧。」

她坐在我身旁的木凳，我們沒說話。我看了眼手錶，八點五十五。九點才會開門。一想到這我就緊張，所以馬上打消念頭，時間還沒到。我只知道此時的自己，跟莎迪並肩坐在一起，這就夠了。

「對了，妳今天這件洋裝很不錯，」我想我語氣應該很正常，「這又是誰的衣服？」

「沒有人的。」莎迪不悅地回，「這件是我自己的。」她打量我一下，不情願地開口，「這雙鞋很漂亮。」

「謝謝，」我想擠出笑容，但嘴角就是不聽話，「前幾天買的。其實是艾德幫我選的。我們晚上去惠特利斯購物中心，那裡在特價……」

我不知道自己在說什麼，只是為了說話而說話。說話總比乾等待好。我又看了一眼手錶，整點過兩分。他們遲到了，我卻感激萬分，好像被判緩刑一樣。

「他很會啪啪啪，不是嗎？」莎迪突然開口，「我是說艾德，不過，妳也不差。」

啪啪啪？

她的意思是……

不，不。

「莎迪。」我轉去看她，「我就知道妳會偷看！」

「什麼啦？」她突然大笑，「我藏得很好！連妳都沒發現我在哪。」

「妳看到什麼？」我唉聲嘆氣。

「都看到了。」她輕快地說，「我可以說，真的相當精采。」

「莎迪，妳不能這樣！」我抱著頭，「妳不能看別人嘿咻！這是犯法的！」

「我只對一點有意見。」她完全不理會我，「或者，更精確地說……有個建議，我們那年代都會這樣做。」

「不！」我驚恐地說，「我不要聽什麼建議！」

「好吧，那可是妳的損失。」她聳聳肩，檢查自己指甲，不時還偷瞄我。

喔，我的天。好吧，我現在好奇心被激發了，我想知道她的建議是什麼。

「好吧。」我開口，「請告訴我一九二〇年代的性愛秘訣，但最好不要塗什麼洗不掉的東西在身上。」

「好的……」莎迪靠近準備要說，但還沒來得及繼續，我視線看向了她身後。我僵硬著，屏住呼吸。一位穿著大衣的老先生正準備打開大門。

「怎麼了？」莎迪順著我的目光，「喔。」

「嗯。」我吞了口口水。

老先生現在也發現我了。我想我應該很引人注目，筆直地坐在長凳上，直盯著他。

「小姐，妳沒事吧？」他謹慎地問。

「我……你好。」我逼自己站起來，「我是來……拜訪的……來致意。我姨婆，莎迪・蘭卡斯特。她應該在這裡……」

「啊。」他嚴肅地點頭，「是。」

「我……我能看看她嗎？」

「啊。」他再度點點頭，「當然。等我一分鐘，我把門打開，整理一下馬上回來，您是……小姐？」

「靈頓。」

「靈頓。」他似乎想起來了，「當然，當然。要不要到我們的家屬休息室稍坐一下？」

「我等下就進去。」我努力微笑，「我……我先打個電話。」

他走進屋內，而我一動也不動，只想延長等待的一分一秒。我不想這麼做，要是我沒收到，也許就不必迎接這一刻。

「項鍊呢？」莎迪的聲音在我身邊響起。

「在這裡。」我從包包裡拿出來。

「很好。」她笑了，但笑得很緊張，耐人尋味。我知道她已經忘了二〇年代的性愛技巧了。

「那……妳準備好了嗎？」我故作輕鬆，「這地方真讓人不舒服……」

「喔，我不進去。」莎迪淡淡地說，「我坐在這裡等。這樣比較好。」

「好。」我點頭，「好主意，妳應該不想……」

我沒辦法說下去，也沒辦法把心裡所想的說出口，但那念頭像不祥的旋律在我腦中盤旋，愈來愈大聲。

誰都不想提。

「所以——」我用力吞了口口水。

「所以怎樣？」莎迪的聲音像尖銳明亮的鑽石……我一聽就知道她也在思考一樣的事。

「妳覺得……當我……時……會怎麼樣？」

「妳是說，終於能擺脫我了嗎？」莎迪輕率地說，跟平常沒兩樣。

「不是啦！我是說……」

「我知道。妳早就想擺脫我了，看我也看膩了。」她笑著說，但下巴在顫抖，「好吧，我想不會這麼快。」

她看著我的眼睛，我能讀懂她的眼神——克制，不要留戀，頭抬高。

「看來我真被妳纏上了。」我吃力地用嘲諷的語氣說道，「太好了。」

「恐怕是的。」

「對，每個女孩都想……」我翻了白眼，「被霸道的鬼魂纏一輩子。」

「是霸道的守護天使。」她堅決地糾正我。

「靈頓小姐？」老人從門口探頭，「準備好了，隨時可以進來。」

「謝謝！我馬上過去。」

大門再度關上。我重複整理自己平整的外套，不斷重拉皮帶，一再確認，多拖延三十秒。

「我放好項鍊就出來，那我們等下見喔？」我刻意不流露出任何情緒。

「我在這裡等妳。」莎迪拍拍長凳。

「等一下我們可以去看個電影什麼的。」

「嗯。」她點頭。

我往前一步，然後停下。我知道我們都在硬撐，但我不能就這樣離開。我轉過身來，重重地呼吸，下定決心。我不會讓她失望，不會搞砸。

「但是……要是……以防萬一……」我說不出口，我連想都不敢想，「莎迪，妳是……」

我想不到該如何開口，沒有形容詞能形容她的好；也沒辦法言述這段跟莎迪共處的日子對我具有怎樣的意義。

「我知道。」她低聲說，雙眼如星星閃耀，「我也是。去吧。」

我來到大門前，最後一次回頭。只見莎迪端坐，穿著洋裝的身形姿態完美，脖子如同往常那樣修長白皙。她面對正前方，雙腿併攏，兩手放在膝上，一動不動，彷彿等待著什麼。

不知道此刻的她在想些什麼。

她發現我還站在那裡看著她，便抬起下巴，突然露出不服輸的微笑。

「呀呼！」她喊道。

「呀呼！」我也回應，一時興起給了她一個飛吻，然後帶著決心轉身。是時候了。

殯儀館的負責人幫我沏了杯茶，還有兩塊脆餅，放在玫瑰圖案的盤裡。他的下巴有點往後縮，而且每次開口都先陰沉地「啊」一聲，真讓人不悅。

他引著我經過一條淺色的走廊，然後停在一扇木門前面，上面標示著：百合間。

「我會讓妳一個人獨處一會兒。」他熟練地打開門，推開一點縫，「她真的是那幅名畫裡的女孩嗎？報紙上說的那個？」

「是的。」我點頭。

「啊。」他低下頭，「真了不起，讓人難以置信，老太太這麼高壽，是一百零五歲吧？真是了不起的歲數。」

我知道他盡量想表現友善，但這些話還是讓我不高興。

「我不這麼認為。」我直接表達，「我不覺得她老。」

「啊。」他急忙點頭，「當然。」

「對了，我想放點東西……到棺材裡，可以嗎？會不會不安全？」

「啊。很安全，我可以向妳保證。」

「這很私人。」我嚴厲地說，「我不希望有其他人進來。如果有人要來，能先通知我一下嗎？」

「啊。」他低頭看著鞋尖，「當然。」

「好，謝謝你。那我……進去了。」

我走進去，關上身後的門，在原地站了一會兒。現在我來了，真的要物歸原主了，但我兩腳卻有點發軟。我吞了幾口口水，試著控制情緒，叫自己不要怕。一分鐘後，我往棺木走了一步，然後又一步。

那是莎迪。真正的莎迪，我那高齡一百零五歲的姨婆。她生前我完全不知道她的存在。我呼吸沉重，身子往前傾，只見蓬鬆的白髮和枯槁的皮膚。

「這是妳的項鍊，還給妳，莎迪。」我小聲說，輕柔地、小心地將項鍊掛在她脖子上。我做到了。

我終於做到了。

她看起來好憔悴，好脆弱。我一直很想碰觸莎迪，想捏捏她的手臂或抱抱她……現在終於見到她了，真正的她。我小心地輕撫她的頭髮，幫她把衣服拉平，希望她能感受到我的觸碰。這具脆弱、年邁、嬌小的身軀，是莎迪住了一百零五年的家。這才是真正的她。

我站在原地，試圖平穩自己的呼吸，試圖更平靜地思考。也許我可以高喊出自己的想法，或者處理一些該做的事，但此時我的內心激動萬分，急迫感愈來愈強烈。事實是，我根本無心待在這裡。

我得離開，現在就走！

我用顫抖的雙腿走向大門，扭開門把衝出去，殯儀館負責人嚇了一跳。

「怎麼了嗎？」他問。

「沒事。」我吸了口氣，已經越過他，「很好，謝謝。我們再聯絡。我得走了，不好意思，有要緊的事——」

我胸口好緊，緊到無法呼吸，我想擺脫的想法卻佔據腦海。我得離開這裡。我幾乎是用跑的穿過淺色走廊跟前院。走到大門口的街上，然後我停下來站著不動。手抓著門板，望向馬路。長凳是空的。

我早就知道了。

我當然知道。

但我還是狂奔衝過馬路，絕望地在街上來回尋找。我呼喚著，「莎迪，莎迪？」直到嗓子啞了。我擦掉淚珠，打發想幫助我的好心路人，不死心地在街上張望，來來回回，一次又一次……

最後，我回到長凳上，緊握雙手，耐心等待，也許，她會回來。

我一直等到天黑，開始微微顫抖……我知道，在我內心清楚知道。

莎迪不會回來，她已經走了。

27

「各位女士先生。」沒想到麥克風聲音這麼大，我停下來清清嗓子。我從來沒用過這麼大型的擴音系統，之前最多只有：哈囉！一二三一二三，聲音測試。現在正式來還是有點怕。

「各位女士先生，」我又說一次，「非常感謝各位今天出席這場悲傷與歡樂同在的告別派對……」我審視著齊聚一堂的眾人，聖博托爾夫教堂一排排都坐滿了，「……來向這位深深觸動我們心靈的非凡女士致上敬意。」

我回頭看著教堂裡中央巨大的莎迪肖像複製品。肖像周圍的花是我這輩子見過最漂亮的。有百合、蘭花還有常春藤，以及用淡黃色的玫瑰和綠色苔蘚仿製的蜻蜓項鍊。

那是倫敦一間頂級花店「霍克斯&考克斯花藝」的傑作。他們一聽到追悼會就馬上聯絡我，說願免費提供服務，想表達對莎迪的追思。當然，從世俗一點的角度來看，對他們來說這可是非常好的宣傳機會。

一開始我沒想要把事情搞這麼大，只是想辦場一般的追悼會，但後來倫敦肖像館的馬爾康．葛萊德希爾得知後，希望能把這事情的細節放在他們網站上，讓一些藝術愛好者能對他們的偶像致敬，但沒料到他們很快就收到非常踴躍的報名申請，還上了《倫敦今夜新聞》，最後只能抽籤決定。現在想要向莎迪致意的人，一排一排地擠滿教堂。我剛到時，看到這麼多人出席，差點喘不過氣。

「另外我想說的是，大家穿得都很酷，棒棒的！」我對大家微笑。所有人都穿著復古外套、珠串項鍊和頭巾，還有鞋套，「我相信莎迪一定會喜歡。」

今天的服裝要求是二〇年代風，大家都精心打扮。我不管一般追悼會不會有服裝規定，重要的是莎迪喜歡不喜歡。

費爾塞療養院的護士和來參加的老人家們也很用心打扮，他們穿著最華麗的服裝，戴上頭飾和項鍊，每一位都很花了很多心思。我和金妮眼神交會，她微笑著揮扇鼓勵。

幾個禮拜前我辦了莎迪私人葬禮跟火化，只有金妮和幾位護士參加。我只讓認識她的人來，真正認識她的。氣氛祥和真誠。後來我們一起去吃飯，喝著酒，哭著悼念她，笑著談論她以前的事。之後我承諾要捐一大筆錢給療養院，她們哭得更大聲了。

那天我沒邀爸跟媽，但我想他們能理解。

我看了一眼坐在最前排的他們。媽媽穿著一件難看的淡紫低腰洋裝，頭飾與其說是二〇年代，還不如說是七〇年代流行的Abba樂團。爸爸穿的根本不是二〇年代服裝，而是現代的單排釦西裝，上口袋塞了圓點絲巾。不過無所謂，因為他看著我的眼神充滿自豪和溫情。

「眾所皆知，她就是那肖像畫裡的女孩，但她又是個怎樣的人呢？她是個了不起的女人，犀利、風趣、勇敢、無拘無束……她的人生就是場偉大的冒險。她也是本世紀著名畫家的繆思女神，深深打動了她的愛人，他們之間從沒停止相愛，至死不渝，只可惜被環境所迫而分開……要是他沒有那麼早離世，誰知道故事會怎麼發展？」

我停下來喘口氣，瞥了一眼爸媽，他們專注地看著我。昨晚我對著他們演練整份講稿，然後爸不斷問：這些事妳是怎麼知道的？我只好不斷推托，都是從檔案和舊信件裡看來的，希望能打發他。

「她從不妥協、充滿活力。她有一種……從不放棄的精神，不管是對人還是對事。」艾德就坐在媽的旁邊。我偷偷瞥了他一眼，他對我眨眨眼。這講稿的內容他也很熟。

「她活到一百零五歲，可算是相當大的成就。」我環顧四周，確保每個人都在聽，「但她並不希望人們只覺得她是一百零五歲的老太太；因為在她的體內，她永遠是二十三歲，對生活充滿熱情的女孩，喜歡查爾斯頓舞、喜歡雞尾酒、喜歡在噴泉池和舞池裡『小屁搖起來』、開快車、抽菸……還有做一些羞羞的事。」

我在賭大家聽不懂什麼是羞羞的事，果然，大家禮貌性地笑著，好像我在說她喜歡插花一樣。

「她討厭編織，」我特別強調，「這個應該特別記下，但她喜歡看《Grazia》時尚雜誌。」

教堂裡又一陣笑聲，很好，我希望大家笑。

「當然了，對我們這些家人來講，」我繼續，「她不僅僅是畫中的女孩，她是我姨婆。也是我們家族的一部分。」提到家人這一段時，我停頓一下，這是重點部分，「我們很容易忽略家族，把家人視為理所當然，但家族就是你的過去，也是你的一部分。如果沒有莎迪，我們家人不會有今天。」

我忍不住瞪了比爾叔叔一眼，他直挺挺地坐在爸身旁，穿著訂製西裝，別了一朵康乃馨在上口袋。他現在比在法國南部時憔悴許多。這一個月夠他受了。他經常上雜誌和報紙版面，但都不是什麼正面報導。

一開始我本打算不讓他來，但他的公關非常積極爭取，好藉此挽救他的惡劣形象，但我不能忍受讓他大搖大擺地進來，出盡鋒頭，就像他以前那樣，不過我後來轉了念頭。

我開始想，為什麼不讓他來替莎迪增光？為何不讓他聽聽他的阿姨有多偉大？

所以，我還是讓他參加了。

「我們家人應該要尊敬她，要心存感激。」

我又忍不住看了一眼比爾叔叔……而且不只是我，所有人都看著他，用手肘輕頂了身邊的人，竊竊私語。

「這也是為什麼，我會成立莎迪．蘭卡斯特基金會，以紀念她。裡面籌募的資金，會由委託人捐助給一些舞蹈相關的團體、老年慈善機構、費爾塞療養院以及倫敦肖像館，感謝肖像館在過去二十七年裡，把她的肖像畫珍藏得如此完好且安全。」

我跟馬爾康．葛萊德希爾相視而笑。我之前跟他談起時，他高興得臉都紅了，開始問我有沒有興趣成為贊助者或加入董事會什麼的，因為他覺得我也是名藝術愛好者，但我不好意思澄清，其實我只是喜歡莎迪那幅，其他畫作我不怎麼感興趣。

「在此，我的叔叔，比爾，將以以下行動表示對莎迪的敬意，我代表他在此宣布——」

我才不會讓比爾叔叔有機會上台或是發表言論，當然，他不知道我會說些什麼。我打開一張紙，等大家安靜下來。

「全是因為莎迪阿姨的肖像，我才有機會創業經商。沒有她的美貌、沒有她的幫助，我不會有今天這樣的地位。她在生時，我沒能充分表達對她的感激之情，我感到非常抱歉。」我停下來，大家鴉雀無聲，還看到記者們正拚命地沙沙沙做筆記，「因此，我很高興在這裡宣布，我要捐贈一千萬英鎊給莎迪・蘭卡斯特基金會，對這位特別的女士聊表心意。」

所有人都驚訝地說不出話來，比爾叔叔的臉變成土色，微笑僵在臉上。我看了艾德一眼，他眨眼，對我比個大拇指。這是艾德的主意——就拿一千萬。我本來覺得五百萬就很夠了，但現在，全場六百多人和一整排的記者都聽到了，比爾叔叔可沒有退路。

「我真誠地感謝大家來共襄盛舉。」我環顧眾人，「莎迪的畫被發現時，她已經住進療養院，她從來不知道有這麼多人欣賞她、喜愛她，如果她在，看到你們，一定會嚇到。要是她能看到……」我突然有想哭的衝動。

不。現在不行。目前為止都表現得很好，堅持下去。最後我屏住氣息，微笑著。

「她會知道，自己在這世界上留下了這麼大的影響力，帶給這麼多人歡樂喜悅，她所留下的，將會世代相傳。作為她的姨甥孫女，我感到無比驕傲。」我轉過身，在片刻的沉默中，望著後方的畫，然後轉回來，「現在，我只想說……敬莎迪，請舉起您的酒杯。」

大家都伸手拿起酒杯，叮叮聲和人聲交雜響起。所有參加的賓客都有一杯酒，琴費士跟賽德卡，是由希爾頓飯店兩名調酒師調製。對，我同樣不在乎一般追悼會不供應雞尾酒。

「呀呼！」我高舉杯子，大家也跟著我喊。「呀呼！」然後開喝。慢慢地，交談和歡笑聲漸漸充滿了教堂。我看到媽小口小口地喝著賽德卡，比爾叔叔鐵青著臉大口吞下琴費士，滿臉通紅的馬爾康・葛萊德希爾還在請服務生幫他斟滿。

管風琴聲開始演奏〈耶路撒冷〉一曲，正式宣告派對開始。我走下台階，跟爸媽還有艾德會合。艾德穿著一九二〇年代最令人驚豔的復古晚禮服。他在蘇富比拍賣會上大手筆買下的，他現在活像個黑白電影時代的大明星。我知道價格都傻了，艾德只是聳聳肩，說他知道二〇年代對我意義深遠。

「幹得好。」他緊握我的手，小聲說，「她會以妳為榮。」

當合唱樂音到高潮時，我卻沒心情聽。不知怎地，我喉嚨太緊，連話都說不清楚。我看著四周：滿是鮮花的教堂，漂亮的服裝，大家齊聚一堂為莎迪放聲歌唱。來自各行各業不同的人，年輕人、老年人、家族成員、療養院的朋友……所有受她影響的人，為了她都聚在這裡，這是她應得的。

這是她應得的，一直都是。

儀式到了最後，管風琴開始演奏查爾斯頓。是的，我也不在乎一般追悼會不會有查爾斯頓音樂。大家慢慢地準備移動，手上仍然拿著雞尾酒杯。多虧馬爾康．葛萊德希爾，招待會將在肖像館內舉行，戴著識別證的服務小姐正在說明往肖像館的路線。

我不急著離開。我還沒準備好和大家交談，就是還沒。我坐在前排的長椅上，聞著花香，等著周遭慢慢靜下。

我想我替她討回了公道，至少，我認為我做到了。我希望我有做到。

「親愛的。」媽的聲音打斷了我的思緒，她走過來，頭上的髮帶看起來更滑稽了。她兩頰通紅，高興地在我旁邊坐下，「太棒了，真的太棒了。」

「謝謝。」我對她微笑。

「妳教訓比爾的樣子讓我好驕傲，妳的基金會一定會做很多好事。當然這酒也是！」她補充，一口氣乾了，「超棒的點子！」

我好奇地看著媽。我沒記錯的話，她今天一句不安的話也沒講。不怕人們遲到、會喝醉或打碎杯子什麼的。

「媽……妳，有點不一樣。」我忍不住問，「妳壓力沒那麼大了，發生什麼事了？」

我想知道她是不是跑去看醫生，服用鎮定劑或百憂解什麼的？還是她開始嗑到嗨了？

媽默默地調整淡紫色的袖口。

「有件事很奇怪。」她後來才開口，「這事我不能跟別人講，勞拉。幾個禮拜前有些奇怪的事發生了。」

「什麼事？」

「我好像聽見了……」她猶豫一下，然後低聲說，「有個聲音，在我腦袋裡。」

「有聲音？」我坐直身子，「什麼聲音？」

「妳知道，我不是那麼虔誠的教徒。」媽環顧教堂後，靠近我，「但這是真的，真的有個聲音整天纏著我！就在這裡。」她輕敲自己的頭，「就是不放過我，我以為我瘋了。」

「那它……說了什麼？」

「它說：不用擔心，不會有事的！就這樣一遍又一遍，持續幾個小時。我一開始很反彈，但後來我大聲地說：好好好，神秘的聲音，我聽到了！然後它就神奇地消失了。」

「哇喔。」我有點哽咽，「那……太棒了。」

「後來，我好像不再那麼焦慮了。」媽瞥了一眼手錶，「我該走了，妳爸去開車，妳要跟我們一起走嗎？」

「不用了，待會見。」

媽媽體貼地點點頭，然後離開。教堂裡的音樂從查爾斯頓變成了另一首二〇年代曲子，我往後靠在椅背上，仰望那美麗精細的天花板，仍在想媽媽剛才說的話。我幾乎可以看到莎迪糾纏她、跟在她身後的畫面。

莎迪所有做過的事，達成的成就，就算是現在，我也只知道一半而已。

樂曲終於停下，演奏完畢，一位穿著長袍的女人出來熄滅所有蠟燭。我拿起包包站起，大家都已離開，所有人都走了。

我走出教堂來到前院，一縷陽光照進眼睛，我眨眨眼。人行道上仍有群眾有說有笑，但這裡只有我一個人，我不自覺望向天空，一如既往。

「莎迪？」習慣讓我輕叫出聲，「莎迪？」當然，沒有回應，不會再有。

「幹得好！」艾德不知道從哪裡突然撲了過來，吻了我。我嚇一跳。他藏在哪裡？柱子後面嗎？「太震撼了，一切都無可挑剔，我以妳為榮。」

「喔。謝謝！」我高興地紅了臉，「真的很棒吧？有這麼多人來。」

「超讚。全靠妳。」他輕撫我臉頰，輕聲問，「準備好去美術館了嗎？我已經請妳爸媽先過去了。」

「好。」我微笑，「謝謝你等我，我只是需要平復一下心情。」

「當然。」我們一齊走向精緻的鐵製大門時，他勾著我的手，我也緊緊扣著他手臂。昨天在彩排追悼會的時候，他突然提起，為了不浪費車險，他應該延長在倫敦的時間，多待六個月，然後，他意味深長地問我有沒有意見。

我假裝思考，掩飾內心的興奮，然後說用完保險是個好想法。我們相視而笑，緊緊握著對方的手。

「對了，妳剛剛在跟誰說話？」他漫不經心地補充，「就是從教堂走出來的時候……」

「什麼？」我說，扯開話題，「沒有啊。你車停附近嗎？」

「因為聽起來……」他沒理會那個問句，「妳好像在叫莎迪。」

我露出神神秘秘、困惑不解的表情，沉默了一陣。

「你以為我在叫莎迪？」我笑了笑，假裝這想法太荒謬，「我為什麼要這麼做？」

「我也在想。」艾德還是同樣的口吻，「我問自己：為什麼妳要呼喚她？」

我看得出來，他就是不放棄。

「也許是因為我的英國口音。」我突然靈機一動，「你應該是聽到我在說賽德卡，我想再來一杯賽德卡。」

「賽德卡。」艾德停下腳步，狐疑地看著我。我努力睜大雙眼，無辜地回望他，然後在心裡默唸：他讀不到我心思、他讀不到我心思。

「一定有問題。」他最後終於搖搖頭，「我不知道怎麼回事，但一定有問題。」

我的心猛然一跳。艾德知道我所有大小事，這件事也不會例外，畢竟，他也是故事的一部分。

「好吧，」我終於點頭，「你猜對了。總有一天我會告訴你。」

艾德勾起淺淺微笑，看著我身上的連身裙、擺動的黑色珠鍊、燙成波浪捲的短髮和羽毛髮飾，他的表情變得柔和。

「來吧，二〇年代女孩。」他緊握我的手，是我習慣的厚實堅定掌心，「妳為妳姨婆做了很多，很棒，可惜她沒辦法看到。」

「是啊。」我同意，「真可惜。」

但當我們離開時，我又一次抬頭望向天空。

希望她看到。

致謝

我要感謝協助我研究故事資料的人們：奧利維亞和朱利安・平克尼、羅伯特・貝克以及堤姆・莫頓。非常感謝琳達・伊凡斯、蘿拉・夏洛克以及所有Transworld出版的優秀團隊。當然少不了阿拉明塔・惠特尼、哈里・曼、尼基・甘迺迪、山姆・伊登堡、瓦萊麗・霍金斯、蕾貝卡・華盛頓，還有我的孩子們及董事會。

14

1920魔幻女孩

Twenties Girl

1920魔幻女孩/蘇菲・金索拉(Sophie Kinsella)作;
牛世竣譯. -- 初版. -- 臺北市:春天出版國際,
2020.11
面; 公分. -- (Lamour love more ; 14)
譯自:Twenties Girl
ISBN 978-957-741-304-8(平裝)

873.57　　　　109016499

ISBN 978-957-741-304-8
Printed in Taiwan

作　者　蘇菲・金索拉
譯　者　牛世竣
總編輯　莊宜勳
主　編　鍾靈

出版者　春天出版國際文化有限公司
地　址　台北市大安區忠孝東路四段303號4樓之1
電　話　02-7733-4070
傳　眞　02-7733-4069
E－mail　frank.spring@msa.hinet.net
網　址　http://www.bookspring.com.tw
部落格　http://blog.pixnet.net/bookspring
郵政帳號　19705538
戶　名　春天出版國際文化有限公司
出版日期　二〇二〇年十一月初版

定　價　450元

總經銷　楨德圖書事業有限公司
地　址　新北市新店區中興路二段196號8樓
電　話　02-8919-3186
傳　眞　02-8914-5524
香港總代理　一代匯集
地　址　九龍旺角塘尾道64號 龍駒企業大廈10 B&D室
電　話　852-2783-8102
傳　眞　852-2396-0050